I0668379

Le soulèvement des morts

LUDIVINE VERNIEUX

DÉDICACE

A vous !
Oui, vous qui me faites l'honneur
de lire mon roman.
J'espère, sincèrement, que vous aurez autant de plaisir à
vivre cette histoire que j'en ai eu à l'écrire.

TABLE DES MATIÈRES

1   I   Page 1

2   Elina   Page 25

3   II   Page 40

4   Jo   Page 85

5   III   Page 99

6   Rob   Page 135

7   IV   Page153

8   Anna   Page 191

9   V   Page 207

10 Cindy   Page 227

11 VI   Page 245

12 Ethan   Page 271

13 VII   Page 289

14 Jess   Page 327

15 VIII   Page 339

16 Victor Page 351

17 IX   Page 387

18 X   Page 423

REMERCIEMENTS

A tous ceux qui ont cru en moi et qui m'ont soutenue,
motivée et poussée à aller jusqu'au bout de mon rêve.
Je vous serai éternellement reconnaissante.
Merci !

I

Cours, cours, cours !!! Ce sont les mots qui résonnent sans relâche dans la tête d'Élina.

Courir, elle ne fait que ça depuis deux jours, avec pour seule motivation d'éviter de mourir. Ou plutôt, éviter de mourir et revenir à la vie – si on peut dire – puis s'attaquer aux personnes qui l'entourent. Dans ce nouveau monde, il n'existe que trois possibilités : fuir sans cesse pour échapper à ceux qu'on appelle « morts-vivants », ou encore « zombies » (selon les préférences de chacun) ; se faire mordre et devenir comme eux ; ou être carrément dévoré, ce qui a priori vaut mieux que la deuxième option.

Mourir n'est donc plus une chose aussi simple que par le passé.

Ayant fait le choix de survivre, Élina trouve la force nécessaire pour courir sans s'accorder de pause. Elle aimerait ralentir ou s'arrêter un peu pour reprendre son souffle, mais elle sait que ce ne serait pas prudent. En effet, les zombies qui la traquent, eux, ne s'essoufflent pas, ce qui leur donne un avantage certain sur les vivants. Ils peuvent courir indéfiniment sans donner le moindre signe de fatigue, aussi leurs proies ont-elles tout intérêt à ne pas traîner en chemin...

Elle a beau tout donner dans cette éreintante course, Élina commence à se laisser rattraper par la fatigue, et ralentit un peu la cadence. Elle sent les battements de son cœur qui s'espacent, et cela lui fait du bien ; mais elle n'a ni le luxe ni le temps de se reposer. L'homme, qui court juste derrière elle, lui prend violemment le bras en arrivant à son niveau, et la tire vers l'avant, manquant de la faire trébucher. « Ce n'est pas le moment de flancher ma poulette, alors bouge ton cul !!! » lui hurle-t-il. Élina, secouée par ce rappel à l'ordre de son ami Jo, reprend sa course à un rythme plus soutenu, mais sans trop savoir vers quoi elle court. Ses pensées sont brouillées et elle est comme déconnectée de la réalité, jusqu'à ce qu'un cri perçant vienne la sortir de sa confusion. Un cri terrifiant, comme elle n'en avait jamais encore entendu avant le premier jour de son calvaire. Ce cri, poussé par une chose qui fut autrefois humaine et qui désormais n'est plus qu'un dangereux carnassier en chasse, lui fait comprendre que sa dernière heure est peut-être arrivée. À cette pensée, son sang se glace et ses poils se hérissent. Elle n'en peut plus ; il faut que tout cela s'arrête...

Au loin, des voix se font soudain entendre, et il semble à Élina qu'elles l'appellent, ou plutôt, les appellent. « Venez ! Par ici ! », leur disent les voix plus distinctement. *Par ici, mais où ?* Élina ne voit plus rien, et se sent désorientée. Ses yeux sont à demi fermés à cause de la poussière et des larmes qui s'y sont accumulées. Par chance, Jo est là pour la guider. Il la tient fermement par la main, et bifurque sur la gauche, en direction des voix. Au moment où il tourne, un choc violent fait tomber Élina sur les pavés. Elle ressent une douleur intense au niveau des côtes et malgré sa vue troublée, elle comprend vite que le poids qui s'agite sur elle n'est autre qu'un mort-vivant qui voudrait faire d'elle son en-cas. Elle se débat, crie et donne des coups, mais si ses poings atteignent l'ennemi, ils s'enfoncent aussitôt dans le corps en décomposition. Les matières organiques qui glissent entre ses doigts et coulent le long de son bras la répugnent. La chair putréfiée est molle et nauséabonde. Élina regarde avec dégoût le visage du mort-vivant, ou du moins ce qui fut un visage par le passé. Plein de sang et tombant en lambeaux, difficile d'identifier à quoi il pouvait bien ressembler avant. Seules ses dents et ses gencives violettes tirant sur le noir, sont bien distinctes. Elles claquent près d'elle ; si près qu'elle peut sentir l'haleine fétide qui se dégage de la bouche béante, et voir les petits bouts de viande humaine coincés entre chacune d'elles. Élina pose une main sur le front du mort, afin de lui maintenir la tête en arrière, mais le sang ne lui offre aucune prise, et sa main glisse, emmenant avec elle des morceaux de peau qui restent collés à sa paume. Elle tente à nouveau de repousser la tête de l'assaillant, mais en l'empoignant cette fois des deux mains et en serrant fort. Si fort que son pouce finit par s'enfoncer dans l'œil du zombie. Le globe oculaire rentre entièrement dans l'orbite puis éclate, laissant couler sur Élina un liquide épais.

Pendant la lutte, elle entend quelqu'un l'appeler, mais elle reste concentrée sur le mort-vivant qui continue à gesticuler au-dessus d'elle. Les yeux mi-clos, à la recherche de quelque chose qui pourrait l'aider, elle tâte le sol avec sa main libre, mais elle ne trouve rien d'autre à sa portée que des matières visqueuses dont elle préfère ne pas connaître l'origine. Tout à coup, le corps du mort s'immobilise, et lui tombe dessus. *Que s'est-il passé ?* En relevant la tête, elle aperçoit une femme avec un couteau ensanglanté à la main qui essaie de pousser le cadavre de sur elle. La femme la regarde, et lui demande de l'aider. Élina pousse alors de toutes ses forces, et avec l'aide de la femme, réussit à se libérer. Elle se relève, remercie l'inconnue, puis ensemble, elles se mettent à courir en direction d'une porte ouverte où des gens leur font signe de venir. La femme, qui devance Élina, jette un bref coup d'œil en arrière pour s'assurer que cette dernière tient bon. Elle a tout juste le temps de lui adresser un sourire, qu'une voiture, déboulant de nulle part, vient brutalement la percuter, pour finir sa course dans un mur, sous le regard médusé d'Élina. La personne qui lui a sauvé la vie est à présent coincée entre le capot et la façade d'un bâtiment et malheureusement elle ne peut rien faire pour la secourir. En à peine deux secondes, cinq morts-vivants se ruent sur elle, et lui arrachent la peau à coups de dents et la lacèrent avec leurs ongles. Les nerfs, les tendons et les muscles de la malheureuse sont mis à nu. Elle hurle à l'aide, pendant que les zombies s'acharnent à la démembrer vivante. Une fois tous les membres arrachés, ils s'éloignent pour aller s'en repaître un peu plus loin, sans être dérangés. La femme ne bouge plus. Son calvaire est enfin fini : elle est morte. D'autres zombies arrivent sur place, et se pressent vers les restes de la dépouille pour y mordre à pleines dents. *Seule consolation : puisqu'ils la mangent entièrement, elle ne reviendra pas du monde des morts*, songe Élina, le cœur serré. Lorsqu'elle se retourne, elle découvre Jo en train de se battre contre un mort-vivant. Elle veut lui venir en aide, mais constate qu'il n'a absolument pas besoin d'elle. Il lui sourit comme si de rien n'était, et d'un coup sec, il brise net la nuque de l'homme en costume qu'il tient sous son bras. Jo, au milieu de zombies à dézinguer, semble dans son élément, et aussi inquiétant que cela puisse paraître, il donne l'impression d'aimer ça.

Élina lui fait signe de lâcher le corps du zombie qu'il vient de tuer de façon définitive, pour reprendre la route. L'air contrarié de ne pouvoir s'amuser encore un peu, Jo s'exécute, et court avec elle vers ceux qui les appelaient. « Enfin à l'abri ! » souffle-t-elle en franchissant le seuil de la porte, sans se douter un seul instant de l'accueil qui lui serait réservé. Tandis qu'elle s'avance au milieu de la pièce, un grand blond – vêtu d'un T-shirt blanc avec écrit dessus « Paris » en lettres capitales, d'un bermuda vert kaki et de tongs beiges – s'approche d'elle l'air furieux, et lui décoche un coup de poing magistral au niveau de la joue. Sous la violence du choc, elle recule de trois pas, perd l'équilibre, et tombe. Elle ne comprend pas tout de suite pourquoi cet homme a fait ça.

« Elle vous a sauvée, et vous, vous l'avez laissée souffrir et mourir en remerciement ! Salope ! Je vais vous tuer ! » lui crie-t-il, en proie à une profonde colère empreinte d'une grande souffrance. Deux autres hommes, habillés d'une tenue de chantier, interviennent pour immobiliser le grand blond, et le forcer à se calmer, pendant qu'Élina, toujours sonnée, se relève difficilement.

« Je suis désolée... » répète-t-elle du bout des lèvres. Plus calme, l'homme détourne ses yeux d'elle, et part sans rien dire dans un coin de la pièce, où il s'installe en position fœtale pour pleurer à chaudes larmes. « Que vais-je devenir sans elle ? Ma femme, ma belle Nell, mon amour... » Élina ne sait pas quoi faire face à son désarroi, et continue à se confondre en excuses.

Une vieille dame s'approche d'elle, avec un sachet de petits pois surgelés qu'elle lui tend.

« Mettez-le sur votre hématome, ça vous soulagera.

– Merci, madame.
– Il ne faut pas lui en vouloir. Il a quand même perdu sa femme...
– Je ne lui en veux pas du tout.
– Personne ne peut imaginer sa douleur.
– C'est certain. »

Élina s'assoit à même le sol, en pressant contre sa joue le sac de petits pois surgelés, tandis que la vieille femme repart clopin-clopant vers le grand blond pour tenter de lui apporter un peu de réconfort. Elle détourne les yeux de ces deux-là pour observer les visages familiers de ses compagnons de galère, réfugiés tout comme elle dans cette pièce. Ce sont des clients du café dont elle était gérante avant le début de ce cauchemar. Ils étaient tous là-bas quand l'infection a commencé à se propager et que les gens ont commencé à se dévorer les uns les autres.

Elle balaye ensuite du regard la pièce où ils se trouvent. Des planches de bois clouées aux fenêtres obscurcissent le lieu, si bien qu'elle a du mal à savoir où ils sont. Sa vue s'habituant peu à peu à l'obscurité, elle distingue des rayons et comprend qu'il s'agit d'une supérette. *Enfin de la nourriture*, se dit-elle. Bien qu'affamée, elle ne bouge pas, car dehors des gens se battent encore avec des zombies, et tout le monde reste concentré sur l'éventualité d'une attaque de la supérette. Forcée à prendre son mal en patience, elle soupire de lassitude et pour tuer le temps, se met à détailler l'endroit. Ce n'est pas bien grand. Trois rayons sont disposés contre chaque pan de mur, et deux autres sont placés en parallèle, au centre du magasin, dessinant trois allées : une centrale, et deux autres de chaque côté.

Tandis qu'elle observe la supérette dans le détail, s'interrogeant notamment sur la couleur des murs qui lui semblent être dans les tons jaunes, son attention s'arrête sur Cindy, une grande femme squelettique, aux longs cheveux blonds. Debout dans un coin, les bras croisés, elle est en train de regarder discrètement par une fenêtre la guerre qui se déroule dehors. *Elle paraît si fragile*, songe Élina qui vient se poster à côté d'elle, faisant mine de regarder à son tour par la fenêtre.

« Comment allez-vous ? demande-t-elle, tout en ayant conscience de la stupidité d'une telle question en pareilles circonstances.

– Je ne sais pas trop... J'ai toujours l'impression que c'est un cauchemar et que je vais me réveiller.

– Je vois très bien ce que vous voulez dire. Vous voulez manger ou boire quelque chose ?

– Pas pour le... »

Cindy s'interrompt soudain, et ouvre grand les yeux. Elle reste sans voix pendant quelques longues secondes, puis se précipite vers la porte. Au moment où elle s'empare de la poignée pour l'ouvrir, plusieurs personnes se jettent sur elle pour l'empêcher de sortir et surtout, pour éviter qu'elle ne laisse rentrer des morts-vivants. Plus rapide qu'eux, Cindy s'élance dehors et traverse la route jusqu'au mur d'en face. Tout en surveillant ses arrières, elle se baisse puis enroule ses bras autour d'une personne pour l'aider à se relever. Elle parvient à esquiver les morts qui se ruent sur elle et sur l'inconnue, puis fonce vers la supérette, tel un rugbyman repoussant ses adversaires d'une main de fer. Qui aurait pu croire qu'un si petit bout de femme avait autant de force. Contre toute attente, Cindy parvient saine et sauve jusqu'à la supérette. Elle tambourine à la porte de toutes ses forces, en implorant les autres de leur ouvrir.

« Laissez-nous entrer ! Nous n'avons pas été blessées ou infectées ! »
Toujours près de la fenêtre, Élina découvre que la personne que Cindy est allée secourir est une adolescente. Timidement, elle supplie avec Cindy, en pleurant à la porte. Lorsqu'elle écarte ses longues mèches de cheveux roux de devant son visage, elle aperçoit Élina qui l'observe. Face au regard pénétrant de l'adolescente Élina est émue. Elle voit dans ses yeux tout ce qu'elle-même ressent : la peine, la désorientation, l'incompréhension, et surtout, la peur… *Elle est si jeune…*

Élina, trop touchée pour rester insensible à leurs supplications, se dirige vers la porte en faisant abstraction des objections des autres, et ouvre. Cindy et l'adolescente entrent alors en trombe dans la boutique puis s'immobilisent. Elles ont le souffle court, et tremblent de tout leur être.

La porte refermée, Élina n'a pas le temps de faire un

geste que les deux femmes se jettent dans ses bras dans un élan de gratitude. Un peu gênée, elle leur tapote le dos et leur demande de s'asseoir pour qu'elles se calment. Le silence règne à l'intérieur, tandis qu'à l'extérieur les bruits de fracas, les hurlements, les pleurs et les cris des morts-vivants ne cessent de s'amplifier.

« Ça va aller ? » demande Élina.

L'adolescente ne répond pas.

« Comment t'appelles-tu ? Et que faisais-tu là, au milieu de ce chaos, sans bouger ? poursuit-elle patiemment.
–   Je m'appelle Anna. Je… Je… »
Elle s'arrête de parler, et reste les yeux dans le vague, l'air terrifié.

« Tu étais seule ? la questionne Élina.
–   Non, j'étais avec mon petit ami Yohann. Nous nous étions cachés dans les toilettes du personnel du métro.
–   Comment avez-vous fait pour survivre ?
–   Nous sommes restés cachés, sans faire de bruit. Quand les morts ont déserté la station, faute d'usagers à pourchasser, Yohann est sorti chercher de l'aide une première fois et ne trouvant personne d'encore « normal », en a profité pour casser le distributeur afin qu'on ait de quoi manger. Mais on savait qu'on ne pourrait pas tenir éternellement, alors il a décidé de retourner chercher de l'aide à l'extérieur, persuadé qu'il y avait forcément les

forces de l'ordre quelque part. Il a dit qu'il allait vite revenir, mais moi, j'étais contre cette idée, et j'ai tout fait pour qu'il ne parte pas. Sauf qu'il ne m'a pas écoutée. Il est sorti, et n'est jamais revenu.

– Donc tu es partie pour chercher de l'aide toi-même ?

– Non ! J'avais bien trop peur ! Je préfère mourir de faim plutôt que d'être mangée par ces choses dehors, ou devenir comme elles !

– Alors pourquoi es-tu sortie au milieu de tout ce foutoir ?

– Elles sont arrivées...

– Qui ?

– Les choses ! J'entendais leurs cris dans les couloirs et tunnels du métro. Je savais qu'elles finiraient par me trouver, alors je suis sortie, dans l'espoir de trouver Yohann. Dehors, j'ai vu tous ces gens qui couraient et se faisaient dévorer... C'était atroce ! Quand j'y pense, je me demande comment j'ai pu être épargnée. Je me suis simplement recroquevillée, en ne pensant plus à rien. J'étais comme déconnectée : mon corps ne répondait plus, et je suis restée là, figée au milieu de la cohue, jusqu'au moment où votre amie est venue me chercher.

– Elle s'appelle Cindy !

– Cindy... répète-t-elle l'air absent

– Anna ? Reste avec moi. Reprends tes esprits.

– Comment ? Oh oui... Euh... Vous auriez à boire, s'il vous plaît ? demande-t-elle timidement.

– Oui, je pense pouvoir te trouver ça... »

Élina se lève et part dans les rayons à la

recherche d'eau ou autres boissons. Elle en profite pour s'arrêter devant les sandwichs, et salive à l'idée d'en manger un. Elle ne sait même plus à quand remonte son dernier repas, et sent son ventre tenaillé par la sensation de faim. Alors qu'elle tend la main pour s'emparer d'un sandwich jambon / cheddar fondu – son préféré – elle entend un bruit étrange, et se fige instantanément, pour tendre l'oreille. Elle perçoit une respiration lente, presque douloureuse, et se penche doucement vers l'allée pour voir d'où cela peut venir. En scrutant les environs, elle distingue au fond de la supérette un enfant à terre. Le petit garçon qui doit avoir aux alentours de huit ans semble blessé. Élina se précipite vers lui, en hurlant aux autres de la rejoindre.

Rob, un des habitués du café tenu par Élina, rapplique avec une barre de fer dans les mains, prêt à tuer tout ce qui bouge et qui n'est plus humain, mais il se ravise aussitôt en voyant le garçon à terre. Ce quarantenaire, un peu enrobé mais musclé, est plutôt bel homme avec ses cheveux grisonnants et ses grands yeux verts. De nature assez discrète, voire timide, il sait aussi se montrer particulièrement bourrin ce qui s'avère particulièrement utile par les temps qui courent.

Elina l'apprécie beaucoup, et surtout son côté force tranquille.

« Mais depuis quand est-il là ? demande Rob.
– Je ne sais pas... »
         En observant l'enfant, Élina aperçoit du sang sur

le haut de son pyjama vert, et lui demande si elle peut regarder ça de plus près. Le petit garçon lui ayant répondu par un signe de tête affirmatif, elle soulève doucement le haut, et découvre une plaie assez importante sur le côté de son ventre, sans parvenir toutefois à identifier le type de blessure dont il s'agit. Rob lui tend une bouteille d'eau dont elle verse délicatement le contenu sur la plaie. Le garçon grimace et gémit de douleur, mais ne bouge pas, car il n'en a pas la force. Une fois la blessure nettoyée, Élina se retourne vers Rob, qui est à présent entouré de Cindy, Anna, Jo et une dizaine d'autres personnes. Elle se pousse afin que les autres puissent voir de quoi il retourne. Rob ouvre grand les yeux. Son regard est empli de terreur, mais aussi de pitié. Il demande à l'assemblée de reculer et de retourner à l'avant du magasin, mais personne ne bouge. Face à leur inertie, Rob s'énerve, et leur hurle de partir immédiatement.

« Tu es sûr de ne pas vouloir que je reste ? lui demande Jo.

– Oui, certain !

– OK. Si tu le dis. »

Tandis que le groupe, à l'exception d'Élina, retourne vers l'entrée du magasin, Rob s'approche de l'enfant, les larmes aux yeux. Il lui caresse le front, en relevant ses cheveux trempés par la sueur, et remarque que le garçon a de la fièvre ainsi que les yeux injectés de sang.

« Quand cela t'est-il arrivé ?

– Ce matin. Je vis dans l'appartement du dessus avec ma maman. Hier soir, elle est rentrée avec un bandage au bras. Elle m'a dit qu'elle s'était fait mal en tombant, et que ce n'était rien. Toute la nuit elle a eu de la fièvre, mais elle était si froide. Je ne comprenais pas. J'ai essayé de prendre soin d'elle, mais je ne savais plus quoi faire, alors j'ai appelé les secours.

– Ils n'ont pas répondu, n'est-ce pas ?

– Non. Et maman m'a dit que ce n'était rien, qu'il fallait que j'aille dormir, alors j'y suis allé. Ce matin, quand j'ai voulu me lever, je l'ai vue, debout devant ma porte. Je lui ai demandé si elle allait mieux. Et là... Elle s'est jetée sur moi, en criant comme un animal, et m'a mordu ! Pourquoi a-t-elle fait ça ? Pour me défendre, je l'ai frappée ! J'ai été obligé ! Vous comprenez ?

– Oui, je comprends. Tu n'avais pas le choix. Et tu sais elle était malade, mon garçon. Elle ne savait pas ce qu'elle faisait.

– Je sais. Après, je suis sorti de l'appartement, et j'ai tapé à la porte de mes voisins, mais personne ne m'a répondu. Alors j'ai dû aller dehors, et là, j'ai vu des gens qui étaient fous, comme à la télévision. Francis est venu vers moi, et m'a demandé si je n'avais rien. Je lui ai raconté ce que ma maman avait fait, et il m'a dit de courir me réfugier ici, dans son magasin.

– Mais où est Francis maintenant ? Il est là ?

– Non. Ma mère m'avait suivi. Elle s'est jetée sur lui, et l'a mordu si fort qu'il saignait beaucoup. Après, elle est repartie en courant, et Francis est resté sur le trottoir. J'ai voulu aller l'aider, mais j'avais trop peur ! Au bout d'un moment, il s'est relevé. J'étais content, mais quand j'ai vu son visage, j'ai compris qu'il était comme ma maman. Alors je suis resté ici, assis, en attendant que quelqu'un vienne m'aider.

— Pourquoi ne nous as-tu pas appelés avant ?

— Je me suis évanoui, je pense. Ce sont vos cris, madame, qui m'ont réveillé, répondit l'enfant en tournant le regard vers Élina.

— Comment t'appelles-tu ? lui demande Élina d'une voix douce.

— Sylvain. Je vais aller mieux ? Vous allez m'aider ? » Envahi par l'émotion, Rob se retourne, dos au garçon, pour sécher ses larmes et tenter de reprendre le contrôle. « Je vais te soulager, Sylvain, c'est promis. Tu as été très courageux, et je suis très impressionné ! », lui dit-il sans avoir la force de se retourner face au garçon. Élina, en entendant ça, saisit Rob par l'épaule et lui lance un regard noir.

« Tu ne peux pas lui dire que tu vas le soulager ! Il a été mordu ! Il va devenir l'un des leurs ! murmure-t-elle.

— Je sais ! Mais que veux-tu que je lui dise ?! Qu'il va souffrir avant de mourir, et devenir l'une de ces choses ? Hors de question ! »

Élina comprend la position de Rob, et choisit à son tour d'opter pour le mensonge. Elle s'approche de Sylvain, le redresse délicatement de manière à ce qu'il soit face à elle, puis lui demande de l'écouter attentivement. « Je vais te raconter une histoire pendant que Rob part chercher de quoi te soigner », explique-t-elle. Rob fait alors semblant de partir à la recherche de médicaments, et contourne le rayon afin de revenir discrètement derrière le petit garçon. Élina n'a pas le courage de lever les yeux vers Rob. Comme si de rien n'était, elle continue à raconter une histoire à Sylvain. Celui-ci donne l'impression de s'y intéresser, et rit même de temps en temps, ce qui lui fend encore plus le cœur. Rob lève la barre de fer par-dessus sa tête, pour prendre de l'élan. Il ne peut s'empêcher de pleurer, et ne cesse de se répéter qu'il doit le faire, car sinon, ils sont tous morts. Il la lève encore plus haut, la serre de toutes ses forces, inspire profondément et, pris d'un profond sentiment de pitié, relâche finalement sa prise. Il ne peut pas faire ça ; c'est au-dessus de ses forces.

Élina ressent un soulagement intense, mais de courte durée, car Sylvain saute brusquement sur elle, et la plaque au sol en grognant. Il la griffe et essaie par tous les moyens de la mordre. Surprise, elle le repousse et tente de le maîtriser pour l'empêcher de trop s'approcher.

Elle n'avait pas vu que, pendant qu'elle regardait Rob, l'enfant était mort...

Par-dessus l'épaule du garçon, elle aperçoit Rob avec sa barre à la main, et comprend immédiatement ce qu'elle doit faire. Elle soulève Sylvain de toutes ses forces, afin de l'éloigner le plus possible d'elle. Un bruit sourd et violent se fait alors entendre. Le petit corps est projeté sur le rayon, au fond de la supérette, qui accueille les boîtes de conserve. Ces dernières tombent en rafale sur Élina qui bouge les bras dans tous les sens pour se dégager de cet amoncellement de métal. Une fois le champ libre, elle prend appui sur ses coudes pour relever le buste. Rob se tient debout devant elle, le regard vide, et les bras ballants, tandis que la barre de fer gît sur le sol. Elle est pleine de sang, et des parcelles de cuir chevelu sur lesquelles on discerne encore quelques touffes de cheveux collées. En tournant la tête, Élina découvre le garçon étendu à ses côtés, le crâne fracassé. Rob récupère sa barre doucement, l'essuie avec un torchon disposé sur un étal, et s'en va en silence.

Jo, qui n'était pas bien loin, avance vers le garçon, se penche en secouant la tête avec désespoir, et le prend dans ses bras. Il se dirige dans l'arrière-boutique où il disparaît avec le petit corps sans vie. Lorsqu'il revient, Élina l'interroge.

« Où l'as-tu mis ?
– N'y pense pas. Et plus de questions à ce sujet, compris ? lui dit-il en lui tendant la main pour l'aider à se relever.
– OK » répond-elle d'une voix morne.

D'un pas lent, elle retourne dans l'autre rayon, s'empare d'un sandwich et de deux boissons – une pour elle, une pour Anna – puis part s'asseoir seule dans un coin pour manger.

Elle sait que son sandwich préféré n'aura aucune saveur, mais il faut bien qu'elle se sustente pour survivre.

Quand ils rejoignent le groupe, personne ne pose de questions au sujet du jeune garçon, devinant que le silence était ici préférable. Les heures passent dans ce mutisme absolu, jusqu'au moment où Anna se décide à prendre la parole.

« Qu'allons-nous faire ?
– Comment ça ? répond Cindy.
– Eh bien, nous avons à manger et à boire, mais nous n'allons pas vivre éternellement ici.
– Nous attendrons les secours. Que veux-tu faire de plus ? »
Jo se lève et lance un regard à la fois interrogateur et méprisant à Cindy, comme si elle venait de dire quelque chose de mal.

« Quels secours ?! Tu espères encore des secours ?! Mais il faut se réveiller, ma p'tite dame ! Personne ne viendra ! On ne doit compter que sur nous ! déclare-t-il, sur un ton agacé.
– Mais si ! Quelqu'un va bien venir… L'armée ou je ne sais qui… C'est obligé ! Ils ne peuvent pas nous laisser comme ça !
– L'armée ?! s'esclaffe-t-il.
– Bah oui !

– J'étais dans l'armée, et je peux te dire une chose :
s'ils ne sont pas encore arrivés, c'est qu'ils sont
morts. »

Cindy, à moitié hystérique, répète en boucle, comme
pour s'en convaincre, qu'il a tort et qu'ils vont
forcément venir les secourir. À part elle, personne ne
contredit Jo, car tout le monde sait qu'il a raison, même
s'ils auraient espéré le contraire.

« La petite à raison ! Il faut faire quelque chose, sinon
on va devenir dingue ici ! s'exclame Jo.

– Que proposes-tu ? demande Élina

– Eh bien, je ne sais pas encore, mais il faudrait déjà
trouver un lieu plus sûr que celui-ci, car les portes
ne sont pas très solides, et s'ils reviennent, on n'aura
peut-être pas autant de chance que la dernière fois.

– Mais où ? rebondit Élina.

– Je ne sais pas...

– Une maison ? avance Cindy

– Oui, par exemple. Mais en premier lieu, il nous faut
des armes.

– Mais oui ; mais c'est bien sûr ! Nous n'y avions pas
pensé ! Je rentre chez moi et récupère illico toutes
celles qui sont planquées sous mon matelas. Non
mais sérieux, tu t'es cru dans un film, là ? ironise
Cindy.

– Arrête un peu tes sarcasmes, tu veux bien ! Je sais
que personne n'a d'armes ici. Mais moi, j'en ai, et
assez pour nous tous !

– Où ?

19

– Dans un garde-meuble du 13e arrondissement. Ici, nous sommes dans le 1er, donc ce n'est pas si loin.

– Certes, mais nous sommes à pied, avec des cannibales dehors qui n'attendent qu'une chose... Que nous sortions !

– Nous n'avons pas le choix ! En tout cas, je n'oblige personne à me suivre ! Je peux y aller seul, et revenir.

– Hors de question ! Je viens avec toi ! » intervient Élina.

Pas le temps pour eux de polémiquer plus longtemps : des coups violents retentissent contre la porte. Pris de panique, les réfugiés se lèvent en hurlant, et se tassent les uns contre les autres. « Taisez-vous ! » ordonne Rob, qui espère d'eux qu'ils gardent leur calme. Peine perdue : la peur l'emporte et les gens se bousculent, manquant presque de se piétiner, pour aller vers l'arrière de la supérette. Jo attrape Rob par le bras, et l'entraîne derrière le comptoir, situé juste sur la droite de la porte d'entrée. Là, il lui donne des sacs à dos qu'il a trouvés dans l'arrière-boutique, et lui ordonne de les remplir de vivres.

« Remplis tous les sacs !

– Ok, compris ! » répond Rob.

Ils se mettent à la tâche, et une fois les sept sacs remplis, ils sortent de derrière le comptoir pour aller regarder dans les rayons ce qui pourrait encore leur être utile. Soudain des bruits de craquements provenant de la porte d'entrée, accompagnés de bruits de verre brisé, les font s'interrompre.

« Ils nous sentent ! » fait remarquer Anna, recroquevillée dans un coin du magasin, en entendant les zombies renifler comme des chiens de chasse flairant un terrier. Ayant senti que des proies étaient enfermées là, les morts-vivants se jettent violemment sur les portes pour tenter d'entrer. Tout à coup, la panique redouble et envahit, tel un raz-de-marée, tout le groupe de rescapés… Et pour cause : les portes viennent de céder sous les assauts répétés des zombies. Instinctivement, Élina prend Cindy et Anna par la main, pour les emmener derrière le comptoir, sans s'apercevoir qu'un mort-vivant les suit. Toutes les trois s'accroupissent, pensant être hors de vue, mais se rendent très vite compte qu'elles ont été repérées. Élina regarde rapidement autour d'elle, cherchant quelque chose qui pourrait lui servir d'arme, quand elle aperçoit des outils posés sur une étagère.

« Il arrive ! » crie Anna, complètement affolée. En une fraction de seconde, le zombie se jette sur Élina qui juste avant a eu le temps de saisir un tournevis qu'elle lui enfonce dans le crâne. Il s'écroule aux pieds d'Anna qui, pétrifiée, reste immobile. Élina se met à crier à Jo et Rob de venir les rejoindre. Elle crie de toutes ses forces, dans l'espoir qu'ils l'entendent malgré l'infernal vacarme qui règne dans la supérette. Jo finit par percevoir sa voix, et se met à courir en leur direction. *Mais où est Rob ?* se demande-t-elle en voyant Jo arriver seul. Elle obtient aussitôt sa réponse en voyant un corps putréfié voler à travers la pièce et s'écraser sur un mur, suivi d'un autre,

21

et encore un autre. À la fois étonnés et admiratifs, Élina et Jo contemplent ce spectacle de zombies volants qui les laissent bouches bées. Quand Rob apparaît enfin devant eux, il tient fermement par la nuque un mort dans chaque main. « Viens ici ! Tu joueras plus tard ! » l'enjoint Élina. Rob s'exécute : il fracasse les crânes des deux morts l'un contre l'autre – occasionnant un bruit qu'Élina n'est pas prête d'oublier – enjambe les corps qui jonchent le sol, et rejoint ses compagnons.

Baissés derrière le comptoir, ils restent tapis dans l'ombre, le temps de trouver un plan pour s'échapper. Élina, assise à côté de Rob, enlève du bout des doigts les morceaux de cerveau et de boîte crânienne restés collés à son débardeur.

« C'est toi qui as tué celui-ci ? l'interroge Rob, en désignant le corps gisant près du comptoir.
– Oui ! répond-elle avec un sourire fier.
– Bravo ! Et avec quoi ? »
Sans dire un mot, elle lui tend le tournevis.

« Ah oui : risqué, mais bien joué ! concéda-t-il.
– Merci. »
Jo, lui, réfléchit à une solution. Pour regarder si la voie est libre, il lève la tête par-dessus la caisse enregistreuse, laquelle s'ouvre d'un coup sec et lui atterrit sur le menton. Déstabilisé par la douleur et l'effet de surprise, il tombe en arrière et atterrit sur les jambes de Rob. Amusées par la situation, Cindy, Anna et Élina sourient, tandis que Jo et Rob, rouges de honte, se repoussent l'un

l'autre. « Un peu de sérieux ! Ce n'est pas le moment de rigoler ! » réplique Jo, un peu vexé. Avec prudence et discrétion, Jo se lève à nouveau pour voir ce qu'il se passe de l'autre côté du comptoir. Élina et Rob l'imitent, et découvrent avec lui un spectacle si affreux et dérangeant que l'envie de rire leur passe immédiatement. Tous les autres rescapés qui s'étaient réfugiés dans la supérette sont en train de se faire massacrer sous leurs yeux. Les visions d'horreur se multiplient avec des bras arrachés, des têtes décapitées, et des ventres ouverts à l'intérieur desquels les zombies plongent la tête pour se repaître du plus d'organes possible. Des traînées, giclures et gouttes de sang recouvrent les murs blanc et jaune du magasin transformé en véritable boucherie. Élina, l'espace d'un instant, laisse son esprit divaguer et se dit que dans l'ancien monde cela aurait pu être considéré comme de l'art abstrait. *On peut y voir une certaine forme de beauté si on fait un effort pour oublier qu'il s'agit de sang humain*, songe-t-elle. Sauf que ce monde n'existe plus, et que ça signifie qu'il faut fuir.

« On se tire, et vite ! » chuchote Jo pour ne pas être entendu des zombies.

Au moment où le petit groupe contourne le comptoir pour s'enfuir, Élina glisse sur quelque chose et manque de tomber. Elle se rattrape aussi silencieusement que possible à Rob, puis regarde sur quoi elle a glissé. Un bout d'intestin. Elle sent qu'elle est sur le point de vomir, mais réussit à se retenir de justesse. Rob, quant à lui, grimace de dégoût. À peine dehors, il s'arrête et fait demi-tour.

« Que fais-tu, bordel ? marmonne Élina.

—   Attends-moi là ; je reviens tout de suite ! » dit-il, en disparaissant dans la supérette.

Il en ressort rapidement, les bras encombrés par les sept gros sacs à dos. Il en donne un à chaque femme, deux à Jo – qui fait une grimace à cause du poids – et en garde deux pour lui. « Ce sont les vivres ! » précise-t-il. Jo hoche la tête pour remercier Rob de cette initiative.

Élina, elle, se penche vers lui et dépose un baiser sur sa joue. « Pourquoi ce baiser ? » demande-t-il, à la fois étonné, gêné et heureux.

En guise de réponse, elle se contente de lui sourire, et se met   en   route   comme   si   de   rien   n'était.

ELINA

Élina était une jeune femme épanouie qui vivait en banlieue parisienne, dans une petite ville des Yvelines appelée Achères, où elle avait fait construire une jolie maison blanche, entourée par un vaste jardin qu'elle entretenait quand elle avait le temps. Cet endroit lui plaisait pour le calme qu'il offrait, loin du stress de la vie parisienne, et à proximité d'une forêt dans laquelle elle se promenait tous les dimanches matin. Elle appréciait particulièrement la paix qui régnait dans ce bois où elle croisait souvent des animaux. Ces derniers s'arrêtaient à son passage et l'observaient un instant, avant de retourner tranquillement à leurs occupations. Si le lieu semblait idyllique, il y avait néanmoins une contrepartie à ce calme abyssal : sa vie n'était pas très mouvementée, et parfois Élina s'ennuyait, dans la solitude qui était la sienne. Elle n'avait pas d'enfants, et ne souhaitait pas en avoir pour le moment, estimant qu'à trente-et-un ans, elle avait tout le temps de fonder une famille. En revanche, elle aurait bien aimé avoir un homme dans sa vie, mais elle n'avait pas le temps pour ça, avec son travail qui l'accaparait... En réalité, elle ne cherchait pas vraiment à faire des rencontres, et ne semblait pas réellement prête pour ça. Elle avait pourtant conscience de son potentiel de séduction, mais n'en abusait pas. Comme toutes les femmes, elle avait certes quelques imperfections, mais elle préférait focaliser sur ses atouts, et prenait soin de les mettre en valeur. Mince et de taille moyenne, cette trentenaire aux cheveux châtains, coupés en un carré plongeant, faisait toujours en sorte d'être coquette. Finalement, ce qui l'empêchait d'avoir une relation de couple n'était rien de plus que son manque d'envie de faire des concessions. Elle avait ses petites habitudes, et elle savait qu'un compagnon chamboulerait tout ça. Il faudrait prendre soin de lui, chercher des compromis, rendre des comptes sur les amis, les sorties, etc. Or elle ne voulait pas de ça. Elle avait déjà eu deux relations sérieuses qui s'étaient très mal terminées, et ayant énormément souffert de ces histoires, elle ne voulait pas que cela se reproduise. De plus, elle sentait bien qu'elle n'attirait que des secoués du bocal donc, pour son bien-être, elle avait estimé préférable de faire une pause sentimentale. Elle espérait cependant qu'un jour son prince charmant viendrait la trouver, même si une partie d'elle ne croyait plus aux contes de fées depuis longtemps. En tous les cas, pour le moment, elle était libre, indépendante, et tenait à le rester, car cela lui convenait très bien.

Sa vie professionnelle était, quant à elle, plus animée que sa vie privée, puisqu'elle était propriétaire et gérante d'un café dans le 1er arrondissement de Paris, non loin de la rue de Rivoli.

Son « petit business », comme elle l'appelait, lui permettait de vivre correctement et de s'épanouir dans son travail. Quand elle avait commencé à construire son projet professionnel, elle savait déjà exactement ce qu'elle voulait : un café convivial et coloré. Or ces deux qualificatifs s'appliquaient parfaitement à l'établissement qu'elle a finalement ouvert. Dans la salle, elle avait disposé des fauteuils rouges, violets, orange et jaunes, assortis aux murs, et avait créé deux ambiances différentes mais qui se mélangeaient bien : une partie de la décoration était plutôt contemporaine, et une autre, rappelait les années soixante-dix. Au milieu, elle avait fait placer un large comptoir vitré accueillant des sandwichs, des salades composées et des pâtisseries alléchantes. Quant au thème principal de son établissement, elle avait opté pour une formule « Café et thé à foison », alors qu'elle-même n'aimait ni le thé ni le café. Elle adorait en revanche l'idée de faire découvrir toutes ces saveurs aux amateurs de boissons chaudes.

Les proches d'Élina avaient été très étonnés qu'elle veuille exercer un métier où le contact avec les gens était primordial, puisque Élina, en règle générale, n'appréciait pas beaucoup les gens. Elle les trouvait la plupart du temps sans grand intérêt, insipides, méchants, et parfois même stupides. Cependant, elle savait que pour réussir dans son activité, elle avait besoin d'eux ; et prenait donc sur elle pour paraître sociable. Elle jouait à merveille le rôle de la commerçante concernée par la vie de ses clients, souriant le plus souvent possible et se montrant aimable avec chacun. Elle parvenait toujours à faire bonne impression et à gagner la sympathie des autres. Elle n'aimait pas feindre les bons sentiments, mais cela lui ayant permis de développer un commerce prospère, elle s'y était habituée, et avait même fini par s'attacher à certains de ses habitués. Derrière son caractère un peu dur, Élina avait aussi de très bons côtés quand elle enlevait sa carapace. En effet, lorsqu'elle appréciait sincèrement quelqu'un, elle pouvait se montrer très spontanée, serviable, détendue, drôle, vraiment à l'écoute, et particulièrement disponible. En fait, quand une personne arrivait à se frayer un chemin dans sa vie et à y rester, c'était pour elle le signe que cette personne valait vraiment la peine qu'elle s'y intéresse, et dès lors, elle se dévouait corps et âme. Entière et sélective, elle n'avait pas beaucoup d'amis, juste deux ou trois, dont elle se contentait fort bien. Parmi eux, Jessica, qu'elle surnommait Jess et qui était devenue sa sœur adoptive, sortait du lot. Elle devait d'ailleurs la retrouver ce jour-là, à 15h00, pour boire un verre sur l'avenue des Champs Elysées.

17 septembre – 7h00

Élina sortit de chez elle à 7h00, comme elle le faisait tous les matins pour se rendre à son travail. Elle récupéra au passage le journal dans sa boîte aux lettres, et se dirigea vers la gare. Prendre les transports en commun ne l'enchantait pas vraiment, mais c'était plus économique et moins fatiguant que la voiture. Et puis dans le train, elle pouvait au moins rêvasser, écouter de la musique, ou bien encore, lire. À ses yeux, l'inconvénient majeur des transports en commun, c'était en fait les gens qu'elle y croisait. Ils sentaient mauvais, parlaient fort, jetaient leurs déchets par terre, ou prenaient carrément toute la place. Ça agaçait beaucoup Élina, mais par la force des choses, elle avait appris à faire avec.

Sur le trajet jusqu'à la gare, elle ne fit pas attention à l'ambiance inhabituelle qui régnait dans les rues. Il y avait très peu de monde dehors, et aucun bruit – ni le chant des oiseaux, ni les moteurs des voitures ou des bus – ne se faisait entendre. Mal réveillée, elle marchait comme un zombie, les yeux dans le vague, la tête ailleurs, et les bras ballants. Ce n'est qu'en arrivant sur le quai, qu'elle se rendit compte qu'il n'y avait vraiment pas grand-monde ce matin. Elle réfléchit un instant, et constata que depuis quelques jours, l'affluence de la population dans le train avait fortement diminué. *Ce n'est pourtant pas les vacances scolaires*, songea-t-elle.

Un homme et une femme se trouvaient au bout du quai, dos à elle. Tournant légèrement la tête, Élina les observa un court moment, tandis qu'ils s'entrechoquaient doucement, en poussant de petits gémissements. Elle nota, malgré la distance, que les deux individus sentaient particulièrement mauvais. *Certains devraient s'abstenir de faire la fête, car ça ne leur réussit vraiment pas*, se dit-elle. L'écran d'affichage indiquant l'approche du RER, Élina s'avança vers le bord du quai. Elle aperçut au même moment la femme se retourner, et marcher dans sa direction en boitant. Élina leva aussitôt les yeux au ciel, car elle sentait qu'elle allait lui prendre la tête, et elle ne voulait pas de ça dès le matin. *Dépêche-toi. Dépêche-toi !* répéta-t-elle intérieurement, en s'adressant au RER. Quand celui-ci arriva à quai, Élina s'y engouffra dès l'ouverture des portes automatiques, et s'installa sur un siège, côté fenêtre. Elle lança un regard vers la boiteuse qui n'était plus qu'à quelques mètres, quand l'alarme signalant la fermeture imminente des portes retentit. Manifestement surprise par ce bruit strident, la femme s'immobilisa sur le quai. Les portes se refermèrent enfin, et Élina poussa un soupir de soulagement à l'idée de ne pas avoir été importunée par cette étrange personne.

En regardant sa montre, elle se rendit compte que le train avait dix minutes de retard, ce qui en soi, ne changeait pas trop de d'habitude. Elle mit son casque sur les oreilles, et se laissa bercer par la musique, tout en observant les gens autour d'elle. Trois détails l'interpellèrent. Sur les six personnes présentes – au lieu de la cinquantaine habituelle – tous toussaient, et avaient une mine de déterrés. De plus, chose frappante, ils portaient tous un bandage : que ce soit au bras, à la gorge ou à la jambe, tous semblaient avoir été blessés. Cela lui parut très étrange, mais elle n'y prêta pas plus attention que ça, se laissant vite distraire par la musique qui résonnait dans ses oreilles.

Elle était presque arrivée à la station où elle devait faire son changement pour prendre la ligne 1 du métro, quand une femme – après une quinte de toux interminable qui avait fortement irrité Élina – s'effondra au milieu de la rame. Les yeux révulsés, elle se mit à convulser et à baver abondamment. *C'est dégueulasse*, pensa Élina en observant l'écume qui lui dégoulinait du menton. Deux voyageurs se précipitèrent vers la femme étendue, pendant qu'un autre appela les secours. Voyant la passagère prise en charge, Élina fut rassurée de ne pas avoir à intervenir, et descendit du train pour continuer son chemin dans les couloirs sombres, et étrangement déserts, du métro. Lorsqu'elle arriva, le métro était déjà à quai. Elle s'installa aussitôt, et ouvrit son journal. À la Une, un gros titre, « Morts ou pas morts ? », illustré par la photo d'un homme devant un hôpital. Il était nu, avec un teint blafard, et son torse présentait une large cicatrice en Y. Quant au contenu de l'article, il était particulièrement anxiogène mais tout bonnement invraisemblable. Il informait la population que des personnes décédées revenaient à la vie et s'attaquaient aux membres de leur entourage, en essayant principalement de les mordre. Beaucoup de cas de morsures, démembrements et de meurtres atroces avaient été recensés au cours de la semaine écoulée, selon le journaliste. Il était en conséquence fortement conseillé de ne pas sortir de chez soi, et de n'ouvrir sa porte à personne. « Qu'est-ce que la presse n'inventerait pas pour en mettre plein la vue ! », murmura Élina. Si elle ne doutait pas du fait qu'il se passait quelque chose d'anormal depuis quelques jours, elle pensait en revanche que les médias en rajoutaient des tonnes pour vendre plus de journaux ou augmenter l'audimat. *Ça ne va pas être bon pour les affaires tout ça*, se dit-elle en pensant à son café.

Depuis qu'elle était entrée dans la rame de métro, elle entendait derrière elle comme un léger gémissement qui, par moment, la déconcentrait dans sa lecture. Curieuse, elle se leva et avança tout doucement en direction du bruit. Un homme était allongé entre deux rangées de sièges. Elle se pencha au-dessus de lui, et appuya légèrement sur son épaule avec l'index. Pas de réaction. Elle recommença, et l'homme se retourna en la regardant avec agressivité.

« Hum. Quoi ?! dit-il méchamment.
–   Je voulais juste m'assurer que vous alliez bien ! Pas besoin d'être désagréable !
–   Eh bien ça va, alors allez-vous-en ! »
Vexée, Élina se retourna, et s'aperçut qu'elle était

arrivée à sa station. Elle se dépêcha de sortir, ce qui lui sauva la vie, sans qu'elle ne le sache. Juste avant que les portes ne se referment derrière elle, elle entendit à nouveau le SDF râler dans la rame. « Quoi encore ! » cria-t-il. Élina vit un homme qui se tenait près du SDF, au même endroit qu'elle occupait deux secondes auparavant. *Il ne sait pas ce qui l'attend, ce bon samaritain*, s'amusa-t-elle en observant la scène. L'homme en question se baissa et disparut de son champ de vision. Dans la rame, un cri étouffé se fit entendre, puis plus rien.

Élina fit quelques pas le long du quai puis, dos au métro, s'immobilisa, comme si elle venait d'être interpellée par quelque chose. *Mais, d'où* venait-*il, ce monsieur ?* songea-t-elle. Elle ne se rappelait pas l'avoir vu dans la rame, ni au moment où elle y était montée, ni à celui où elle était descendue du train. Elle essaya de se souvenir, mais renonça rapidement, car au fond, elle s'en fichait pas mal. Elle reprit son chemin vers la sortie, sans voir que derrière elle, une immense giclure de sang venait de repeindre les vitres du métro.

Enfin arrivée devant le café, Élina ouvrit le rideau de fer, et déverrouilla la porte d'entrée. En pénétrant dans sa boutique, elle se sentit immédiatement plus à l'aise, car ici, elle était vraiment dans son élément. Avec entrain, elle prépara le matériel et nettoya les tables. À 08h30, elle ouvrit à la clientèle, et à 10h00, la salle était déjà pleine, ce qui rassura Élina. Parmi les nombreux clients présents, elle reconnut deux habitués qu'elle aimait bien, car elle les trouvait courtois et sympathiques. L'un s'appelait Jo, et l'autre, plus timide, Rob.

Tandis qu'elle s'apprêtait à préparer la commande de Jo, son attention fut attirée par une femme qui semblait au bord des larmes. Elle s'approcha d'elle, et lui demanda si elle souhaitait quelque chose d'autre, ou seulement parler un peu. Sans détourner les yeux de son café au lait, la femme lui fit un signe de tête négatif, et versa une larme qui vint s'écraser sur la table, puis une autre, et encore une autre, jusqu'à fondre en larmes. Navrée, Élina retourna en cuisine. Au bout d'un quart d'heure, elle revint vers la femme éplorée, s'installa en face d'elle, et lui tendit un magnifique fondant au chocolat.

« À ce qu'il paraît, c'est le meilleur des remèdes, et je confirme ! Ça n'arrangera pas vos problèmes, mais au moins, pendant le temps de la dégustation, vous ne penserez qu'à ce délicieux gâteau et au plaisir qu'il vous procure ! » lui annonça-t-elle chaleureusement. La femme, amusée par cette entrée en matière, esquissa un sourire, et en prit une bouchée.

« Humm... C'est vrai que c'est un régal ! Un petit moment de bonheur...
– Vous voyez ! Je ne mens jamais ! »
Toutes deux se mirent à rire.

« Il faut que vous me donniez la recette. Je la ferai à mes enfants…

– Eh bien, c'est un secret, mais peut-être que je vais faire une exception pour vous ! Et votre mari, il y aura le droit aussi ? »

La femme, à cette question, se referma comme une huître, ce qui amena Élina à changer de sujet.

« Quel est votre prénom ?

– Cindy.

– Alors OK, Cindy : on ne parle pas de bonhomme ! Juste des enfants, et du pigeon que je vais tuer s'il continue à faire ses besoins sur ma vitrine ! »

Cindy éclata de rire tellement fort qu'elle en cracha un bout de gâteau sur la joue d'Élina, qui ne put s'empêcher de la suivre dans son fou rire. Les clients se retournèrent, curieux de savoir ce qui se passait, et en découvrant la scène, ils sourirent d'amusement.

Jo les observa, en se disant qu'elles étaient complètement dingues, mais il sourit lui aussi. À côté de lui, un jeune homme en costume gris foncé, avec une cravate rouge, et les cheveux gominés, était au téléphone. Il semblait être en conversation avec sa femme, et parlait de plus en plus fort. « Mais non, chérie ! Arrête de t'inquiéter ! Il ne se passe rien ici. Je suis au café, et tout le monde va bien. Dehors il y a quelques personnes qui se promènent ou qui vont manger ou travailler. Rassure-toi ! »

Il écouta en silence la réponse de son interlocutrice, acquiesça puis raccrocha.

« Ah, les femmes ! lui lança Jo d'un sourire entendu.

— Non, ce n'est pas ce que vous croyez. Elle a vu les informations télévisées, et me dit que c'est la guerre dehors, que des gens en attaquent d'autres, qu'a priori ils les mangeraient… Je n'ai pas tout compris, car elle était paniquée et bafouillait, la pauvre. Elle m'a supplié de rentrer, donc je vais aller la rassurer.

— Élina, pourrais-tu allumer la télévision, s'il te plaît ? demanda alors Jo.

— Oui, bien sûr, mon chou ! »

Les informations sur ces attaques tournaient en boucle. Les clients du café, médusés, s'interrompirent tous dans ce qu'ils étaient en train de faire, et regardèrent les images, dans un silence religieux. Le jeune homme, prenant conscience de la gravité de la situation, rappela sa femme pour lui dire qu'il partait tout de suite, et serait bientôt de retour. En raccrochant, il se précipita dehors, mais se figea aussitôt sur le trottoir, en fixant quelque chose sur sa droite. Puis il se retourna et se mit à taper frénétiquement sur la vitrine du café, en hurlant aux clients d'aller se cacher. À l'intérieur, personne ne comprit ni ne bougea, jusqu'au moment où ils virent un individu sauter sur le jeune homme et le plaquer au sol. S'ensuivirent des grognements et des cris de douleur qui glacèrent le sang des clients. L'un d'eux, lorsque les cris cessèrent, s'approcha prudemment de la vitrine pour voir ce qu'il était advenu du jeune homme. Il fit à peine deux pas que la main ensanglantée de celui-ci vint se coller à la vitre, puis glissa doucement, laissant dans son sillon une trace de sang dégoulinante. D'autres clients, ainsi qu'Élina, s'approchèrent à leur tour, et virent la chose qui avait sauté sur le jeune homme lui arracher la main gauche avec ses dents, en secouant la tête de toutes ses forces, puis la manger goulûment.

Face à cette scène d'horreur, Élina se mit à reculer d'un pas chancelant. Derrière elle, Jo et Rob, toujours attablés, se levèrent d'un bond, les yeux rivés sur la chose qui n'avait d'humaine que l'apparence. Cindy, apeurée, se tourna vers Élina, qui lui fit signe de venir jusqu'à elle. La boule au ventre, elle se leva pour la rejoindre, tandis que Jo et Rob commençaient à reculer, se rapprochant des deux femmes sans s'en apercevoir. Au loin, ils distinguaient des ombres qui avançaient à vive allure, tout droit sur le café.

« Oh, merde ! » s'exclama Jo sur un ton peu rassurant, avant de se tourner vers Élina pour lui demander s'il y avait un endroit où ils pourraient se cacher. Elle essayait de réfléchir vite, mais la peur l'empêchait de raisonner normalement.

« Il y a la pièce où j'entrepose la marchandise, mais la porte n'est pas super résistante ! finit-elle par répondre.

– Ça fera l'affaire, et de toute façon nous n'avons pas le choix !

– Mais qu'est-ce que c'est que ces choses ? questionna-t-elle, les yeux écarquillés.

– Apparemment, des êtres peu amicaux ! Maintenant, il faut se dépêcher ! » la pressa Jo, en jetant un coup d'œil en direction des ombres qui approchaient.

Rob, Jo et Cindy suivirent Élina jusqu'à une pièce exiguë, et se tassèrent à l'intérieur. Non loin du café, des cris indescriptibles retentirent. Ni animal ni humain, ces cris ne ressemblaient à rien de connu, mais une chose est sûre : ils étaient absolument terrifiants. Élina passa la tête dans l'entrebâillement de la porte, et vit ces choses à l'apparence humaine se jeter sur la vitrine de son café. Celle-ci finit par céder puis explosa au sol en mille morceaux. Les choses s'introduisirent dans la boutique, et se mirent à empoigner et à mordre les clients affolés, au point de leur arracher des morceaux de chair. Un vent de panique apocalyptique soufflait dans le convivial café d'Élina qui n'en croyait pas ses yeux. Les clients essayaient de fuir, mais ils trébuchaient sur les fauteuils et sur les corps, ou se faisaient alpaguer par une de ces choses. On aurait dit un champ de bataille. Élina avait envie de crier de terreur, mais son instinct de survie l'en empêcha. Il ne fallait surtout pas se faire remarquer.

L'une des choses, ayant fini d'éviscérer un client, se releva et remarqua Élina, cachée derrière la porte légèrement entrouverte. Il la regarda fixement dans les yeux, comme si, par télépathie, il lui envoyait un signal, du genre : *je te laisse un peu d'avance. Cours, avant que je ne t'attrape et te bouffe !* C'était du moins la façon dont Élina interprétait le regard fixe de cette effrayante créature. Son visage boursufflé était presque gris, et entièrement maculé de tâches de sang, parmi lesquelles on pouvait distinguer le sang frais du sang séché. Sa peau donnait l'impression d'avoir fondu par endroits, laissant apparaître des bouts d'os et de muscles. Il présentait un trou béant, aux bords irréguliers, au niveau de la joue, qui laissait entrevoir ses dents mastiquant des bouts de chair humaine. Ses vêtements étaient sales et déchirés. Entièrement déboutonnée, sa chemise à carreaux blanc et bleu dévoilait son torse couvert de multiples lacérations, morsures et petits trous réguliers. Ces derniers laissaient penser qu'il avait été criblé de balles, comme dans les séries policières.

Quand il eut terminé de mastiquer la chair fraîche qu'il gardait dans la bouche, il contracta ses muscles, fronça les sourcils, et s'élança vers Élina en sautant, sans élan, par-dessus le présentoir. Affolée, elle referma la porte immédiatement, et se retourna vers les autres.

« Il y en a un qui m'a vue ! Il arrive ! Il est là !
– Fait chier ! » soupira Jo.
Des coups violents firent vibrer la porte. Le dos plaqué à celle-ci, Élina appuyait de toutes ses forces afin qu'elle ne s'ouvre pas.

« Pousse-toi ! » lui intima Jo.

Elle se décala juste à temps pour éviter l'armoire à étagères qu'il fit basculer devant la porte pour en bloquer l'accès. Il prit ensuite tous les objets lourds qui lui tombaient sous la main et les entassa frénétiquement sur l'armoire pour renforcer son barrage improvisé. Une fois le déménagement de la réserve terminé, ils se collèrent les uns aux autres, dans l'attente et l'espoir que le calme revienne. Si tant est qu'il revienne un jour…

II

La nuit est tombée, et le petit groupe arpente les rues de Paris depuis au moins quarante-cinq minutes. Aucun d'eux ne semble rassuré, d'autant que dans le noir, la ville paraît encore plus dangereuse. Sur le qui-vive, ils avancent à pas feutrés, essayant d'anticiper le danger. Élina, elle, a les yeux rivés sur ses pieds, et se concentre pour éviter de trébucher sur les obstacles en tout genre tels que les cadavres, les carcasses de vélo, les poubelles renversées etcetera. Elle ne se sent pas à l'aise, et a l'impression d'être observée. En levant la tête vers les façades qu'ils sont en train de longer, elle s'aperçoit que des gens les scrutent par les fenêtres de leur appartement. Elle leur fait signe, mais ils ne lui répondent pas. Ils préfèrent fermer les rideaux, et se terrer dans le confort de leur petit chez eux, s'imaginant qu'ils y sont à l'abri de tout. Quelle douce utopie...

Le groupe s'arrête un instant dans une ruelle sans éclairage, mais qui paraît à peu près sûre. Rob éclaire l'endroit avec une lampe torche qu'il a trouvée sur le chemin et dont le manche est encore enserré par la main arrachée de l'ancien propriétaire. « Rien à signaler ! » annonce-t-il à ses compagnons de route. Le lieu étant pour le moment sans danger, ils en profitent pour récupérer un peu, tandis que Jo se lance dans de grandes explications sur le trajet qu'il reste à faire. « A priori, on en a encore pour trente minutes de marche », explique-t-il à qui veut bien l'écouter. Élina l'écoute, mais d'une oreille distraite. Appuyée contre un mur, elle se laisse glisser jusqu'à être assise par terre, et regarde autour d'elle. C'est la première fois depuis des jours qu'elle s'offre ce luxe : prendre le temps de contempler Paris, sa ville fétiche. Le spectacle cependant est plus désolant qu'autre chose. La ville la plus belle et la plus romantique du monde n'est plus qu'un tas de déchets, de voitures accidentées, et de ruines. Paris est devenu un immense cimetière. Des corps et des saletés jonchent le sol. Les bâtiments sont criblés de balles, repeints de sang, et souvent en flammes. Des incendies se déclarent un peu partout. Si bien que les étoiles sont devenues invisibles, à cause de la fumée épaisse qui s'étend dans le ciel. *Mon Dieu ! Tout est mort.* À cette pensée, Élina ressent une telle envie de pleurer qu'elle laisse couler doucement les larmes sur ses joues blêmes. Rob la rejoint et sans poser de questions, il s'accroupit à ses côtés, et la prend délicatement dans ses bras rassurants. Enveloppée dans cet éphémère cocon de sécurité et touchée par cette marque de gentillesse, la jeune femme relâche la pression et s'effondre totalement, dans un flot de larmes.

Pour l'apaiser, Rob la berce de droite à gauche, et pose sa tête sur la sienne, tout en lui caressant les cheveux. « Laisse-toi aller », lui chuchote-t-il. Jo les siffle et fait un signe pour leur indiquer qu'il est temps de repartir.

« Tu peux continuer ou tu veux qu'on attende encore un peu ? demande Rob en relâchant son étreinte.
– Non, c'est bon. On peut y aller. Et merci...
– À ta disposition, Mademoiselle ! »

D'un geste tendre, il dégage ses cheveux de son visage, et essuie ses larmes, en lui souriant, puis l'aide à se relever pour aller rejoindre le groupe qui se remet aussitôt en route.

Après quelques mètres, Cindy aperçoit un magasin d'articles de sport, et accélère le pas pour se placer à côté de Jo. Elle lui demande s'ils peuvent faire une halte dans cette boutique pour se changer, lui expliquant qu'elle rêve de troquer ses chaussures à talons contre une paire de tennis. Pour convaincre Jo de la nécessité de faire cette halte, Cindy insiste sur le fait qu'elle pourrait courir plus vite avec des baskets, et qu'une jupe n'était pas très adaptée au saut d'obstacles. Très douée pour vendre ses idées, elle voit sa requête acceptée par Jo, et saute de joie, en s'accrochant à son cou et en le secouant dans tous les sens. Ce genre d'effusions ayant le don de l'agacer, Jo attend stoïquement qu'elle se calme et le lâche enfin, pour avancer jusqu'à l'entrée du magasin.

« C'est fermé ! constate-t-il. C'est plutôt un bon point, car ça indique que personne, ou du moins aucun mort-vivant, n'y est entré. Maintenant, il faut ouvrir sans faire de bruit.

– Mais comment ? » interroge Élina.

Cindy, à la surprise générale, tend alors sa carte bleue à Jo, qui accueille ce geste en riant. Agacée par sa réaction, elle tente d'ouvrir elle-même la porte, tandis qu'appuyé nonchalamment contre la façade, Jo la contemple dans ses efforts, un sourire moqueur aux lèvres. Elle fait glisser la carte de haut en bas à plusieurs reprises, sans que rien ne se passe. En mal de patience, elle appuie plus fort, en faisant bouger vigoureusement la poignée, et arrive ce qui devait arriver : la carte se casse en deux. Cindy, énervée par cet échec, lance un regard assassin à Jo qui lui répond par un fou rire qu'il essaie de contenir de ses mains pour ne pas faire de bruit. Face à sa réaction, elle laisse sa colère se dissiper, et se met elle aussi à rire. « Ce n'est pas comme si j'avais des courses à faire ! » conclut-elle en jetant les restes de sa carte à terre. Jo longe alors la rue à la recherche d'une autre solution, et aperçoit sur le sol un pied de biche. « On trouve de tout maintenant dans les rues ! » décrète-t-il avec ironie en ramassant l'objet. Il retourne se poster devant la porte, et en plaçant le pied de biche à un endroit stratégique, réussit à faire céder la serrure en moins de temps qu'il n'en faut pour le dire.

Il ouvre la porte, se penche en avant pour vérifier qu'il n'y a pas de danger, et tel un gentleman, fait signe à Cindy de passer.

Les uns derrière les autres, ils entrent dans la boutique, puis se séparent pour partir à la recherche d'une nouvelle tenue, de chaussures plus adéquates, ou de choses qui pourraient servir d'armes défensives. Cindy et Élina, qui avaient choisi d'arpenter le magasin en binôme, finissent par trouver leur bonheur vestimentaire, et s'empressent de se changer.

« Des vêtements propres ; ça fait un bien fou ! s'exclame Élina.

– Oh, que oui ! Et ils sentent bon ! se réjouit sa comparse.

– Prenez des vêtements sombres, Mesdames ! précise Jo, au loin. Le rose, ce n'est pas une bonne idée !

– Tu nous prends pour des idiotes ou quoi ?! rétorque Cindy, en se dépêchant de troquer son polo rose contre un noir, sous le regard amusé d'Élina.

– Oui !

– Vieux con ! Il voit tout celui-là, c'est affolant... » marmonne-t-elle à Élina.

– Je confirme ! Et il t'a bien eue sur ce coup ! » lui répond cette dernière en souriant.

Anna rejoint les filles, et les observe pendant qu'elles terminent de se préparer. Pour sa part, elle n'éprouve pas le besoin de se changer : elle se sent déjà bien dans ses rangers à coques renforcées et dans ses vêtements amples.

Au bout de quelques minutes, tous se regroupent à l'entrée du magasin, à l'exception de Rob.

« Rob ! appelle Jo. Où es-tu ?

– J'arrive avec des cadeaux, les enfants ! Le Père noël est en avance cette année ! annonce Rob en les rejoignant avec, sous le bras, cinq clubs de golf.

– On ne fera pas de détour par le golf, mon cher ami ! plaisante Élina

– Non ? Dommage... Bon, trêve de plaisanteries ! C'est une bonne arme : un coup, égal de gros dégâts sur un crâne humain !

– Je ne verrai plus jamais le golf de la même manière ! » réplique-t-elle à ces mots.

Rob, après avoir lancé un club à chacun, leur montre comment s'en servir. Le fait de voir un grand balaise comme lui faire des mouvements aussi minutieux et précis est un spectacle assez comique. Malgré ça, tout le monde l'écoute avec concentration, afin d'apprendre comment frapper efficacement l'ennemi.

« C'est bon, vous êtes tous au point. On peut y aller maintenant ! décrète Jo.

– Et si on dormait ici ? propose Anna, un peu fatiguée par leur longue marche dans les rues de Paris.

– Non, nous ne sommes pas en sécurité dans cet endroit ; il vaut mieux continuer. Nous sommes presque arrivés ! répond Jo.

– Mais il y a une salle de repos avec une porte à verrou, au premier étage. On peut s'y cacher quelques heures ! » insiste-t-elle.

Rob pose sa main sur l'épaule de Jo, et lui fait comprendre par le regard qu'il serait bien d'accepter.

« OK, je capitule… » déclare Jo, un peu blasé. Soulagés, les membres du groupe le remercient en chœur, puis se dirigent aussitôt au premier et dernier étage, pour s'installer dans la salle de repos repérée par Anna. Rob et Jo les y rejoignent un peu plus tard, ramenant avec eux des sacs de couchage, des barres et des boissons énergétiques ainsi que des bouteilles d'eau qu'ils ont récupérés dans les rayons.

« Mes héros ! s'exclame Élina sur un ton enjoué.
– NOS héros ! » souligne Anna, en souriant.

Tout le groupe s'étonne de voir Anna participer à la conversation avec une telle spontanéité.

Ils sont contents de constater qu'elle commence à se sentir à l'aise avec eux.

Une fois la porte verrouillée, chacun s'allonge dans son sac de couchage, et tous se disent bonne nuit, avant de sombrer bien vite dans un sommeil profond. Seul Jo reste à moitié éveillé, car il faut bien que quelqu'un monte la garde. Observant ses compagnons en train de dormir, il se rend compte qu'il s'est attaché à eux, et qu'il les apprécie.

« Dormez bien. Je vous protège », murmure-t-il.

Lorsque les rayons du soleil viennent danser sur son visage, Élina ouvre doucement les yeux. La vision encore floutée par le sommeil, elle s'étend et se frotte les paupières. L'espace d'un instant, elle a l'impression d'être de retour chez elle, dans son lit douillet… mais ses idées se remettent vite en place et la dure réalité la rattrape. Elle se redresse pour s'asseoir. Que ne donnerait-elle pas pour une bonne douche, et surtout pour se laver les dents. *Quelle mauvaise haleine !* se dit-elle.

Tout le monde dort encore, sauf Jo qui n'est plus là. Élina le cherche du regard, mais ne le trouvant pas, elle commence à paniquer et réveille les autres. « Jo a disparu ! Il faut le retrouver ! »

Tandis qu'ils se lèvent péniblement, l'esprit encore embrumé par le sommeil, Élina ouvre la porte déverrouillée et tombe nez à nez avec Jo qui, surpris, recule légèrement. Il ne s'attendait pas à voir quelqu'un debout, et encore moins, juste derrière la porte.

« Tu étais où ? On s'est inquiété ! lui déclare Élina, sur un ton de reproche.
– Calme-toi, s'il te plaît. Je suis allé au supermarché d'en face chercher de quoi manger pour ne pas taper dans nos réserves. Et devine ce que j'ai trouvé !
– Quoi ? demande Élina, d'une voix plus douce, et un peu gênée.

– Des croissants, des pains au chocolat et des pains aux raisins en sachet ! Les dates de péremption sont dépassées de cinq jours, mais on ne va pas faire les difficiles, n'est-ce pas ?

– C'est vrai ? rebondit Élina, incrédule quant à la perspective d'un vrai petit déjeuner.

– Eh oui ! répond Jo avec un large sourire triomphal.

– Tu es trop fort ! s'enthousiasme Anna, heureuse comme jamais il ne l'avait vue depuis qu'il la connaît.

– Et ce n'est pas tout... J'ai aussi un Butagaz, de l'eau, du lait, du café soluble, et du chocolat en poudre ! »

En entendant ça, toutes les filles se ruent sur lui et le couvrent de bisous, spectacle qui fait rire Rob aux éclats.

« Merci Jo ! dit-il. Tu as dormi la nuit dernière ?

– Oui, un peu. J'ai aussi monté la garde.

– Bon, la prochaine fois, c'est moi qui le fais, et toi, tu dors, d'accord ?

– Et on le fera chacun notre tour, OK ? » ajoute Anna.

Jo, touché par ces attentions, acquiesce en souriant. Il se sent bien avec eux. Il n'a jamais été vraiment famille, comme on dit, mais dorénavant, il les considère comme sa famille, et cette pensée lui plaît. Reprenant son air de macho, il repousse doucement les filles, et propose de passer à table. Ne jamais montrer ses sentiments : c'est sa ligne de conduite depuis toujours, et il n'est pas prêt à en changer.

Assis en cercle autour du Butagaz, ils prennent leur petit déjeuner dans la convivialité, comme une vraie famille autour de la table de la cuisine par un matin ensoleillé. Pendant cette heure de répit, tous oublient ce que ce monde est devenu et ce qui les attend dehors.

Le repas terminé, chacun se sent heureux d'avoir eu le droit à un tel instant de détente.

« Je suis repu ! déclare Rob en s'allongeant.
– Euh, je ne voudrais pas casser l'ambiance, mais il faut y aller maintenant ! » annonce Jo.

Tous se lèvent et reprennent leurs sacs à dos, prêts à se remettre en route. Jo, en meneur, passe devant, et au moment où il ouvre la porte, il se retrouve face à face avec un mort-vivant entouré d'une dizaine d'autres. Il tente immédiatement de refermer la porte, mais les zombies se ruent dessus et l'en empêchent. Le groupe s'unit pour tenter de résister, mais rien n'y fait : ils sont trop forts et trop nombreux.

« La fenêtre ! crie Anna en la montrant du doigt.
– Vas-y ! » lui hurle Jo.

Elle court aussitôt vers celle-ci et tente de l'ouvrir, mais sans y parvenir.

« Elle est coincée !
– Débrouille-toi, mais ouvre-la, et vite !
– OK, OK ! »

Elle tire aussi fort qu'elle peut, mais n'arrive toujours pas à ouvrir cette satanée fenêtre. Elle saisit alors son club de golf, et donne un grand coup dans la vitre qui se brise. Puis, avec l'aide de Cindy, elle place sous la fenêtre une table sur laquelle se trouvent des ustensiles de cuisine qu'elle dégage d'un revers du bras.

« Foncez ! » leur ordonne Jo. Elles ne se font pas prier pour obéir à cet ordre salutaire, et Cindy s'empresse d'y aller la première. Elle grimpe sur la table, passe son buste par la fenêtre, et disparaît de l'autre côté. Un bruit de fracas retentit. « Merde ! C'est haut ! Je me suis fait mal ! » se plaint-elle.

Anna la suit, sans marquer la moindre hésitation. Entre se faire mal en tombant par une fenêtre, et être dévorée par d'horribles créatures, son choix est vite fait.

« Vas-y, à toi ! » crie Jo à Élina qui s'éloigne de la porte en courant et saute à son tour par la fenêtre, pour atterrir dans une petite allée pavée, entre deux bâtiments recouverts de lierre.

« À toi, Rob ! hurle Jo.
– Hors de question ! Je ne te laisse pas seul ; tu ne tiendras jamais !
– C'est un ordre !
– Va te faire voir ! On n'est pas à l'armée là ! On fonce tous les deux, à trois !
– T'es vraiment têtu ; tu le sais ?
– Que de compliments ! Allez : Un ! Deux ! Trois ! »

Ils relâchent la pression sur la porte, et courent tous deux en direction de la fenêtre. Jo, en tête, s'élance le premier par l'ouverture, tandis que Rob est ralenti par un zombie qui a réussi à agripper un bout de son débardeur.

Dès qu'il atterrit, Anna aide Jo à se relever et le laisse reprendre son souffle suite à son atterrissage sur le dos qui lui coupa le souffle.

« Où est Rob ? s'écrie Élina, manifestement très inquiète.

– Il me suivait de près… Je ne comprends pas qu'il ne soit pas là. Il a dû avoir un problème là-haut ! répond Jo, l'air dépité et la gorge serrée.

– Comment ça ?! Rob ! Rob ! Réponds-moi ! Rob ! supplie Élina, au bord des larmes.

– Élina ! Viens ! On doit y aller maintenant ! On n'a pas le choix. Ils vont nous entendre et débarquer ! intervient Cindy.

– Non ! Faites ce que vous voulez, mais moi, je ne le laisse pas ! Je sais qu'il est encore… »

Elle n'a pas le temps de finir sa phrase que Rob tombe juste à ses pieds.

« Tu n'as rien ? s'empresse-t-elle de lui demander.

– Non, je ne crois pas ! répond-il en se tenant les côtes et en gémissant de douleur.

– Ils t'ont mordu ?

– Non ! Je crois juste qu'en tombant je me suis cassé une côte. »

Rassurée, elle l'aide à se relever et le prend dans ses bras, en le serrant aussi fort qu'elle est heureuse.

« Élina, tu me fais mal !
– Oups, pardon ! »

Elle se recule, et dévoile à Rob les larmes de joie qui coulent sur ses joues, mais la séquence émotion est écourtée par l'irruption de morts-vivants qui arrivent sur le côté du bâtiment. Ils accourent vers eux comme s'ils n'avaient rien mangé depuis des années. « Je ne veux pas vous déranger, mais il faut y aller maintenant ! » s'exclame Cindy. Contraints de se presser pour échapper aux zombies, ils se remettent à courir. *Toujours courir !* songe Élina qui ne s'étonne pas d'avoir beaucoup maigri en quelques jours. Entre le fait de courir sans arrêt et celui de ne pas manger suffisamment, elle a beaucoup puisé dans ses réserves de graisse.

Anna, en tête du groupe, arrive la première au bout de l'allée, mais se heurte à une chose massive dans laquelle elle s'enfonce avant de rebondir, pour au final tomber en arrière. La première chose qu'elle distingue ce sont d'énormes pieds face à elle. Puis son regard remonte tout doucement, détaillant au fur et à mesure ce qui s'offre à sa vue. Un pantalon bleu, déchiré et de grande taille ; un T-shirt basique jaune, déchiré lui aussi et tâché de sang ; des bras volumineux et musclés ; un cou de taureau aux veines apparentes, surmonté d'un visage carré auquel il manque un nez et un bout de pommette.

L'homme, de son vivant, avait dû être culturiste de haut niveau.

« Euh, on fait quoi maintenant ? demande Anna, en reculant.

– Je vais détourner son attention ! » répond Jo.

Il se met alors à crier en remuant les bras pour interpeller le géant. Quand ce dernier tourne la tête en direction de Jo, Anna en profite pour se faufiler le long du mur et dépasser le culturiste, suivie par les autres membres du groupe qui l'imitent.

Les morts-vivants lancés à leurs trousses arrivent bientôt à hauteur de Jo qui se retrouve vite encerclé. Il prend une grande respiration pour se donner du courage, et court à toute vitesse en direction du zombie qui ressemblait à Hulk. Au dernier moment, il se laisse tomber et glisser entre les jambes du monstre, mais celui-ci le rattrape in extremis par les cheveux et le tire pour le faire repasser face à lui. Rob tente de venir en aide à Jo : dos au géant, il frappe ce dernier sur la nuque avec son club de golf, mais cela ne fait que le mettre encore plus en rogne. L'effrayant culturiste maintient toujours Jo, qui se débat comme un diable, par les cheveux. Rob a alors l'idée de prendre son club à l'envers, et d'enfoncer le manche dans le crâne du mort-vivant. Traversant la boîte crânienne, le manche ressort par l'œil droit du culturiste qui relâche aussitôt sa prise sur Jo et s'écroule sur le dos. Jo se redresse et court rejoindre les autres, mais Rob, lui, n'a pas l'intention de partir sans son précieux club de golf. Il tire sur le manche de toutes ses forces, mais quelque chose bloque, et le club ne bouge pas d'un iota. Déterminé et voyant les autres morts-vivants approcher à grands pas, Rob pose la semelle crantée de sa chaussure sur le visage du mort, au niveau de l'orifice du nez disparu, et fait pression dessus, tout en tirant sur le club d'un coup sec. Le crâne du zombie craque et se fend, permettant à Rob de récupérer son club de golf. Il contemple, avec une curiosité morbide, les morceaux de cerveau qui sortent du trou laissé par le club, et la matière grise s'écoulant par la plaie béante. « Par-là ! » lui crie Jo pour le presser un peu.

Le groupe reprend sa course, toujours poursuivi par la même horde de morts-vivants. « Nous y sommes presque ! Courage ! » hurle Jo, au bout de dix minutes, sentant que certains commençaient à fatiguer. Impossible hélas de se reposer, car les morts, eux, sont toujours en forme, et ne les lâchent pas d'une semelle.

Une, deux puis trois détonations retentissent soudain, suivies de près par une rafale de coups de feu. « Ralentissez ! C'est bon, la voie est libre ! » leur annonce-t-on lorsque les tirs cessent. Suivant la direction de la voix, ils lèvent les yeux au ciel, vers une femme métisse qui leur fait signe depuis le toit d'un immeuble. Sa silhouette est athlétique, et elle semble jeune, dix-huit ans ou à peine plus. L'immeuble sur lequel elle est perchée abritait apparemment les locaux d'une entreprise. Difficile de savoir laquelle, puisque l'enseigne partiellement éteinte et détruite ne laisse voir que les lettres « AST », qui sont encore lumineuses.

Alors qu'ils sont au pied de l'immeuble, la jeune femme se penche vers eux.

« Ça va, vous n'avez rien ? s'enquit-elle.

– Non, ça va, merci. Et jolis tirs, au fait ! lui répond Rob.

– Merci ! Je me défends pas mal à ce jeu-là !

– Oui, en effet.

– Bon, maintenant, tirez-vous ! leur ordonne-t-elle.

– Comment ça ? demande Rob, très surpris par la réaction de la jeune femme.

– Tu ne comprends pas les mots qui sortent de ma bouche ou quoi ?! TIREZ-VOUS !

– Mais pourquoi ? insiste Rob qui ne comprend toujours pas.

– Parce qu'ils vont bientôt revenir, et qu'il ne vaut mieux pas qu'ils vous trouvent ici !

– Qui ?

– Qui ? Qui ? Qui ? répète-t-elle comme un perroquet, pour se moquer de l'insistante curiosité de Rob.

– Mais nous ne voulons créer d'ennuis à personne ! intervient Jo.

– Ah bah ça, je m'en doute bien ! Et c'est pour ça que je vous dis de partir, car eux, les emmerdes, ils aiment ça ! Ils vont vouloir vous prendre vos sacs, vos vêtements, vos armes si vous en avez, et vos petites copines aussi !

Alors ?

Vous voulez toujours rester et tailler une bavette ?!

– Euh, non merci ! déclare Cindy, soudain pressée de reprendre la route.

– Mais pourquoi nous prévenir ? interroge Élina.

– Parce que je ne suis pas comme eux, et heureusement pour vous !

– Mais dans ce cas, pourquoi vous restez avec eux ? demande encore Élina.

– Parce que je suis bien nourrie, et qu'ils ne me cherchent pas de poux, car ils savent que je serais capable de les tuer pendant leur sommeil, au cas contraire... Ah oui, et un détail important : ce sont mes frères ! »

Elle s'interrompt en entendant au loin gronder un moteur de voiture.

« Magnez-vous, ils arrivent ! leur crie-t-elle.

– Merci, et bon courage, quand même ! » lance Rob en guise d'au revoir ou d'adieu, tandis que la jeune femme lui tourne déjà le dos, visant à nouveau l'horizon avec son fusil.

Peu motivés à rencontrer les frères de la jeune fille, ils ne traînent pas et repartent de leur côté en petites foulées. Au bout de quelques mètres, ils aperçoivent la fameuse voiture qui arrive dans leur direction, et se cachent derrière un muret, en se faisant tout petits. La voiture passe à leur niveau à vive allure, avec la musique à fond, et freine un peu plus loin, dans un bruit strident de crissement de pneus. Quand cesse le bruit du moteur, un grand noir costaud, âgé d'une trentaine d'années, sort du véhicule côté conducteur, tandis qu'une jeune femme blanche dans la même tranche d'âge descend du côté passager. Deux autres hommes, tous les deux noirs et de corpulence normale, ainsi qu'un petit gringalet blanc sortent de l'arrière de la voiture. Le grand homme noir et la femme blanche s'enlacent puis s'embrassent fougueusement. Le blanc bec, lui, retourne sa casquette de manière à placer la visière derrière sa tête, et fait le beau devant la jeune métisse toujours perchée sur le toit.

« Tu veux voir ce qu'on a trouvé pendant notre expédition ? lui crie-t-il.
– Vas-y, montre-moi ! Je suis impatiente ! »

Un sourire en coin, il ouvre le coffre de la voiture, pour en faire sortir un homme ligoté et cagoulé.

« Il a voulu faire le grand et nous a cherché des noises ! Alors on lui a montré qui était le maître, et on l'a emmené ! » explique-t-il, tout fier de lui.

Sans se soucier du fait que les morts-vivants pourraient les entendre, ils se mettent à rire à cœur joie, et rentrent bruyamment dans l'immeuble avec leur prisonnier.

« Il faut l'aider ! implore Anna, en tirant sur la manche de Jo.

– Quoi ?! Ça ne va pas ! On ne rentre pas là-dedans sans armes pour sauver un homme qu'on ne connaît même pas ! rétorque Jo.

– Mais…

– Il a raison ! la coupe Rob. Ils sont armés. Si on rentre, on est tous morts. Tu comprends ?

– Oui, je comprends ».

Tous se relèvent de derrière le muret, prêts à partir, quand ils aperçoivent le prisonnier sortir du bâtiment en courant. Celui-ci ne porte plus la cagoule qui quelques minutes plus tôt lui couvrait le visage. Anna se précipite pour lui venir en aide, mais Rob la rattrape par le col de son sweat, puis lui fait signe de s'asseoir et de se taire. Refusant d'obéir, elle gigote dans tous les sens, et lui pousse le bras pour tenter de se dégager de son emprise.

« Il faut que j'y aille ! Il faut que je le sauve !

– Mais pourquoi tu t'entêtes ?

– C'est Yohann ! C'est mon petit ami ! crie-t-elle les larmes aux yeux.

– Quoi ?! »

Surpris, Rob lâche le col d'Anna qui en profite pour se lever et s'élancer vers son petit ami. En la voyant courir vers lui, ce dernier lui fait un signe de la main pour lui indiquer de ne pas venir. Anna, sans comprendre la raison de ce message, s'arrête net dans sa course. « Je t'aime » lui dit-il en remuant simplement les lèvres, sans qu'aucun son ne sorte, et en pleurant.

Au même instant, Anna aperçoit la femme blanche sortir du hall et pointer une arme sur Yohann. Elle n'a pas le temps de le prévenir que la femme appuie sur la détente, lui tirant une balle en plein dans le dos. Anna, tétanisée, sent son cœur se serrer quand elle voit Yohann s'écrouler. Élina accourt vers elle, la ramène derrière le muret, et lui enfouit la tête dans le creux de son épaule, pour étouffer ses cris et pleurs. « Chut, chut, chut... Je suis là, ma belle » lui murmure-t-elle en lui caressant les cheveux.

La femme qui vient d'abattre froidement Yohann balaie du regard les environs, et repart en direction de l'immeuble. De l'autre côté du muret, Anna dont le corps est tout crispé est prise de violents tremblements. Ne pouvant plus contenir sa douleur, elle se met à hurler de toutes ses forces, tandis qu'Élina la serre encore plus fort contre elle, pour tenter de l'apaiser et d'étouffer ses cris.

« Une nouvelle nuit se profile, et il va falloir avancer, signale timidement Jo.
– Attends un peu, s'il te plaît » lui demande Élina.

Jo baisse la tête, attristé par la souffrance d'Anna et conscient de sa maladresse. Il aimerait trouver les mots justes pour la soutenir, mais il n'y arrive pas.

Quelques minutes plus tard, un mort-vivant, vêtu d'une tenue de course verte, arrive près du corps de Yohann, talonné par un autre portant une chemise blanche et un jeans bleu foncé. Tous les deux le reniflent et se grognent dessus, comme si chacun voulait marquer son territoire. Le coureur se sert en premier, et se dépêche d'arracher un bout de chair à la cuisse de Yohann. Le second tente d'en faire autant, mais se fait repousser violemment. N'appréciant pas l'attitude de son congénère, il agrippe les épaules de Yohann pour le tirer vers lui. Le coureur, décidé à ne pas partager son repas, prend alors les jambes du cadavre, et tire aussi de son côté. Ils hurlent et se livrent une bataille sans merci, jusqu'à ce que, dans un bruit terrifiant de craquements, le corps cède et se scinde en deux. Le coureur continue à manger la cuisse, tandis que le second s'attaque aux viscères.

Élina, qui a observé la scène, fait en sorte qu'Anna ne voie pas ce carnage, en la plaquant contre elle. Anna la repousse doucement pour se libérer de son étreinte, et reste assise, dos à Yohann, le regard fixé sur un mur, sans dire un mot. Quand elle commence à reprendre ses esprits, une heure s'est écoulée, et les deux morts-vivants, rassasiés, sont partis depuis peu. Il ne reste plus que les os et quelques bouts de viande sur le bas du corps de Yohann, alors que le haut est resté pratiquement intact. *Pourquoi ont-ils arrêté de manger ?* se demande Élina. Anna n'a pas la force de faire face à la scène, et demeure immobile, le dos toujours tourné à celui qu'elle aimait. Rob, le regard fixé sur la carcasse du jeune homme, se raidit soudain d'effroi, sous le regard perplexe d'Élina. Lorsqu'elle se retourne, elle découvre ce qui le perturbe autant : un des doigts de Yohann bouge légèrement, puis c'est bientôt toutes ses phalanges qui s'animent. « Oh non, pas ça ! » dit Élina à voix haute, sans penser au fait qu'Anna pouvait l'entendre. Cette dernière pivote la tête vers elle, l'air interrogateur.

« De quoi ?
– Non, rien. Oublie ce que je viens de dire ; ce n'est rien ».

N'en croyant pas un traître mot, Anna fronce les sourcils et se retourne en direction de la rue, où gît le corps de son petit ami. « Mais il bouge ! Il est en vie ! » s'exclame-t-elle, folle de joie. Elle se lève d'un bond pour le rejoindre, mais est arrêtée par Rob.

« Ce n'est plus lui. Tu le sais, ça ?
– Peut-être que si ! s'insurge-t-elle.
– Non, Anna !
– Mais…
– Non ! Il faut te préparer à ce que tu vas voir ».

Anna hoche la tête pour indiquer à Rob qu'elle a compris.

« Je t'accompagne, si tu veux, lui propose-t-il.
– Non. Je dois y aller seule ! »

Elle s'empare de son club de golf, et avance la tête haute vers son devoir, sous le regard admiratif de Rob. Il se dit que pour son jeune âge, cette fille a un sacré courage.

Anna se poste devant Yohann, qui est face contre terre, et baisse les yeux vers lui. Sentant sa présence, il relève la tête dans un mouvement très lent, comme si elle pesait des tonnes, et la tourne vers elle. Anna est surprise en découvrant son visage : c'est bien Yohann, mais elle ne le reconnaît pas. Ce n'est déjà plus vraiment lui. Sans qu'elle n'ait le temps de le voir venir, il s'agrippe à sa cheville, et elle sent ses dents se planter dans le bout renforcé de sa botte. Elle sursaute, dégage son pied et recule immédiatement, tandis qu'il lui lance un regard de supplication. Elle comprend alors qu'il la supplie de lui rendre sa nourriture, et que cette nourriture, c'est elle. Elle est envahie par une profonde tristesse en le voyant ramper si douloureusement vers elle, laissant derrière lui une traînée de sang sombre et épais. *Comment peut-on encore vivre – si on peut appeler ça « vivre » – avec seulement la moitié de son corps ?* se demande-t-elle, le cœur serré.

Les yeux de Yohann, toujours posés sur elle, changent subitement d'expression, et lui renvoient un regard de haine. Il se met à cracher comme un chat, tout en lui montrant ses dents. Elle n'a pas le choix : elle empoigne fermement son club de golf et le soulève, puis sans réfléchir, elle frappe aussi fort qu'elle peut sur le crâne de Yohann qui explose en plusieurs fragments. Elle répète ce geste deux fois, avant qu'Élina ne vienne l'arrêter dans son élan en lui saisissant les bras. « Je pense qu'il est définitivement mort », lui dit-elle avec douceur. Des fourmillements envahissent alors le corps d'Anna. Ses jambes plient sous le poids des émotions, et elle se laisse lentement tomber au sol, soutenue dans sa chute par Élina. À genoux près de sa dépouille, elle prend la main de Yohann et la caresse avec tendresse, tout en pleurant.

« Je suis tellement désolée, mon amour. Pardonne-moi...
– Anna, tu n'y es pour rien, dit Élina.
– Pourquoi lui ont-ils fait ça ? Il était si gentil... Pourquoi ?!
– Je ne sais pas, Anna. Certaines personnes sont folles ; voilà tout.
– Ça n'excuse rien ! rétorque-t-elle, la voix noyée de sanglots.
– Je sais. Je sais. Je ne peux malheureusement pas te répondre. Rien ne justifie cela. Je… Je suis désolée, Anna, mais il faut que nous y allions maintenant. C'est trop dangereux de rester ici.
– OK, j'arrive... »

Anna pose un dernier baiser sur le dos de la main, avant de la reposer au sol. « Adieu mon bébé. Je t'aime aussi... »

Un rire tonitruant retentit derrière elle, écourtant son silencieux recueillement. Elle reconnaît aussitôt ce rire : c'est le minable gringalet qui est sorti de la voiture un peu plus tôt.

« Alors Mesdemoiselles ! s'écrie-t-il. Oh, vous partiez ? Quel dommage ! J'allais justement boire un coup, or je déteste boire tout seul. Joignez-vous donc à moi !

Jo et Rob se lèvent pour venir en aide aux filles mais Elina leur fait signe de la main de ne pas bouger. Ils s'accroupissent et attendent de voir le déroulement que va prendre la situation.

– Non, merci. Nous allions rentrer ! répond Élina en serrant la main d'Anna.
– Ah oui… ?! Et rentrer où ? » demande-t-il, tout en agitant son arme à feu.

Consciente de l'absurdité de la phrase qu'elle a prononcée, Élina reste silencieuse. C'est vrai : où pourraient-elles bien rentrer désormais, au vu du chaos qui règne un peu partout ?

L'homme s'approche d'elles, et caresse le visage d'Anna avec le canon de son pistolet. « Si j'ai bien tout suivi, c'était ton petit ami... C'est trop triste ! » dit-il en ricanant. Anna, à ces mots, lui envoie une claque magistrale sous l'effet de laquelle il se penche en avant, une main posée sur sa joue douloureuse. Fou de rage, il se redresse et l'attrape par les cheveux, pour la forcer à mettre sa tête en arrière, afin de lui enfoncer son arme dans la bouche.

« Tu fais moins la maligne là ! hurle-t-il. Tu veux peut-être que je réveille mes amis pour qu'ils s'occupent de toi ? Ils sont légèrement en manque depuis quelques jours. Leur dernière poupée est morte d'épuisement.

Alors, intéressée ?

– Non ! S'il vous plaît ! On fera ce que vous voulez ! intervient Élina en s'interposant entre Anna et lui.

– Eh bien voilà quelqu'un de raisonnable ! On va s'entendre tous les deux... »

Il retire son arme de la bouche d'Anna, l'essuie sur son pantalon, et se penche vers Élina, rapprochant de très près son visage du sien.

« Puisque tu es toute disposée à me faire plaisir, on va commencer par toi ! » déclare-t-il, tout en faisant glisser son arme le long du corps de celle-ci. Excité, il place ensuite le canon du pistolet entre les cuisses d'Élina qui frisonne de peur et de dégoût.

« Allez ! Suivez-moi, mes joujoux ! On va bien... » Il n'a pas le temps de finir sa phrase qu'un poing lui atterrit en plein milieu du visage. Sonné, il lâche l'arme, titube et s'écroule.

Rob – qui, profitant de la nuit pour se couvrir, s'était faufilé avec Jo le long des murs afin de se positionner derrière le gringalet – a senti une colère phénoménale jaillir en lui quand il vit le gringalet en train de tripoter Élina. Furieux, il a foncé droit sur lui pour lui assener un uppercut. À présent qu'il est au sol, Rob se place sur lui et le frappe sans la moindre modération. Les coups pleuvent avec une rare violence, sous le regard ébahi de Jo, Anna, Cindy et Élina qui n'avaient jamais vu Rob dans une telle rage... Elina entend même les os du visage du gringalet se casser et être broyés. Quand il s'arrête enfin, Rob reste assis un instant, à califourchon sur le corps inerte, les mains pleines de sang, le souffle court, et la tête penchée en arrière. Puis il se relève pour se diriger vers Élina et Anna.

« Vous allez bien ?

– Euh, oui... répond Anna, encore sous le choc de ce qu'elle vient de voir.

– Et toi ? demande-t-il à Élina en lui caressant la joue.

– Oui. Mieux que lui en tout cas !

– Je sais, je n'aurais pas... »

Élina pose son index sur les lèvres de Rob pour le faire taire. « Si ! Tu le devais. Et je te dis merci. »

Pendant ce temps, Jo se penche sur la dépouille du gringalet, l'examine attentivement, puis récupère l'arme qui gît à côté. « Rappelle-moi de ne jamais t'énerver ! Il est méconnaissable... C'est incroyable ! » dit-il à Rob, quand des bruits se font soudain entendre. Ils proviennent de l'immeuble abritant la bande de truands, dont les fenêtres ont été peintes à la va vite avec de la peinture noire. *Le boucan a dû alerter les autres !* se dit Jo qui voit des lumières s'allumer au dernier étage, puis à l'avant-dernier. *Sachant qu'il n'y en a que cinq, ils vont vite être dans la rue !* songe-t-il.

« Dégageons d'ici, et vite ! » déclare Cindy à voix basse, au moment où la jeune femme métisse réapparaît sur le toit, son fusil pointé sur eux. Ne sachant pas quel sort elle leur réserve, ils s'immobilisent et la regardent avec un air suppliant. Un des frères lui demande, en criant par la fenêtre, si elle voit quelque chose depuis le toit. Elle ne répond pas tout de suite, puis finit par déclarer que non, tout en faisant signe au groupe de déguerpir. Soulagés, ils s'enfuient aussitôt sur la pointe des pieds, mais à vive allure (Et oui ! C'est faisable). Cindy, dans la précipitation, bouscule assez violemment Jo qui fait tomber l'arme. Il n'a pas le temps de s'arrêter pour la récupérer, et préfère donc l'abandonner.

Sur le trajet, plus personne ne demande à faire de pause, chacun ayant hâte d'arriver enfin au garde-meuble. Après plus d'une demi-heure de marche, ils atteignent leur but. « C'est ici ! » leur crie Jo. Ils se trouvent dans la petite rue d'un quartier résidentiel, étonnamment propre et tranquille. Les résidences ne dépassent pas les quatre étages, les jardins fleuris sont bien entretenus, et les murs sont encore propres. Ici, pas de sang ni de traces de coups de feu, pour leur plus grand bonheur.

Jo s'approche de la grille principale du garde-meuble. Pour l'ouvrir, il a besoin d'un code, mais stressé par les circonstances, il n'arrive pas à s'en souvenir. Il tente d'entrer un premier code, mais sans succès, puis un deuxième qui s'avère tout aussi infructueux. Impatient, Rob lui suggère de se calmer et de réessayer, mais vu le ton employé, Jo se sent encore plus stressé et n'arrive à rien.

Cindy, elle aussi impatiente de rentrer, le retourne brusquement sans crier gare et l'embrasse fougueusement. Sa main descend le long de son dos, pour arriver jusqu'à ses fesses et s'y arrêter. Face à cette scène torride, les autres se regardent interloqués, et attendent sans faire de commentaires qu'ils aient fini leur affaire. Au bout de quelques secondes, Cindy dégage sa main des fesses de Jo, et décolle ses lèvres de sa bouche.

« Tu es détendu maintenant ? lui demande-t-elle.
– Oui, je suis détendu... » répond Jo, les yeux toujours clos et un petit sourire béat aux lèvres.

Motivé, il se replace face au digicode, compose un nouveau code, et voit cette fois-ci les grilles s'ouvrir. Tous s'engouffrent aussitôt à l'intérieur du parking. En passant devant Jo, Rob fait une petite halte à son niveau, et s'amuse de constater qu'il affiche toujours le sourire béat provoqué par l'initiative de Cindy.

« Le moment a été bon ?
– Oui, plutôt...
– Ah oui, en effet !
– Pourquoi dis-tu ça ?
– Eh bien, parce que ça se voit !
– Comment ça ? » demande Jo avec un air perplexe.

Rob baisse alors les yeux vers le bas-ventre de Jo qui, suivant son regard, remarque que son pénis s'est dressé de bonheur. Il rougit, et tous deux se mettent à rire.

« Ok, je vais essayer de me détendre ! Mais tu sais, elle embrasse foutrement bien, et elle sait te faire savoir ce qu'elle veut ! confie Jo, tout émoustillé.

– Euh, je ne veux pas connaître les détails, merci.

– Tu as tort ! Et puis je suis sûr que tu ne refuserais pas un tel geste de la part d'Élina ! le taquine-t-il.

– T'es bête ! » répond Rob en souriant.

À l'intérieur, les autres découvrent que ce garde-meuble est une vraie forteresse. Outre le code pour la porte d'entrée du bâtiment, il faut aussi un code pour l'ascenseur. Jo entre celui-ci sans hésitation. À travers le labyrinthe des boxes, tous le suivent en silence, jusqu'à ce qu'il s'arrête enfin devant le sien. Voyant la porte entrouverte, il leur fait signe de rester à distance, s'empare de son club de golf, et avance prudemment vers le box. Arrivé devant l'entrée, il donne un coup de pied dans la porte pour l'ouvrir en grand, et pénètre à l'intérieur, déclenchant sur son passage la lumière automatique. Il baisse son club, fait quelques pas en arrière jusqu'à buter contre le mur, puis se laisse glisser le long de celui-ci jusqu'à se retrouver accroupi contre la paroi. Le visage décomposé et les yeux écarquillés, il reste bouche bée en découvrant le désastre.

« Jo ? Qu'y a-t-il ? demande Rob, depuis l'extérieur du box.

– Il... Il... Il n'y a plus rien » répond-il en bafouillant.

Rob, surpris par cette réponse, entre à son tour à l'intérieur du box, et constate qu'il n'y a en effet que des étagères vides en métal gris.

« Il y avait quoi ici exactement ? interroge-t-il.

– Mes bébés, mes armes, les souvenirs du temps que j'ai passé au sein de l'armée...

– Regardez ! » s'écrie Anna, restée dans le couloir et désignant la porte du box de son index.

Rob observe la porte et découvre qu'une croix rouge a été peinte à la bombe dessus.

« Jo, il y a une croix rouge peinte sur la porte !

– Les enfoirés !

– Qui ?

– Les soldats de l'armée !

– Mais pourquoi ?

– Ils ont dû ouvrir tous les boxes pour réquisitionner ce qui pouvait les intéresser, et mes armes en faisaient manifestement partie ! Quels bâtards !

– Écoute, Jo, on fera sans ! On s'est bien débrouillé sans, jusqu'à maintenant ! dit Rob pour essayer de dédramatiser.

– Mais tu n'imagines pas à quel point cela aurait pu nous servir ! souligne Jo sur un ton dépité.

– Oh si, je m'en rends bien compte, crois-moi... »

Élina, Anna et Cindy, qui les ont rejoints, tentent de consoler Jo comme elles peuvent. Épuisés, ils décident de dormir ici. Allongées par terre, les filles ne tardent pas à s'assoupir, alors que Rob et Jo restent éveillés. Rob, assis près de l'entrée, monte la garde, tandis que Jo, debout au milieu de la pièce, contemple ses étagères vides. « Viens te reposer ! » lui conseille Rob. Jo jette un rapide coup d'œil dans sa direction, et affiche un petit sourire énigmatique, avant de se diriger vers un coffre à combinaison. Il l'ouvre dans un silence religieux, et s'empare de son contenu avec délicatesse, comme s'il s'agissait d'un trésor.

« Ça au moins, ils n'ont pas réussi à me le prendre ! s'exclame-t-il, avec un air réjoui.
– C'est quoi ? lui demande Rob, intrigué.
– La bouteille d'un délicieux whisky écossais ! »

Il remplit deux verres, en tend un à Rob, et vient s'asseoir à côté de lui.

« Savoure ce Ardbeg de trente ans d'âge ! lui dit-il en trinquant.
– Dis donc, tu ne plaisantes pas avec le bon whisky, toi !
– Jamais ! »

Ils trinquent à nouveau, et prennent une gorgée dont ils se délectent en silence.

« Tu sais, je venais souvent ici ! finit par dire Jo. Je m'asseyais là, et je contemplais ma collection d'armes en me remémorant le passé. Ils m'ont pris quarante années de ma vie, ces fumiers !

– Je comprends ta douleur, mais essaie de ne plus y penser pour le moment, et de dormir.

– Un dernier petit verre, et je dormirai après ! » conclut-il, en s'en servant un autre, puis encore deux autres par la suite, pour enfin sombrer dans un profond sommeil.

Rob, lui, lutte pour rester éveillé et continuer à monter la garde.

Quelques heures plus tard, Cindy se réveille. Obligée d'enjamber les autres dans l'obscurité pour atteindre la porte du box, elle marche malencontreusement sur la cuisse de Jo.

« Aïe !

– Oh, pardon ! s'excuse-t-elle.

– Mais qu'est-ce que tu fais ?

– Je veux faire pipi.

– Attends, je t'accompagne. On ne sait jamais... Mieux vaut ne pas se promener seul.

– D'accord, mais magne toi ; j'en peux plus !

– OK, OK, j'arrive ! » répond Jo, en se relevant.

En sortant, ils découvrent que le box d'en face est ouvert et vide.

« Vas-y ! Je reste devant.

– Euh, mets-toi un peu plus loin, s'il te plaît ! Ce serait gentil ! Ce n'est pas parce que c'est la fin du monde qu'il ne faut plus être pudique ! »

Jo s'éloigne légèrement en riant, et poursuit la

discussion, pendant que Cindy baisse son pantalon pour soulager sa vessie.

« Dis-moi une chose...
– Oui, quoi ?
– Tout à l'heure, quand tu m'as embrassé…
– Cela ne voulait rien dire ! C'était juste pour te calmer. Pas de fausses joies ! l'interrompt-elle.
– Mais tu…
– Pas de fausses joies, j'ai dit !
– Compris ! » répond Jo, avec une pointe de déception dans la voix.

En ressortant du box, Cindy le regarde droit dans les yeux pour savoir comment il a pris la chose, et constate, malgré son sourire, qu'il est déçu.

« On y retourne ? lui demande-t-il pour couper court.
– Oui ! Merci de m'avoir escortée.
– À ton service ! »

Ils regagnent le box en silence, et se couchent chacun de leur côté, sous l'œil amusé de Rob. En veilleur de nuit attentif, ce dernier remarque qu'Anna a un sommeil agité. Elle gémit, se tourne dans tous les sens, et pleure. Il tente de la rassurer en lui caressant doucement l'épaule, mais rien n'y fait. Dans un sursaut, elle se redresse tout à coup en position assise, manquant de lui mettre un coup de tête, et se met à hurler. Pour la réveiller, Rob la secoue en répétant son prénom, jusqu'à ce qu'elle ouvre les yeux. Elle est en sueur, respire de façon saccadée, et semble totalement désorientée. « Anna, écoute-moi ! Tout va bien ! Tu es dans le garde-meuble ». À ces mots, elle prend conscience de l'endroit où elle se trouve, et se détend un peu ; mais sa respiration est encore trop rapide au goût de Rob, qui lui tend alors un verre avec un fond de whisky. « Prends ! Ça va te faire du bien, crois-moi ! » Sans rechigner, elle s'empare du verre, en boit le contenu cul sec, et le repose avec une grimace et un toussotement.

« Tu penses que je peux sortir sur le toit si je trouve comment y aller ? Il faut que je prenne l'air ! dit-elle à Rob.
– Toute seule ? Hors de question ! Et je ne peux pas t'y accompagner : c'est mon tour de garde !
– Moi, je peux, et en plus, je sais par où accéder au toit ! » intervient Jo encore somnolant.

Il se lève, prend un paquet de cigarettes et un briquet dans un tiroir, puis passe devant Anna en lui faisant signe de le suivre.

Arrivé devant la cage d'escaliers, Jo ouvre doucement la porte et se penche en avant pour s'assurer de l'absence de danger. Il fait un pas en avant pour déclencher la lumière automatique, et ne percevant aucune menace, il prévient Anna que la voie est libre. Tous deux empruntent les escaliers jusqu'à une seconde porte qui mène sur le toit et sur laquelle est inscrit « Accès interdit ». Jo tourne à peine la poignée que la porte s'ouvre d'elle-même.

« Elle n'est pas verrouillée. C'est bizarre ! remarque-t-il.
– On s'en fout ! Il faut que je sorte ! » s'exclame Anna,
tout en le poussant pour accéder au toit. Dehors, elle
ouvre grand les bras en croix, et respire profondément. Jo
la rejoint, mais reste sur ses gardes et décide de faire le
tour du toit. Inspectant minutieusement l'endroit, il
constate avec soulagement qu'ils sont seuls.

De son côté, Anna s'approche du bord, et regarde en
bas.

« Viens voir, Jo ! C'est incroyable !
– Quoi encore ?
– Viens, j'te dis ! »

Il s'avance jusqu'à son niveau, et baisse les yeux à son
tour.

« Comment c'est possible ? Il n'y en avait aucun quand
nous sommes arrivés ! s'écrie-t-il.
– Peut-être qu'ils nous suivent à l'odeur ! répond Anna.
– Ne dis pas ça, ou j'vais me faire dessus ! »

En bas du garde-meuble, une centaine de morts-vivants se
sont regroupés et errent dans les rues, en se bousculant.

« De toute façon, s'ils sentaient réellement notre odeur,
ils auraient déjà défoncé la grille pour entrer ! fait
remarquer Jo, en s'allumant une cigarette.
– C'est vrai ! Mais alors d'où viennent-ils ? Et pourquoi
sont-ils venus jusqu'ici ?

– Aucune idée ! » déclare Jo en laissant s'échapper de sa bouche une volute de fumée.

Jo, en grand enfant qu'il est, s'amuse à lancer un caillou sur la tête de l'un des zombies. Au moment de l'impact, la cible tourne la tête dans tous les sens, cherchant des yeux la provenance du projectile. Anna, trouvant ça rigolo, s'apprête à faire de même, mais elle s'arrête brusquement avant d'avoir lancé le caillou, car son attention est attirée par quelque chose. Dans une des ruelles qui contournent le garde-meuble, une silhouette bouge. Cela pourrait ne pas être étonnant avec tous les morts-vivants présents, mais là, elle pressent qu'il s'agit d'autre chose.

« Jo ! As-tu des jumelles dans ton box ?
– Bah, j'sais pas. Il se peut qu'ils me les aient prises aussi ; faut que j'aille voir. Mais pourquoi ?
– Regarde là-bas ! » répond-elle le doigt pointé vers la ruelle.

Jo fronce les sourcils et plisse les yeux pour tenter de mieux distinguer la silhouette qu'il aperçoit lui aussi, mais à cette distance, impossible d'y voir plus clair sans jumelles. Il écrase sa cigarette, et part voir s'il en a toujours une paire dans le box. Au bout de deux minutes, il revient bredouille, un peu frustré de devoir rester sur sa faim. « Viens avec moi, j'ai une idée ! » dit-il soudain. Anna, motivée, le suit sans poser de questions. Ils descendent jusqu'au rez-de-chaussée puis sortent dans la cour du bâtiment d'où ils pourront mieux distinguer la ruelle dans laquelle ils ont aperçu la silhouette, en prenant soin de rester cachés derrière un muret, dans un espace faisant office de local à poubelles. Planque idéale pour observer de près ce qui se trame dans cette rue sombre.

« Mais c'est un homme qui…

– … A l'air d'autopsier un mort-vivant qui ne bouge plus ! déclare Jo en coupant la parole à Anna.

– Mais pourquoi ?

– Aucune idée.

– Il est seul ? demande Anna qui n'a qu'une vision partielle de la scène, là où elle se trouve.

– Oui !

– Il est fou !

– Carrément dingue ! »

Anna, curieuse, se penche un peu plus, mais ce faisant, elle glisse sur un détritus, et entraîne dans sa chute la poubelle à laquelle elle tente de se rattraper. Elle se relève aussi rapidement que possible et se cache de nouveau.

« Côté discrétion, tu es la championne ! murmure Jo.

– Désolée ! » dit-elle en rougissant.

En entendant du bruit, l'homme qui est en train d'autopsier le cadavre lève brusquement la tête, et regarde autour de lui. Ne se sentant sans doute plus en sécurité, il quitte les lieux, remballant rapidement ses outils.

Jo et Anna, au départ de ce curieux personnage, remontent vite voir leurs compagnons pour leur raconter l'étrange opération dont ils ont été témoins.

« Il y a quand même des malades ! s'exclame Cindy.
– Vous êtes bien sûrs de ce que vous avez vu ? demande Rob, incrédule.
– Évidemment ! » rétorque Anna.

Étant donné la fatigue générale, l'heure n'est pas à la polémique ni aux longues discussions, et chacun retourne donc se coucher dans un coin du box.

Jo et Anna, eux, préfèrent remonter sur le toit où ils se sentent plus libres et moins à l'étroit.

Allongé, les yeux rivés sur les étoiles, Jo s'allume une seconde cigarette. Anna le regarde du coin de l'œil, et s'allume un joint qui était resté dans sa poche de sweat. L'odeur attire l'attention de Jo qui se retourne vers elle.

« Tu es comme ça, toi ? demande-t-il avec un air surpris.
– Tu ne diras rien aux autres ?
– Si tu partages, il n'y a aucun risque. »

Elle lui tend le joint, avec un sourire entendu.

« Je suis sincèrement désolé pour ton ami... lui dit Jo avec pudeur en inspirant sa première bouffée.
– Je te remercie. C'est gentil » répond-elle simplement, en regardant machinalement le ciel, tandis que les larmes lui montent aux yeux, et qu'une intense

souffrance s'immisce en elle. Elle secoue vivement la tête, comme pour chasser ces émotions, passe la main sur son visage, puis au bout de quelques secondes, tourne la tête vers Jo et lui adresse un sourire espiègle.

« Quoi ?

– En fait, tu n'es pas si bougre que ça.

– Grrr… Si tu le dis à qui que ce soit je serai forcé de te tuer !

– OK. Motus et bouche cousue ! » s'exclame-t-elle en lui faisant un clin d'œil.

Le joint fini, ils décident d'aller rejoindre les autres, et devant la porte du box, tombent nez à nez avec Rob, manifestement stressé, qui tient son club de golf bien levé, prêt à frapper.

« Putain ! Annoncez-vous quand vous arrivez ! J'ai eu la trouille de ma vie, et j'ai failli vous défoncer le crâne !

– Désolé » s'excuse Jo, tout penaud.

– Qu'est-ce qui se passe ? demande Élina, d'une voix ensommeillée, réveillée par les cris de Rob.

– Rien ! Juste une petite frayeur inutile », répond Rob en lançant un regard noir à Jo et Anna.

Cindy, elle aussi réveillée par les cris de Rob, se frotte les yeux, et se redresse péniblement.

« Bonjour tout le monde ! dit-elle entre deux bâillements.

– Hello ! » lui répond Jo, tandis que les autres se contentent d'un sourire en guise de bonjour.

Jo se dit qu'il est l'heure de petit déjeuner, puisque tout le monde est désormais debout et qu'il leur faut prendre des forces pour la nouvelle journée de marche qui s'annonce. Il fouille dans les sacs de réserve, et en sort deux boîtes de fruits au sirop.

« Qui a faim ? » questionne-t-il en ouvrant les boîtes, remerciant dans sa tête la personne qui avait eu la bonne idée d'inventer l'ouverture facile.

Rob, affamé, en prend une bouchée, mâche lentement, avale difficilement, puis se tient les côtes en grimaçant.

« Qu'est-ce que t'as ? lui demande Élina.
– Rien, ne t'inquiète pas. C'est juste une côte.
– Montre-moi !
– Ça va aller, je te dis.
– Et moi, je te dis : montre-moi ! »

Face à l'insistance de la jeune femme, il relève son débardeur, et dévoile un énorme hématome, d'un rouge virant au violet, sur les côtes du côté gauche, lequel est gonflé. Inquiète, Élina touche le front de Rob, et se rend compte qu'il a de la fièvre.

« Il va falloir faire quelque chose. Tu ne peux pas rester comme ça !
– Que veux-tu faire ? Ça va passer, ne t'en fais pas.

– Il faut qu'on trouve une pharmacie ou un centre de soins !

– Ne prenez pas de risques inutiles. Je vais bien.

– De toute façon, il nous faut une réserve de médicaments, bandages et autres, dans le cas où l'un d'entre nous serait blessé. On prend nos affaires, et on part à la recherche d'une pharmacie ! » conclut Élina.

Ils remballent leurs quelques affaires, et quittent le garde-meuble. En sortant, ils découvrent qu'il reste encore une multitude de morts-vivants dans la rue. Pour ne pas prendre de risques, Jo décide de les contourner, en escaladant un grillage qui donne sur une ruelle déserte. Une fois tout le monde passé de l'autre côté, ils se mettent à remonter la ruelle en longeant les murs pour ne pas être repérés. Sur le chemin, ils croisent beaucoup de commerces, mais pas une seule pharmacie. Au bout de la rue, ils arrivent sur une grande avenue déserte. *Pas âme qui vive*, pense Élina avec soulagement. Elle regarde un peu partout, et aperçoit sur sa droite un immense bâtiment dont l'enseigne est bien distincte.

« Regardez ! Un hôpital ! s'écrie-t-elle.

– Non, non, et non ! Les hôpitaux sont dangereux, voyons ! C'est là qu'il y a le plus de morts-vivants. Il ne faut pas oublier que les premiers malades, et ceux qui ont suivi, ont été transportés là-bas ! annonce Cindy avec fermeté.

– Nous ne sommes pas obligés de tous y aller, suggère Élina.

– Moi, en tout cas, je n'y vais pas !

– OK, dans ce cas, j'irai seule !

– Non ! Je viens avec toi ! déclare Jo.

– Moi aussi ! » affirment Rob et Anna en chœur.

Cindy, énervée, sait bien qu'elle ne peut pas rester seule au milieu de nulle part.

« Je n'ai pas le choix à ce que je vois ! Donc je viens ! dit-elle en fulminant.

– Tu sais, les médicaments pourront te servir un jour, lui fait remarquer Élina.

– Pour le moment, ils ne sont pas pour moi, donc je m'en fous ! »

Choquée, Élina lui lance un regard assassin, et sent l'envie de la frapper monter en elle, mais elle choisit de se contenir. Cindy, elle, ne soutient pas son regard, consciente de l'égoïsme de sa remarque, et baisse la tête.

« OK, allons-y ! » lance Jo.

JO

Jo, de son vrai prénom Joël, était un homme solitaire qui habitait un studio parisien d'à peine vingt-cinq mètres carrés, dans un immeuble des années 40. Les murs mal insonorisés, à l'origine de couleur beige, avaient viré au jaune pisseux avec le temps, et s'étaient fissurés un peu partout. Une odeur de vieux bois humide flottait en permanence dans la pièce délabrée, dont la vétusté faisait écho à l'état général du bâtiment. Malgré ces défauts, Jo adorait ce studio vieillot qui avait à ses yeux le cachet de l'ancien. Il appréciait aussi la discrétion de ses voisins qui ne se mêlaient jamais des affaires des autres. Pour lui, la seule ombre au tableau était la gardienne de son immeuble dont les incessants commérages l'agaçaient profondément. Chaque fois qu'il descendait les marches, elle l'alpaguait pour lui faire la conversation, ce qui revenait en fait, pour elle, à déblatérer sur les autres. Jo aurait fait n'importe quoi pour échapper à ce bavardage stérile, comme se faufiler par exemple entre le mur et elle, mais avec son mètre cinquante et ses quatre-vingt kilos, elle ne lui laissait pas assez d'espace pour se frayer un passage. Alors il attendait patiemment et poliment qu'elle termine son monologue. Il n'écoutait pas son babillage, qui à ses oreilles constituait une sorte de bruit de fond soporifique. Le temps passait lentement, si lentement, qu'il pouvait la détailler de la tête aux pieds. Or le spectacle n'était pas des plus joyeux. La femme corpulente portait à chaque fois des robes à manches courtes d'une autre époque, avec pour motifs de grosses fleurs marron ou vertes, à moitié dissimulées sous un tablier taché de graisse. Ce manque d'élégance était encore aggravé par ses mi-bas qui n'arrivaient jamais assez haut pour couvrir tout son mollet, et dont l'un retombait systématiquement à moitié plissé sur sa cheville. Outre ce look peu engageant, ce qui l'écœurait au plus haut point chez cette femme, c'était ses cheveux gras, ses ongles noirs, et la bave qui s'accumulait aux coins de ses lèvres quand elle parlait.

Sa concierge incarnait à ses yeux le parfait tue-l'amour, lui qui considérait qu'une femme se devait d'être apprêtée, élégante et féminine. Il aimait d'ailleurs beaucoup les femmes, et se comportait en grand séducteur, rentrant chez lui avec une conquête différente chaque soir. Depuis son plus jeune âge, il évitait soigneusement toute forme d'attaches et n'avait jamais eu de femme attitrée ni d'enfants, ou du moins pas à sa connaissance concernant ces derniers. Sans être réellement bel homme, Jo avait un indéniable charme et possédait un charisme certain. Il était mince et de taille moyenne, mais avait une carrure malgré tout athlétique. Pour ses cinquante-six ans, il était plutôt bien conservé, et ses cheveux châtain coupés à mi- longueur le rajeunissaient. Cela dit, il trichait un peu pour garder cet aspect jeune, puisqu'il se teignait les cheveux. Sur son bras droit, il arborait fièrement un énorme tatouage représentant un poignard sur lequel est enroulé un chapelet dont des gouttes de sang perlent telles des larmes qui coulent et qui lui rappelait sa vie passée dans l'armée de terre. Bien qu'adepte du sport et jouissant d'une bonne forme physique, Jo était aussi très fêtard et avec ses nombreux excès, il commençait à se rendre compte qu'il n'avait plus vingt ans, son corps ne manquant pas de lui rappeler le poids des ans. Sa pension de retraite confortable lui permettait de s'offrir de nombreuses virées nocturnes, et c'est là que ressortaient le plus ses « petits » travers : il buvait beaucoup, fumait comme un pompier, et se foutait de tout. Il préférait, en fait, s'amuser et rire, plutôt que de se lamenter sur les problèmes politiques du pays ou sur la misère du monde. La misère, d'ailleurs, il l'avait déjà assez côtoyée par le passé, dans le cadre de sa vie professionnelle. Colonel dans l'armée de terre, il en avait vu du pays, mais uniquement dans des régions en guerre. Parfois, il avait dû tuer pour sauver sa vie, mais il avait aussi été témoin de bavures et d'atrocités qu'il devait garder pour lui. « C'est la guerre », comme on lui disait. N'aimant pas parler de ces années de sa vie, il n'abordait jamais le sujet. Pour séduire les filles et éviter qu'elles ne prennent la fuite, il mentait sur ses missions de l'époque, passant sous silence les détails sordides.

17 septembre – 06h32

Jo se leva plus tôt que d'habitude, à cause d'un boucan inhabituel dans sa cage d'escalier. En général, son immeuble était plutôt calme, mais là, des gens criaient, descendaient bruyamment les marches et cognaient contre les murs, ce qui le tira aussitôt de son sommeil. Assis sur son lit et mal réveillé, il entendit quelqu'un chuter, et s'imagina la gardienne tomber lourdement à la renverse. En visualisant la scène, il esquissa un sourire. Le bruit incessant l'empêchant de se rendormir, il décida de se lever pour se faire un café. La tasse dans une main, et une cigarette dans l'autre, il s'installa sur une chaise, face à la fenêtre ouverte. L'esprit encore embrumé, il contemplait machinalement les toits de Paris, quand son attention fut attirée par des gens qui hurlaient aussi dehors. La curiosité le poussa à se pencher en avant pour voir ce qu'il se passait dans la rue. Il vit des personnes, dont ses voisins, sortir du hall de leur immeuble pour faire des allers-retours jusqu'à leur voiture. Ils couraient et semblaient affolés, chargeant leurs bagages avec une précipitation presque frénétique. Les bras chargés de vêtements, de sacs et de valises à peine fermées, ils faisaient tomber par terre la moitié de leurs effets personnels, mais ne prenaient même pas le temps de les ramasser, poursuivant leur chemin en courant. Jo, en observant ce curieux remue-ménage, se dit que ces gens étaient devenus dingues.

Un cri particulièrement bizarre et dérangeant retentit tout à coup dans la rue, et fit sursauter Jo qui manqua de renverser sa tasse de café. Pendant une fraction de seconde, tout le monde se figea, dans un silence pesant, jusqu'à ce qu'une trentaine de personnes se mettent à courir et à sauter sur les autres, comme des animaux enragés. Jo ne comprenait rien à ce qui était en train de se passer. Des coups de feu retentirent, et Jo vit des policiers en uniforme en train de tirer sur la foule sans sommations. Certaines personnes se couchaient derrière des voitures, pour ne pas être touchées, alors que d'autres fonçaient sans s'arrêter vers les forces de l'ordre. Jo était littéralement sous le choc de ce qui se passait devant ses yeux. Les policiers faisaient mouche et touchaient les individus qui couraient vers eux à chaque tir, mais aucun de ces derniers ne tombait à terre. Tous continuaient à courir comme si de rien n'était, donnant l'impression d'être insensibles aux balles qui les atteignaient pourtant. Ceux qui étaient en première ligne arrivèrent vite au niveau des policiers et se jetèrent sur eux en les mordant jusqu'au sang, tandis que les autres s'attaquèrent aux voisins et badauds présents dans la rue, avec une extrême violence. Le regard de Jo se tourna en direction d'une femme qui s'était enfermée dans sa voiture avec sa fille, pour tenter de se mettre à l'abri. *Elle a bien fait*, se dit-il, quand une personne complètement malade brisa tout à coup la vitre du véhicule et pénétra à l'intérieur pour forcer la mère à en sortir, en la tirant par les cheveux. Une fois la femme en dehors de la voiture, elle la plaqua au sol et lui dévora le visage à pleines dents. Horrifiée par la scène, la petite fille, toujours dans la voiture, pleurait et appelait à l'aide de sa voix fluette. Alerté par les pleurs, un deuxième individu s'introduisit dans la voiture. Jo vit celle-ci tanguer dans tous les sens pendant quelques secondes, jusqu'à ce que les pleurs cessent.

Un policier en tenue anti-émeute hurla pour ordonner à ses collègues de leur tirer dans la tête. Les policiers s'exécutèrent et constatèrent en effet qu'un tir dans la tête permettait de les achever. Cependant, les assaillants étaient trop nombreux pour qu'ils puissent tous les mettre hors d'état de nuire, et ils furent vite submergés. Lorsqu'une de leurs cibles réussissaient à les atteindre, ils se faisaient dévorer eux aussi. Jo fut abasourdi de voir que certaines victimes se relevaient au bout de quelques secondes ou minutes, et se comportaient alors comme ceux qui les avaient attaquées. *On dirait qu'ils ont été contaminés par quelque chose*, songea Jo.

L'armée arriva à son tour sur le lieu du drame. Des chars, des Jeeps et des hommes armés jusqu'aux dents encerclèrent les personnes présentes et tirèrent dans le tas, sans faire de distinctions entre les contaminés et les non-contaminés. En quinze minutes la rue était nettoyée.

« Si quelqu'un n'est pas contaminé et est en sécurité qu'il nous fasse signe s'il le peut ! » cria un soldat.
Jo fit de grands signes par la fenêtre.
« Par ici ! Par ici ! cria-t-il.

– Monsieur, pensez-vous pouvoir descendre sans risque ? » l'interrogea l'officier.

Jo lui demanda d'attendre trente secondes, et partit regarder par l'œilleton de sa porte.

« Oui ! s'exclama-t-il en revenant à la fenêtre, après avoir vérifié que le chemin était dégagé.
– Alors venez ! »

Il attrapa prestement sa veste, son portefeuille et ses clefs, ouvrit la porte avec empressement puis descendit les escaliers à toute vitesse. Dans le hall, il aperçut la fameuse gardienne, laquelle paraissait encore moins fraîche qu'à l'habitude. C'est peu de le dire : en lieu et place de la traditionnelle bave, du sang s'accumulait aux commissures de ses lèvres, et la moitié de son visage avait été arrachée. Jo recula aussitôt, en priant pour ne pas avoir été vu, mais il était déjà trop tard : l'ayant aperçu, elle se précipita vers lui en poussant des cris méconnaissables. Jo s'apprêtait à remonter les escaliers quatre à quatre quand une balle vint se loger dans la tête de la concierge, faisant exploser son front. Face au trou béant que le tir avait laissé dans la boîte crânienne de la femme, Jo songea avec ironie que ce grand vide devait être là avant que la balle ne l'atteigne. La femme tomba de tout son poids sur le carrelage, et Jo vit alors le soldat qui se tenait derrière elle.

« Vous a-t-elle touché ou blessé ? cria-t-il en le mettant en joue.

– Non ! répondit Jo en levant les mains bien haut, et en tournant sur lui-même pour lui montrer qu'il n'avait rien.

– OK ! Avancez ! »

Ils sortirent de l'immeuble en silence, puis le soldat lui intima d'aller se présenter au commandant qui se trouvait un peu plus loin, près d'un char. Jo suivi les instructions, et s'arrêta face au commandant qui le salua.

« Bonjour, Monsieur.

– Bonjour.

– J'espère que vous n'avez été trop incommodé par tout ce raffut.

– Eh bien si, un petit peu quand même ! répondit Jo, ahuri par le décalage de cette remarque.

– Vous m'en voyez désolé.

– Mais qu'est-il arrivé à ces gens ?

– Ne vous inquiétez pas. Ce n'est qu'un mauvais virus ! L'armée et la police s'occupent de tout. La situation est sous contrôle ! Vous pourrez rentrer chez vous d'ici deux petites heures.

– Chez moi ? Deux petites heures ? Un virus ? Vous en êtes sûr ? questionna Jo, de plus en plus perplexe.

– Oui, monsieur ! Certain !

– Ce n'est tout de même pas le virus dont parlent tous les médias ?

– En fait, si.

– Mais ils ne parlaient pas de tout…

– Parfois, il vaut mieux ne pas tout dire.

– Peut-être ! Mais là avec l'ampleur que ça prend, je pense que la population doit savoir !

– Quelle ampleur ?! Nous maîtrisons la situation ! Savez-vous où aller en attendant que nous ayons tout nettoyé ?

– Oui ! mentit-il, décontenancé par cette histoire de virus.

– Très bien. Alors bonne journée, Monsieur.

– À vous aussi. »

Jo connaissait bien l'armée et ses mensonges, et ne savait pas trop quoi penser, même si en effet, tout avait l'air à présent sous contrôle. Les autres rues étaient calmes, ou en tout cas le semblaient. En marchant, il repensait aux événements, et tentait de trouver une logique à tout ça, mais plus il réfléchissait, moins il comprenait de quoi il pouvait bien s'agir. Après quelques minutes de marche, il fut sorti de ses pensées par une voiture qui s'arrêta à son niveau.

« Vous voulez que je vous emmène ? lui demanda la conductrice.

– Pourquoi ? répondit-il, surpris.

– Pour prendre de l'avance sur eux ! »

Trop fatigué pour chercher à comprendre, il monta dans la voiture. La dame octogénaire qui était au volant démarra en trombe, faisant crisser les pneus sur le bitume et incitant Jo à attacher sa ceinture de sécurité.

« D'habitude, je ne conduis pas, vu mon âge ! Vous savez l'arthrite, les rhumatismes, et j'en passe... Mais là c'est un cas de force majeure !

– Il n'y a plus de risques. Je viens de voir l'armée et…

– Ils vous mentent ! le coupa-t-elle. Bon, où allez-vous ?

– Rue de Rivoli.

– Pour y faire quoi ?

– Bah, il y a un petit café dans une des rues parallèles, et je voudrais y aller pour me détendre un peu avant de pouvoir rentrer chez moi.

– Un café ? Vous détendre ? Rentrer chez vous ? Ah ! Ah ! Ah ! Ah ! »

La vieille dame se moquait ouvertement de lui, mais Jo ne répondit pas à son sarcasme, et le reste du trajet jusqu'à la rue de Rivoli se fit dans le silence.

« Vous êtes arrivé ! Tout le monde descend ! annonce la conductrice en stoppant la voiture au milieu de la route, sans couper le moteur.

– Merci Madame, et bonne route !

– Je vous en prie. Bonne chance à vous ! »

Pourquoi me dit-elle bonne chance ? se demanda-t-il, en regardant la voiture s'éloigner.

Les rues étaient désertes, et il n'aimait pas ça. Quand le calme devenait oppressant, c'était toujours mauvais signe. Il marcha jusqu'au café dans lequel il avait ses habitudes, en espérant qu'il soit ouvert. En arrivant devant, il aperçut à l'intérieur des clients, et entra donc s'installer à une table près de la vitrine, content de ne pas avoir trouvé portes closes.

« Bonjour Jo ! lui dit la gérante en arrivant à sa table.
– Bonjour, Élina !
– Comment allez-vous aujourd'hui ?
– Ça pourrait aller mieux...
– Vous voulez en parler ?
– Plus tard peut-être, mais pour le moment je voudrais un...
– ... Un café noir sans sucre, avec un soupçon de whisky ! l'interrompit-t-elle, en souriant.
– Exact !
– Je vous amène ça tout de suite !
– Merci, belle plante. »

Élina se retira en souriant, mais au lieu d'aller lui préparer son café, il la vit se diriger vers une femme au fond de la salle. La cliente, plutôt jolie, n'ayant vraiment pas l'air d'aller bien, Jo n'en tint pas rigueur à Élina, et patienta sans rien dire. Il observait les deux femmes qui discutaient ensemble, mais ne pouvait pas entendre de quoi elles parlaient. Élina repartit précipitamment en cuisine, et revint un quart d'heure plus tard, avec un gâteau au chocolat qu'elle donna à la femme. Jo détourna son regard de la table du fond, et se mit à contempler l'extérieur, en repensant aux événements invraisemblables du début de matinée. Il n'y croyait toujours pas...

Des éclats de rire retentirent dans le café, arrachant Jo à ses pensées. En se retournant, il découvrit Élina et la femme au gâteau au chocolat en train de rire à plein poumons, pour une raison qui lui échappait totalement. À ses yeux, elles avaient l'air de deux folles, mais cela lui fit du bien de voir des gens rires car ce n'était plus trop le cas depuis que les premiers cas d'infection avaient été recensés et ce malgré un gouvernement qui se voulait rassurant. Non loin de lui, un jeune homme était au téléphone et parlait de plus en plus fort, si bien que Jo ne put s'empêcher d'écouter ce qu'il disait. Il était manifestement en ligne avec sa femme, et la rassurait comme il pouvait. « Ah, les femmes ! » dit-il à l'homme, avec un sourire entendu, lorsque celui-ci raccrocha enfin. L'homme sourit à Jo, et lui expliqua que sa femme avait vu à la télévision que c'était la guerre dehors et que des personnes en mangeaient d'autres. Ces déclarations rappelaient étrangement à Jo ce qui s'était passé dans son quartier le matin même. *Mais alors, l'armée n'a aucun contrôle de la situation*, songea-t-il. Inquiet, il demanda à Élina d'allumer la télévision pour voir les informations. L'épouse de l'homme au téléphone avait raison. La situation dans le pays n'était plus du tout sous contrôle. Les médias parlaient d'un virus inconnu qui sévissait depuis quelques jours, et utilisaient même les termes de « morts-vivants » ou « zombies » pour désigner les personnes contaminées. Jo n'en croyait pas ses oreilles. La fiction rattrapait la réalité.

Le jeune homme, en découvrant que sa femme disait vrai, voulut partir la rejoindre, mais s'immobilisa immédiatement en sortant du café. Jo nota qu'il avait les yeux rivés sur le côté droit de la rue, et ne comprenait pas ce qui avait pu l'interpeller au point de le figer sur place. Puis il le vit se retourner précipitamment et se mettre à taper sur la vitrine, en hurlant à tout le monde de se cacher. Jo ne réagit pas tout de suite, jusqu'au moment où un mort-vivant plaqua le pauvre homme au sol. Choqué, il se leva immédiatement sans pouvoir détourner le regard de la scène d'horreur qui avait lieu sur le trottoir. Le client qui était à côté de lui, un homme costaud aux cheveux grisonnants, en fit autant, et découvrit à son tour que l'individu qui avait attaqué le jeune homme était à présent en train de lui arracher la main avec ses dents, avec la claire intention de la manger. Tandis qu'avec l'autre client, ils reculaient par réflexe de survie vers le fond du café, Jo aperçut au loin des silhouettes qui se rapprochaient à vive allure. Quand il comprit que les ombres avançaient droit sur eux, il demanda à Élina s'il y avait dans le café un endroit sûr où se cacher. Ils se dirigèrent alors à toute vitesse vers la pièce où elle entreposait ses marchandises, suivis par d'autres clients. La pièce était petite et très étroite, mais ils s'y réfugièrent tous en se serrant.

Quand elle entendit la vitrine se briser, Élina, passa discrètement la tête dans l'ouverture de la porte, et observa, médusée, ce qui était en train de se passer dans sa boutique. Le degré de panique était à son comble, comme en attestaient les cris apeurés des clients qui n'avaient pas pu se cacher. Jo fut agacé en voyant ça, considérant qu'il serait plus prudent qu'elle referme la porte et se cache. Au moment où il allait lui saisir le bras, elle referma brusquement la porte, et se tourna vers lui, l'air totalement effrayée.

« Il y en a un qui m'a vue ! Il arrive ! Il est là ! cria-t-elle.
– Fait chier ! » soupira Jo.

Le mort-vivant enragé tapa à la porte comme un forcené. De l'autre côté, Élina essayait de la garder fermée, s'appuyant dessus en y mettant toute la force dont elle était capable. Jo savait que la porte ne tiendrait pas longtemps, et qu'il lui fallait trouver une solution très vite. Prenant appui contre le mur, il fit basculer l'armoire à étagères qui se trouvait à côté de lui, pour qu'en tombant à la renverse, elle vienne bloquer la porte. Puis il se saisit de tous les objets qui avaient un poids conséquent pour les empiler sur l'armoire. Une fois sa frénésie passée, il rejoignit les autres qui étaient groupés au centre de la petite pièce, collés les uns aux autres, priant pour que ce cauchemar sans nom se termine vite.

III

20 septembre – 08h15

Le groupe se dirige en direction de l'hôpital, en restant sur ses gardes. Élina et Cindy, depuis la démonstration d'égoïsme de cette dernière, ne parlent plus. Jo aussi est silencieux, mais pour de tout autres raisons. Il déteste les hôpitaux et les évite du mieux qu'il peut, sauf quand ses excès d'alcool l'envoient aux urgences, suite à des bagarres ou un « léger » coma éthylique.

À quelques mètres de l'entrée, ils aperçoivent une barrière faite de sacs de sable empilés les uns sur les autres. Des mitrailleuses sont posées dessus, mais sans personne derrière pour les faire fonctionner. Les lieux ont des allures d'apocalypse. Des Jeeps et des camions sont retournés sur le bitume. Des corps calcinés de civils et de soldats gisent sur le sol, éparpillés aux quatre vents. Toutes les vitres de l'hôpital sont brisées. Au-dessus des fenêtres d'importantes traces de suie témoignent du fait que des flammes se sont échappées du bâtiment pour venir lécher les murs de la façade extérieure de celui-ci. Pratiquement tous les rebords de fenêtre sont maculés de sang. Il y a des impacts de balles partout. *On croirait cet hôpital tout droit sorti d'un film d'horreur,* pense Elina.

« L'armée devait essayer de protéger l'hôpital, mais sans succès a priori », constate Jo. Un à un, ils passent par-dessus le mur de sacs, et poursuivent leur progression vers l'entrée principale. Plus ils avancent, plus les corps brûlés sont nombreux. Ils sont soit entassés sur la route soit empilés dans des fosses pleines à craquer. Ils constatent en avançant à travers ce champ de cadavres que beaucoup de soldats y ont laissé la vie. Aux abords de l'entrée des urgences, ils découvrent, sous le soleil matinal qui les éblouit, des corps non brûlés qui sont alignés le long de l'allée. Les premiers sont soigneusement emballés dans des housses mortuaires, alors que les autres ont été placés là à la va vite, entièrement dénudés.

« Pourquoi les corps sont ici ? demande Anna.
– Il ne devait plus y avoir de place dans les morgues », répond Jo.

En les regardant plus attentivement, Élina se rend compte qu'ils ont tous un trou dans la tête, manifestement faits par des balles

« Ils ont été exécutés ! s'exclame-t-elle.
– Parce qu'ils étaient infectés ? l'interroge Anna.

– Pour la plupart, oui. confirme Jo.

– Et les autres ?!

– Dans le doute, ils les ont exécutés ! répond Jo.

– Oh, mon Dieu ! » s'écrie la jeune fille, horrifiée par ces révélations.

Arrivés devant l'entrée principale, ils constatent que les vitres des larges portes coulissantes sont brisées. Jo passe le premier, suivi de près par le reste du groupe. À l'intérieur, l'obscurité règne. Aucune lumière ne fonctionne, et seuls quelques éclairs d'électricité provenant des câbles pendant du plafond permettent par intermittence d'y voir quelque chose. Dès que l'un de ces câbles touche le sol ou un mur, un bruit de claquement retentit, les faisant sursauter à chaque fois. Jo, imité par ses acolytes, avance à pas de loup. Le silence est total, jusqu'à ce que Cindy marche accidentellement sur un bris de verre, provoquant un bruit peu discret.

« Chut ! fait Anna en posant un doigt sur sa bouche pour bien faire passer le message.

– Désolée », chuchote-t-elle, confuse.

Jo s'arrête un instant pour tenter de distinguer ce qu'il y a devant lui, quand les éclairs d'électricité révèlent la présence d'une large ombre qu'il n'a pas le temps d'identifier.

« Rob, tu as encore ta lampe torche ?

– Oui, tiens ».

Jo la saisit et balaye les lieux avec le faisceau de lumière. Il discerne des masses sombres se mouvant sur le sol, aussi bien dans le hall d'accueil, que dans l'immense salle d'attente et le couloir sans fin sur lequel donne cette dernière. Quand Jo braque la lumière dessus, il s'aperçoit que ces masses sont constituées de morts-vivants qui rampent au sol, les uns contre les autres. Ceux-ci, excités par la lumière, lèvent la tête vers Jo, et la tournent de droite à gauche comme un chien essayant de comprendre ce que son maître lui dit.

« Reculez doucement », murmure Jo aux autres, lesquels s'exécutent sans poser de questions. Tandis qu'ils avancent à reculons, un des morts-vivants comprend que de la nourriture essaie de se faire la malle, et se dresse sur ses jambes d'un bond pour s'élancer vers eux en poussant un cri incroyablement sonore. Les autres zombies le suivent aussitôt, prenant le groupe en chasse. Jo, avant de tourner les talons pour détaler, a tout juste le temps de remarquer qu'ils portent pratiquement tous des blouses. Certaines sont blanches ; d'autres, roses ou bleues. *Quelle ironie*, songea-t-il, en fuyant les médecins, infirmiers et infirmières, ceux-là mêmes qui avaient fait le serment de sauver des vies, et qui sont maintenant en train de les traquer avec un seul objectif : les tuer.

« Vite ! Dégagez ! » s'écrie-t-il, en partant en sprint vers le mur de sacs par lequel ils étaient arrivés, suivi de près par ses amis. Dans leur course, ils croisent un autre groupe de survivants, et leur hurlent de faire demi-tour et de fuir. En vain : les membres de cet autre groupe n'ont pas l'air de comprendre et les regardent passer sans réagir. L'un d'entre eux essaie quand même de communiquer, en les interpelant, mais il parle une langue qu'ils ne connaissent pas et qui, selon Jo, pourrait être de l'allemand. Ne pouvant pas se faire comprendre, ils sont obligés de les laisser derrière eux pour escalader à nouveau le mur de sable. En haut de la pile de sacs, Jo prend tout de même une seconde pour regarder où se trouve l'autre groupe. Il les repère et tente encore de les convaincre de venir vers lui, en faisant de grands signes, mais lorsqu'ils comprennent et commencent à courir, il est déjà trop tard. Un nuage noir de corps les encercle et les engloutit avant même qu'ils n'aient le temps de faire cinq mètres. *Le diable les a emportés*, pense Jo avec tristesse.

« Jo ! appelle Cindy sur un ton implorant et pressant.
– J'arrive ! »

Le groupe se remet en route, déambulant dans les rues de Paris, sans savoir où aller. Dans leur errance, ils sont régulièrement confrontés à des morts- vivants qui surgissent de tous les côtés, et essaient de les attraper. Ils cherchent autour d'eux un abri, mais n'en trouvent aucun, jusqu'à ce qu'au loin, ils voient quelqu'un leur faire signe, sans prononcer un seul mot. Ils hésitent un peu, ne connaissant pas les intentions de l'homme, mais n'ayant guère le choix, ils continuent à avancer dans la direction de l'inconnu. Une chance pour eux : il s'agit d'un policier. Lorsqu'ils arrivent à son niveau, il s'empresse d'ouvrir une immense porte métallique peinte en noir, et les laisse pénétrer dans une cour avec un petit chemin recouvert de graviers gris. Essoufflés, ils se plient en deux au milieu de l'allée, les mains sur les genoux, le temps que les pulsations de leur cœur diminuent. Le policier referme la porte à clef derrière lui, et par sécurité ajoute une chaîne. Jo, en se redressant, le remercie.

« Je vous ai vus vous diriger vers l'hôpital, mais je ne pouvais pas vous prévenir de ne pas y aller, sinon j'aurais attiré l'attention des zombies des environs. Vous avez vu le second groupe qui vous a suivis ?

– Oui, répond Jo, le visage assombri.
– Ah ! Et où sont-ils ?
– Morts. »

Le policier prend une mine de désolation à la triste nouvelle, et les invite à le suivre.

Ils parcourent toute l'allée, et pénètrent dans le bâtiment auquel elle mène. Ils passent d'abord devant un vestiaire avec des casiers métalliques bleus placés le long de murs blancs, puis devant une salle de repos où trônent une télévision et des fauteuils en tissus apparemment très confortables. Ils longent ensuite des cellules vides aux murs en béton brut, fissurés et couverts des signatures de ceux qui y ont séjourné, pour enfin arriver à la salle principale où se dresse un banal guichet en bois clair en guise d'accueil. À l'autre bout, on peut voir trois bureaux cloisonnés en enfilade.

Rob, dans la salle principale, compte cinq policiers qui sont assis et qui les dévisagent en silence.

« Posez vos affaires dans n'importe quel coin ! leur déclare celui qui les a accueillis.

– Merci ! répond Jo.

– Combien êtes-vous ? s'enquit Rob.

– Tous ceux que vous voyez là, plus un autre qui s'est barré dehors, donc sept au total ! »

Il présente ses collègues un à un – Éric, Jérôme, Ulrich, Mike et John – puis finit par donner son propre prénom : Stéphane. Rob et ses compagnons les saluent, et se présentent à leur tour.

« Et celui qui est dehors ? Mais que fait-il dehors d'ailleurs ?! interroge Rob.

– Ethan ! Nous l'avons accueilli il y trois jours. Son truc, c'est de trouver des zombies 'morts', enfin si on peut dire, et de les ouvrir pour voir ce qu'il y a à l'intérieur. Il est un peu louche, mais sympathique.

– Ce n'est pas le mec qui… ? tente de demander Anna, avant de se faire couper la parole par Jo.

– Chut ! Garde ça pour toi ! lui conseille ce dernier.

– Mais pourquoi ? chuchote-t-elle.

– Je ne les sens pas » répond-il à voix basse.

Pendant que Jo et Anna continuent leurs messes-basses, Rob se renseigne auprès du policier sur leur équipement, dans l'espoir de trouver de quoi se soigner.

« Auriez-vous du matériel médical ?

– Plus depuis deux jours ! Un motard blessé à la cuisse est venu nous voir, et nous lui avons donné tout ce que nous avions.

– Pourquoi n'est-il pas resté ?

– Oh, il aurait bien voulu, mais nous nous y sommes opposés, vu qu'il avait été mordu et donc infecté !

– OK, je comprends ! acquiesce Rob.

– Vous êtes blessé ? s'inquiète tout à coup Stéphane, craignant un nouveau cas de morsure.

– Non ! Juste une côte douloureuse. »

Stéphane, rassuré, s'assoit sur une des chaises en plastique qui occupent le centre de la pièce, tandis que Rob, Élina et Anna s'affalent par terre pour se reposer quelques minutes, leurs corps ayant été durement sollicités ces derniers temps.

Le jeune policier prénommé Mike, légèrement débraillé et en état d'ébriété, fixe Cindy avec insistance, au point de la mettre mal à l'aise et de lui faire détourner le regard.

« Je vous connais ?! lui dit-il avec une intonation plus proche de l'affirmation que de la simple interrogation.

– Non, je ne pense pas ! se contente-t-elle de répondre froidement.

– Mais si ! D'où j'peux bien vous connaître… ?

– Vous vous trompez, je vous dis ! » s'agace-t-elle, en espérant couper court.

Il fronce les sourcils, la regarde plus attentivement, et continue à réfléchir.

« Je confonds peut-être ! conclut-il, n'ayant pu retrouver dans ses souvenirs où il aurait pu voir le visage de cette femme.

– Oui, c'est certain ! » rétorque Cindy sur un ton sec.

Le regard de Mike reste braqué sur elle un moment, puis il finit par aller se coucher dans une cellule de dégrisement.

« Tu le connais ? demande Jo à Cindy, au départ du jeune policier.

– Je viens de dire NON ! Donc NON !

– OK, pas besoin de m'envoyer chier ! »

Jo, en colère, s'éloigne pour s'isoler dans un coin de la pièce, mais Cindy, immédiatement prise de remords, le rejoint.

« Je suis désolée.

– Tu es bizarre depuis ce matin. Je ne comprends pas.

– C'est juste que je suis sur les nerfs. Ne m'en veux pas, s'il te plaît.

– D'accord ! D'accord ! Mais n'oublie pas que nous sommes tous dans la même galère, et donc TOUS sur les nerfs. Alors pas besoin de foutre en l'air la bonne entente qu'il y a entre nous en passant tes nerfs sur nous !

– Je sais ; désolée… Je vais faire des efforts », dit-elle en lui caressant la cuisse.

Cette mise au point avec Jo étant faite, elle se retourne vers Ulrich, celui des policiers qui a l'air le plus calme, et lui demande où elle pourrait se rafraîchir un peu.

« Au fond du couloir et à droite ! Vous y trouverez une salle de douche. L'arrivée d'eau est coupée, mais vous pouvez vous servir de cette bouteille pleine », lui indique-t-il en lui tendant une grande bouteille d'eau de source de deux litres. Elle le remercie et, munie de la bouteille, part s'enfermer dans la salle de douche. Penchée au-dessus du lavabo, elle verse un peu d'eau au creux de sa main, et s'en asperge le visage. En relevant la tête, elle observe son reflet dans le miroir, et crispe ses doigts de colère sur le bord du lavabo. Elle prend quatre grandes inspirations puis expire pour se calmer, avant de se décider à aller rejoindre les autres. Au moment où elle sort de la pièce, elle croise Mike qui lui lance un regard suspicieux. Elle n'aime pas ça, et se dit qu'il faut quitter cet endroit au plus vite. Jo, pour montrer qu'il n'a pas de rancune, fait signe à Cindy de venir le rejoindre, en tapotant sur la couverture qu'il a installée par terre. Sans se faire prier, elle vient s'asseoir à ses côtés, et se blottit tout doucement dans ses bras.

La tête posée contre son torse, elle se détend peu à peu en écoutant, les yeux fermés, les battements réguliers de son cœur.

Cela fait un moment que plus personne ne parle, et que Rob s'ennuie. Il se demande à quoi va ressembler sa vie maintenant qu'il n'y a plus rien d'autre à faire que d'essayer de survivre. Anna, assise non loin de lui, farfouille dans son sac, en sort un livre de poche, et commence sa lecture. Curieux, Rob tente de lire le titre de l'ouvrage, mais il n'arrive pas à voir correctement la couverture. Du coin de l'œil, elle le surprend en train de se tordre le cou, et lui adresse un sourire amusé.

« Tu lis quoi ? lui demande-t-il, en lui renvoyant son sourire.
– Un roman à l'eau de rose, répond-elle un peu gênée.
– Il est bien ?
– Ça peut aller, mais j'en ai lus des meilleurs !
– Dis-moi, Anna, quel âge as-tu ? l'interroge Rob qui passe du coq à l'âne.
– J'ai 15 ans.
– Aïe ! Je viens de prendre un coup de vieux : tu pourrais être ma fille !
– Tu es marié ? Tu as des enfants ? » lui demande alors l'adolescente, désireuse d'en apprendre plus à son sujet.

Rob, à cette question, se renferme un peu, mais répond tout de même à Anna.

« J'ai... Non, j'avais... une ex-femme et une petite fille.

– Avais ?

– Oui. Elles ne s'en sont pas sorties.

– Oh. Je suis vraiment désolée. Je n'aurais pas dû te poser ces questions… s'excuse Anna, à la fois triste et gênée.

– Tu ne pouvais pas savoir… Et puis de toute façon, mon ex-femme était une garce ! » dit-il en explosant de rire.

Anna, comprenant qu'il essaie de détendre l'atmosphère pour qu'elle ne se sente pas mal à l'aise, se joint à lui.

« Elle allait avoir 5 ans le mois prochain, poursuit-il sur un ton à nouveau grave.

– Ta fille ?

– Oui, bien sûr ; pas ma femme ! répond-il en souriant, et en lui tendant une photographie de sa fille qu'il garde toujours dans son portefeuille.

– Oui, je m'en doute ; question stupide » s'excuse Anna, un peu confuse de ses maladresses.

Le regard dans le vague et avec une pointe d'émotion dans la voix, Rob poursuit ses confidences.

« Elle était si mignonne ! Elle riait tout le temps, s'émerveillait de tout, et était tellement généreuse avec ses camarades ! Elle me manque. Je regrette de ne pas l'avoir vue plus souvent, et surtout d'être en vie alors qu'elle ne l'est plus.

– Mais tu étais présent quand elles… ?

– Oui et non. Delphine, mon ex, m'a appelé quand la situation s'est envenimée. Elle était affolée et pleurait. Elle m'a dit que ma fille… »

Il s'arrête brusquement de parler, essayant tant bien que mal de contenir son émotion et ses larmes.

« Je ne peux pas. C'est trop dur ! » finit-il par admettre. Anna, compatissante, se glisse près de lui et l'enlace affectueusement, tout en lançant un regard en direction d'Élina. Elle souhaite que celle-ci les voie et qu'elle vienne la relayer auprès de Rob, puisqu'elle s'était rendu compte, au même titre que les autres, que les deux étaient devenus très proches.

Élina, qui rêvassait dans son coin, finit par s'apercevoir du désarroi de Rob, et vient s'agenouiller près de lui, de l'autre côté de celui où se trouve Anna. Quand elle le prend dans ses bras, il se remet instantanément à pleurer. Ils se serrent l'un l'autre, et se parlent en chuchotant, tandis qu'Anna s'éloigne pour leur laisser de l'intimité et pour ne pas attirer l'attention sur eux.

« Bon, je vais arrêter, maintenant ! déclare Rob en essuyant ses larmes d'un revers de manche.
– Pourquoi ? demande Élina, tout en se doutant de la réponse qu'il allait faire.
– Je suis un bonhomme ou pas ?! répond-il sur le ton de la plaisanterie.
– En regardant bien, je dirais que oui ! Sauf si tu m'as menti. »

Au même instant, la porte du commissariat claque, et un jeune homme fait irruption dans les locaux, avec un sac dans chaque main. Tous se retournent vers ce garçon grand et svelte, aux yeux d'un noir profond, assorti à sa chevelure dense. Il fait quelques allers et retours en parlant dans sa barbe, puis s'arrête soudain devant la salle principale, comme s'il venait de se rendre compte de la présence des nouveaux arrivants. Il les observe en silence, affichant un air interrogateur, puis disparaît dans les couloirs du commissariat en criant « Je reviens ! » et sans la moindre explication.

« Spécial ce garçon ! dit Élina.
– Et vous n'avez encore rien vu ! » réplique l'un des policiers, avachi sur une chaise.

À son retour, l'étrange garçon demande aux policiers s'ils ont regardé la télévision pour avoir de nouvelles informations. Face à l'absence de réponse des officiers, il réitère sa question, mais en fixant cette fois-ci Élina, qui semble très surprise par cette demande.

« La télévision fonctionne encore ? interroge-t-elle à son tour.
– Vous n'avez même pas essayé de l'allumer ? questionne-t-il, dépité.
– Non, je pensais qu'il n'y avait plus de médias depuis la généralisation du virus...
– Il n'y en a plus officiellement, mais des génies de l'informatique des quatre coins de la planète ont trouvé le moyen de se servir des... Tttt... Je ne sais plus

comment ils appellent ça... Bref, ils ont trouvé un moyen pour diffuser des informations du monde entier.

– Quoi ! Cette infection touche le monde entier ?! s'écrie Anna, en entendant la nouvelle.

– Oui ! Venez avec moi ! »

Le groupe le suit jusqu'à la salle de repos où se trouve la télévision que le jeune homme s'empresse d'allumer.

« L'image n'est pas géniale, et le son non plus d'ailleurs, mais c'est déjà mieux que rien ! précise-t-il.

– Super ! s'enthousiasme Anna.

– Taisez-vous ! » hurle-t-il, en se concentrant sur les informations.

Anna, surprise par cette réaction, se recroqueville sur elle-même et ne dit plus un mot. À la télévision, plusieurs personnes interviennent pour communiquer des informations. Tous parlent en anglais. *Langue universelle*, pense Élina.

« Quelqu'un peut traduire ? » demande Rob qui n'est pas spécialement doué en langues étrangères.

Le jeune homme, duquel ils ne connaissent toujours rien, lève la main pour proposer ses services de traduction. Des personnes habitant aux États-Unis, en Allemagne, au Japon, au Canada, et même en Afrique, rendent compte de la situation dans leur pays, et expliquent comment ils arrivent à survivre.

Un français expose la situation de la France, dans un anglais très approximatif, que continue de traduire le jeune homme.

> – *Le gouvernement français n'existe plus.*
> *Ils sont tous morts.*

Des images sont projetées pour étayer ces dires. On y voit le président de la République et certains autres membres du gouvernement se faire attaquer et déchiqueter par des zombies.

> – *L'armée n'existe plus. Si vous croisez des*
> *soldats, surtout cachez-vous ! Ils tuent*
> *tout le monde et ne cherchent pas à*
> *savoir si vous êtes infectés ou pas. Ils*
> *pillent, violent, et ne vous viendront pas*
> *en aide.*

Encore des images qui prouvent la véracité des propos tenus.

> – *Le camp de réfugiés de Lille a été envahi.*
> *Ne vous y rendez pas. Celui d'Allanche,*
> *dans le Cantal, est en manque de vivres*
> *et une épidémie de choléra s'y est*
> *déclarée. Évitez-le. Le camp de*
> *Bordeaux, lui, ne donne plus signe de*
> *vie. Aux dernières nouvelles, pas une*
> *seule personne n'est immunisée. Les*
> *animaux aussi sont infectés.*

Les intervenants des autres pays disent pratiquement la même chose. Tous les gouvernements se sont effondrés. Les armées sont détruites, et les gens essaient de survivre.

> – *C'est la fin ! Il y a plus de morts-vivants*
> *que de survivants ! Pourquoi survivre ?!*
> déclare un Canadien.

Dans la salle de repos, tous restent sous le choc de ces informations et ont du mal à croire ce qu'ils viennent d'entendre. Le jeune homme éteint le poste de télévision.

« Voilà la nouvelle face du monde ! » conclut-il.

Élina repense aux dernières paroles du Canadien.

« Pourquoi survivre ? Il a raison de poser la question ! souligne-t-elle.
– Je me pose moi aussi la question, répond Rob, une pointe de lassitude dans la voix.
– C'est dans notre nature ! Nous survivons par instinct ! dit le jeune homme. Bon, sur ce, il faut que je me retire pour retourner à mes occupations ! »

Il a l'air si détaché et si insouciant qu'Élina l'envie.

« Attends ! Ethan, c'est bien ça ? l'interpelle-t-elle.
– Ah oui, excusez-moi, j'en oublie mes bonnes manières ! Je suis bien Ethan. Enchanté !
– Moi, c'est Élina ! Et voici Jo, Rob, Cindy et Anna. »

Tous lui font un signe de la main, avec un air blasé, en guise de salut.

« Comment fais-tu pour être si enjoué ? lui demande Élina.

– Eh bien, je suis vivant, et non une de ces choses, donc pour moi, tout roule ! »

Élina poursuit en désignant d'un léger mouvement de tête les policiers.

« Ils nous ont dit que tu ouvrais des morts-vivants. C'est vrai ?

– Affirmatif ! répond-il avec un large sourire. J'essaie de comprendre ce qui se passe dans le corps d'un infecté.

– À quelles fins ?

– Juste pour savoir ! Je ne peux pas rester sans rien faire. Si je ne m'occupe pas, je vais devenir dingue.

– OK : ça, je comprends. Mais tu me décontenances. Je n'arrive pas à comprendre ta joie de vivre, avec tout ce qui se passe dehors. La vie telle que nous la connaissions est finie... et perso, ça me déprime !

– Eh bien moi, je garde espoir ! Je pense que sans nourriture les morts-vivants vont s'affaiblir, et qu'on pourra en venir à bout à ce moment précis. Après, la vie se reconstruira, et j'y participerai activement ! » explique-t-il avec un petit sourire en coin, comme si l'heure de la victoire avait déjà sonné.

– Quelle douce utopie... » murmure Élina.

Ethan, sans s'offusquer de cette marque de pessimisme, lui sourit et part s'enfermer dans une pièce isolée, au fond du commissariat, laissant une fois de plus le groupe en plan, sans donner d'explications.

« Alors ? Il est bizarre, n'est-ce pas ? demande Stéphane qui les rejoint au même moment.

– En effet ! confirme Élina.

– Mais sympathique quand même ! ajoute Rob.

– Ouais, c'est pour ça qu'on lui a permis de rester avec nous ! » confit le policier.

Anna prend à son tour congé du groupe, et se dirige vers la pièce où Ethan s'est enfermé. Elle toque à deux reprises à la porte, tout doucement, avant qu'il daigne lui ouvrir.

« Vous faites quoi là-dedans ? demande-t-elle.

– On se dit 'tu', OK ?

– OK. Alors ? insiste-t-elle, curieuse de savoir ce que fabrique Ethan.

– Tu veux voir ?

– Bien sûr !

– Entre, alors ! »

La pièce est plongée dans l'obscurité. Seule une petite partie est éclairée par un gros projecteur, comme ceux que l'on trouve sur les chantiers. Sous la lumière est disposée une table d'examen sur laquelle est allongée une femme à demi nue. Anna se demande qui est cette personne et ce qu'elle fait allongée là. Puis elle comprend, quand la femme se met à bouger, cracher et claquer des dents dans sa direction, qu'elle a été infectée.

« Elle n'aime pas les inconnus ! plaisante Ethan.
– Mais tu es fou ! Elle…
– … Est attachée, et solidement attachée ! » l'interrompt-il, en saisissant un couteau avec lequel il entaille la poitrine du zombie, en formant un Y, comme pour une autopsie.

La lame s'enfonce dans la chair putréfiée comme dans du beurre mou, et Anna remarque que très peu de sang coule des incisions. Elle observe Ethan qui se montre très concentré, au moment d'écarter la peau incisée pour casser les côtes et accéder aux organes. L'odeur nauséabonde qui envahit la pièce manque de faire vomir Anna. Elle tente d'éviter la nausée en mettant une main sur son nez, mais rien n'y fait : elle a le haut le cœur.

« Respire par la bouche », lui conseille Ethan.

En suivant son conseil, elle constate une petite amélioration. Sur le plan physique, du moins, parce que sur le plan psychologique, elle a l'impression désagréable d'avaler l'odeur pestilentielle à chaque inspiration.

Ethan se remet au travail, farfouillant dans le corps de cette chose pour en sortir un à un les organes : le cœur, les poumons, les intestins, et ainsi de suite.

Il note que les intestins ont une couleur étrange : ils ne sont ni blancs ni rouge vif, mais plutôt couleur vin rouge et marron foncé, ce qui est sûrement dû à la décomposition du corps. Ethan pose tout ce qu'il extrait dans des assiettes soigneusement placées en rang sur une table recouverte d'un drap blanc taché de sang. Anna continue de l'observer, trouvant la scène très surprenante, puisque pendant qu'il l'éviscère, la femme sur la table d'examen continue de s'agiter et tente de l'attaquer. Perplexe, la jeune fille se demande comment cette chose peut vouloir manger, alors qu'elle n'a même plus de système digestif.

« Comment peut-elle encore être consciente ? demande-t-elle à Ethan.

– Je pense, et j'en suis même sûr à 90 %, que c'est le cerveau qui la maintient dans cet état. Il lui envoie très peu d'informations, mais parmi elles, la principale reste la 'survie', si je puis dire. Pour que cette survie soit possible, le cerveau indique aux muscles de continuer à fonctionner et envoie au corps l'information de la faim. C'est pour ça, à mon avis, qu'ils courent souvent : parce que leur corps reçoit l'information, et que pour répondre à ce besoin 'vital', ils doivent se mouvoir jusqu'à leurs proies. C'est comme si le virus gardait les fonctions les plus basiques du corps humain pour assurer sa survie. Il se sert de ces fonctions et de nos corps pour se propager, un peu comme nous nous reproduisons, en quelque sorte. C'est incroyable ! »

Toujours concentré, Ethan dirige à présent la pointe de son couteau vers la tête de la femme.

« Voilà le moment où tout part en sucette, déclare-t-il.
– C'est-à-dire ? »

Avant de répondre, il prend soin de sangler la morte au niveau du front.

« Eh bien, dès que je commence à toucher au cerveau, l'hôte meurt. Définitivement. C'est leur point faible, comme tu as déjà pu t'en apercevoir, je suppose. Dès que tu détruis leur cerveau, ils ne se relèvent plus, et pour de bon cette fois !
– Oui, c'est vrai ! s'exclame Anna.
– Eh oui, car s'il n'y a plus de connexions entre les terminaisons nerveuses, le virus ne peut plus contrôler l'hôte. Par contre, il ne faut pas penser pour autant que le virus est détruit, car ce n'est pas le cas. Il reste présent dans l'organisme, et peut contaminer toute personne ou tout animal qui serait en contact avec le sang ou la salive du défunt, par l'intermédiaire d'une microcoupure par exemple.

– Mais ils n'ont pratiquement plus de sang, d'après ce j'ai pu constater ! fait remarquer Anna.
– Si, ils en ont ! Mais le sang est coagulé, c'est pourquoi il ne coule pas. Et s'il n'y en a en effet plus beaucoup, ça veut dire que les hôtes ont trop saigné lors de l'attaque initiale qu'ils ont subie.

– Et ce sang coagulé confirme qu'ils sont bien morts lorsqu'ils nous attaquent...

– Oui, ou plutôt, qu'ils sont morts et revenus parmi nous grâce, ou à cause, du virus ! C'est à ce moment précis qu'il y a un truc que je ne pige pas...

– Comment ça ? questionne Anna en écarquillant les yeux.

– Le virus tue les gens quand ils sont en pleine forme. Il les rend d'abord malades, puis après, il les tue pour les ranimer. Ce n'est pas logique ! Pourquoi ne garde-t-il pas les corps sains et en pleine capacité physique ?

– Malade ? C'est-à-dire ? demande Anna qui souhaite en apprendre plus sur l'infection.

– Tout d'abord, il y a contact par morsure, ou mélange sanguin quelconque, ou encore griffure. Quand il y a blessure, la plaie ne cicatrise pas et devient de plus en plus douloureuse. Ensuite, l'hôte commence à avoir de la fièvre et des sueurs froides, s'affaiblit, a de violentes douleurs à la tête et au ventre, vomit du sang, a les yeux injectés de sang, saigne par tous les orifices, tombe dans un coma de plus ou moins de courte durée selon les personnes, et au final, meurt. En résumé, la personne infectée souffre le martyre, décède puis revient à la 'vie'. Dans le cas d'un hôte qui a été infecté puis tué avant que le virus ne le fasse, la transformation est quasi immédiate.

– Comment sais-tu tout ça ?

– Parce que j'étais avec elle quand elle a été mordue ! dit-il en désignant le mort-vivant sur la table d'examen. Quand je l'ai ramenée ici, elle était consciente et encore capable de penser.

– Tu as fait médecine pour connaître autant de choses sur le sujet ?

– Pas du tout ! répond-il en rigolant. Disons que tout ce qui touche de près au corps humain m'a toujours fasciné. Du coup, en parallèle de mes études dans le commerce international, j'ai étudié la médecine, seul dans mon coin. C'est juste une sorte de passion ! Cela dit, j'ai été obligé, ces derniers jours, d'approfondir mes connaissances en la matière ! J'ai lu plein d'ouvrages sur les infections que j'ai trouvés à la bibliothèque qui se trouve à quelques rues d'ici.

– Mais dis-moi... Ressentent-ils la douleur ? Ont-ils des souvenirs de leur vie passée ? questionne Anna en observant le zombie qui continue de se tortiller sur la table d'examen.

– Je n'en sais absolument rien. Avait-elle l'air de souffrir d'après toi ?

– Non.

– Alors on va dire que non » conclut-il.

Ethan reprend son autopsie, tandis qu'Anna se rapproche pour mieux voir. Il est tellement absorbé par ce qu'il fait qu'il se rend à peine compte qu'elle est à côté de lui. Muni de son couteau, il coupe avec minutie des petites parties du cerveau, se penche pour les ausculter de plus près, se relève, coupe à nouveau, et ceci pendant une heure, jusqu'à ce que quelque chose vienne le contrarier au plus haut point.

« Merde ! crie-t-il en jetant d'un geste brusque son couteau à travers la pièce.

– Que se passe-t-il ? s'enquit Anna en sursautant.

– Elle est morte ! Vraiment morte ! »

Ne pouvant contenir sa colère, il tape de toutes ses forces dans un mur, puis saisit une serviette dans laquelle il enfouit son visage pour étouffer ses hurlements. Une fois sa rage évacuée, il se dirige vers la femme morte, lui caresse le front, et lui murmure quelque chose à l'oreille. Anna n'entend que des fragments de phrases.

« Désolé mon amour… Je regrette… Pardonne-moi… »

Il recouvre intégralement le corps d'un drap blanc, qui s'imbibe instantanément du sang de la femme, puis s'assoit sur une chaise, le visage entre ses mains, avant de fondre en larmes.

« Je suis désolée, dit Anna. Tu la connaissais ?

– Oui. Elle était formidable... J'aurais dû la sauver !

– Mais tu ne pouvais rien faire de plus.

– Bien sûr que si ! Mais de toute façon, tu ne peux pas comprendre...

– Si ! Malheureusement, je le peux. »

Surpris par cette réponse, Ethan lui adresse un regard de compassion.

« Je suis sincèrement navré », dit-il en lui serrant la main.

Ils restent debout quelques minutes, sans plus dire un seul mot, chacun plongé dans ses pensées, jusqu'à ce qu'Ethan rompe le silence.

« Tu as faim ? » demande-t-il, les yeux encore rouges et humides.

Etonnée, Anna ne répond pas immédiatement puis finit par acquiescer.

« Allons manger, alors ! » déclare-t-il en sortant de la pièce d'un pas pressé, comme si de rien n'était.

En passant devant la salle principale, il demande aux autres s'ils ont faim, mais seuls Élina et Rob répondent par l'affirmative et se joignent à eux. Ensemble, ils se rendent à la salle de repos, où ils se préparent deux conserves de cassoulet qu'ils versent dans des assiettes et passent au four à micro-ondes. Anna, Rob et Élina n'ayant pas mangé un repas chaud depuis le jour de la propagation de l'infection, apprécient celui-ci. Rob, ayant terminé son assiette, essuie délicatement une tache de sauce à la commissure des lèvres d'Élina.

« Vous êtes ensemble depuis longtemps ? » demande Ethan en leur souriant. Gênés, ils lui répondent qu'ils ne sont pas en couple. « Sérieux ?! Vous devriez y songer alors ! » s'exclame-t-il en leur faisant un clin d'œil. Anna, amusée par la situation et la gêne manifeste des deux tourtereaux, se met à rire aux éclats.

Dans l'autre pièce, deux des policiers – Éric et Jérôme – décident de partir faire une ronde. Mike, resté dans la salle principale, commence à retourner tous les tiroirs, et vider les armoires. Il feuillette chaque document minutieusement sans qu'aucun de ses collègues ne réagisse. Jo, qui l'observe depuis un moment, trouve son comportement de plus en plus suspect.

« Vous cherchez quelque chose de particulier ? finit-il par lui demander.

– Qu'est-ce que ça peut te faire ?!

– Je peux peut-être vous aider. Dites-moi ce que c'est.

– Non, ça ira, je vais m'en sortir tout seul ! Il faut juste que je me rappelle de l'endroit où je l'ai mis. »

Jo préfère ne pas insister et part se rassoir auprès de Cindy qui contemple machinalement l'extérieur à travers la fenêtre d'en face. Elle observe les quelques gouttes de pluie qui commencent à tomber, puis qui très vite se transforment en déluge, tandis que John et Ulrich se lèvent dans un même élan, et se précipitent vers un petit débarras pour prendre des seaux. « Il nous faut de l'eau ! » explique John en plaçant méticuleusement son seau sur le rebord extérieur de la fenêtre. Les seaux en place, ils surveillent le niveau d'eau, et attendent patiemment que les deux soient remplis pour en changer.

La pluie s'intensifiant, c'est trempé jusqu'aux os qu'Éric et Jérôme reviennent de leur ronde en extérieur. Manifestement agités, ils crient quelque chose en même temps, mais personne ne comprend ce qu'ils disent dans cette cacophonie. Ulrich leur intime l'ordre de se calmer et de répéter en articulant ce qu'ils viennent de dire. Éric pointe alors son doigt vers la porte, et s'efforce à parler distinctement malgré son essoufflement.

« La… La… Grille !
– Oui, eh bien quoi la grille ?! s'impatiente Ulrich.
– Elle est… Elle est fichue. Il… Il y a un trou dedans côté… Est.
– Fait chier ! Il faut la réparer tout de suite ! Retournez-y et prenez le fil de fer dans l'armoire, pour réparer cette merde ! »

Jérôme ouvre l'armoire pour s'emparer du rouleau de fil qu'il met dans sa poche, puis repart, accompagné d'Éric. « Et magnez-vous ! » leur hurle Ulrich. Jérôme et Éric soupirent, en refermant la porte derrière eux pour s'en aller à leur besogne.

« Bordel ! Tu n'avais rien vu ce matin ?! crie-t-il sur John, dès les deux autres partis.
– Tout était OK. Je suis catégorique ! Ça n'a pu se produire qu'après mon passage. »

Ulrich, très énervé par cette mauvaise nouvelle, part s'isoler dans une des cellules en jurant et en frappant dans le mur pour se décharger de sa contrariété.

Cindy, jusque-là restée assise, commence à avoir mal aux fesses, et se lève pour se dégourdir un peu les jambes. Elle marche jusqu'au fond du couloir, puis en faisant demi-tour, tombe nez à nez avec Mike.

« Laissez-moi passer ! lui dit-elle avec agressivité.
– Toujours rien à dire, madame ?
– Je ne vois pas de quoi vous parlez !
– Vous en êtes certaine ?
– Bien sûr !
– Pourtant, je sais que vous êtes loin d'être la femme fragile pour laquelle vous vous faite passer...
– Venez-en aux faits ! »

Il lui tend alors une feuille imprimée dont elle s'empare aussitôt. Tandis qu'elle prend connaissance du document, un air de stupéfaction se dessine sur son visage. Qu'allait-elle faire ? *Il est au courant et il va le dire à tout le monde*, pense-t-elle, inquiète. Elle déchire la feuille, par réflexe, et la lui rend.

« Vous pensez bien que j'en ai fait des copies ! ricane-t-il.
– Que voulez-vous en échange de votre silence ?
– Ah, enfin, nous sommes sur la même longueur d'onde ! On pourrait devenir un peu plus que des connaissances... Je veux dire, des amis très proches » répond-il avec un regard qui en dit long sur ses intentions.

Voyant très bien où il voulait en venir, Cindy se sent écœurée. Elle, la femme au foyer aimante et douce, réduite à se prostituer à cause d'un chantage... Elle sait toutefois qu'elle n'a pas le choix ; personne ne doit découvrir le secret qu'elle cache.

Mike l'attire dans la salle de douche, et commence à refermer la porte, quand Jo arrive en furie et y met un grand coup de pied pour la rouvrir. Mike se la prend dans l'épaule et déstabilisé, tombe en avant dans la cabine de douche, se cognant violemment la tête au passage. Cindy, surprise de l'irruption de Jo qui est littéralement fou de rage, reste figée.

« Tu allais faire quoi, petit bâtard ?! Si tu l'approches ou la touches encore, je te tue ! »

Sur ces paroles, il prend la main de Cindy, l'attire à lui et lui demande si tout va bien, sur un ton protecteur. Elle, soulagée d'avoir échappée au vice de Mike, lui fait un petit signe positif de la tête.

« Pourquoi ne t'ai-je pas rencontré il y a 10 ans ? » lui dit-elle, avec sur les lèvres un sourire reconnaissant. Jo lui renvoie son sourire, et toujours en lui tenant la main, il l'entraîne hors de la pièce pour l'emmener dans une cellule, laissant Mike encore dans les vapes, avachi dans le bac de douche.

Trente minutes après leur départ, Éric et Jérôme sont de retour dans la salle principale, apparemment contents d'avoir accompli leur mission. Ils se débarrassent de leurs imperméables, et au moment de s'asseoir, ils aperçoivent Mike qui se déplace dans le couloir en titubant. Éric vient à sa rencontre, pour l'aider à marcher jusqu'à une chaise. « Mais qu'est-ce qui t'es arrivé ? » lui demande-t-il après l'avoir assis. Quand Mike lui raconte toute l'histoire, il en reste bouche bée. « Quoi ?! » hurle-t-il, estomaqué. Ulrich, alerté par les exclamations d'Éric, les rejoint et leur demande ce qu'il se passe. Il découvre Mike avec une énorme bosse sur le front, en train de tendre une feuille de papier à Éric.

« Tu es encore tombé, ivrogne ?! l'interroge-t-il avec sévérité.
– Ce n'est pas ça, chef ! » répond Éric en lui tendant à lui aussi la fameuse feuille.

Ulrich s'empare de l'imprimé et s'apprête à le lire, quand il entend un bruit provenant de l'entrée. Interrompu, il plie la feuille et la range dans sa poche de pantalon.

« Vous ne lisez pas ? demande Mike, avec étonnement.
– Tais-toi ! » lui ordonne-t-il en tendant l'oreille.

Distinguant un bruit étrange, comme un frottement, il avance prudemment jusqu'au petit couloir de l'entrée, mais ne constate rien d'anormal, si ce n'est que la porte est restée ouverte. Dans la précipitation, Éric avait sans doute oublié de la refermer derrière lui. Il soupire de soulagement, mais se fige presque aussitôt lorsqu'il entend Rob, qui l'avait suivi en renfort, parler avec des sanglots dans la voix. « Ma princesse... Tu es revenue. »

Ulrich se tourne et le voit, un genou à terre, tendre les bras à une petite fille vêtue d'une robe rose, avec des collants blancs troués et des chaussures vernies, ornées d'un joli nœud. De sa petite main, elle tient un nounours trempé par la pluie qui frotte sur le sol. *D'où arrive-t-elle ?* se demande-t-il, pensant qu'il s'agissait d'une petite miraculée. Cependant, il comprend vite que la petite n'est pas une survivante, en croisant le regard inquiet d'Élina qui se tient à quelques pas derrière Rob.

« Rob ! Rob ! crie Anna qui a rejoint Élina. Ce n'est pas ta fille !

– Quoi ? Qu'est-ce que tu racontes ? Bien sûr que si ! C'est elle !

– Non, Rob ! insiste Anna. J'ai encore sa photo dans les mains. Tu sais, celle que tu as sortie de ton portefeuille pour me la montrer. Ce n'est pas elle ! »

Rob ferme les yeux, secoue la tête pour essayer de remettre de l'ordre dans ses idées, mais continue comme par instinct paternel à tendre les bras vers son enfant. La petite fille avance lentement vers lui. Ulrich qui se trouve derrière elle, sort son arme de son étui, en veillant à faire le moins de bruit possible. Au même moment, la petite lâche son nounours et court en direction de Rob en grognant et hurlant. Sans hésiter, Ulrich vise et tire dans la tête de l'enfant qui s'écroule dans les bras de Rob. Effondré de douleur, il la maintient fort contre lui, en pleurant. Ils gardent les yeux fermés, comme pour éviter de voir en face une trop dure vérité. Il sent qu'on essaye de le tirer en arrière avec beaucoup d'énergie, mais il résiste. Aux grands maux, les grands remèdes : Anna lui assène un coup d'annuaire téléphonique derrière la tête, ce qui le sort instantanément de sa torpeur. Il entend alors les autres qui s'affolent. « Il faut qu'on s'en aille ! » crie Stéphane, totalement submergé par la panique. Rob voit les autres s'agiter dans tous les sens, essayant manifestement de rassembler le plus d'affaires et de vivres possibles en un temps record. *Pourquoi tout ce remue-ménage ?* se demande-t-il, la tête encore un peu ailleurs, tandis qu'Anna lui hurle de lâcher la fillette et de venir les aider. « Ils sont entrés ! Nous ne sommes plus en sécurité ! Il faut partir ! », l'informe-t-elle.

Rob couche tendrement le petit corps inerte sur le sol glacé, et quand il se relève, Jo jette à ses pieds deux sacs remplis de provisions. « On retourne courir, mon pote ! » lui décrète-il.

Horrifié, Mike est incapable de réagir, et reste à regarder par la fenêtre ce qu'il se passe dehors.

« Ils nous ont encerclés ! Ils sont partout ! On est foutus ! commente-t-il.
– Ta gueule ! » hurle Ulrich qui essaie de réfléchir à une issue.

Sous les coups répétés des morts-vivants, les fenêtres finissent par céder, ouvrant la voie à une horde de zombies qui se poussent et s'écrasent les uns les autres pour entrer. En les voyant prendre le commissariat d'assaut, Ulrich a comme un éclair de génie : il sait enfin par où sortir. « Suivez-moi ! » ordonne-t-il au groupe et à ses hommes. Derrière lui, tous avancent au pas de course et descendent jusqu'au sous-sol. Une fois tout le monde en bas, Ulrich commence à se baisser et à tirer de toutes ses forces une plaque en fonte manifestement très lourde. Tellement lourde que rien ne se passe. Mike est obligé de lui venir en aide pour que la plaque finisse par glisser sur le côté, laissant apparaître en dessous un profond trou noir. La voie n'est pas rassurante, mais c'est leur seule sortie de secours. Ulrich attrape Anna qui se débat pour ne pas descendre la première, et la pousse vers le trou, sans prêter attention à ses objections.

« Vite, vite ! » répète-t-il pour inciter les autres à sauter sans se poser de questions. Au rez-de-chaussée, des coups de feu suivis de hurlements de douleur retentissent. John descend les rejoindre, tout en continuant à tirer pour protéger leurs arrières. Il prévient Ulrich que Jérôme et Éric ne s'en sont pas sortis. La nouvelle l'attriste profondément, mais il n'a pas le temps de s'apitoyer. Il ordonne à John de continuer à tirer.

Tous sont à présent descendus dans le trou, sauf Ulrich, Mike et John qui sont toujours dans le sous-sol à repousser les morts-vivants en faisant feu sur eux. Ulrich ordonne à John de descendre, et appelle Mike pour qu'il en fasse autant, mais ce dernier refuse.

« C'est un ordre ! insiste Ulrich.

– Désolé, chef ! C'est à vous de descendre. Ils auront plus besoin de vous que de moi en-bas. Foncez ! Je ne pourrai pas les retenir encore longtemps ! »

Ulrich, bouleversé par ce sacrifice, lui fait un signe de tête ému en guise de remerciement. Juste avant qu'il ne saute dans le trou, Mike l'interpelle.

« En fait, chef !
– Oui ?
– N'oubliez pas de regarder le papier que je vous ai donné. Promettez-le-moi !
– C'est promis ! »

Puis il disparaît dans le trou, et observe en descendant les barreaux de l'échelle la lumière qui diminue au fur et à mesure que Mike repousse la lourde plaque sur l'ouverture. Il entend encore quelques coups de feu au-dessus de sa tête, puis soudain un silence de mort s'installe. Le cœur serré, il s'arrête un court instant, puis reprend sa descente.

Arrivé à la dernière marche, il saute et atterrit dans de l'eau. « Faites gaffe quand vous sautez ! Pas besoin d'éclabousser tout le monde jusqu'au cou ! On est dans les égouts ! On a déjà les pieds dans la merde, alors pas besoin d'en foutre partout ! » s'écrie Cindy, énervée. Ulrich n'en revient pas : ils viennent tout juste d'échapper à une horde de morts-vivants affamés, et elle pense à sa tenue. Il la bouscule avec dédain, et passe à la tête du groupe pour rejoindre John. Rob, quant à lui, est un peu à la traîne, toujours plongé dans un état second. Il n'arrête pas de prononcer le prénom de sa fille : *Maelys*.

Élina se fait du souci pour lui, et en jetant un coup d'œil sur sa blessure, elle constate que l'hématome s'est élargi.

« Il faudrait trouver une pharmacie dès que possible, Déclare-t-elle.
– On avisera au moment venu ! Pour le moment, il faut avancer ! » rétorque Ulrich.

Brusquement, tous s'arrêtent de marcher et de parler, percevant des cris et grognements qui résonnent dans les tunnels avoisinants. « On se bouge et plus vite que ça ! » ordonne-t-il, conscient que sa mission est à présent de les ramener à la surface en vie.

ROB

17 septembre – 04h00

Rob ne dormait toujours pas. Ne parvenant pas à trouver le sommeil, il se tournait, encore et encore, dans son lit de fortune : un vieux canapé de la salle de repos du garage dans lequel il travaillait. La douleur d'avoir perdu sa fille et son ex-femme était encore trop vive. Il se mit sur le dos et contempla le plafond, en se reprochant de n'avoir pas été présent avec elles ce triste jour. Tout un tas de questions se bousculaient dans sa tête. Puisqu'il lui était impossible de s'endormir, il décida finalement de s'occuper. En se levant, il fit un brin de toilette et enfila négligemment un débardeur et son jean de travail, prit sa caisse à outil puis se rendit dans le garage pour bricoler le moteur d'une vieille voiture. Garagiste depuis vingt-trois ans, il savait que la seule chose qui pouvait chasser toute pensée négative de son esprit, c'était la mécanique.

Rob était un homme simple qui n'avait pas pour habitude de se prendre la tête, en tout cas, depuis qu'il ne vivait plus avec son ex-femme. Il aimait cette dernière pour un tas de raisons : elle était magnifique, intelligente et surtout, elle était la mère de sa fille adorée. Toutefois, tous les deux n'avaient plus la même conception de la vie, ce qui entraînait de nombreux conflits au sein du couple. Voyant bien qu'ils ne pouvaient pas continuer comme ça, et Rob ayant appris qu'elle avait un amant, ils avaient décidé d'un commun accord de divorcer. Rob avait la garde de Maelys, leur fille de quatre ans, un week-end sur deux. Suite à la séparation, il avait dû quitter la demeure familiale – une belle maison confortable et rassurante, de style colonial – pour emménager dans un nouveau chez lui : un petit appartement de deux pièces plutôt douillet, situé dans le centre-ville de Coulommiers. Il était fier de cet appartement dont il était devenu l'heureux propriétaire. Manuel et adorant la décoration d'intérieur, il avait tout refait lui-même. D'ailleurs, beaucoup de ses amis le charriaient à cause de son goût pour la décoration. Ils lui disaient que c'était son côté féminin qui ressortait, mais loin de le déranger, ces remarques amusaient Rob. Quand on le voyait comme ça, avec son imposante carrure, il était difficile d'imaginer qu'il puisse s'intéresser à ce genre de choses. Il mesurait 1m92 et était plutôt musclé, malgré un embonpoint certain, lié au fait qu'il était particulièrement gourmand. Bien dans sa peau, il ne voyait pas d'un mauvais œil les cheveux grisonnants qu'il commençait à avoir sur les tempes, contrairement à beaucoup d'hommes de son âge qui les dissimulaient sous des teintures. Il trouvait que cela lui allait bien et que ça faisait ressortir le vert de ses yeux. Il n'aurait eu aucun mal s'il l'avait voulu à faire de nouvelles rencontres amoureuses, mais depuis son divorce, Rob n'avait pas eu la moindre relation avec une femme. Trop timide pour draguer, il ne se sentait de toute façon pas le cœur à être à nouveau en couple, et préférait donc le célibat pour le moment. Derrière son physique impressionnant, se cachaient une grande sensibilité et « un cœur en or », comme aimait à le dire son entourage.

La veille, Rob travaillait au garage sur une vieille Mustang gris métallisé, une Shelby GT 500 de 1967. Il adorait cette voiture, et prenait beaucoup de plaisir à s'en occuper. Il était en train de finir la vidange, quand son téléphone sonna. Il vit le nom de Delphine, son ex-femme s'afficher, et n'eut pas spécialement envie de décrocher, car à chaque fois, ils se disputaient au téléphone pour des broutilles. Cependant, comme la sonnerie était insistante, il finit par répondre, juste au cas où son appel concernerait Maelys.

« Rob !
– Oui ?
– Rob ! Il faut que tu viennes ! dit-elle, sur un ton paniqué.
– Qu'y a-t-il encore ?! Je ne peux pas m'absenter tout le temps du boulot, Delphine !
– C'est Maelys !
– Quoi ?! Que s'est-il passé ?! »

Elle resta silencieuse, ce qui commença à l'inquiéter sérieusement.

« Delphine ! Réponds-moi, bon sang !

– Il faut que tu viennes à la maison ! » se contenta-t-elle de lui dire.

En raccrochant, il alla trouver son patron pour lui expliquer la situation. Celui-ci, compréhensif, le laissa partir sans faire de difficultés. Rob ne se changea pas : il s'empara immédiatement de ses clefs de voiture et sortit du garage en courant, bousculant au passage un client qui venait chercher sa voiture. « Désolé ! » lui dit-il. Le client n'avait pas l'air dans son assiette, mais Rob n'avait pas le temps de s'attarder sur son cas. Il monta dans sa voiture, fit tourner la clé de contact et démarra en trombe, dans un crissement de pneus qui fit se retourner le client.

Son ex-femme n'habitait pas tout près de son lieu de travail – qui se trouvait dans le 1er arrondissement de Paris – mais vu l'allure à laquelle il roulait, il ne mit pas longtemps. Durant le trajet, il ne ralentit pas une seule fois, zigzaguant entre les voitures et klaxonnant les piétons pour qu'ils se poussent. Lorsqu'il se gara devant son ancienne maison, il vit que la police, les pompiers et des ambulanciers étaient sur les lieux. Pris de panique, il sortit aussitôt de la voiture et courut jusqu'à son ex-femme, assise à l'arrière d'une ambulance. Un policier essaya de l'empêcher de passer, mais Rob l'envoya valdinguer pour rejoindre Delphine qui était en train de se faire bander l'épaule par un ambulancier.

« Qu'est-ce qui s'est passé ? Qu'as-tu ? Où est Maelys ? lui demanda Rob, fou d'inquiétude.

– C'est Maelys qui m'a fait ça.

– Fait quoi ?

– Cette blessure. Elle m'a mordue et m'a arraché un morceau de chair.

– Quoi ?! Mais c'est ridicule ! Qu'est-ce que tu racontes ?!

– C'est malheureusement la vérité, Rob ! Ils m'ont dit qu'elle avait contracté un nouveau virus incurable. Tu sais, celui dont on parle à la télévision ! » expliqua-t-elle les larmes aux yeux.

Rob balayait la foule du regard à la recherche de sa fille, n'écoutant Delphine que d'une oreille distraite, quand à ces mots, il se figea d'effroi.

« Quoi ?! Comment ça un nouveau virus incurable ?! Où est-elle ? Et avec qui ?

– Avec les hommes en combinaison blanche. Je n'ai rien pu faire ! Elle est devenue comme enragée ! Elle attaquait tout le monde...

– Où est-elle ? » insista-t-il.

Le regard de Delphine perdu dans le vide se posa alors sur quelque chose derrière lui. Rob se retourna et aperçut un brancard transportant une housse mortuaire pleine.

« Non ! Ce n'est pas possible ! Ce n'est pas elle ! » hurla-t-il, des sanglots étouffés dans la voix.

Il s'avança pour ouvrir la housse, mais fut arrêté par ces fameux hommes en combinaison blanche dont lui avait parlé Delphine.

« Laissez-moi passer ! Je veux voir ma fille !
– Ce n'est pas possible, Monsieur. Elle est encore contagieuse.
– Contagieuse ? Mais qu'est-ce qui lui est arrivé ?! »

Sans répondre, ils le poussèrent en arrière de façon de plus en plus énergique. Rob, furieux, donna à deux d'entre eux un coup de poing dans le bas-ventre. Un homme en costume noir vint alors s'interposer. Il se posta en face de lui et l'invita à se calmer.

« Venez avec moi, Monsieur, je vais tout vous expliquer ! lui dit-il.
– Non, je veux d'abord la voir ! » protesta Rob.

L'homme se tourna vers les individus en combinaison. « S'il vous plaît, Messieurs ! C'est sa fille. » L'un des hommes se dirigea vers le brancard, et ouvrit la housse mortuaire jusqu'en bas du cou de la petite. Elle avait le teint grisâtre, du sang autour de la bouche, un petit bout d'oreille en moins, et un trou au beau milieu du front. Rob, en la découvrant, porta sa main devant sa bouche et étouffa un cri de douleur. Il avait l'impression qu'on venait de lui arracher le cœur et qu'il suffoquait. L'homme en costume le prit doucement par le bras, et l'emmena un plus loin pour le calmer et lui parler.

« Que lui avez-vous fait ? Pourquoi l'avez-vous tuée ?! Ma petite fille... » gémit Rob, partagé entre colère et souffrance.

– Monsieur, nous avons été obligés.

– Mais pourquoi ?! Ce n'était qu'une petite fille sans défense !

– Votre fille a été agressée dans la cours de son école par une personne contaminée par un virus inconnu. Cet individu lui a mordu l'oreille et en a sectionné le lobe. À partir de ce moment, elle a elle-même été infectée.

– Et c'est incurable ?

– En effet.

– Mais comment en êtes-vous arrivés à lui ôter la vie ?

– Monsieur, croyez bien que ce n'était pas de gaieté de cœur. Ce virus est sans précédent. Il n'a rien à voir avec ceux que nous connaissons. Les symptômes sont surprenants... et très dangereux pour autrui !

– C'est-à-dire ?

– Pour résumer, après une courte agonie de l'hôte, le virus prend le contrôle des nerfs, muscles et terminaisons nerveuses dans le cerveau de la personne infectée. Le sujet reprend ensuite des forces, avec une vigueur et une rapidité décuplée, puis attaque violemment son entourage.

– Il leur fait quoi ?

– Il les griffe et les mord, et donc les contamine à leur tour.

– Vous ne pouvez pas simplement attraper les personnes infectées et les attacher pour éviter qu'elles ne s'en prennent à d'autres ?

– Non. Il serait inutile de les neutraliser en les attachant, sachant que nous ne pouvons plus rien pour eux.

– Donc vous avez tué ma fille, parce que vous trouviez ça plus utile que de la capturer ! cria Rob dans un regain de colère.

– Je comprends votre douleur. Vous devez accepter l'idée que nous n'avions pas le choix. Votre ex-femme a amené votre fille aux urgences pour la faire soigner, puis l'a ramenée à son domicile. Après quelques heures d'agonie, votre fille s'est jetée sur elle et l'a mordue. Votre ex-femme s'est alors enfermée dans la salle de bain pour appeler la police de son téléphone portable. Quand ils sont arrivés sur place, ils ont essayé de maîtriser la petite, mais elle était incontrôlable et a même mordu l'un d'eux – Il désigna du doigt un agent assis sur le bord du trottoir, un bandage à l'avant-bras – Ils ont finalement réussi à la maîtriser, mais les pompiers ont estimé nécessaire de faire intervenir des experts, ceux que vous avez rencontrés en combinaison blanche. Ce sont eux qui ont jugé que l'état de votre fille était trop avancé et ont ordonné son exécution immédiate. »

Rob ne réalisait pas bien que ce qu'on venait de lui expliquer correspondait à la réalité. Il pensait être en plein délire, et avoir inventé dans sa tête toute cette conversation. L'homme en noir le regardait avec compassion s'éloigner en silence d'un pas chancelant, pour aller rejoindre son ex-femme. Quand il arriva face à elle, il la prit tendrement dans ses bras, constatant qu'elle tremblait. Il mit ça sur le compte de l'émotion, mais quand il relâcha l'étreinte, il remarqua qu'elle saignait du nez, des yeux et des oreilles. Le secouriste en observant le phénomène appela aussitôt les experts, en hurlant à pleins poumons. Il recula instantanément, intimant à Rob d'en faire autant. Les hommes en combinaison blanche arrivèrent à hauteur de l'ambulance, examinèrent la femme, et secouèrent la tête en signe de négation. « Non ! Non ! » cria Delphine qui comprit le sort qui l'attendait. Dans la rage du désespoir, elle bouscula l'un des policiers qui l'encerclaient, lui prit son pistolet, et le braqua sur tous ceux qui étaient présents.

« Laissez-moi !

– Madame, calmez-vous, et donnez-moi cette arme, s'il vous plaît ! tenta de la raisonner l'homme au costume noir.

– N'approchez pas ! »

Tout en pointant l'arme en la direction de l'homme, elle s'adressa à son ex-mari.

« Rob ?

– Oui, ma chérie ?

– Je suis si désolée pour Maelys. J'aurais dû...

– ... Dû quoi ? Tu ne pouvais rien faire de plus. Tu as été géniale, et je n'aurais rien fait de plus que toi. Pose cette arme, s'il te plaît !

– Mais c'était notre fille !

– Je sais. J'ai mal aussi, mais s'il te plaît, pose cette arme au sol !

– Je ne veux pas devenir comme elle ! Je suis désolée pour tout, Rob. Pardonne-moi. »

Elle retourna l'arme contre elle, la mit dans sa bouche puis appuya sur la détente.

« Non ! » hurla Rob en s'élançant vers elle. Quand il arriva à sa hauteur, il était hélas trop tard. Il prit son corps dans ses bras et l'enlaça aussi fort qu'il put, laissant sortir toute sa rage dans des cris de douleur. Deux hommes en combinaison vinrent pour l'éloigner de force de son ex-épouse, en lui saisissant les bras et l'obligeant à reculer.

Après avoir défini un périmètre de sécurité autour de l'ambulance, ils s'affairèrent tous autour du corps de Delphine qui gisait au pied du véhicule. « Personne ne franchit les rubans de restriction ! » cria l'un des experts, quand soudain un second coup de feu retentit. Rob fit volte-face et découvrit un policier qui tenait son arme en direction du sol. Par terre, gisait le corps de l'agent blessé un peu plus tôt par Maelys. Il l'avait abattu. « J'ai été obligé ! Il devenait fou ! » se justifia-t-il les larmes aux yeux.

À nouveau, un périmètre de sécurité fut bouclé autour du corps, et le balai des combinaisons blanches reprit son cours, comme pour Delphine.

L'homme en costume noir s'approcha de Rob et lui demanda de se rendre avec lui au commissariat, pour faire une déposition sur les drames dont il venait d'être témoin. La déposition dura trois heures, car Rob, qui avait accepté sans broncher de venir au commissariat, était toujours sous le choc et s'emmêlait les pinceaux. Il n'arrivait pas à mettre ses idées au clair, ce qui était normal dans ce genre de circonstances, aux dires de l'homme en costume. Très éprouvé par les événements, Rob était à deux doigts de l'état de dissociation psychologique. Il ne se rendait pas encore compte que ce qu'il venait de voir était la réalité. *Delphine, Maelys*... Il parlait d'elles au présent car pour lui, elles ne pouvaient pas être décédées. Il devait simplement être en plein cauchemar, voilà tout. L'homme en costume, et les inspecteurs qui l'accompagnaient, ayant fini de prendre sa déposition, le libérèrent enfin.

Qu'allait-il bien pouvoir faire maintenant ? Il n'avait goût à rien, et se sentait complètement perdu. La seule chose qui lui vint à l'esprit fut d'appeler à son travail pour indiquer qu'il ne viendrait pas pendant quelques jours. Il raccrocha sans donner plus d'explications, et rentra chez lui. Hagard, il s'assit sur son lit, et tourna la tête vers l'horloge. Il était 18h30. Des émotions confuses l'envahirent. Un coup, il éprouvait de la colère et tapait dans les murs pour la libérer ; le coup d'après, il pleurait sans s'arrêter, à la limite de l'étouffement ; puis encore après, il restait immobile dans un état végétatif, déconnecté du monde qui l'entourait. Ce chaos émotionnel finit par avoir raison de sa résistance physique, et une immense fatigue lui tomba dessus. Il se coucha et parvint à dormir profondément pendant quelques minutes, jusqu'à ce que les cauchemars qui hantaient son esprit viennent le réveiller dans un sursaut. Il se redressa brusquement, haletant et les yeux grands ouverts, puis se laissa retomber sur le lit. Tout son être pleurait : ses yeux, l'ensemble de son corps, et surtout son âme. Il n'avait jamais ressenti une telle douleur intérieure avant ce jour. Il songea même à rejoindre Delphine et Maelys dans l'autre monde, mais n'en eut finalement pas le courage. Il resta allongé sans bouger, les yeux rivés au plafond, pendant près de cinq heures.

Son corps commençant à être engourdi, il décida de sortir pour marcher un peu. Sur l'instant, l'air frais de la nuit lui fit du bien, mais très vite un profond sentiment de mal-être se manifesta à nouveau en lui. Il n'avait pas envie de retourner dans son appartement, et décida de prendre sa voiture, juste pour rouler, sans trop savoir vers où aller, comme prisonnier d'une forme d'errance. Machinalement, il se rendit jusqu'à son lieu de travail, et s'y arrêta. Puisqu'il avait les clefs sur lui, il ouvrit le garage et posa son regard sur la fameuse Mustang Shelby, qui ne lui faisait plus aucun effet. Après le double drame qu'il venait de vivre, il se fichait de tout. Pénétrant dans le garage, il prit une couverture et un oreiller dans l'armoire, puis s'installa sur le canapé de la salle de repos. Il était 1h30.

Sur les coups de 7h30, son chef arriva et découvrit Rob qui était en train de travailler sur une voiture. « Mais que fais-tu ici ? » lui demanda-t-il, très étonné. Rob releva la tête de derrière le capot d'une Volvo, et le regarda sans rien dire. Il avait des cernes, l'air absent, et semblait avoir pris vingt ans d'un coup. « Que t'est-il arrivé, mon vieux ? » l'interrogea son patron en le dévisageant. Inquiet, il prit deux chaises, s'assit sur l'une et d'un signe de la main, signifia à Rob de venir s'asseoir sur l'autre. « Allez, raconte-moi » lui dit-il avec bienveillance.

Rob, qui n'avait pas encore eu l'occasion de se confier, raconta son histoire dans les moindres détails, sans s'arrêter. Le fait d'en parler à quelqu'un qui faisait partie de son quotidien lui permit de prendre enfin conscience des choses. À la fin du récit, son chef resta bouche bée, ne sachant que dire face à une telle tragédie.

« Mon Dieu ! Je ne peux pas imaginer ce que tu dois ressentir... Il me faut un remontant. Et à toi aussi ! » finit-il par s'écrier en tapotant sur l'épaule de Rob. Il se servit un grand verre d'un des tord-boyaux qu'il cachait dans une boîte à outils, et le but d'une traite, puis en servit un autre à l'attention de Rob qui l'avala à son tour cul sec.

« Pourquoi es-tu là ? l'interrogea son chef, très attristé pour lui.
– Où veux-tu que j'aille ?
– Voir ton médecin pardi ! Pour qu'il te prescrive d'aller

voir un psychiatre et qu'il te fasse aussi un arrêt de travail. Sors d'ici, et vas-y maintenant ! »

Il prit Rob par le bras pour l'inviter à se lever, l'emmena dehors, et fit demi-tour, laissant Rob sur le trottoir. Juste avant de refermer la porte, il se tourna vers lui. « Je suis vraiment navré, Rob. Prends soin de toi. »

Rob, désorienté, resta sur place quelques minutes, les bras ballants et les yeux fixés sur la porte du garage. Puis il quitta les lieux, sans prendre sa voiture. Il marchait sans but dans les rues, quand il eut tout à coup l'idée de se rendre au café dans lequel il allait tous les soirs après le boulot. *Pourquoi cet endroit ?* se demanda-t-il. Au fond, la question n'était que rhétorique : il n'avait pas de réponse à y apporter et s'en contrefichait.

Il arriva au café aux alentours de 09h30, et fut surpris de constater qu'il y avait déjà pas mal de monde. En s'asseyant, il salua Élina, la gérante du café, et passa commande.

« Un cappuccino, s'il te plaît.
– Ok, ça roule ! » répondit-elle en lui adressant un chaleureux sourire.

Rob jeta un bref coup d'œil à l'homme qui vint s'asseoir non loin de lui, avant de replonger presque aussitôt dans ses pensées. Il était 10h00 passé. Il se dit que ce ne n'était peut-être pas une si mauvaise idée que ça d'aller chez le médecin pour se faire délivrer un arrêt de travail, car l'organisation des funérailles nécessiterait sans doute plusieurs jours. Rob fut sorti de ses réflexions par des éclats de rire au fond du café. En se retournant, il vit qu'Élina et une autre femme partageaient un fou rire. En les regardant, il sourit, mais par pur réflexe puisqu'il n'avait lui-même pas la moindre envie de rire. À côté, la voix d'un jeune homme en costume gris foncé parvenait vaguement à ses oreilles. Ce dernier parlait fort au téléphone, mais Rob n'écouta pas la conversation. Il avait l'impression d'être défoncé et de vivre dans une sorte de monde parallèle. Tout autour de lui, il entendait des bruits de fond, mais rien de bien net.

Rob s'aperçut que le jeune homme en costume n'était plus au téléphone, et parlait à présent avec celui qui était assis à côté de sa table. Il n'avait pas le cœur à parler et se fichait totalement de leur échange, aussi resta-t-il silencieux. Ce ne fut que quand Élina alluma la télévision, qu'il tourna la tête et que son cerveau réagit aux mots prononcés par un journaliste : « virus inconnu », « attaques », « morts-vivants » et « morsures ». En une fraction de seconde, ces termes terrifiants le ramenèrent au monde réel.

Le jeune homme au costume gris, qui avait lui aussi écouté les informations, passa devant lui avec un air inquiet. Rob entendit la clochette de la porte d'entrée retentir dans son dos, et supposa qu'il était sorti. Très peu de temps après, des bruits de coups venant de l'extérieur le firent sursauter. En se retournant, il découvrit le jeune homme en costume qui martelait la vitrine du café de ses poings, l'air affolé. À cet instant, un autre homme se rua sur lui. Tout se passa très vite sous les yeux de Rob qui, en assistant à cette scène, se mit à penser à la façon dont sa propre fille avait dû attaquer son ex-femme. Rapidement ramené au moment présent par l'information choquante que ses yeux lui transmirent, il vit l'agresseur manger la main du jeune homme, après l'avoir arrachée avec les dents. Déboussolé, Rob porta machinalement son regard au loin, et distingua des ombres qui se déplaçaient en direction du café. Il entendit le gars de la table d'à côté jurer à propos de ces ombres, et se dit que ce n'était pas bon signe du tout. Sans même s'en rendre compte, de façon instinctive, Rob imita cet homme, et avança à reculons vers le fond du café. L'homme, qui était toujours à côté de lui, demanda à Élina s'il y avait un endroit où se cacher. Elle lui indiqua un lieu, mais Rob, qui ne comprit pas lequel, se contenta de les suivre vers une pièce où étaient entreposées des marchandises. À l'intérieur, ils étaient quatre : l'homme de la table voisine, Élina, la femme avec laquelle elle riait un peu plus tôt, et lui-même.

Rob vit qu'Élina n'avait pas complètement fermé la porte, pour pouvoir regarder ce qui se passait dans son café. De là où il était, il ne pouvait rien voir, mais comme tout le monde, il entendit le bruit terrible du verre qui se brise en mille morceaux sur le sol. *Ils sont entrés*, pensa-t-il. De l'autre côté de la porte, tout le monde se mit à hurler.

L'homme qui s'était réfugié avec eux dans la salle de marchandises s'avança vers Élina, mais au moment où il s'apprêtait à lui saisir le bras, elle referma la porte d'un geste brusque, l'air totalement paniquée.

« Il y en a un qui m'a vue ! Il arrive ! Il est là !
— Fait chier ! » répondit l'homme, sur un ton blasé.

Quand le mort-vivant commença à tambouriner à la porte, Élina s'appuya dessus de toutes ses forces, pour la garder fermée. Rob voulait l'aider, mais la peur le tétanisait. Il ne cessait de penser à sa fille, et à ce que son ex-femme avait dû ressentir quand elle s'était enfermée dans la salle de bain. Plus réactif que Rob, l'autre homme prit appui contre le mur pour pousser l'armoire à étagères qui se trouvait à côté de la porte, et qui bascula lourdement devant celle-ci. Il se mit ensuite à empiler dessus tous les objets lourds qu'il trouvait dans la pièce, puis vint les rejoindre. Ils s'étaient tous collés les uns aux autres, attendant la peur au ventre, un retour au calme.

IV

20 septembre – 18h43

Élina marche à côté de Rob, perdu dans ses pensées. Elle est préoccupée par son état et par le fait qu'il n'ait pas dit un mot depuis la mort de la petite fille au commissariat. Devant eux, Ulrich et John parlent à voix basse. Tandis que le groupe poursuit son avancée à travers les égouts, des grognements continuent de perturber par moment le silence des lieux. Impossible cependant de savoir d'où ils proviennent, à cause de la résonnance des tunnels.

John s'arrête devant une plaque accrochée au mur et où sont gravées des inscriptions, afin d'essayer de se repérer. Adossé à une grille, il réfléchit au trajet à emprunter, passant de temps à autre la main dans ses cheveux gominés, comme si ce geste l'aidait à se concentrer.

« Il faut encore continuer sur 10 mètres et tourner à gauche ! dit-il.

– Pour aller où ? lui demande Jo.

– Au parking, au sous-sol de la bibliothèque.

– Et pourquoi ?

– Ils y faisaient des travaux avant que tout ça ne commence, et la bouche d'égout est donc sûrement encore ouverte, ce qui sera plus simple pour sortir. Si nous essayons d'ouvrir n'importe laquelle, nous n'y arriverons pas, car elles sont beaucoup trop lourdes pour qu'on les soulève à bout de bras. »

John a à peine le temps de terminer son explication qu'un mort-vivant, resté inerte jusque-là, surgit de l'eau et le mord de multiples fois au visage. D'après la tenue du zombie, celui-ci devait être égoutier de son vivant. John qui ne l'a pas vu venir se débat énergiquement, en proie à la panique, et réussit à l'éloigner, mais trop tard, car il est déjà bien amoché. Tout une partie de son visage a été déchiquetée : son nez a disparu dans la bouche de l'égoutier qui le mastique avec satisfaction ; ses pommettes et sa lèvre supérieure ont été arrachées ; ses os et ses dents sont apparents. Par réflexe, il veut porter ses mains à son visage, mais se ravise en voyant le sang dégouliner abondamment. Horrifié et ressentant physiquement une atroce douleur, il se met à hurler à s'en briser la voix.

Les cris ayant détourné son attention du bout de nez qu'il était sagement en train de mâcher, l'égoutier revient à la charge, et tend le bras en direction de John pour tenter de l'attraper. Rob parvient *in extremis* à retenir le zombie en lui encerclant la taille, mais John n'en est pas pour autant sorti d'affaire. En effet, derrière lui des mains se faufilent par les ouvertures de la grille contre laquelle il est appuyé, et l'agrippent un peu partout. Elles sont si nombreuses qu'il n'arrive pas à s'en défaire, prisonnier à nouveau de l'enfer de la douleur. Certaines mains putréfiées lui griffent le visage, si bien que sa peau déjà à vif se détache sous leurs ongles. Des doigts s'enfoncent profondément dans sa bouche, pour tirer sa mâchoire inférieure vers le bas, jusqu'à ce qu'elle se déboîte.

Ulrich, face à cet insoutenable spectacle, tente d'intervenir. Il agrippe les bras de John et tire de toutes ses forces pour essayer de le décoller de la grille, mais celle-ci finit par céder sous la pression exercée par les morts-vivants. Libérés de leur cage, ils se ruent tous sur John, et continuent de s'acharner dessus. Les membres du groupe ont vraiment mal pour lui, mais ils ne peuvent plus rien faire. Ils en profitent donc pour s'enfuir, avant que les zombies n'aient fini de s'occuper de son cas. Rob, comprenant qu'il était temps de lever le camp, balance contre une des parois en béton l'égoutier qu'il maintenait toujours par la taille. Sous la violence de l'impact, celui-ci recrache sur le pantalon de Rob le bout de nez de John qu'il n'avait toujours pas terminé de mâcher. Rob, écœuré, s'empresse de rattraper les autres dans leur course.

En arrivant sous le parking de la bibliothèque, ils constatent avec soulagement que John avait raison : la plaque d'égout n'a pas été remise en place. Ils montent à l'échelle un à un, et se réjouissent d'atteindre enfin la surface.

« C'est ici, Ethan, que tu venais chercher tes livres ? demande Ulrich.
– Oui !
– Y a-t-il beaucoup de morts-vivants, ou est-ce gérable ?
– Je ne suis jamais passé par le parking, donc dur à dire ! Par contre, à l'intérieur de la bibliothèque, ça peut aller. Ils ne sont pas très nombreux.
– OK ! Allons voir ça ! », déclare Ulrich en scrutant les alentours pour trouver un moyen d'accéder à la bibliothèque.

Il aperçoit presque immédiatement une entrée, et indique aux autres de le suivre en faisant des signes en direction de la porte d'accès. Le groupe se déplace lentement à travers le parking, en prenant soin de surveiller leurs arrières. En passant à côté d'une voiture, Anna sursaute, et observe quelques secondes les trois morts-vivants qui, pris au piège dans le véhicule, s'agitent à leur passage. Elle se demande pourquoi ils ne cassent pas tout simplement les vitres pour sortir, mais s'aperçoit que leur ceinture de sécurité les bloque. *Vive la sécurité routière !* pense-t-elle avec soulagement.

Arrivé devant la cage d'escalier, Jo ouvre la porte, et entend des gens descendre en criant.

« Il faut se cacher ! dit-il aux autres.

– Mais où ? » l'interroge Cindy.

Jo, sans répondre, se met à courir vers une Audi A4 noire dont la portière côté passager est restée ouverte, et vérifie qu'il n'y a personne à l'intérieur. Il fait de même pour la Jeep vert foncé, garée juste à côté. « RAS ; vous pouvez y entrez ! » leur signale-t-il.

Ulrich, Rob, Cindy et Élina montent dans l'Audi, tandis que Jo, Anna et Ethan se cachent dans la Jeep. Pour ne pas se faire repérer, ils s'enfoncent dans les sièges aussi bas qu'ils peuvent.

Rob, calé au fond du siège conducteur de l'Audi lève légèrement la tête pour observer discrètement ce qu'il se passe dans le parking. Une femme, vêtue d'un tailleur lacéré de couleur beige, se précipite hors de la cage d'escaliers en hurlant à l'aide. Il s'apprête à lui porter secours, mais Ulrich l'empêche d'ouvrir la portière, et lui demande d'attendre.

Quelques secondes après, d'autres personnes font irruption dans le parking. Ce sont des militaires armés.

« Viens, ma douce, on ne te fera pas de mal ! C'est promis ! On veut juste s'amuser un peu ! s'exclame le plus petit des trois soldats.

– Où es-tu ? » chantonne le deuxième.

Quand le dernier les rejoint, il tient par le bras un homme qui se débat comme il peut, les menottes qui lui lacèrent les poignets compliquant son affaire.

« Fuis, chérie ! Ne t'inquiète pas pour moi ! Ne les laisse pas t'attraper ! » crie le prisonnier.

Le soldat qui le tient, irrité par son agitation, le frappe en lui donnant un grand coup sur la tête avec la crosse de son fusil. Assommé, l'homme s'effondre au sol, sous les yeux amusés des trois soldats. Celui qui chantonnait fait signe aux deux autres de se disperser, et ils partent chacun de leur côté à la recherche de la femme en fuite. Le petit soldat la trouve rapidement, et la ramène comme du gibier à ses camarades de chasse, la jetant sans ménagement au sol.

« Bah alors, on voulait jouer à cache-cache ? Mais je t'ai trouvée ! lui dit-il en ricanant.
– Ne nous faites pas de mal, je vous en supplie ! gémit-elle en découvrant son mari inconscient.
– Du mal ? Jamais d'la vie ! Que du plaisir pour toi, ma belle ! Par contre lui, je ne garantis rien ! »

Ils se mettent tous à rire. Celui qui garde le prisonnier le relève, et le force à se réveiller en lui mettant de violentes claques, afin qu'il puisse voir le spectacle. L'homme, ouvrant difficilement les yeux, découvre sa compagne au sol.

« Non ! S'il vous plaît ! Pourquoi faites-vous ça ? implore-t-il, encore à moitié dans les vapes.
– Juste pour s'amuser ! Il n'y a pas de mal à se marrer

un peu et à se faire du bien ! » réplique le petit soldat, tout en détachant le couteau accroché à sa ceinture.

Il commence à ouvrir sa braguette de pantalon, le déboutonne, et le baisse jusqu'aux chevilles. Puis il pose son arme à ses pieds, avant de se positionner sur la femme qui se débat énergiquement. Il rit à nouveau d'un petit rire sadique, et l'empoigne avec violence, de manière à ce qu'elle arrête de gigoter. D'une main, il lui maintient fermement les deux poignets, et de l'autre prend le couteau pour couper son chemisier et son soutien-gorge, dénudant ainsi sa poitrine. Il lui lèche le cou et les seins, avant de reposer son couteau, puis s'empresse de remonter sa jupe. Après s'être attardé un peu au niveau de l'entre-jambe de la femme, il ramène sa main à son visage pour sentir ces doigts.

« Hum… Ça sent la chienne, ça ! Tu en as autant envie que moi, avoue ! »

La femme pleure de désespoir et le supplie d'arrêter, mais en vain.

Rob, observe la scène en bouillonnant intérieurement. Il ne peut pas en supporter davantage, et ouvre silencieusement la portière, armé de son club de golf. Ulrich et Jo le suivent.

Le soldat, toujours sur la femme, décale sa petite culotte sur le côté pour laisser le champ libre à son pénis durci, mais au moment où il s'apprête à la pénétrer de force, il entend dans son dos un bruit sourd, suivi d'un gémissement, et stoppe son action. En se retournant, il voit qu'un de ses complices est à terre et saigne abondamment de la tête, tandis que le second se débat avec un homme en uniforme de police.

« Putain de merde ! » crie-t-il en voulant se relever. Il n'a pas le temps de se redresser que d'un coup, son corps décolle du sol, et est maintenu à l'horizontale. Du coin de l'œil, il aperçoit un homme aux cheveux grisonnants qui le tient par le pantalon – lequel est toujours sur ses chevilles – et le col de sa veste.

« Alors ? Tu fais moins le caïd maintenant ! lui hurle Rob.
– Reposez-moi ! Vous ne savez pas à qui vous avez affaire !
– Oh que si ! À un petit connard qui se prend pour un grand grâce à son uniforme, mais qui a besoin de ses deux acolytes pour palier le complexe d'infériorité lié à sa petite taille.
– Je vous emmerde ! » réplique le soldat, rouge de rage.

Rob s'avance jusqu'à la bouche d'égout ouverte par laquelle ils sont arrivés, et place le corps du soldat juste au-dessus. Raide de peur, le militaire découvre les morts-vivants qui s'agitent au fond du trou, comme des bêtes sauvages dans une fosse.

« Non ! Putain ! Ne fais pas ça, mec ! Tu n'es pas un meurtrier !

– Ce n'est pas un meurtre, mec ; c'est la justice ! Et après délibération, il s'avère que tu as écopé de la sentence maximale, à savoir la peine de mort, ou presque...

– Tu ne le feras pas... »

Il n'a pas le temps de finir sa phrase que Rob le lâche, et reste sur place à contempler avec délectation la chute du soldat qui hurle d'effroi. Les autres, surpris par l'action de Rob, le regardent avec un air ahuri, à l'exception d'Ulrich qui salue son geste héroïque.

Le soldat qui gisait au sol, à demi-conscient, se relève brusquement et frappe Jo au bas-ventre. Ulrich se tourne alors vers Jo qui se plie de douleur, et pousse un cri étouffé. L'autre soldat en profite pour repousser l'arme qu'Ulrich braquait sur lui, et se précipiter jusqu'à leurs fusils. Il s'empare du sien, et balance le second à son collègue, avant de faire feu sur Jo et Ulrich qui courent entre les voitures pour se protéger des balles. Rob, de son côté, ramasse le couteau du soldat mort et court vers le véhicule dans lequel Anna avait vu les morts-vivants un peu plus tôt. Il ouvre une portière, et maintient la tête du passager contre l'appui-tête, afin de se faufiler entre lui et le tableau de bord et de couper d'un coup sec la ceinture du conducteur, ainsi que celle du passager. Sans refermer la portière, il s'enfuit, à la vitesse de l'éclair, pour se cacher derrière le véhicule d'à côté. Les tirs attirent l'attention des morts-vivants libérés par Rob qui se jettent sur les soldats. Pendant ce temps, Rob libère le troisième mort-vivant, coincé sur la banquette arrière, et roule sous la voiture pour se cacher, tandis que le zombie s'empresse de rejoindre ses semblables. Les soldats tirent des coups de feu sans discontinuer sur les morts-vivants, mais pris de panique, ils ne pensent pas à viser la tête et finissent par se faire déchiqueter.

« On en profite et on monte ! » hurle Jo.

Élina, Cindy, Anna et Ethan – qui tout ce temps étaient restés cachés – sortent des véhicules et courent à toute allure jusqu'aux escaliers, devançant Ulrich, Jo, Rob et le couple de rescapés. Ethan arrive en tête et s'empresse d'ouvrir la porte sur laquelle est écrit « Rez-de-chaussée - Accès bibliothèque » pour y entrer. Tous les autres le suivent, sauf le couple qui continue à gravir les marches en quatrième vitesse. « Vous allez où ? » leur demande Jo qui n'obtient aucune réponse et les perd rapidement de vue. N'ayant pas le temps de les rattraper, il referme la porte derrière lui.

« Quel con ! dit Ulrich en parlant de lui-même.
– Pourquoi ? demande Jo.
– J'aurais dû prendre leurs fusils à ces connards ! lui répond le policier en se retournant dans sa direction.
– Vous parlez de ça ? intervient Rob en levant au-dessus de sa tête deux fusils d'assaut Famas.
– Et de ça ? renchérit Jo en en brandissant un autre.
– Vous êtes géniaux, les gars ! Bon, maintenant, il faut sécuriser le périmètre ! »

Sous les instructions d'Ulrich, ils se divisent en trois groupes, à charge pour chacun de vérifier une zone différente de la bibliothèque. Rob, Élina et Ethan se dirigent sur la gauche, longeant le mur en direction des portes d'entrées. Jo et Cindy vont sur la droite, vers le fond de la grande salle, tandis qu'Ulrich et Anna partent inspecter les allées centrales.

Quand Rob, Élina et Ethan atteignent les grandes portes vitrées à l'entrée de la bibliothèque, ils constatent qu'elles sont fermées et verrouillées. Élina, en jetant un coup d'œil à l'extérieur, aperçoit des morts-vivants qui errent en quête de nourriture. Derrière elle, Ethan lui donne une petite tape sur l'épaule, pour lui faire signe d'avancer, quand tout à coup, des tirs retentissent à l'intérieur de la bibliothèque. Par réflexe, ils s'accroupissent tous les trois en même temps, avant de comprendre que c'est l'un des leurs qui a tiré. Lorsqu'elle se redresse, Élina regarde à nouveau dehors et découvre que plusieurs morts-vivants sont en train de se diriger vers eux, sans doute attirés par les coups de feu.

*

Au niveau des bureaux de lecture, Jo scrute tous les recoins pour s'assurer qu'aucun mort-vivant ne s'y trouve ; tandis que Cindy contemple les lieux, en rêvassant. Elle a toujours aimé les bibliothèques pour le calme et le silence qui y règnent, ainsi que pour le charme ancien des bureaux et étagères en bois foncé massif. Jo la sort de ses pensées en claquant des doigts, et attire son attention sur une personne assise un peu plus loin, face à l'un des bureaux. Totalement statique, elle ne semble même pas avoir perçu leur présence. Au fur et à mesure de leur progression, ils réussissent à mieux la distinguer. La femme est affalée sur le bureau. Ses cheveux doivent être blonds, mais avec le sang séché qui les recouvre difficile d'en deviner la couleur avec certitude. Alors qu'ils ne sont plus qu'à quelques mètres, elle relève brusquement la tête, et se met à renifler tout autour d'elle. Jo et Cindy ont le réflexe de se baisser aussitôt, et continuent à avancer vers elle à quatre pattes. À un moment donné, Jo fait signe à Cindy de ne plus bouger et de l'attendre. Il se faufile dans la rangée de bureaux qui se trouve derrière celle où ils ont vu le mort-vivant, et arrive à son niveau. Toujours assise à son bureau, elle ne bouge pas. Jo se place alors derrière elle, et lève son club de golf pour la frapper, quand il croise le regard interrogateur de Cindy qui lui fait signe de prendre son fusil. Il secoue la tête de droite à gauche pour dire non, et remue les lèvres pour former les mots « Plus silencieux ». Elle comprend alors qu'il ne veut pas ameuter tous les zombies du coin avec le bruit de la détonation. Avant que Jo n'ait le temps de lui porter le coup fatal, il se retrouve brutalement projeté en arrière. En une fraction de seconde, la femme zombie s'est retournée et lui a foncé dessus si violemment que tous deux ont roulé sur un bureau puis atterri sur la moquette beige. Ayant laissé échapper le club lors de l'attaque, Jo la frappe de toutes ses forces avec ses poings. À chaque coup, la tête de la femme se disloque, mais elle revient systématiquement à la charge, un peu plus déchaînée à chaque fois. Cindy, voyant Jo en difficulté, se lève pour lui porter secours. En les voyant se battre de cette façon, comme des chiffonnières, Cindy ne peut se retenir de sourire. Cela lui évoque la scène de deux femmes se disputant un sac de grande marque pendant les soldes.

Arrivée à leur niveau, elle saisit une lampe sur un des bureaux, et essaie de frapper le mort-vivant avec, mais n'y parvient pas, car tous deux n'arrêtent pas de bouger et de rouler par terre.

« Vas-y ! lui crie Jo.
– OK, mais arrête de bouger !
– Euh, je fais ce que je peux, tu sais !
– Eh bien, fais mieux ! »

Sur ces mots, Cindy ferme les yeux, et abat la lampe avec énergie. Elle sent qu'elle a touché quelque chose, mais n'ose pas les rouvrir par peur de s'être trompée de cible.

« Tu auras mis le temps, dis donc ! entend-elle.
– Tais-toi ! » lui répond-elle, soulagée de ne pas l'avoir assommé.

Tandis que Jo se redresse, éjectant de dessus lui le corps putréfié de la femme, ils entendent un tir qui retentit non loin de l'endroit où ils se trouvent, et se mettent à courir immédiatement en direction du coup de feu, pour voir ce qu'il se passe.

*

Au milieu des allées centrales, Ulrich avance avec Anna sur ses talons. Il entend comme des bruits de claquements de dents tout près d'eux, et cherche d'où peut bien provenir ce raffut. Étonné de ne pas en trouver l'origine, il se baisse pour regarder sous les meubles, mais toujours rien. Perplexe, il se gratte le menton, puis entend que le bruit s'intensifie. La source d'émission se rapproche donc de lui. À cette idée, il sent la peur l'envahir. Anna, qui marche sans regarder devant elle, lui rentre dedans. En se retournant, prêt à lui crier dessus, il découvre que les claquements de dents viennent en fait de la jeune fille.

« Anna, arrête ce boucan ! Contrôle-toi, s'il te plaît !
– Oh, désolé... » répond-elle en baissant les yeux vers le sol, avec une moue honteuse.

Au même instant, quelque chose tombe avec fracas, et les fait sursauter.

« Qu'est-ce qui se passe ? demande Anna, affolée.

– Je ne sais pas. Je vais aller voir !

– Tu es sûr que c'est une bonne idée ?

– Anna…

– OK, mais je préfère te suivre que de rester seule ici ! »

En arrivant au bout de l'allée, ils aperçoivent une vieille dame statique, les yeux rivés sur un livre tombé au sol. Anna est soulagée car elle ne les a vraisemblablement pas vus. Coiffée d'un chignon et vêtue d'une jupe mi longue avec une chemise à dentelle, cette dame a l'air de tout ce qu'il y a de plus normal et inoffensif mais Ulrich remarque que ses mollets sont pratiquement rongés jusqu'à l'os, et comprend que ce n'est pas une survivante. Ne pouvant se contrôler, Anna claque de nouveau des dents ce qui attire l'attention du zombie qui se met à courir vers eux. Ulrich, sans perdre son sang-froid, la vise avec son arme puis lui tire entre les deux yeux ou plutôt entre son œil et son orbite vide.

*

Une minute après le coup de feu, tout le groupe se retrouve au complet, rassemblé autour du corps inerte de la vieille dame.

« Ils ont entendu la détonation et s'approchent de l'entrée ! annonce Élina à Ulrich.

167

– OK. On va se cacher au fond, le temps qu'ils déguerpissent ! » répond-il.

Pendant qu'ils attendent un retour au calme, cachés au fond de la bibliothèque, Anna sent le stress monter en elle. La peur cède le pas à l'exaspération qu'elle éprouve en entendant le tambourinement des morts-vivants sur les vitres de l'entrée. Ce bruit commence sérieusement à lui taper sur le système.

« J'en peux plus ! murmure-t-elle, le visage enfoui dans ses mains, à deux doigts de craquer.
– Comment ? lui demande Élina qui n'a pas compris ce qu'elle a baragouiné.
– Je vais craquer. Il faut que je sorte ! » répond Anna, à bout.

Élina force l'adolescente à se tourner face à elle, et tente de l'apaiser.

« Eh, regarde-moi ! Tout va bien. Calme-toi. »

La respiration d'Anna est trop rapide. Elle panique.

« Je n'y arrive pas !
– Si, tu vas y arriver ! Écoute ma voix et ferme les yeux. Imagine-toi dans un lieu que tu apprécies.
– Dans la maison de mes parents, en bord de mer.
– C'est ça, continue ! Maintenant, imagine-toi sur un transat. La brise frôle ta peau, le soleil te réchauffe, et le bruit des vagues te berce. Il n'y a que toi et la nature… » poursuit Élina qui s'improvise hypnothérapeute.

Anna reste immobile, les yeux fermés. Elle commence à respire plus doucement. Quand elle ouvre à nouveau les yeux, le tambourinement a cessé, et elle est à nouveau calme.

« Je suis désolée ! s'excuse-t-elle auprès d'Élina.
– C'est rien ! Ça arrive à tout le monde… Et n'hésite pas d'ailleurs à venir me voir si ça ne va pas ! OK ?
– Oui, et merci beaucoup ! »

L'accalmie n'est que de courte durée : à peine le martèlement des portes par les zombies terminé, qu'une explosion retentit non loin, et que tout le bâtiment se met à trembler.

« Qu'est-ce que c'est ? s'inquiète Anna.
– On aurait dit une explosion ! » répond Jo.

En se rendant jusqu'aux portes vitrées de l'entrée, ils découvrent que dans la rue des militaires débarquent avec des chars. Méfiants, ils restent tapis dans l'ombre pour observer ce que vient faire l'armée. Ils sont surpris de voir accourir vers les soldats de nombreux survivants. « Mais où étaient-ils cachés », demande Ethan qui regarde la scène avec fascination.

Groupés dehors, ou hurlant aux fenêtres, les rescapés acclament partout l'arrivée de l'armée, comme au temps de la Libération. En liesse, certains prennent même des soldats dans leurs bras, quand d'autres plus réservés se contentent de leur serrer la main avec une profonde gratitude.

Aux fenêtres de dizaines d'appartements, des survivants leur font signe, avec leurs lampes torches, de venir les aider, convaincus que l'armée était là pour les secourir. Quand les chars se tournent vers l'immeuble où ils se trouvent, ils comprennent, effrayés, que tel n'est pas le cas. Au troisième coup tiré avec le char d'assaut, le bâtiment s'effondre. Les survivants agglutinés dans la rue demeurent immobiles, totalement sidérés par l'attitude de l'armée. Quelques-uns se mettent à crier et à pleurer, en invectivant ces traîtres de la patrie, mais les soldats restent de marbre face au désarroi de la population. Ils se regroupent et font feu sur les civils, tandis que le char poursuit implacablement son entreprise de destruction, démolissant un à un les immeubles qui abritent des réfugiés.

« Mon Dieu ! Mais pourquoi font-ils ça ? demande Cindy, effarée.

– Ils nettoient la zone ! répond Jo, impassible.

– Mais ils n'ont pas le droit de tuer tout le monde ! s'insurge-t-elle.

– En fait, si ! N'ayant sûrement plus de hiérarchie, ils continuent d'exécuter le dernier ordre qu'ils ont reçu. »

Aussitôt leur mission de nettoyage accomplie, les militaires quittent les lieux, au grand soulagement du petit groupe, toujours caché dans la bibliothèque. Rob, accroupi, ressent une vive douleur au moment où il tente de se relever, et reste plié en deux. Élina, qui le voit en train de se tenir les côtes en grimaçant, s'approche et lui demande la permission de regarder sa blessure. Elle constate que celle-ci ne fait qu'empirer, tout comme sa température ne fait que grimper.

« Il faut absolument trouver une pharmacie, ou n'importe quel autre endroit où il y a des médicaments et bandages ! » s'exclame-t-elle en lui prenant délicatement le bras pour qu'il prenne appui sur elle.

Doucement, elle l'emmène dans un coin et l'aide à se coucher sur la moquette.

« Je vais sortir pour trouver une pharmacie ! » l'informe-t-elle en lui caressant la joue.

Déterminée, elle se relève, prend son club de golf, et se dirige vers la porte, mais Jo la retient.

« Je viens avec toi ! lui dit-il.
— Moi aussi ! décrète Ulrich.
— Non ! Il vaut mieux que tu restes ici pour les aider, au cas où les choses viendraient à s'envenimer ! » rétorque Jo.

Ulrich acquiesçant, Jo se retourne tout sourire vers Élina.

« Juste toi et moi, poulette !
— Génial ! » répond Élina en rigolant.

La porte principale étant trop exposée pour qu'ils puissent sortir sans se faire repérer, ils optent finalement pour une fenêtre donnant elle aussi sur la rue principale. Une fois dehors, ils restent un instant à observer avec consternation le carnage qu'ont fait les militaires. Des corps jonchent le sol un peu partout, au milieu de la poussière des bâtiments détruits qui vole encore dans l'air.

Ils se faufilent ensuite le long de la façade de la bibliothèque, en guettant autour d'eux le moindre mouvement suspect. Jo est un peu en retrait pour mieux couvrir les arrières, quand il voit Élina revenir vers lui en courant, juste après le premier croisement de rues. Il se demande ce qu'elle fait, puis aperçoit derrière elle un mort-vivant nain qui lui court après. Jo ne peut s'empêcher de rire face à ce spectacle qu'il trouve vraiment comique.

« Aide-moi au lieu de rire ! aboie Élina qui, elle, ne rigole pas du tout.
– Tu es sûre ? la taquine Jo.
– Arrête de te moquer et fais quelque chose ! »

Le nain mort-vivant continue de la poursuivre, et en se rapprochant, il tente de lui mordre les cuisses et les mollets. Jo voudrait pouvoir tirer sur le petit zombie, mais il n'arrive pas à le viser, à cause des mouvements d'épaules provoqués par son fou-rire. Élina pendant ce temps ne relâche pas l'effort : elle saute comme une gazelle par-dessus les corps qui jonchent le sol de la rue principale, jusqu'à ce qu'elle finisse par trébucher à l'atterrissage et tomber dans la masse. Elle se retourne juste à temps pour attraper au vol le nain mort-vivant qui s'élance sur elle. Elle le porte à bout de bras, et en le voyant remuer ses petits bras et ses petites jambes, brassant du vent, elle explose de rire à son tour. Le politiquement correct n'étant plus de mise, elle balance finalement le nain sur le côté, se relève, et l'achève avec un coup de pied en pleine face. Tout comme Jo, elle continue à rigoler, n'arrivant plus à reprendre son sérieux. « Digne d'un cirque ! » plaisante Jo en l'applaudissant. Cette remarque ayant eu pour effet d'amplifier l'intensité de leur fou-rire, ils rient encore pendant au moins deux bonnes minutes. Le fait de rire leur procure un bien fou, car c'est aussi pour eux un moyen de relâcher la pression. En jetant un coup d'œil vers la bibliothèque, Élina constate que leurs amis, qui ont observé la scène par la porte vitrée, rigolent eux aussi. Elle leur adresse un petit coucou de la main qu'ils lui renvoient aussitôt.

Une fois calmés, Jo et Élina reprennent leur marche. Le long du trottoir qui leur fait face, Jo scrute les magasins qui se succèdent en une longue chaîne. Il sait qu'il est dangereux de passer devant les vitrines, car sans voir ce qu'il y a à l'intérieur, ils pourraient se faire attaquer par surprise et ne pas avoir le temps de réagir. Il fait un signe de tête à Élina pour lui indiquer qu'il vaut mieux prendre la direction des quais de Seine. Elle opine du chef, et traverse la route en le suivant au pas de course. Une fois sur les quais, ils ralentissent le rythme, et marchent normalement. En longeant la Seine, ils entendent un sifflement, mais n'y prêtent pas attention et continuent à avancer, jusqu'à ce qu'un second sifflement les fasse s'arrêter. En cherchant d'où cela pouvait provenir, ils finissent par distinguer, malgré la nuit, une silhouette sur une barque, au milieu de la Seine.

« Eh ! crie la silhouette, en agitant les bras dans leur direction.
– Moins fort ! chuchote Élina en se penchant.
– Pas la peine ! Il n'y a personne ! » lui répond l'homme sur la barque.

Élina et Jo ressentent pourtant une présence non loin d'eux, et se cachent instinctivement derrière un arbre, pour ne faire plus qu'un avec l'obscurité. « Vous faites quoi ? » s'étonne l'homme qui, lui, n'a rien ressenti de cet ordre.

L'intuition de Jo et Élina se confirme bientôt, lorsqu'ils voient quatre morts-vivants avancer sur le quai et se figer au niveau de la barque, les yeux rivés sur son passager. Poussés par la faim, ils se laissent tomber à l'eau et disparaissent dans la noirceur nocturne de la Seine, comme aspirés au fond du fleuve.

Élina, soulagée qu'ils ne les aient pas vus, tire Jo par le bras pour reprendre la route. Au bout de seulement quelques pas, ils entendent des cris derrière eux, et se retournent vers la barque qui tangue fortement.

Elle penche dangereusement sur le flanc droit.

Élina n'en revient pas : les morts-vivants sont sous l'eau et tentent de grimper sur la chaîne de l'ancre. Jo et elle regardent impuissants la silhouette de l'homme qui les appellent à l'aide, jusqu'au moment où la barque se renverse complètement. Elle commence à prendre l'eau, et s'enfonce dans la Seine plus rapidement que Jo ne l'aurait pensé. La silhouette, maintenant dans l'eau, bouge désespérément les bras, dessinant de grands arcs de cercle, et les appelle encore. Malheureusement, ils ne peuvent plus rien faire pour lui. D'autres morts-vivants sautent dans l'eau et se dirigent en marchant au fond de la seine vers le pauvre homme. Ils choisissent, à contre cœur, de l'ignorer et de continuer leur chemin.

Un peu plus loin, ils découvrent une rue apparemment calme avec de nouvelles boutiques, et décident de l'emprunter, en prenant soin de se tenir suffisamment à l'écart des devantures.

« Super ! s'exclame soudain Élina, sur un ton guilleret.
– De quoi ? interroge Jo, tout en observant les vitrines.
– Regarde, des vélos abandonnés ! » On va pouvoir aller plus vite et sans faire de bruit ! » se réjouit-elle, en en enfourchant un.

Jo n'est pas très à l'aise face à la perspective de monter sur la bicyclette rose que lui désigne Élina, mais il reconnaît que l'idée est bonne et se met en selle à son tour. Ils pédalent à vive allure sur la longue avenue, esquivant au passage quelques morts-vivants, et aperçoivent enfin une pharmacie. Ils freinent net devant la boutique au caducée, et descendent de vélo pour s'y introduire.

« Tout est brisé et saccagé ! constate Jo, sur le seuil de la porte.
– J'espère qu'il reste quelque chose d'utile.
– Moi aussi. »

Jo entre le premier, son fusil à l'épaule. Il scrute les allées une par une, et passe derrière le comptoir pour accéder aux cinq rangées d'armoires qu'il distingue difficilement dans le noir. À côté de lui, il découvre un interrupteur qu'il tente d'actionner. Cela ne fonctionnant pas, il soupire et s'enfonce dans la pénombre.

Restée près du comptoir, Élina ne le voit plus, et n'aime pas ça. Elle essaie de prendre sur elle et de patienter. Elle attend un moment, mais ne le voyant toujours pas revenir, elle commence à s'inquiéter. Pour diminuer son angoisse, elle tente de se rassurer. *S'il s'était fait attaquer, j'aurais entendu des bruits de lutte et des cris... Donc tout doit bien aller*, se dit-elle, tout en se rongeant les ongles sous l'effet du stress. Elle n'en peut plus d'attendre, et décide de s'assurer que tout se passe bien à l'intérieur. « Jo ! Jo ! » appelle-t-elle en s'avançant un peu. Pas de réponse. « Jo, réponds-moi ! » Toujours rien.

Soudain, un flacon de sirop vide roule sur le carrelage et s'arrête à ses pieds. La peur l'envahit et les larmes lui montent aux yeux.

« Jo ! répète-t-elle avec des sanglots dans la voix.

– Boo ! » fait Jo en sautant juste devant elle, les bras levés au-dessus de la tête, comme un enfant qui veut faire peur à ses parents.

Élina, loin de s'amuser de cette blague, reste tétanisée sur place, laissant couler des larmes le long de ses joues. Jo ne rit pas longtemps, en constatant qu'Élina, en état de choc, ne bouge plus du tout. Il la saisit par les épaules, et la secoue vivement pour la faire réagir. Lorsque son regard reprend vie, elle le fixe en fronçant les sourcils, puis se met à le frapper avec ses poings, en le traitant de tous les noms.

« Je suis désolé ! Excuse-moi ! lui dit-il en se laissant taper.

– Sale con ! »

Après lui avoir adressé un regard de chien battu, Jo esquisse un sourire narquois.

« Dis donc, tu as un sacré vocabulaire ! ironise-t-il.

– Pff... Ferme-la ! La voie est libre ?

– Oui, Madame !

– Alors tais-toi, et allons-y !

– Pff... T'es pas marrante » soupire-t-il en lui emboîtant le pas.

Dans la pharmacie, Élina ouvre en grand son sac à dos, et le remplit du plus de choses possible : bandages, bandes de gaze, aspirine, fil de suture, antiseptique, et crèmes en tout genre. *On a trouvé la caverne d'Ali Baba*, songe-t-elle, soulagée d'avoir de quoi soigner Rob.

« Nous avons besoin de morphine ! déclare-t-elle à Jo.
– De quoi ?
– Morphine ! Tu en as vu ? »

Jo cherche à tâtons dans les rayons faiblement éclairés, mais n'en trouve pas. Vers le fond de la pharmacie, il tombe sur une armoire qui semble blindée et ne peut être ouverte qu'avec un code. « Élina, viens voir ! »

Elle le rejoint, et affiche un grand sourire en découvrant sa trouvaille.

« C'est ça ! se réjouit-elle.
– De quoi, ça ?
– La morphine ! Elle doit être à l'intérieur !
– OK. Mais comment veux-tu qu'on ouvre cette armoire sans le code ? »

Élina se penche et examine attentivement l'armoire.

« Regarde ! On dirait qu'elle n'est pas…
– … N'est pas quoi ?! la coupe Jo.
– Rooo, mais laisse-moi finir ! On dirait qu'elle n'est pas bien fermée ! »

Elle passe ses doigts le long de la porte, la tire doucement vers elle, et réussit à l'ouvrir.

« Mais comment ça se fait ? s'étonne Jo.

– Ils n'ont pas dû prendre le temps de la refermer correctement, voilà tout !

– Ah oui ?! Tu crois vraiment que…

– Écoute, on s'en fout ! C'est ouvert, et c'est tant mieux pour nous ! En plus, elle est pleine ! Alors prends tout ce que tu peux, et surtout de la morphine, d'accord ?! » réplique Élina.

Elle le laisse à sa mission, pour continuer à faire de son côté le tour des rayons, par acquit de conscience : au cas où elle trouverait quelque chose d'utile auquel elle n'aurait pas pensé.

Jo la rejoint rapidement, en courant sur la pointe des pieds. Sans un mot, il lui met la main sur la bouche, tout en plaçant un index sur la sienne pour lui faire comprendre de ne pas faire de bruit. Instinctivement, elle regarde dehors et voit une horde de touristes japonais – des morts-vivants, bien sûr – qui marche le long de la route. Quelques-uns font une halte devant la pharmacie pour renifler l'entrée, puis s'en vont. Après leur passage, Jo et Élina attendent encore quelques longues minutes, afin de ne pas prendre le risque de les croiser en sortant.

Sur le chemin du retour, une femme d'une cinquantaine d'années, fumant une cigarette dans le hall d'un immeuble, les interpelle. Elle est affublée d'un long manteau de fourrure blanc et gris.

« Bonsoir les jeunots ! Mieux vaut ne pas traîner dans les rues par les temps qui courent ! Rentrez donc vous mettre à l'abri !

– Désolé, Madame, mais nous sommes attendus ! répond Jo, avec politesse.

– Vous êtes plusieurs ? Mais où vous êtes-vous réfugiés ? »

Élina s'apprête à répondre quand Jo lui coupe brusquement la parole.

« Dans une petite boutique de vêtements, à l'angle de la rue, un peu plus loin !

– Je vois. Eh bien si le cœur vous en dit, vous pouvez tous nous rejoindre ici ! Nous sommes déjà une bonne vingtaine, mais il reste des appartements disponibles ! propose la femme.

– Merci, Madame. Nous allons en parler aux autres ! répond Jo, toujours poli.

– Mais vous avez de quoi vous nourrir ? interroge-t-elle, avec un air suspect.

– Oui, oui, ne vous inquiétez pas : nous avons ce qu'il faut !

– Tant mieux, car ici tout a été pillé. Il ne reste plus rien... Mais nous avons de quoi tenir aussi ! se ravise-t-elle.

– Bon, nous devons y aller, désolé ! Peut-être à plus tard ! » déclare Jo pour couper court.

Élina comprend à présent pourquoi Jo a menti. Parce qu'il se méfie de tout le monde ; et elle juge qu'il a raison, car vu le contexte, les gens seraient prêts à tout pour sauver leur peau.

Enfin de retour devant la bibliothèque, ils se dirigent vers la même fenêtre que celle par laquelle ils étaient sortis. Élina jette son sac à dos par l'ouverture, s'agrippe au rebord de la fenêtre, puis se faufile à l'intérieur, suivie de près par Jo. Dès qu'elle les aperçoit, Anna accourt et leur demande de la suivre immédiatement. D'un pas pressé, ils rejoignent les autres, et découvrent Rob trempé de sueur et haletant. Élina fouille aussitôt dans son sac à dos, et en sort une crème, des antibiotiques, des bandages, une seringue et de la morphine. Elle remplit la seringue de morphine, lui injecte, puis lui fait avaler des antibiotiques avec de l'eau. Pour finir, elle lui soulève son débardeur, étale une grosse quantité de crème sur l'hématome, et lui fait un bandage bien serré au niveau des côtes.

« Il va aller mieux avec tout ça ? demande Anna, inquiète

– Je l'espère, répond Élina.

– Comment sais-tu ce qu'il faut faire ? s'étonne Ulrich.

– J'ai été infirmière pendant cinq ans.

– Et pourquoi tu ne l'es plus ?

– Je voulais être indépendante dans mon travail… Et surtout : je déteste les gens !

– Ah ! C'est sympathique tout ça ! » s'exclame-t-il sur le ton de la plaisanterie.

Jo prend ensuite la parole pour raconter aux autres leur rencontre avec la femme du hall d'immeuble. Tous estiment qu'il a eu bien raison de ne pas dire où ils se trouvaient exactement.

Le reste de la nuit se passe sans incident, et à l'aurore pratiquement tous sont déjà debout, vaquant à leurs nouvelles occupations. Jo, qui a trouvé un jeu de cartes à l'accueil, joue à la bataille avec Cindy ; Ulrich monte la garde en piquant du nez de temps en temps ; Ethan potasse des livres ; quant à Anna et Élina, elles veillent sur Rob, allongées chacune d'un côté, et l'encerclant de leurs bras pour le maintenir au chaud.

Vingt-quatre heures s'écoulent avant que celui-ci n'ouvre enfin les yeux. La première chose qu'il voit, c'est Anna et Élina qui parlent ensemble, assises en tailleur près de lui, l'une à sa droite et l'autre à sa gauche. Ému de constater que chacune lui tient tendrement la main, il reste à les contempler sans rien dire un instant. Quand Anna se rend compte qu'il a repris connaissance, elle s'affale sur lui en le serrant dans ses bras.

« Tu es réveillé !
– Anna ! lui dit-il gentiment.
– Je me suis trop inquiétée, tu sais !
– Anna, tu me fais mal ! précise-t-il en souriant.
– Oups ! Désolée. »

Elle se redresse et laisse la place à Élina pour que celle-ci l'ausculte.

« La fièvre est tombée. Tu as encore mal ?
– Ça peut aller » répond Rob en s'asseyant.

Il touche et observe le bandage qui lui entoure le torse.

« Qui a fait ça ? demande-t-il avec étonnement.
– C'est moi ! » répond Élina en levant la main.

Anna se penche près de Rob pour lui parler à l'oreille.

« Elle t'a soigné et a veillé sur toi tout le temps où tu te rétablissais. Pour moi, ça veut dire quelque chose...
– Je pense qu'elle aurait fait de même pour tout le monde ici, dit-il en rougissant.
– Pas comme ça ! Et elle ne leur aurait pas embrassé le front en les suppliant d'aller mieux !
– Qu'est-ce que vous complotez tous les deux ? intervient Élina.
– Rien ! Rien ! » répond Anna toute sourire.

Rob essaie de se lever, mais Élina l'en empêche.

« Non, non ! Il faut que tu continues à te reposer.
– J'ai passé combien de temps à dormir ?
– Un peu plus de vingt-quatre heures.
– Eh bien ça suffit largement. J'ai faim, moi !
– Tu restes ici, je vais te préparer à manger ! » réplique Élina en se relevant.

Anna attend qu'elle leur tourne le dos pour faire un clin d'œil à Rob qui le lui renvoie. Il lui demande d'où viennent les bandages et les médicaments, et Anna lui raconte que Jo et Élina sont partis à la recherche d'une pharmacie, en lui détaillant tout le périple. Rob est touché, mais il n'aime pas quand Élina se met en danger, surtout lorsqu'il n'est pas là pour la défendre. Il commence à s'avouer qu'il a peut-être des sentiments naissants pour elle, mais préfère garder ça pour lui, pour le cas où cela ne serait pas réciproque. Élina revient avec une conserve de raviolis. Elle s'assoit aux côtés de Rob, et insiste pour le faire manger, estimant qu'il ne devait pas faire le moindre effort avant d'être totalement rétabli. Ne trouvant pas désagréable de se faire ainsi materner, Rob se laisse faire, et se régale des raviolis qu'elle lui met dans la bouche. Après la dernière bouchée, elle lui essuie la sauce tomate qui lui barbouille la bouche, et pose un délicat baiser juste à la commissure de ses lèvres.

« Ne me refais plus jamais une telle peur, d'accord ?! Je ferais quoi, moi, sans toi ? lui dit-elle tendrement.

– D'accord » se contente-t-il de répondre, un peu intimidé et déstabilisé par cette marque d'affection.

Il s'aperçoit, gêné, que son corps a été très réceptif à ce baiser, et même un peu trop. Il tente de se calmer, en espérant qu'elle ne s'en soit pas rendu compte.

« Enfin de retour parmi nous ! Il était temps, la belle au bois dormant ! s'exclame Jo en découvrant que Rob est réveillé.

– Je t'ai manqué à ce point ?

– Et encore plus ! » rétorque Jo, avec un grand sourire.

Rob aime bien Jo. *C'est un gars sur qui on peut compter en toutes circonstances*, songe-t-il.

Ayant un peu récupéré, Rob se lève enfin, et regarde avec tendresse tous ses nouveaux amis. Il a presque le sentiment que la vie a repris son cours normal, mais un détail l'interpelle : Ethan, posté devant la porte d'entrée, regarde dehors avec un air inquiet.

« Venez voir ça ! » leur crie-t-il.

Tous rappliquent devant l'entrée et regardent à leur tour à l'extérieur. Un groupe d'une vingtaine de personnes, toutes armées de bâtons, couteaux et autres armes artisanales, approche de la bibliothèque d'un pas déterminé.

« Cachez-vous ! » hurle Jo.

Sans poser de questions, tous se baissent pour se cacher derrière le mur près de la porte, ceci leur permettant de garder un œil sur la situation sans être vus. Élina observe celle qui semble être la meneuse de bande, et reconnaît immédiatement la femme au manteau de fourrure qu'ils avaient croisée la veille au soir. *Mais pourquoi est-elle là ?* se demande-t-elle.

Dans la rue, le groupe s'arrête devant la boutique de vêtements que Jo avait identifiée comme étant leur refuge. La femme au manteau de fourrure avance de trois pas vers celle-ci et se met à crier.

« Donnez-nous vos vivres, armes et tout ce que vous avez, si vous ne voulez pas avoir d'ennuis ! »

N'obtenant aucune réponse, elle se répète, mais sur un ton plus menaçant. Toujours rien, ce qui est en soi normal puisque la boutique est vide, fait que la femme ignore. Elle siffle et fait un signe de main pour donner un signal. Une camionnette blanche en très mauvaise état arrive alors à toute vitesse et défonce la devanture. *Si nous avions été à l'intérieur, nous serions tous morts*, pense Jo qui observe lui aussi la scène depuis sa cachette, en se félicitant d'avoir menti à cette femme.

Une dizaine d'hommes entrent dans la boutique et en fouillent chaque recoin, à la recherche d'occupants. Au bout de cinq minutes, ils ressortent bredouille.

« Alors ? demande la femme, avec impatience.
– R.A.S. Il n'y a personne ici ! Ils ont dû foutre le camp.
– Et merde ! » hurle-t-elle.

Furieuse, elle tape du pied dans les débris de verre, en jurant comme une charretière. Puis à court de grossièretés, elle respire profondément, et reprend une attitude calme et posée.

« Bon, on se tire ! Il y en aura bien d'autres à voler ! » décrète-t-elle en tournant les talons.

Jo soupir de soulagement en les voyant s'éloigner.

« Tu as eu du flair ! lui dit Ulrich.
– Quelle vieille peau ! À quelques exceptions près, les gens sont hélas tous les mêmes ! J'ai déjà vu ce genre de comportements en temps de guerre, et je sais donc par expérience que tout le monde est potentiellement un bel enfoiré… D'où ma méfiance ! répond Jo.
– Pourquoi il n'y a pas de morts-vivants en nombre astronomique dans ce genre de moments ?! Ils auraient pu se rendre utiles pour une fois, et les bouffer ! » fait remarquer Anna, énervée.

Sur cette remarque que tous jugent justifiée, les membres du groupe se dispersent à nouveau dans la bibliothèque pour vaquer à leurs occupations, sauf Anna qui reste près de l'entrée, les yeux rivés sur la moquette et les poings serrés d'énervement. Elle ne comprend pas les réactions des gens, et a du mal à accepter leurs bassesses. *Ils sont tous dans la même galère, alors pourquoi se font-ils du mal ?* se demande-t-elle avec candeur. Ethan, voyant qu'Anna n'était pas bien, cherche de quoi la divertir. Toujours perdue dans ses pensées sur le genre humain, la jeune fille sursaute quand il surgit face à elle en lui tendant un livre. « Un des meilleurs romans d'amour jamais écrits, d'après les critiques que j'ai lues sur la quatrième de couverture ! » Anna jette un œil sur le titre, et prend l'ouvrage en remerciant Ethan. Ravi de voir qu'elle se plonge aussitôt dans la lecture, celui-ci s'éloigne pour retourner à ses occupations.

Cindy, de son côté, cherche de la nourriture dans les sacs de provisions. Elle souhaite préparer le repas pour tout le monde, afin de se faire pardonner sa conduite égoïste, mais elle s'aperçoit qu'il ne reste presque rien : juste de quoi faire trois repas, soit de quoi tenir trois jours.

« Hey, la foule ! » lance-t-elle au groupe.

Tous s'interrompent dans leur activité et tournent les yeux vers elle avec un air interrogateur, se demandant ce qu'elle pouvait bien avoir à leur dire. Depuis les paroles déplacées qu'elle avait eues envers Rob et Ulrich, ils ne la portaient plus trop dans leur cœur, d'où l'accueil assez froid réservé à son intervention. Seul Jo ne lui tenait pas rigueur de ses sautes d'humeur.

« Si on reste sur notre base d'un repas par jour, on a juste de quoi tenir trois jours ! les informe-t-elle.
— Putain, il ne manquait plus que ça ! rebondit Jo.
— On fait quoi alors ? demande-t-elle en plongeant son regard dans celui de Jo.
— Bah, va falloir aller chercher de la nourriture ailleurs, car comme la vieille peau l'a dit, il n'y a plus rien dans le coin !
— Donc si je saisis bien, il va falloir se trouver un autre refuge ?
— En fait, on a deux solutions ! Soit on bouge tous, et on se trouve un endroit où crécher à proximité de lieux où il y a de la nourriture. Soit — et c'est ce qui est le plus risqué — on reste ici, et quelques-uns d'entre nous

devront sortir régulièrement pour chercher de la nourriture là où il y en a. Le souci, c'est que ce sera assez loin a priori, puisque les autres zigotos ont déjà dû ratisser les environs, et donc le danger sera plus grand au quotidien. Vous préférez quoi ? les interroge Jo.

– Eh bien, la première option a l'air plus sérieuse, mais j'avoue que j'en ai marre de courir tout le temps ! Ici on est tranquilles, et on a de quoi s'occuper avec les livres... répond Anna.

– Oui, mais jusqu'à quand ? Avec les autres tarés pas loin, je ne sais pas si on sera longtemps en sécurité ici, surtout s'ils nous voient sortir pour récupérer de quoi manger ! Ils viendront nous emmerder à un moment ou à un autre ! souligne Rob.

– C'est vrai... T'as raison ! concède la jeune fille, contrariée à l'idée de devoir trouver un autre refuge.

– Anna, je te promets de trouver tôt au tard un endroit où nous pourrons rester ! Et je te promets même qu'il sera beaucoup mieux que celui-ci ! la console Jo.

– Tu promets ? insiste Anna.

– Oui, promis ! »

Il crache dans sa main et la lui tend. Bien qu'un peu dégoûtée par le geste, elle fait de même et lui serre la main pour sceller leur pacte.

ANNA

Anna était une adolescente de quinze ans plutôt ordinaire. Elle vivait chez ses parents à Saint-Maur-des-Fossés, une agréable commune du Val-de-Marne. La petite famille logeait dans un appartement trois pièces, dans une résidence de standing moyen, mais assez bourgeoise malgré tout. Anna, de nature curieuse et active, se passionnait pour la lecture, l'athlétisme et la photo. Elle était d'ailleurs à la pointe de la technologie en matière d'appareils photo. Il faut dire que ses parents savaient se montrer généreux lorsqu'il s'agissait d'acheter du matériel à leur fille chérie ou de lui payer des stages de photographie. Comme elle était leur fille unique, ils avaient tendance à tout lui céder et à l'encourager dans ses choix, sauf quand elle décida d'abandonner ses études. Ce sujet était épineux et créait quelques tensions entre Anna et eux, car ils étaient déterminés à ne pas transiger sur ce point. Elève studieuse, Anna suivait des études littéraires, et elle aimait ça, mais jusqu'à un certain point. En effet, avec un QI supérieur à la moyenne, elle apprenait plus vite que ses camarades de classe, et par conséquent, elle finit vite par s'ennuyer à l'école et par sécher les cours. Elle voulait lâcher ses études pour parcourir le monde, et prendre des photos de paysages pour les magazines. Elle pensait pouvoir gagner sa vie comme ça, son côté rêveur d'adolescente l'empêchant de voir les réelles difficultés de la vie adulte.

Personne ne comprenant ses choix et ses désirs, Anna se sentait parfois très seule, et pour combler ce vide, elle aimait se réfugier dans les livres. S'imaginant à la place des héros, elle s'envolait le temps d'une lecture dans un monde imaginaire qui la comblait. Toutefois, le retour à la réalité était souvent difficile, et la ramenait à sa solitude. Jusqu'au jour où elle rencontra Yohann, un nouveau camarade de classe, arrivé depuis seulement deux semaines dans son lycée. Il lui avait plu dès le premier instant où il lui avait parlé. Quand il s'était approché d'elle, Anna avait immédiatement pensé qu'il venait chercher auprès d'elle des conseils dans une matière, mais au lieu de ça, il lui avait demandé comment il devait s'y prendre pour la séduire. Elle fut un peu gênée, mais tomba aussitôt sous son charme. Le soir-même, ils se retrouvèrent après les cours pour faire plus ample connaissance, et à partir de cet instant, devinrent inséparables. Anna, pour la première fois de sa vie, ne se sentait plus seule, avec Yohann à ses côtés qui l'écoutait et la comprenait. Il ne la jugeait pas, et lorsqu'elle lui parlait de ses projets, il les qualifiait d'audacieux ou de fantastiques, l'encourageant ainsi à les réaliser. En l'espace de deux semaines, ils s'étaient déjà avoué leurs sentiments, et fou amoureux l'un de l'autre, faisaient ensemble des projets d'avenir. Tous deux avaient la même conception de la vie (du moins avant l'infection générale) : vivre à fond ou mourir ! Anna se sentait vraiment bien avec Yohann qui la complimentait sur son tempérament, ses cheveux roux, ses yeux bleus, son corps athlétique, et tant d'autres choses. Ses mots la rassuraient, et renforçaient sa confiance en elle. Grâce à cette rencontre, elle avait même mis de côté son projet de partir faire le tour du monde, pour le plus grand bonheur de ses parents.

17 septembre – 07h49

Anna était censée aller en cours ce jour-là, mais préféra donner rendez-vous à Yohann à la gare de Lyon, pour aller flâner sur l'avenue des Champs Elysées, puis dans les allées du jardin des Tuileries. Yohann, à son arrivée, avait l'air contrarié, et pour cause : sa mère avait été hospitalisée dans la nuit, suite à une forte fièvre. Anna, compatissante, lui demanda s'il ne préférait pas être aux côtés de sa maman, mais il lui répondit que non, car il avait besoin de se changer les idées. Il irait la voir en fin d'après-midi... Dans la gare, Yohann regarda autour de lui, avec un air perplexe.

« Qu'y a-t-il ? lui demanda Anna.

– Je ne sais pas vraiment. J'ai un mauvais pressentiment...

– Ah bon ? Pourquoi ?

– Tu ne trouves pas que la gare est anormalement vide et silencieuse ? »

Elle fit le tour des lieux, en les balayant des yeux.

« Oui, c'est vrai. Ah non, regarde ! Il y a des gens là-bas qui viennent du quai du RER D ! »

Yohann ne semblait pas trop convaincu.

« Tu ne trouves pas qu'ils ont l'air bizarre ? lui demande-t-il.

– Non, pas plus que d'habitude ! »

Au même moment, un homme courut dans les escalators, et partit en trombe vers la sortie, du côté de la rue Daumesnil.

« Encore un qui est en retard ! » gloussa Anna.

Yohann ne réagit pas à la remarque, et resta fixé un instant sur le troupeau de personnes qui suivait à pas rapides l'homme qui courait.

« Hey ! cria-t-elle, en lui mettant une petite tape derrière la tête.

– Quoi ?! tressaillit-il.

– On y va ?

– Oui, oui. »

Ils se dirigèrent vers le RER A – Anna préférant le RER au métro – et attendirent leur train, en se bécotant sur le quai, avec l'insouciance de leur âge, comme si le monde leur appartenait. Quand le RER entra en gare, ils s'installèrent aussitôt dans une rame presque déserte. « La classe ! C'est pratiquement vide ! » se réjouit Anna. Yohann, lui, n'était toujours pas détendu ni à l'aise.

« Oh hé ! Qu'est-ce qu'il t'arrive ? demanda-t-elle en constatant son air absent.

– Je te l'ai dit. Juste un mauvais pressentiment. Depuis hier soir, je ressens quelque chose de bizarre. J'ai une boule au ventre qui ne veut pas partir.

– C'est peut-être ton inquiétude pour ta mère, non ?

– Peut-être... Bon, arrêtons de parler de ça ! Je vais essayer de me détendre !

– Bébé ?

– Oui ?

– Je t'aime !

– Moi aussi, je t'aime ! » lui dit-il en souriant.

En arrivant à Charles de Gaulle – Etoile, ils sortirent en direction des Champs Elysées, et décidèrent de s'installer en terrasse pour prendre un café. Les terrasses d'habitude bondées étaient étrangement peu fréquentées, ce qui leur permit de trouver une place facilement. Ils passèrent commande et une fois servis, s'enfermèrent à nouveau dans leur bulle amoureuse.

Une heure plus tard, ils étaient toujours assis en terrasse et s'embrassaient à pleine bouche, quand des hurlements vinrent briser leur cocon de plénitude. « Qu'est-ce que c'était ? » s'inquiéta Anna.

Le serveur sortit en trombe du café, s'arrêta à côté de leur table et leur posa des questions au sujet de ces cris. Il avait l'air paniqué, et quand Yohann lui répondit ne pas savoir exactement d'où venaient les hurlements qu'ils avaient entendus, il jeta son tablier au sol et repartit en courant dans le café. Moins d'une minute plus tard, il réapparut sur la terrasse, traversa la rue d'un pas pressé jusqu'à sa voiture garée en face, s'installa au volant et démarra le véhicule sans perdre une seconde.

« Bah dis donc, il est nerveux lui ! commenta Anna, en regardant la voiture s'éloigner à toute allure.
– Oui ! Mais ce qui m'inquiète, c'est qu'il était seul dans le café, et qu'il est parti sans fermer ni protéger sa caisse. »

Anna commençait à ressentir elle aussi un malaise face à ces événements franchement étranges, et vit son inquiétude montée d'un cran, quand elle entendit de nouveaux cris.

« C'est flippant ! s'exclama-t-elle en serrant le bras de Yohann.
– Ouais ! Viens, faut aller voir ce que c'est ! »

Quand ils arrivèrent au bout de l'avenue, vers le rond-point de l'Étoile où plusieurs passants étaient déjà réunis, ils virent une masse noire mouvante se diriger vers eux.

« C'est quoi ça ?! demanda Anna.
– Aucune idée ! »

Ils voulurent s'approcher pour mieux voir, mais les passants agglutinés Place de l'Étoile leur hurlèrent de partir, en se mettant tous à courir en sens inverse, rattrapés par d'autres qui étaient déjà en pleine course. En passant à leur niveau, ils bousculèrent les deux adolescents. Certains essayèrent même de les entraîner dans leur course. Yohann, décidé à découvrir la raison de ce vent de panique, repoussait leurs tentatives, et monta sur le capot puis le toit d'une voiture, afin d'avoir une meilleure vue. Il descendit presque aussitôt à toute vitesse, saisissant Anna par la taille pour fuir, sans même prendre le temps de lui expliquer quoi que ce soit.

« Qu'est-ce que tu fais, Yohann ?! Mais dis-moi ce qui se passe au moins !
– Pas le temps ! Il faut s'enfuir !
– Mais… »

Interrompue par des grognements derrière elle, Anna eut soudain la chair de poule. En se retournant, elle resta pétrifiée par ce qu'elle découvrit. Des personnes étaient en train de s'entretuer avec une violence inimaginable, transformant la place en une gigantesque boucherie.

Du sang giclait de partout, et des membres arrachés volaient dans tous les sens. Le cerveau d'Anna lui ordonna de fuir à toutes jambes, et son corps obéit instantanément. Yohann, qui courait juste derrière elle, se retournait sans arrêt pour surveiller la progression des personnes sanguinaires qui avaient maintenant pris d'assaut les Champs Élysées. Les clients des magasins, cafés et restaurants de l'avenue, intrigués par ce remue-ménage, envahissaient les trottoirs, sans s'imaginer une seconde ce qui se tramait dehors. Hélas, le temps qu'ils comprennent la gravité de la situation, il était déjà trop tard pour eux. Des créatures gémissantes à l'apparence humaine leur sautèrent dessus, et les déchiquetèrent tous, les démembrant vivants.

Yohann et Anna continuaient à courir, mais ils étaient à bout de souffle, et pour cause : ils venaient de remonter l'avenue en sprint. Ils s'efforçaient toutefois de ne pas ralentir la cadence, par peur de le payer de leur vie. Arrivés sur la place de la Concorde, ils s'arrêtèrent brusquement en voyant que des gens fuyaient le parc des Tuileries. Les créatures semblaient avoir pris possession de tout Paris. Yohann repéra une petite rue déserte sur sa droite, et y entraîna Anna, en l'agrippant fermement par la main. La voie menait au pont de la Concorde qu'ils traversèrent, avant de prendre à gauche, en direction d'une bouche de métro que Yohann aperçut. Ils s'y engouffrèrent, descendant les marches quatre à quatre, puis coururent se réfugier dans les couloirs souterrains sans trop savoir où ils allaient atterrir. Ils se retrouvèrent finalement sur le quai de la ligne 12 qui était totalement désert. À la recherche d'un endroit où se cacher, ils arpentaient le quai d'un bout à l'autre, quand un métro arriva. Le conducteur ayant freiné un peu plus tôt que d'habitude, seul un quart du train était à quai, laissant toutes les autres rames prisonnières de l'obscurité du tunnel dans lequel Yohann et Anna entendirent résonner des hurlements de terreur. Ils reculèrent de quelques pas, prêts à s'enfuir en cas d'attaque, puis s'immobilisèrent, choqués de découvrir que dans les rames de tête des gens essayaient désespérément de sortir, mais que les portes étaient bloquées. À l'intérieur, régnait le chaos : les usagers couraient dans tous les sens, se cognaient, et frappaient les portes, en suppliant le chauffeur d'ouvrir. Ils étaient en train de se faire attaquer par les mêmes créatures que celles qui avaient envahi les rues de Paris. Du sang giclait sur les vitres, et les wagons tanguaient sous la brutalité des attaques. Anna aperçut le chauffeur descendre en hâte de sa cabine, et partir en courant.

« Vous ne pouvez pas les laisser comme ça ! Ouvrez les portes ! hurla-t-elle.

– Ça n'va pas ! Ils sont tous fous ! Je m'en vais, et vous devriez en faire autant, les jeunes ! répond-il en marquant un très bref temps d'arrêt, avant de détaler vers la sortie.

– Lâche ! Salaud ! » cria Anna en le voyant disparaître dans les couloirs du métro.

Yohann, les yeux fixés sur le train, remarqua que les vitres commençaient à se fissurer, et dit à Anna qu'il leur fallait prendre eux aussi la fuite. La jeune fille – courageuse ou inconsciente – refusa catégoriquement d'abandonner ces personnes à leur triste sort. Tandis que dans la cabine du conducteur, elle cherchait un moyen d'ouvrir les portes pour libérer les passagers, Yohann distingua un bruit de verre brisé et des grognements en provenance du tunnel, et comprit que les créatures avaient réussi à s'échapper de l'arrière du train. Il en avertit Anna et insista pour qu'elle quitte la cabine et prenne la fuite avec lui, mais la jeune fille n'en fit qu'à sa tête. Puisqu'elle ne lui laissait pas le choix, il vint la récupérer de force dans la cabine et l'entraîna avec lui vers la sortie, en la maintenant fermement par le bras. Au milieu des escaliers menant aux guichets et aux sorties, ils croisèrent le conducteur qui leur cria de rebrousser chemin.

« Non, pas par-là ! Si vous prenez cette sortie, vous êtes fichus ! » leur hurla-t-il, en descendant les escaliers.

Anna et Yohann ne souhaitaient pas retourner sur le quai, qu'ils savaient tout aussi dangereux que l'extérieur, et décidèrent de s'introduire dans la cabine du guichetier dont la porte était restée ouverte. Pour être sûrs de ne pas se faire repérer, ils se réfugièrent dans les toilettes, juste derrière le guichet. Par chance, l'endroit n'était pas trop exigu. Anna, assise près du lavabo, sursauta en entendant des tirs retentir dans les couloirs du métro. Ils en déduisirent que les forces de l'ordre avaient été dépêchées sur les lieux, mais dans le doute, ils préférèrent ne pas quitter leur planque tout de suite.

Quelques heures plus tard, le calme était revenu dans la station de métro. Plus de grognements, plus de cris, plus de tirs. Cela signifiait-il pour autant que le danger était écarté ? Anna, terrorisée par tout ce qu'elle avait vu au cours de cette funeste journée, pleurait dans les bras de Yohann.

« Je vais sortir. L'informa-t-il, en lui caressant les cheveux.

– Quoi ? Pourquoi ? …

– Je vais juste voir s'il y a quelqu'un qui peut nous aider et si ces choses sont parties. Je vais aussi voir si je trouve quelque chose à manger car on ne sait pas combien de temps on va rester ici.

– Non, ce n'est pas une bonne idée que tu sortes d'ici ! Je suis sûre qu'ils sont encore là ! N'y va pas, s'il te plaît ! le supplie Anna.

– Ne t'en fais pas, ma puce ! Je vais regarder, et s'il y a quoique ce soit, je ne prends pas de risque et reviens, d'accord ?

– Promets-moi de faire attention ! capitula-t-elle, consciente qu'il leur faudrait bien manger à un moment ou à un autre.

– Promis ! En attendant tu devrais boire un peu au robinet. »

Il se releva et partit. Seule dans les toilettes, Anna

comptait les minutes qui lui parurent interminables, et sentait l'angoisse monter en elle, quand tout à coup, elle entendit un bruit de l'autre côté de la porte. Son pouls s'accéléra et elle se figea, ne sachant pas s'il s'agissait ou non de Yohann. Quand la porte s'ouvrit, elle fut soulagée de le découvrir, les bras chargés de confiseries et de chips.

« Madame est servie !

– Où as-tu trouvé ça ?

– Le distributeur !

– Mais comment as-tu fais pour récupérer ce qu'il y a à l'intérieur, puisqu'on a dépensé toute notre monnaie pour les cafés de tout à l'heure ?

– Pas besoin de sous ! J'ai fait tomber le distributeur sur le sol, la vitre s'est brisée, et j'ai pu me servir ! Tout simplement ! »

– Et dehors… Ça se présente comment ? Tu as trouvé quelqu'un ?

– Non. Les seuls qui sont encore là sont ces choses. Elles sont moins nombreuses que tout à l'heure mais j'ai préféré jouer la sécurité et revenir, surtout après le boucan que j'ai fait en renversant le distributeur.

Après leur collation, ils se blottirent amoureusement l'un contre l'autre et s'assoupirent.

18 septembre – 04h13

Anna se réveilla d'un bond, et en ouvrant les yeux, elle reconnut l'endroit où elle se trouvait. *Ce n'était donc pas un cauchemar*, songea-t-elle. Instinctivement, elle regarda sa montre. Il était à peine plus de 4h00 du matin. Yohann ouvrit les yeux à son tour et se leva pour s'étirer.

« Il faut que je sorte à nouveau !
– Pourquoi ? l'interroge Anna, réfractaire à cette idée.
– Pour trouver de l'aide. Il doit bien y avoir quelqu'un dehors qui se cache comme nous, ou au moins des policiers ou militaires chargés de secourir la population !
– Non, je ne veux pas que tu sortes ! En plus, il fait nuit ! Ils nous trouveront bien à un moment ou à un autre... Restons ici !
– Anna, je vais revenir. Ne t'inquiète pas !
– Non, reste ! » insista-t-elle, en vain.

Yohann posa un baiser sur son front, essuya ses larmes, et sortit... pour ne plus jamais revenir.

Attendant son retour depuis des heures, Anna commençait à envisager le pire, et sentait son cœur se contracter douloureusement à l'idée qu'elle ne le reverrait peut-être plus. Elle ne pouvait s'empêcher de pleurer, encore et encore, en se demandant ce qu'elle allait devenir sans lui. Jusqu'au moment où un bruit attira son attention. Les pas étant rapides, saccadés et accompagnés de grognements, elle comprit vite que les créatures étaient de retour. Il fallait qu'elle sorte avant qu'elles ne la trouvent. *Mais pour aller où ?* se demandat-elle. Elle n'avait pas de réponse à cette question, mais envahie par une peur intense, elle se précipita instinctivement hors de sa cachette - même sans savoir où aller - il était vital qu'elle s'en aille. En sortant des toilettes, elle jeta un rapide coup d'œil vers les escaliers qui menaient aux quais, et aperçut sur une marche le corps démembré et rongé jusqu'à l'os du conducteur du métro. *Bien fait !* pensa-t-elle, en partant dans le sens opposé, vers la sortie du métro. Dehors, elle reprit le même chemin que celui qu'elle avait emprunté la veille avec Yohann. Elle espérait retrouver ce dernier, et arpentait les artères parisiennes à sa recherche. Tandis qu'elle remontait Rivoli, la rue fut soudain envahie de passants affolés, pourchassés par les créatures que la jeune fille espérait ne pas croiser. Elle n'eut pas le temps de réagir, et se retrouva vite encerclée. Traumatisée par les scènes atroces qui se déroulaient sous ses yeux innocents, elle resta immobile au milieu du chaos, comme si son cerveau s'était déconnecté. Par réflexe de protection, elle s'accroupit ct rcsta prostrée dans cette position, le visage entre ses mains. Elle entendait tout autour d'elle des hurlements, des grognements, des pleurs, le bruit d'os qui se brisaient. Elle perçut également un bruit plus fort que les autres, et qui lui fit penser à l'impact d'une voiture contre un mur.

Tout ça n'arrivait à ses oreilles que sous la forme d'un brouhaha diffus qui lui semblait venir de très loin.

Alors qu'elle était toujours accroupie au beau milieu de ce champ de bataille, une femme surgit devant elle. Anna leva vers elle des yeux hagards, et tenta de se concentrer sur ce qu'elle était en train de lui dire. Elle voyait bien ses lèvres bouger, mais elle n'entendait pas distinctement les mots qu'elle prononçait. Aucune information ne parvenait à son cerveau. Face à l'absence de réaction d'Anna, la femme enroula ses bras autour de son buste pour la forcer à se lever, et se mit à courir, l'entraînant avec elle.

Anna revint à la réalité lorsqu'ils arrivèrent devant une porte, comprenant qu'un éventuel abri s'offrait à elle. La femme implorait pour qu'on les laisse entrer, quand Anna croisa le regard d'une femme qui la scrutait depuis l'intérieur par une fenêtre. Sentant de la bienveillance dans ce regard, elle joignit sa voix à celle de la femme qui l'avait secourue, et demanda, elle aussi, de l'aide. La femme disparut de la fenêtre, et quelques secondes après leur ouvrit la porte. Les rescapées se précipitèrent à l'intérieur, et Anna se jeta aussitôt dans les bras de la femme qui leur avait ouvert la porte. Quand la femme lui proposa de s'asseoir, elle prit place sur une chaise, et scrutant l'endroit où elle se trouvait, s'aperçut qu'il s'agissait d'une supérette. Soulagée d'être saine et sauve, et surtout, de ne plus être seule, elle raconta à la femme qui l'interrogeait comment elle était arrivée là.

V

22 septembre – 10h37

Tandis que les autres terminent de préparer leurs affaires, Élina et Rob, qui ont pour leur part déjà fini, s'amusent ensemble, comme deux gamins, entre les allées de la bibliothèque. Pour le taquiner, elle lui met de petites tapes sur la tête. Il la prévient que si elle continue, il va se venger, mais rien n'y fait : elle persiste, et se met à sauter autour de lui, en ricanant comme une enfant. Il passe donc à l'offensive, et la course en riant. Lorsqu'il réussit à l'attraper, il la maintient sous son bras et lui frotte le dessus du crâne avec son poing. Elle parvient à se libérer en lui pinçant une poignée d'amour, et repart en courant, riant toujours à cœur joie.

Soudain la sonnerie d'un téléphone retentit. Surprise et déconcentrée, Élina finit sa course dans un mur, tandis que les autres s'interrompent dans leurs occupations.

« Un téléphone ! C'est un téléphone ! hurle Anna.

– Il faut le trouver ! » crie Jo, avec enthousiasme.

Tous renversent sur le sol le contenu de leur sac, fouillent la bibliothèque, regardent sous les tables, jusqu'à ce qu'Élina se rende compte que la sonnerie provient en fait de sa poche droite. Elle sort fébrilement le portable de la poche, mais il lui glisse des mains. Après un enchaînement de jonglages, elle le rattrape in extremis, avec un soupir de soulagement.

« Bah réponds ! » la presse Cindy, impatiente de savoir qui est au bout du fil.

Hébétée, Élina ne décroche pas tout de suite, car elle peine à croire que son portable sonne réellement. Tous les réseaux sont hors service depuis des jours, et là, ça fonctionne. *Pourquoi ?* se demande-t-elle dubitative avant de percuter qu'il est temps de décrocher si elle ne veut pas manquer l'appel.

« Allô, dit-elle sur un ton hésitant.
– Élina ? interroge la voix à l'autre bout du fil.
– Oui. Qui est-ce ?
– C'est moi, mon petit boulet !
– Jess ? demande Élina, un grand sourire aux lèvres.
– Elle-même !
– Oh bah merde alors ! Je n'en reviens pas ! Je suis trop heureuse de t'entendre ! s'exclame Élina, folle de joie.
– Moi aussi ! Tu vas bien ?
– Oui, oui. Et toi ?! Tu n'es pas blessée ?!
– Non, tout va bien. Tu es en sécurité ? Tu es seule ?

– Oui, je suis à l'abri, et non, je ne suis pas seule : il y a six autres personnes avec moi. Par contre, on doit bouger et trouver un autre refuge car le coin n'est plus très sûr.

– Vous allez où ?

– On ne sait pas encore...

– Rejoignez-moi alors ! propose Jess, avec spontanéité.

– T'es où ?

– Au dernier étage d'un splendide palace, dans le 6ᵉ arrondissement !

– Nous ne sommes pas très loin !

– Génial ! Alors vous venez ?

– Je vais voir avec les autres s'ils veulent venir, mais moi, dans tous les cas, je te rejoindrai ! » dit Élina en se retournant vers ses amis.

En les découvrant tous penchés vers elle, attendant des réponses, elle sursaute, puis leur explique que c'est sa meilleure amie au téléphone, détaillant la teneur de leur conversation.

« Alors ? Vous en dites quoi ? leur demande-t-elle.

– Le 6ᵉ ... Ce n'est pas si proche que ça ! relève Cindy.

– Je sais, admet Élina.

– En même temps, on ne sait pas où aller, et un palace, c'est plutôt pas mal comme refuge ! » intervient Jo.

Jess, qui patiente toujours en ligne, se met à hurler dans le téléphone. « Allôôôô ?! » Élina rapproche le portable de son oreille, et entend des grésillements qui entrecoupent les paroles de son amie. Elle ne capte que des fragments de phrase. « Oui ! Je suis là ! » lui dit-elle, avant d'écarter à nouveau le téléphone de son oreille pour demander leur avis aux autres. « Bon, ceux qui sont OK pour aller dans le 6e, levez la main ! » Tous lèvent spontanément la main, sauf Cindy qui finit par la lever aussi, mais avec peu d'entrain.

« Jess ! On vient ! Tu m'entends ? On vient ! Jess ?! s'inquiète Élina face à l'absence de réponse.
– OK, super ! Je suis au palace Mon... [Grésillements] entendu [Grésillements] mais [Grésillements] savoir [Grésillements] morts-vivants [Silence] »

La communication est coupée net, alors qu'Élina n'a compris que la moitié des informations données par Jess. Contrariée, elle essaye de la rappeler, mais découvre que le réseau est à nouveau hors service. « Eh merde ! » enrage-t-elle. Sous la colère, l'envie lui vient de balancer le téléphone par terre, mais elle s'abstient.

« Ça a coupé ? demande Ethan.
– Oui, et je n'ai pas pu comprendre sa dernière phrase ! Je sais qu'elle a compris qu'on venait, mais elle m'a aussi parlé de morts-vivants !
– Et le palace, c'est lequel ? Tu sais ?
– Le palace Mon... quelque chose. »

Ethan se rue sur un plan de Paris qu'il a trouvé sous le comptoir de la bibliothèque, et le déplie. Il sort aussi un guide des hôtels parisiens qu'il pose à côté. En tournant les pages, il glisse son doigt sous tous les noms des palaces commençants par « Mon… », et trouve enfin celui qui correspond.

« C'est celui-ci ! Le palace Montéon ! déclare-t-il fièrement. Dis donc, elle ne s'ennuie pas ta copine ! ajoute-t-il en découvrant le nombre d'étoiles attribués à l'établissement.
– Pourquoi ? demande Élina qui ne comprend pas l'allusion.
– C'est un cinq étoiles !
– Je la reconnais bien là ! » répond-elle en souriant.

Ethan montre aux autres le chemin le plus direct pour se rendre au palace, en traçant avec le doigt le trajet sur le plan.

« OK ! Alors on met les voiles ! » décrète Jo qui se penche ensuite vers Anna pour lui murmurer à l'oreille qu'il tenait toujours ses promesses. Cette dernière, ravie à l'idée de séjourner dans un palace, lui sourit et endosse son sac.

Alors que le groupe se met en marche et s'apprête à quitter la bibliothèque, Ulrich appelle Jo et Rob. « Les gars, vous n'oubliez rien ?! » leur fait-il remarquer avec un air désabusé. Les deux intéressés baissent la tête de honte, et tout penauds, ils font demi-tour pour reprendre les fusils Famas qu'ils avaient laissés dans un coin et qu'Ulrich a récupérés. « Vous voulez mourir ou quoi ?! les réprimande-t-il.

– Non, pas vraiment ! répond Rob.

– Comment on peut avoir été dans l'armée et oublier son arme, bordel ! » lance Ulrich à Jo.

Furieux, ce dernier s'avance vers lui, lui prend l'arme des mains, en lui lançant un regard noir, et tourne les talons en décrétant qu'il était temps de lever le camp.

À peine dehors, ils se font interpeller par une voix féminine, et ont la mauvaise surprise de découvrir en se retournant la femme en fourrure et ses acolytes, prêts à en découdre.

« Où allez-vous comme ça ? Vous vous êtes bien foutu de nous ! s'exclame-t-elle, en lançant un regard haineux à l'attention de Jo.

– Courez ! » hurle-t-il à son groupe, en tournant le dos à cette harpie.

Ils ont beau courir le plus vite possible, les malfrats les talonnent de près, et leur crient de s'arrêter, ajoutant qu'ils allaient les tuer au cas contraire. En entendant le mot « tuer », le petit groupe redouble d'efforts, et accélère encore la cadence pour sauver leur peau. Ils sont sur le point de les semer, quand ils se retrouvent confrontés à un obstacle de taille. Au bout de la rue, un puma manifestement infecté leur barre la route. L'animal, en les apercevant, se met aussitôt en position de chasse. Face à l'attitude prédatrice du félin, tous s'arrêtent net, à l'exception d'Ethan qui dérape sur une flaque d'huile et glisse de quelques mètres, finissant sa course très près – trop près – de l'animal. En un bond, le puma enragé se retrouve à son niveau. Ethan sent son cœur battre à tout rompre face à ses yeux injectés de sang et ses babines ensanglantées qui, remontées, font apparaître de longues dents acérées. Il remarque que la bête présente une morsure sur la cuisse gauche, et se rappelle que les journalistes avaient mentionné que le virus était transmissible aux animaux. *Mais qui est assez fou pour mordre un puma ?!* se demande-t-il. Lentement, Ethan se redresse sur ses jambes flageolantes, priant pour que l'animal se tienne tranquille. Au moment où il se retourne, prêt à déguerpir, il sent un poids s'abattre sur son dos et le clouer au sol, face contre terre. Le puma, la gueule grande ouverte, approche dangereusement ses crocs du cou d'Ethan, et s'apprête à le mordre quand les hommes de la femme en fourrure font irruption à leur niveau, en hurlant des injures. Interpelé par leur vacarme, le puma délaisse Ethan et ses amis, pour s'attaquer à la bande de bandits. Il fonce dans leur direction avec une telle rapidité que deux d'entre eux n'ont même pas le temps de se défendre. Il bondit sur le premier et lui inflige de profondes lacérations, laissant sa peau en lambeaux, puis s'attaque au deuxième, en lui dévorant le visage, avant de lui arracher la tête à la force de ses mâchoires. Couché sur le corps de sa victime décapitée, le puma termine tranquillement son festin de chair humaine, en mâchouillant la tête, comme un chien mâchouillerait son jouet en plastique.

Voyant que l'animal ne les regarde pas, les autres hommes de main de la femme en fourrure en profitent pour prendre la fuite. Jo, en les voyant détaler, fait signe à son groupe de prendre la tangente.

Après une course effrénée de dix minutes, ils s'arrêtent, littéralement épuisés par leur effort physique. Ils se délestent sur le trottoir de leurs sacs à dos, et s'allongent pour reprendre leur souffle.

« Mais il venait d'où ce puma ?! demande Ethan qui n'en revient toujours pas.
– Aucune idée ! répond Ulrich.
– Du zoo de Vincennes ! réplique Cindy. Ils ont dû réussir à s'échapper !
– J'ai eu la trouille de ma vie ! avoue Ethan.
– Tu as été griffé ou mordu ? s'enquit Élina.
– Non, je ne crois pas. »

Elle s'avance vers lui à quatre pattes, car elle n'a plus assez de force pour se relever, et l'ausculte, sans découvrir la moindre trace de coupure ou de morsure.

« Alors ? questionne-t-il, un peu inquiet.
– Tu n'as rien ! Mais tu as eu énormément de chance, tu sais ?
– Oh que oui ! J'en ai même bien conscience ! »

Jo sort une bouteille d'eau de son sac, en boit quelques gorgées, et la fait passer aux autres.

« Il ne faut pas traîner ; le puma pourrait nous retrouver ! » déclare-t-il après que tout le monde ait pu boire un peu.

Sans grand entrain, ils se relèvent et reprennent leur route, sacs à nouveau sur le dos. En l'absence de danger imminent, ils avancent à un rythme plus tranquille, tout en continuant de rester sur leurs gardes.

« J'en ai marre de marcher ! se plaint Cindy. Quelqu'un sait comment voler une voiture ?

– Tu plaisantes ?! demande Ulrich.

– Non, pas du tout. Pourquoi ?

– Comment veux-tu rouler avec toutes les embûches qu'il y a sur la route ? C'est impossible de circuler ! »

Cindy, en observant les débris et les véhicules accidentés qui jonchent la route, se rend compte qu'Ulrich a raison, et admet que son idée est ridicule.

Ils poursuivent leur marche pendant une heure, dans une ambiance pesante. Fatigué et sur le qui-vive, aucun d'eux n'a le cœur à parler, et c'est donc dans un silence de mort qu'ils avancent dans les rues de la capitale, quand le regard de Rob est attiré par un camion de pompiers, garé sur le bas-côté. Le véhicule tanguant dans tous les sens, Rob comprend qu'il ne sert plus à rien d'espérer l'aide de ces derniers. Anna avance en direction du camion pour voir ce qu'il y a à l'intérieur, même si elle se doute bien de ce qu'elle va y trouver. En collant sa frimousse à l'une des vitres, c'est donc sans grande surprise qu'elle découvre deux morts-vivants à l'arrière : un vieil homme torse-nu, portant un bas de pyjama rayé, et un autre en tenue de pompier. N'étant pas assez intelligents pour comprendre l'utilité d'une poignée, ils tentent de sortir du camion en se jetant sur les parois afin de les défoncer.

Rob rejoint Anna et la pousse de devant la petite vitre. « Éloigne-toi ! Ça les excite de te voir ! » lui dit-il. En reculant, elle remarque que le camion est stationné devant une école de danse classique, et aperçoit justement une des danseuses sortir du bâtiment, en tutu blanc et collants bleu ciel. L'espace de quelques secondes, Anna se prend à espérer qu'elle n'est pas infectée, mais se rend très vite compte qu'elle l'est en observant sa démarche saccadée. Elle désigne la danseuse du doigt, et de son autre main, fait signe aux autres de venir se cacher derrière le camion pour ne pas qu'elle les repère. Le message ayant été reçu cinq sur cinq, ils courent discrètement jusqu'à elle et se blottissent derrière le camion, du côté opposé à celui où se trouve la danseuse. Jo se baisse et regarde sous le camion la direction que prend la danseuse, en observant ses petits chaussons de danse blancs et usés. Il constate qu'elle reste immobile à côté du camion de pompiers à l'intérieur duquel les deux morts-vivants enfermés se déchaînent de plus en plus. Après une petite minute d'immobilité, la danseuse commence à faire le tour du véhicule. Jo, en voyant les petits chaussons avancer dans leur direction, fait signe aux autres de bouger, et de faire le tour eux aussi. Sa gestuelle étant très claire, ces derniers comprennent vite que la danseuse vient vers eux, et qu'il faut qu'ils se cachent au plus vite de l'autre côté s'ils veulent éviter de se retrouver nez-à-nez avec elle. À pas de velours, ils se déplacent donc le long du camion, tandis que Jo avance en rampant, pour pouvoir continuer à regarder sous le véhicule, et suivre la progression de la danseuse. *On joue à cache-cache avec les morts, maintenant !* pense Ethan en souriant.

La danseuse, revenue à son point de départ après avoir fait le tour complet du camion sans voir le groupe, s'immobilise et pousse un effrayant hurlement de colère. Son cri est si retentissant que Jo et Ulrich se regardent stupéfaits. De leur côté, les deux autres zombies, toujours prisonniers dans le camion, se calment instantanément. Quand la danseuse tourne finalement les talons pour disparaître dans l'école de danse, le groupe décide de ne pas s'éterniser, et s'enfuit aussitôt.

« C'était quoi, ce cri ? demande Cindy, après quelques mètres de marche.

– Ils ont l'air de communiquer entre eux ! répond Anna.

– C'est ce que je pense aussi ! confie Jo. C'est comme si elle leur avait dit de se taire...

– En moins courtois ! rebondit Ulrich, amusé.

– Oui ! C'est sûr qu'elle a l'air d'avoir un sacré caractère, la danseuse étoile ! » dit Jo en rigolant.

À cette remarque, un sourire se dessine sur toutes les lèvres, sauf sur celles de Cindy qui supporte difficilement l'humour et la légèreté avec laquelle ils prennent leur situation. Elle sait cependant qu'elle n'est pas dans leurs petits papiers en ce moment, et préfère donc garder pour elle ses ressentis et commentaires.

Après une bonne marche, ils ne sont plus qu'à une rue de l'hôtel où se trouve Jess. Jo et Ulrich, plaqués contre le mur qui fait l'angle, sont sur le point de partir en reconnaissance des lieux, mais à peine ont-ils passé la tête sur le côté pour repérer le danger potentiel, qu'ils font machine arrière.

« Pourquoi vous n'y allez pas ? demande Anna, avec étonnement.

– Eh bien… Comment dire ça… ? répond Jo, en cherchant ses mots.

– Crache le morceau ! lui crie Élina, soudain inquiète pour son amie Jess.

– On ne peut pas y accéder ! intervient Ulrich.

– Et pourquoi ça ? s'impatiente Élina.

– Venez voir par vous-même ; vous allez tout de suite comprendre ! » dit Jo.

Dans un même mouvement, ils penchent la tête vers la rue qui permet d'accéder au palace, et comprennent en effet pourquoi il est impossible de l'atteindre. Le palace est bien là, immense, et prestigieux, au style typiquement parisien, avec ses pierres blanches harmonieusement placées, ses feuillages et visages sculptés qui ornent le haut des fenêtres, ses lanternes rappelant le XIXème siècle, et surtout, sa magnifique marquise en fer forgé noir et en verre blanc surplombant l'entrée principale. L'architecture et la beauté de ce majestueux bâtiment de cinq étages auraient pu être appréciées à leur juste valeur, si la rue qui mène à lui n'avait pas été bondée de morts-vivants en stagnation. Ils n'en avaient jamais vu autant concentrés au même endroit depuis le jour où tout avait dégénéré.

« Pourquoi restent-ils plantés là ? interroge Anna.
– Je ne sais pas ! répond Jo en haussant les épaules.
– Comment allons-nous faire pour y entrer ? » demande Ulrich.

Tous réfléchissent à une solution, jusqu'à ce que Jo fasse une proposition. « Nous pourrions passer par les égouts, comme pour la bibliothèque. » suggère-t-il. Pour vérifier si ce plan est réalisable, Jo et Ulrich se dirigent vers une bouche d'égout qu'ils soulèvent et font glisser sur le côté avec beaucoup de difficulté, mais l'idée de passer par-là est vite rejetée à l'unanimité quand ils aperçoivent le troupeau de morts-vivants au fond du trou, les bras levés vers eux, cherchant à les attraper.

« OK. Une autre idée ? » demande Ethan. Tous secouent la tête pour dire non, et Jo propose alors qu'ils s'abritent en attendant de trouver une solution, afin de ne pas rester exposés aux dangers durant la nuit.

Au même moment, son regard se pose sur une bijouterie, seul commerce à avoir une vitrine intacte et la porte fermée, au grand étonnement de Jo qui marche jusqu'à celle-ci et frappe poliment, comme si de rien n'était.

« Bonjour ! » dit-il, en apercevant quelqu'un au fond de la boutique.

Une vieille dame sort de sa cachette, s'avance lentement, et s'arrête de l'autre côté de la porte vitrée, faisant face à Jo.

« Excusez-moi de vous déranger, Madame, mais pourriez-vous nous aider ?
– Comment ? Parlez plus fort ! lui crie-t-elle en désignant son oreille pour lui faire comprendre qu'elle est presque sourde.
– Pourriez-vous nous offrir l'hospitalité jusqu'à demain matin ?
– Nous ? Combien êtes-vous ?
– Sept, Madame. »

Cindy, qui l'avait rejoint, s'approche de Jo pour murmurer à son oreille.

« Pourquoi tant de courtoisie ? Défonce la porte ! lui conseille-t-elle.
– Ça n'va pas ! C'est une vieille dame effrayée ; je ne ferais jamais ça ! Ce n'est pas parce que le monde part en sucette que je dois en perdre mes bonnes manières ! »

La vieille dame – qui n'est manifestement sourde que quand ça l'arrange – entend leur conversation, et apprécie le comportement respectueux de Jo.

« Y en a-t-il qui sont malades parmi vous ? demande-t-elle à travers la porte.

– Non, Madame ! » répond Jo.

Elle se dirige alors vers le fond de sa bijouterie, fouille dans un tiroir, et revient avec des clefs à la main. Elle ouvre la porte, et se décale pour libérer le passage. « Bienvenue Messieurs, Dames. Oh ! Et Damoiselle ! » ajoute-t-elle en souriant à Anna.

En entrant, ils posent leurs sacs et contemplent la magnifique boutique, ainsi que les beaux bijoux qui y sont exposés.

« J'ai une dette envers vous, Madame ! dit Jo, plein de reconnaissance.

– Henriette ! Appelez-moi Henriette. Suivez-moi, jeunes gens ! »

Elle passe derrière la caisse, pousse un tapis au sol, et ouvre la trappe qu'il dissimulait, laissant apparaître un filet de lumière s'échappant de la pièce en sous-sol. Henriette, du fait de son âge, descend difficilement par l'échelle, suivie d'Anna, Élina, Cindy et les autres.

« Vous voulez un jus de fruit ? » leur demande-t-elle avec amabilité une fois en bas.

Sur l'instant, personne ne répond, car ils restent tous bouche bée devant ce qu'ils considèrent comme le plus mignon, le plus confortable et le plus sympathique des abris souterrains. En descendant à l'échelle, ils s'attendaient à découvrir une pièce austère, avec des murs en béton, des étagères simplistes en métal, un évier, un réchaud, et un lit de camp. Au lieu de ça, ils se retrouvent dans une pièce cosy, avec du papier peint fleuri aux murs, de la moquette rose au sol, et agencée en divers espaces de vie : un petit coin salon avec un canapé en tissu crème, une table basse en bois massif et une télévision ; un coin cuisine avec une gazinière blanche des années soixante reliée à une recharge de butane, un évier en céramique, un mini réfrigérateur, et un cellier à étagères en bois clair pour ranger les vivres ; et enfin, un petit nid douillet faisant office de chambre avec un sommier, un matelas, un tour de lit en bois massif, et une petite table de chevet du même bois foncé. Henriette leur explique gentiment que le canapé fait aussi lit, et qu'on peut y dormir à deux, mais que les autres devront se contenter de la moquette.

Ravis d'avoir un endroit agréable où passer la nuit et une hôte charmante, ils acceptent volontiers le rafraîchissement qu'elle leur a proposé, puis s'installent autour de la table basse avec leur verre, et commencent à raconter leurs mésaventures à la vieille dame qui les écoute avec intérêt, bien contente d'avoir enfin de la compagnie et à qui parler. Même si ce n'est que pour l'espace de quelques heures, ce semblant de vie normale réchauffe le cœur de chacun.

Un peu plus tard, Ulrich, Jo et Rob se retirent dans le coin cuisine pour se concerter. Jo propose de laisser de la nourriture à leur hôte pour la remercier de les avoir accueillis, car après vérification du cellier, il ne lui reste plus grand-chose. Les deux autres étant d'accord, ils se mettent à fouiller dans leurs sacs pour faire le tri entre ce qu'ils gardent et ce qu'ils lui laissent. Une fois le choix fait, Jo laisse ses deux compagnons ranger la nourriture pour aller informer Henriette de ce qu'ils avaient décidé de lui donner en guise de remerciement.

Rob et Ulrich ont vite fini de ranger les provisions, et commencent à parler ensemble d'Élina.

« Elle te plaît, n'est-ce pas ? lui demande Ulrich.
– Ça reste entre nous ?
– Bien sûr !
– Oui, beaucoup. Mais je ne sais pas si elle…
– Mais si, voyons ! Ça se voit très clairement ! » s'exclame-t-il en mettant machinalement les mains dans ses poches.

Ses doigts à ce moment touchent quelque chose. *Qu'est-ce que ça peut bien être ?* se demande-t-il, avant de sortir de sa poche un papier froissé. Il le déplie aussitôt et lit ce qu'il y a dessus. Rob, en voyant l'air interrogateur d'Ulrich, regarde ce qu'il tient dans les mains.

« C'est le document que Mike voulait que tu lises ?
– Oui, c'est ça.
– Et ça dit quoi ? » demande-t-il en se penchant pour voir.

Ils lisent ensemble le document, et restent estomaqués.

« Mais c'est Cindy ! dit Rob le plus doucement possible.
– Oui, j'en ai bien peur.
– Triple homicide ??!!
– Oui, je me rappelle de ça. C'était juste avant que tout ne dégénère. Le Central nous a envoyé cet avis de recherche… »

En écoutant Ulrich lui raconter pourquoi Cindy était recherchée, Rob n'en revient pas. Leur Cindy ? Il peine à imaginer qu'elle soit capable de ça.

Cindy, elle, est assise sur le canapé avec Jo, et discute tranquillement de la décoration de l'abri, quand elle croise le regard inquiet de Rob. *Pourquoi me regarde-t-il ainsi ?* se demande-t-elle. Elle l'observe qui parle avec Ulrich, mais trop bas pour qu'elle puisse entendre. La conversation a l'air intéressant, et a priori déroutante, à en croire la tête de Rob. Quand elle aperçoit le document officiel qu'Ulrich tient dans la main, elle comprend aussitôt. Elle revoit Mike avec ce même papier, juste avant leur départ forcé du commissariat. Elle pensait être tranquille avec la mort de ce dernier, mais elle se trompait.

« Et merde ! dit-elle sans s'en rendre compte.
– Quoi ? demande Jo, étonné.
– Non, rien. Je pensais à voix haute. »

Elle se lève pour aller chercher un autre jus de fruit et pour se rapprocher, par la même occasion, des deux hommes, afin d'entendre partiellement leur conversation. Ulrich la voit et l'interpelle.

« Cindy !

– Oui ?

– Il faut que nous parlions de ça ! dit-il en levant le document et en le tournant à la vue de tous.

– Qu'est-ce que c'est ? demande-t-elle en feignant la surprise.

– Tu le sais pertinemment ! C'est ce que Mike a découvert à ton sujet. Ils doivent savoir qui tu es vraiment !

– De quoi parle-t-il, Cindy ? » questionne Jo, un peu perdu.

Cindy ignore la question, et observe autour d'elle. Après un bref coup d'œil, elle constate que tous ont laissé leur arme au pied des escaliers, sauf Ulrich qui a toujours la sienne à la ceinture. Sans crier gare, elle file prendre un des trois fusils d'assaut, et le pointe en direction d'Ulrich. Tous s'écartent par réflexe, sauf Rob qui, dans la ligne de mire, lève les bras en l'air. Ulrich, peut-être par ancienne habitude professionnelle, est le seul à garder son calme, regardant Cindy droit dans les yeux.

CINDY

17 septembre – 07h00

Cindy, comme tous les matins, s'était levée tôt dans le but de s'apprêter puis préparer le petit déjeuner pour son mari et ses deux enfants. Elle aimait faire de bons repas pour sa « tribu », comme elle les appelait tendrement. Toutefois, elle-même ne mangeait pas beaucoup, voire pas du tout, ayant un vrai problème avec la nourriture. Elle ne pouvait pas expliquer les raisons précises de ce blocage alimentaire, mais tout ce qu'elle savait, c'était qu'elle ne supportait pas sa silhouette et se trouvait grosse. C'est dire si elle avait une vision déformée d'elle-même, car au contraire de ce qu'elle pensait, elle était en réalité très maigre.

De manière générale, elle aimait son rôle de femme au foyer qui lui permettait de s'occuper de ses deux petits garçons de quatre et six ans et de prendre soin de son intérieur, afin que son mari soit fier d'elle en rentrant dans une maison parfaitement entretenue après une longue journée au bureau. En couple depuis huit ans, et mariés depuis sept, entre Cindy et son époux, ce n'était pas l'amour fou. Dur et violent, il exigeait d'elle qu'elle soit toujours parfaite, à défaut de quoi il la punissait en la frappant très fort. Elle, en femme soumise, faisait de son mieux pour le satisfaire, n'envisageant pas de le quitter, malgré sa violence et ses multiples liaisons. Ce n'est pas tant l'amour que des considérations d'ordre matériel qui la retenaient à lui. N'ayant jamais travaillé, elle savait qu'elle ne pourrait pas subvenir aux besoins de ses enfants et n'en aurait donc pas la garde en cas de divorce. Or le fait d'être séparée de ses enfants était pour elle inconcevable. Son mari Jeffrey gagnait pour sa part très bien sa vie, en tant que chirurgien esthétique. C'était grâce à son travail qu'ils vivaient dans une grande maison du début du XXe siècle, bénéficiant d'un grand terrain, au cœur du 8e arrondissement de Paris. Cindy restait donc à ses côtés, mais elle payait le prix fort pour ne pas être séparée de ses enfants. Au fur et à mesure de l'évolution de leur relation, elle avait perdu de sa vitalité. Elle n'était plus aussi joviale, avenante et heureuse qu'avant. Elle était devenue peureuse, effacée et surtout, dépressive. À vingt-neuf ans, elle ne s'aimait déjà plus, et se raccrochait à sa vie de mère, n'existant plus qu'à travers ses enfants.

Cindy, après avoir tout préparé, appela son mari et ses enfants pour qu'ils descendent manger, mais personne ne vint. « Je ne le répéterai pas trois fois : à table ! » cria-t-elle. Toujours personne. Au moment où elle voulut monter à l'étage pour voir ce qu'ils faisaient, elle entendit le livreur de journaux, et sortit pour récupérer le journal. Au passage, elle salua aimablement ses voisins d'un petit signe de tête, heureuse de bien s'entendre avec les gens du quartier. Sur le perron, tandis qu'elle s'apprêtait à rentrer, son regard s'arrêta sur un homme à l'attitude étrange. Petit et couvert d'un grand manteau marron déchiré, il titubait au milieu de la route, pieds nus. Les voitures le klaxonnaient pour qu'il se pousse, mais comme il ne bougeait pas, les automobilistes le doublaient en l'insultant.

« Monsieur ! cria-t-elle. Ne restez pas là, vous allez vous faire renverser ! »

L'homme ne répondit pas ; il ne se tourna même pas vers elle.

« Pauvre homme ! » murmura-t-elle, en rentrant chez elle.

Le livreur de journaux – qui avait fait demi-tour pour faire sa distribution de l'autre côté de la rue – doubla le « pauvre homme », et s'arrêta devant une boîte aux lettres pour y glisser un journal. Quand il voulut se remettre en selle, l'homme en question se jeta sur lui et le mordit sauvagement au niveau du cou, au point de lui arracher une artère. Il n'eut pas le temps de crier, et quand il essaya, il était déjà trop tard : des bulles de sang sortaient de sa gorge et éclataient les unes après les autres.

Le « pauvre homme » n'était pas un nécessiteux errant dans les beaux quartiers, mais un des voisins de Cindy qui avait été contaminé par le virus dont tout le monde parlait à la télévision et à la radio. Cindy – qui n'avait pas reconnu son voisin – ne vit rien de la scène d'horreur qui se passa devant chez elle, absorbée par ses occupations ménagères. Après avoir passé un coup d'éponge sur l'évier, elle tenta à nouveau d'appeler son mari et ses enfants.

« Où êtes-vous ? Ce n'est pas marrant ! Ça va être froid ! »

Tout d'un coup, elle ressentit un fort pincement au cœur. Elle se souvint... Ils ne pouvaient pas venir... puisqu'ils étaient morts. Elle les pleurait, et s'en voulait énormément, mais elle n'avait pas eu le choix...

17 septembre – 02h02

Jeffrey était rentré très tard ce soir-là, et ne l'avait pas prévenue. Inquiète, elle lui avait laissé de nombreux messages sur son téléphone portable, mais il n'avait pas pris la peine de la rappeler pour la rassurer. Quand il franchit enfin le seuil de la porte, elle l'attendait sur le palier, plantée devant lui, espérant une explication. Avec le plus grand des dédains, il l'ignora totalement, la contournant pour aller à la cuisine se chercher un café. Déterminée à avoir des réponses, Cindy le suivit.

« Où étais-tu ? Tu aurais pu me prévenir que tu rentrerais si tard !

– Fous-moi la paix, OK !

– Non ! Je me suis inquiétée, figure-toi !

– Mais oui, c'est ça ! Allez, dégage, bobonne !

– Tu étais avec une de tes maîtresses, c'est ça ?

– Mais qu'est-ce que tu racontes, bordel ?!

– Ne fais pas semblant, je le sais !

– Ah oui ? Et comment le sais-tu ?

– Tu ne prends même plus la peine de te laver avant de rentrer à la maison ! Tu sens son parfum, tu as encore du rouge à lèvre sur la bouche, une trace de morsure dans le cou, et tu pues le sexe ! Tu devrais avoir honte de nous traiter comme ça !

– Qui, nous ?

– Ta famille ! Moi et tes enfants ! Au cas où cela t'intéresserait, sache que ton fils s'est fait mordre par le chat de notre voisin, Monsieur PLANIE, et qu'il t'a réclamé toute la soirée.

– Olivier ?

– Oui.

– Il n'en est pas mort ?

– Bien sûr que non !

– Donc tout va bien ! Il s'en remettra !

– Tu devrais avoir honte de ton comportement ! »
répéta-t-elle, en colère.

Agacé par les jérémiades de sa femme, Jeffrey
tapa du poing sur la table et lui jeta son café bouillant au
visage. Surprise, elle hurla, mais loin de s'excuser, il
l'attrapa par ses longs cheveux blonds et les tira en
approchant son visage du sien. De ses grands yeux
marron – dans lesquels on pouvait lire un mélange de
peur et de stupeur – Cindy soutint le regard menaçant de
son mari. N'aimant pas que sa femme lui tienne tête, il
lui mit un coup de poing dans le ventre qui la plia en
deux, puis un coup de genoux en plein visage ce qui la
força à relever la tête. Une pluie de coups s'abattit
ensuite sur elle, la violence allant crescendo. Il
l'empoigna à nouveau par les cheveux, et lui cogna la
tête à plusieurs reprises sur le plan de travail de la cuisine.

Il ne cessa de la violenter que quand il sentit qu'elle
n'opposait plus de résistance et que son corps était
devenu mou. Elle tomba alors par terre, le corps tout
endolori. Son œil droit était tellement gonflé qu'elle
n'arrivait plus à l'ouvrir. En elle, un magma de colère se
mit à bouillonner. Elle se releva péniblement en
s'agrippant au plan de travail, et aperçut à cet instant les
couteaux posé dessus. En proie à une envie de
vengeance, elle s'empara discrètement de l'un d'eux et
le cacha derrière son dos, tandis que Jeffrey se servait un
second café.

« Tu t'es relevée ? Tiens donc ! Tu deviens plus résistante avec le temps ! Mon jouet est plus solide ! » ricana-t-il méchamment en se retournant vers elle. Il déposa la tasse encore fumante sur le plan de travail et s'avança jusqu'à elle. Prêt à lui faire encore du mal, il la saisit par la nuque, mais s'arrêta net. Pour une fois, c'était elle qui l'avait surprise. Elle lâcha immédiatement le couteau qu'elle venait de lui planter dans le ventre, et se recula pour pouvoir lire la douleur sur le visage de celui qui l'avait tant de fois frappée. Elle ne pouvait pas le laisser vivant, et partit donc chercher le fusil de chasse dont il se servait le week-end, et qui était rangé dans une armoire fermée à double tour pour ne pas que les enfants puissent jouer avec.

Quand elle revint munie de l'arme, elle se mit en position pour achever d'une balle dans la tête son mari à terre, mais Olivier, l'aîné de ses garçons, fit irruption dans le salon en hurlant. « Non, maman, ne fais pas ça ! » Refusant l'idée que son fils assiste à cette scène, elle se ravisa et posa le fusil sur la table du salon. Olivier se tenait en bas des escaliers, et recula par réflexe en voyant sa mère venir vers lui. Il avait peur d'elle. Cindy n'en revenait pas. Elle, sa mère... Le petit dernier, Ludovic, était caché dans le dos de son grand-frère. Il penchait la tête pour observer sa mère, puis dès qu'elle croisait son regard, se cachait à nouveau derrière Olivier.

« Pourquoi tu as fait ça ? Il faut appeler la police ! »
s'écria ce dernier, en courant vers le téléphone.

Paniquée, Cindy le rattrapa par le col de son T-shirt pour
l'empêcher d'atteindre le combiné. Elle s'agenouilla à sa
hauteur, l'œil toujours tuméfié, et lui caressa le front.

« Mon chéri, si tu passes ce coup de fil, maman ira en
prison.
– Je m'en fiche ! Il ne fallait pas faire de mal à papa ! Tu
es méchante ! Tu as toujours dit que les méchants
allaient en prison ! Alors tu dois y aller ! » lui cria-t-il,
sans lui trouver la moindre excuse.

Ludovic, qui était resté sur la dernière marche des
escaliers, répétait ce que disait son frère.

« Prison ! Prison ! Prison ! » clamait-il de sa petite voix
enfantine.

Cindy se boucha les oreilles. Elle ne voulait pas
entendre ses enfants lui dire qu'elle était une mauvaise
femme. Comment pouvaient-ils, alors qu'elle leur avait
tout donné ? Elle avait sacrifié sa vie pour eux ! Elle les
dévisagea un instant avec mépris, ne voyant plus en eux
que des monstres, ingrats et dénués d'amour. Elle vit
Olivier prendre le combiné du téléphone et composer un
numéro – sûrement celui de la police – et tout son être lui
hurla de l'arrêter. Sans réfléchir, elle se redressa, partit
récupérer le fusil, et le dirigea sur son fils. En voyant sa
mère le viser, le garçon mit sa main devant son visage

pour se protéger, et demanda pardon en sanglotant. Mais c'était trop tard aux yeux de Cindy. Quelque chose s'était rompu dans sa tête, et elle n'avait plus qu'une idée : se débarrasser de ce fils ingrat. Elle lui tira dessus, et le coup percuta l'épaule d'Olivier qui cria de douleur. Pour Cindy, il était impératif d'éliminer la menace qu'il constituait, aussi tira-t-elle un second coup, en visant cette fois-ci le ventre. Olivier tomba sur le carrelage, et Cindy resta quelques instants à observer le petit corps sans vie, jusqu'à ce que son attention soit attirée par d'autres supplications.

« Maman, maman, s'il te plaît ! Je serai sage, c'est promis ! criait Ludovic, en larmes.
– C'est trop tard, mon petit ! Mais tu sais que maman t'aime, n'est-ce pas ? »

L'enfant monta les escaliers le plus rapidement qu'il pouvait avec ses toutes petites jambes, mais il n'eut pas le temps d'atteindre l'étage qu'une balle vint se loger dans sa tête. Son petit crâne explosa, et le sang gicla sur le mur.

« Mes bébés, il ne fallait pas contrarier votre mère ! » déclara-t-elle.

Elle récupéra le couteau planté dans l'abdomen de son mari et termina le travail en l'abattant dans son cœur, car bien qu'il se vidait de son sang sur le carrelage de la cuisine, il n'était toujours pas décédé, et ses gémissements agaçaient Cindy.

Enfin débarrassée de toute menace, elle se dirigea vers le canapé pour se reposer un peu, quand la sonnette retentit.

« Quoi encore ?! aboya-t-elle en direction de la porte.
– C'est Monique ! »

Cindy enleva en hâte sa robe de chambre puis la remit mais à l'envers, pour cacher le sang qui avait giclé dessus, avant d'aller ouvrir.

« Bonjour ! J'ai entendu des bruits bizarres. Comme des coups de fusil provenant de chez toi. Tout va bien ?
– Oui, bien sûr ! C'était juste la télévision. Tu connais les enfants ! répondit-elle comme si de rien n'était.
– Ils ne sont pas couchés ? s'étonna la voisine. Il est quand même 03h30 !
– Si, mais leur père est rentré depuis peu, et les garçons l'ont entendu. Donc ils sont descendus le voir, et ont insisté pour rester le temps qu'il avale un sandwich.
– Ah bon ? Et où sont-ils maintenant ? s'enquit Monique.
– Dans leur chambre, avec leur papa qui leur raconte une histoire.
– C'est adorable. Bon, je te laisse alors. Bonne nuit.
– Bonne nuit, et merci de t'être inquiétée ! » répondit Cindy en refermant la porte.

De retour sur son canapé, elle constata l'état désastreux de son intérieur, et se dit qu'un peu de ménage ne serait pas du luxe. Elle traîna d'abord les corps un à un jusque dans le cellier, où elle les entassa avant de refermer la porte, puis elle sortit les produits ménagers et s'attela au grand nettoyage, ce qui lui prit deux bonnes heures. Quand elle regarda la pendule qui indiquait 05h34, elle sentit la fatigue la submerger.

« Au lit pour une petite sieste ! » pensa-t-elle tout haut.

17 septembre – 07h35

Cindy essuya ses larmes et se dit qu'il était temps de faire un peu de jardinage, et de creuser dans le jardin des tombes pour les membres de sa famille. Elle s'apprêtait à récupérer les corps au cellier quand la sonnette retentit. En ouvrant la porte, elle fut surprise de découvrir trois représentants des forces de l'ordre sur son palier.

« Bonjour, Madame !

– Messieurs, les agents ! répondit-elle en essayant de rester naturelle.

– On a reçu un appel, tôt ce matin, nous signalant des hurlements et des coups de feu.

– Rien que ça ?! Étrange : je n'ai rien entendu.

– On nous a pourtant signalé que ça provenait de chez vous, Madame.

– Mon Dieu, non ! dit-elle en feignant l'indignation.

– Pouvons-nous entrer ?

– Oui, bien sûr ! »

Les policiers entrèrent et commencèrent à inspecter la maison. Lorsqu'elle vit le plus jeune d'entre eux se diriger vers le cellier, Cindy paniqua, et pour détourner leur attention, elle leur demanda s'ils souhaitaient un rafraîchissement, ce qu'ils refusèrent poliment.

Derrière la porte du cellier, des gémissements se firent entendre, et le jeune policier, étonné, s'immobilisa pour écouter plus attentivement. Après un très court silence, les gémissements reprirent, accompagnés de coups lourds et espacés.

« Qu'y a-t-il là-dedans, Madame ?

– Rien ! Sûrement un rat ! »

Peu convaincu par cette explication, l'agent ouvrit la porte.

« Ne faites pas ça ! » s'exclama-t-elle.

Le jeune homme n'eut pas le temps de réagir que le défunt mari de Cindy se jeta sur lui, la bouche grande ouverte. Le plus âgé des trois officiers, qui était en train d'inspecter le salon, courut jusqu'au cellier, et voyant son collègue en difficulté, il tira sans hésiter une balle dans la tête de Jeffrey.

« C'était moins une ! » dit le jeune policier en repoussant le corps sur le côté, sans voir que le petit Olivier, tapi dans l'ombre, était sur le point d'attaquer. Il s'avança tout doucement, sans bruit, et lui bondit dessus pour lui mordre le mollet. Le policier hurla comme un damné et, dégainant son arme, tira aussitôt. Le petit corps s'étant affalé sur sa jambe, il le repoussa immédiatement à grands coups de pieds, tandis que le plus ancien des agents s'accroupit pour observer la plaie qu'il lui avait faite au mollet.

Le collègue qui était à l'étage, alerté par les coups de feu, descendit et découvrit les corps. Il les examina rapidement, puis questionna Cindy.

« Madame, pourquoi étaient-ils dans votre cellier ?
– Je n'avais pas le cœur à les quitter... répond-elle, un peu désorientée.
– Pardon ?! fit l'officier, désarçonné par cette réponse.
– Oui, il fallait que nous restions ensemble...
– Ensemble ? » répéta-t-il, avec un air dubitatif.

Il se baissa pour examiner les corps de plus près.

« Mais votre mari présente des blessures à l'arme blanche, et votre.... Nom de Dieu ! Le gamin présente deux blessures par balles de gros calibre ! »

Choqué, il regarda son collègue puis voulut s'adresser à Cindy, quand il constata en se tournant qu'elle n'était plus là. Elle avait profité du fait que les agents étaient tous occupés à passer au peigne fin la scène de crime pour prendre la tangente.

« Merde ! Elle s'est tirée ! » cria-t-il en se précipitant dehors. Il ne vit aucune trace d'elle et prit donc son talkie-walkie, pour informer le Central de la situation, en fournissant une description détaillée de Cindy, afin qu'un mandat d'arrêt soit lancé à son encontre pour le triple homicide de son conjoint et ses deux enfants.

« À ton avis, elle les a tués avant ou après qu'ils aient été contaminés ? demanda le plus jeune officier au plus ancien, les yeux rivés sur les cadavres ensanglantés.
– Je ne sais pas. On verra bien ce que dit le légiste. »

Avant de quitter les lieux, ils prirent une photo de Cindy dans un des cadres accrochés au mur, pour la transmettre au commissariat, en vue du signalement.

Plus tard dans la soirée, le légiste rendit ses conclusions : deux des victimes étaient infectées avant leur mort. Toutefois, la cause du décès des deux sujets âgés de quatre et six ans était des blessures par balles de calibre 12, et pour le troisième, âgé de 32 ans, une blessure par arme blanche au cœur. Ce n'était donc ni l'attaque par le porteur du virus ni le virus lui-même qui les avait tués.

Pour échapper à la police, Cindy avait couru sans relâche – aussi longtemps que ses poumons et ses muscles le lui permirent – et s'était arrêtée à proximité du jardin des Tuileries, où elle emprunta des petites rues, afin de ne pas prendre le risque de se faire remarquer. Après son effort physique soutenu, elle commençait à avoir soif, et lorsqu'elle passa devant un petit café qui avait l'air tranquille, elle décida d'y entrer. Pour rester discrète, elle s'installa à une table du fond, puis commanda un café au lait. Le regard fixé sur sa boisson, elle se demandait ce qu'elle allait bien pouvoir faire maintenant qu'elle était sûrement recherchée par les services de police. La serveuse, notant son air soucieux et son désespoir ainsi que ses hématomes, vint près d'elle et lui demanda si elle souhaitait quelque chose d'autre, ou si elle avait besoin de parler un peu. Les yeux toujours rivés sur son café au lait, elle lui fit un petit signe négatif de la tête. Quelques larmes vinrent s'écraser sur la table, Cindy ne pouvant plus contenir ses émotions. En la voyant pleurer, la serveuse eut envie de la réconforter. Elle se leva puis revint vers elle en lui tendant un fondant au chocolat qui émoustilla les papilles de Cindy. La serveuse se mit à lui vanter les mérites du gâteau au chocolat en période douloureuse, et Cindy, amusée par ses propos, en prit une bouchée. Elle n'avait pas menti : c'était vraiment délicieux et apaisant. Les deux femmes discutèrent de choses et d'autres jusqu'à ce que la serveuse fasse une autre remarque amusante qui fit rire Cindy aux éclats. Elle rit si fort qu'elle projeta malencontreusement un petit bout de gâteau sur la joue de celle-ci. Les rires redoublèrent, au point que certains clients se retournèrent pour voir ce qui se passait. Leur fou-rire ne s'arrêta que lorsqu'un homme demanda à la serveuse, qu'il appela Élina, d'allumer la télévision, avec un air grave. Cette dernière s'exécuta sans poser de questions, et tout le monde dans le café, y compris Cindy, se mit à suivre silencieusement les informations télévisées qui évoquaient des « guerres » et des « morts-vivants ». Cindy comprit alors pourquoi sa famille s'était relevée après qu'elle les avaient… Elle mit instantanément son esprit sur pause, s'interdisant de penser à CE mot.

L'attention de Cindy se porta sur un jeune homme en costume qui se dirigeait vers la sortie. Lorsque l'homme quitta le café, elle replongea le regard dans sa tasse de café vide, puis redressa la tête en entendant quelqu'un taper sur la vitrine du café. Des hurlements s'ensuivirent. Quand elle regarda en direction de la vitrine, elle ne saisit pas tout de suite ce que le jeune homme essayait de dire. Il gesticulait dans tous les sens et criait, mais elle n'entendait pas distinctement ses mots. Elle ne comprit la situation que lorsqu'un individu sauta sauvagement sur l'homme au costume. Du sang gicla sur les vitres… *Encore du sang…* pensa-t-elle avec dégoût. Le malheureux criait tellement fort, tandis que la chose lui déchiquetait la main, que Cindy se boucha les oreilles pour échapper à la réalité. La peur s'immisça en elle. En proie à une panique profonde, elle resta immobile un bref instant, totalement tétanisée. Puis elle vit Élina qui, depuis le fond de la salle, lui faisait signe de la rejoindre.

Deux autres clients, qui s'étaient avancés vers la devanture, se rapprochaient à présent d'elle et Élina, marchant à reculons vers le fond de la salle.

« Oh, merde ! » fit l'un d'eux.

Cindy tourna les yeux vers l'homme qui venait de prononcer ces mots, en se demandant ce qui pouvait bien lui faire dire ça. Elle suivit son regard et aperçut au loin des ombres qui se dirigeaient droit sur le café. À la vue de cette masse sombre et mouvante qui, comme une lame de fond, semblait sur le point de s'abattre sur eux, Cindy se rigidifia. Plongée dans une sorte d'état second, elle n'entendait plus rien de ce qui se disait autour d'elle, jusqu'à ce qu'Élina la bouscule. Le heurt lui remit les idées en place, et elle suivit la serveuse qui se dirigeait en courant vers une porte, au fond du café. En entrant dans la minuscule pièce couleur chocolat sur laquelle donnait la porte, Cindy se retrouva cloîtrée avec d'autres clients. Un peu plus tard, elle vit Élina refermer la porte de façon brusque, comme si quelque chose lui avait fait peur. D'après ce qu'elle avait pu comprendre, l'une de ces choses aurait surpris la serveuse en train de les regarder derrière la porte entrouverte, et arriverait dans leur direction. Cette version fut vite confirmée par les coups violents qui retentirent sur la porte en bois. Élina appuyait de toutes ses forces son dos contre celle-ci pour empêcher la créature d'entrer, quand l'homme qui avait juré une minute auparavant, eut l'idée de renverser une armoire à étagères devant la porte afin de bloquer l'accès. Élina eut tout juste le temps de se décaler, manquant de se faire écraser au passage. L'homme empila ensuite tout ce qui pouvait l'être sur l'armoire renversée, afin d'avoir un rempart supplémentaire contre les monstrueuses créatures. Coincés dans cette petite pièce, ils se placèrent tous au centre, collés les uns aux autres, jusqu'à ne former plus qu'un. Ils n'avaient d'autre option que d'attendre…

VI

22 septembre – 19h41

Dans le sous-sol de la bijouterie, Cindy tient Rob en joue sous le regard affolé d'Henriette qui se tient juste à côté d'elle. Jo fait signe à cette dernière de le rejoindre sur le canapé. Terrorisée, la vieille femme se dirige vers lui à pas lents, et se réfugie dans ses bras. « Je suis navré. Si j'avais su ce qui se passerait, je ne serais jamais venu vous voir pour vous demander l'hospitalité » lui murmure-t-il à l'oreille. Elle lui tapote le dessus de la main et le regarde avec tendresse. « Je le sais très bien, et je ne vous en veux pas le moins du monde. Elle, par contre, c'est autre chose ! Braquer une arme, comme ça, chez les gens : ça ne se fait pas ! » s'indigne-t-elle.

Cindy ne sait pas trop comment gérer la situation, et se sent prise au piège. *Que vais-je bien pouvoir faire maintenant ?* se demande-t-elle, tandis qu'Ulrich continue de la fixer sans laisser transparaître ne serait-ce qu'un soupçon de peur.

« Que vas-tu faire maintenant ? demande Jo à Cindy.

– Je ne sais pas encore.

– Baisse ton arme. Tu ne vas quand même pas nous tuer ? poursuit Jo.

– Je ne sais pas… Enfin, non ! répond-elle en secouant la tête comme pour remettre ses idées en place.

– Tu ne sais pas ?! répète Élina surprise et peu rassurée.

– Taisez-vous ! ordonne Cindy.

– Mais tu…

– J'ai dit, taisez-vous ! hurle-t-elle.

– Pourquoi les avoir tués ? » lui demande soudain Ulrich, d'un ton très calme.

– À ton avis ! Mon visage ne te dévoile-t-il pas les raisons de mon geste ? répond-elle sèchement, tout en désignant son œil encore gonflé suite aux coups de son défunt mari.

– Si, bien sûr, et je te trouve à cet égard des circonstances atténuantes, mais je ne parlais pas de ton mari. Pourquoi tes deux fils ?

– Tu as tué tes propres enfants ?! s'écrie Jo hors de lui.

– Je… Je…

– Tu, quoi ?!

– Tu ne peux pas comprendre ! crie-t-elle, presque hystérique.

– Explique alors !! »

Cindy se met à raconter toute son histoire, tentant maladroitement d'expliquer, voire d'excuser, son geste. Personne n'ose l'interrompre, de peur que la folie qui l'avait déjà habitée lors des meurtres qu'elle avait commis la reprenne. Son récit terminé, Jo se lève d'un bond, et arpente la pièce, nerveusement, en lançant par moment des regards noirs à Cindy. Lorsqu'il s'arrête face à elle, il la regarde avec les larmes aux yeux, et se met à lui hurler dessus.

« Tes enfants ! Bordel de merde !
– Comprends-moi, s'il te plaît…implore-t-elle d'une voix mielleuse.
– Ah, mais je comprends ! Tu es une grande malade ! Ton mari passe encore, mais pas tes enfants, bordel ! C'est inexcusable ! Tu es un monstre, Cindy !!
– Ne dis pas ça ! Pas toi, Jo ! Je t'en supplie ! Toi, plus que n'importe qui ici, doit essayer de me comprendre...
– Doucement Jo. Calme-toi, s'il te plaît, intervient Ulrich tout en gardant un œil attentif sur Cindy.
– Me calmer ?! Te comprendre ?! Impossible ! Tu me donnes envie de vomir ! »

Blessée par ses propos, Cindy fond en larmes et se replie sur elle-même, en murmurant des choses à voix basse. Elle parle d'ailleurs si bas que personne n'arrive à comprendre ce qu'elle dit. Ulrich l'observe, avec une pointe d'inquiétude, car elle semble en proie à un épisode psychotique. Il espère qu'elle va finir par lâcher son arme.

Lorsqu'elle se redresse, elle essuie ses larmes, et regarde Jo avec tendresse, avant de grimper à l'échelle sans dire un mot. Quand elle ouvre la trappe et pénètre dans la bijouterie, Ulrich s'empresse d'aller la rejoindre, suivi d'Élina et de Jo. Ils voient Cindy en train d'essayer d'ouvrir la porte pour quitter la boutique, mais celle-ci est fermée à clef. Ulrich s'approche d'elle et tente de la dissuader de partir, lui conseillant de rester avec eux pour sa survie.

« Les clefs ! exige Cindy sans même tourner les yeux vers lui.

– Si on ne te les donne pas, tu seras bien obligée de rester ! Et puis de toute façon, tu vas faire comment dehors toute seule ?! lui répond Élina.

– Je peux me débrouiller, ne t'en fais pas pour moi ! Quant aux clefs, si je ne les ai pas dans moins de cinq minutes, je casse la vitre, et plus rien ne vous protègera de ces zombies ! Alors, vous préférez quoi ?! »

Élina, à court d'arguments, reste silencieuse, tandis que Jo passe à côté d'elle et tend les clefs à Cindy qui s'en empare sans le regarder. Elle déverrouille la porte, et sort de la boutique en la claquant derrière elle.

Dehors, Cindy ne sait pas trop vers où aller, et balaye la rue du regard à la recherche d'une solution. Elle est étonnée de voir qu'aucun mort-vivant n'est présent pour l'accueillir. Quand elle entend Ulrich, depuis la porte entrouverte de la bijouterie, l'interpeller et tenter à nouveau de la convaincre de ne pas rester seule, elle se retourne et lui crie qu'elle ne reviendrait pas sur sa décision. Soudain, elle lit la terreur sur le visage d'Ulrich, et sent alors la peur s'insinuer en elle et longer toute sa colonne vertébrale. Plus angoissant encore, elle voit Jo, prêt à se précipiter à sa rencontre, lui hurler de rentrer. Tétanisée, Cindy est incapable de réagir et reste paralysée au milieu de la rue. Ulrich place son bras en travers de la porte pour empêcher Jo de sortir de la bijouterie, et s'élance à sa place à l'extérieur pour aider Cindy. Dans un élan très énergique, il la propulse contre un mur, lui évitant de justesse l'attaque d'un mort- vivant qui était tapi dans l'ombre d'une ruelle. Hébétée, Cindy assiste à une lutte qui lui semble sans fin entre Ulrich et le zombie, mais ne parvient toujours pas à réagir. Jo et Élina sortent à leur tour de la bijouterie en courant pour venir en aide à Ulrich. Ils agrippent le mort-vivant par derrière et le tire de toutes leurs forces, jusqu'à lui faire lâcher prise. Le zombie ayant perdu l'équilibre, il chute sur le dos, et Jo - en proie à une rage destructrice - en profite pour lui écraser le visage à grands coups de talons.

Quand il se calme enfin et reprend ses esprits, Jo constate qu'Élina – avec l'aide de Rob qui les avait rejoints en entendant les hurlements – avait traîné Ulrich, toujours inconscient, à l'intérieur de la bijouterie. Avant d'aller les retrouver, il regarde autour de lui à la recherche de Cindy, afin de la mettre elle aussi à l'abri, mais ne la voit pas. Il en conclut avec écœurement qu'elle avait dû s'enfuir sans les aider, et sans même demander des nouvelles de l'homme qui lui avait sauvé la vie. Jo se sent profondément déçu et est furieux à double titre : contre elle, bien sûr, mais aussi contre lui pour s'être fait berner si facilement.

« Ne recroise jamais mon chemin ! crie-t-il dans la rue, comme si elle pouvait encore l'entendre. Et un conseil : si par malheur tu me vois à nouveau, fuis ! »

Amer, il regagne la bijouterie, et s'enquiert auprès d'Élina de l'état d'Ulrich. Elle est penchée sur celui-ci, en train d'examiner sa tête qui, dans sa chute, avait heurté assez violemment le bord du trottoir. « À ce niveau, tout à l'air d'aller ! » répond-elle, soulagée. Elle continue son examen, et s'arrête au niveau de l'avant-bras droit d'Ulrich. En relevant la manche, elle sent quelque chose de chaud et de visqueux sous ses doigts. « Du sang ! » s'exclame-t-elle, avec inquiétude. Elle constate en tâtant le bras la présence d'une blessure ouverte, mais n'ose pas tout de suite regarder la plaie de plus près, par peur qu'il s'agisse d'une morsure. Puis prenant son courage à deux mains, elle saisit la lampe torche de Rob et la dirige direction de la blessure pour en déterminer le type. Quelques secondes lui suffisent pour faire son diagnostic, et elle s'effondre aussitôt en larmes sur le torse d'Ulrich. Quand Jo s'approche d'elle, elle n'a pas la force de parler, et se contente de soulever le bras d'Ulrich pour lui montrer la morsure. Jo, en voyant ça, se met à faire les cents pas dans la boutique, et à frapper violemment dans un mur en proférant des injures. Rob le rejoint, et tente de l'empêcher de se faire mal. Jo, trop en colère, le repousse doucement, mais Rob réitère et le serre contre lui. Fermement maintenu, Jo finit par cesser de s'agiter et se met à pleurer dans les bras de son ami.

Élina attend une petite minute que Jo se reprenne, et suggère de descendre Ulrich dans l'abri souterrain pour essayer de le soigner, afin de lui éviter de trop souffrir avant de savoir quoi faire exactement. Rob et Jo accueillent favorablement l'idée, malgré les risques, et le transportent tant bien que mal jusqu'en bas, où ils l'allongent sur le canapé. Élina s'approche de lui, et commence par nettoyer la blessure, ce qui se révèle plus difficile que prévu puisque le sang ne cesse de couler. Après avoir réduit l'hémorragie, elle désinfecte la plaie, la suture, et termine par un bandage bien serré.

Une heure plus tard, Ulrich n'a toujours pas repris connaissance. Élina le veille toujours, et inquiète, elle essaye de faire baisser la fièvre qui l'a gagné, à l'aide d'un torchon humide qu'elle lui passe sur le front. Henriette – qui s'était endormie comme tout le reste du groupe – est réveillée par un mauvais rêve, et en ouvrant les yeux, elle découvre Élina au chevet d'Ulrich. Constatant que la jeune femme a l'air épuisé, elle se lève et vient s'installer à ses côtés.

« Vous devriez aller vous allonger dans le lit pour vous reposer un petit moment, lui dit-elle avec douceur.
– Je vous remercie, mais je dois rester pour surveiller son état.
– Je vais m'en occuper.
– Je ne veux pas vous offenser, Henriette, mais vous ne saurez pas comment vous y prendre.
– Ma chère, vous parlez à une dame qui a été infirmière

pendant la Seconde Guerre mondiale ! Alors, je pense pouvoir m'en sortir ! répond-elle avec un large sourire.

– Oh ! La ! La ! Je ne savais pas ! Veuillez m'excuser. Mais cela vous fait quel âge, du coup ?

– J'ai arrêté de compter à partir de mes 80 ans ! Et puis on ne demande jamais son âge à une dame ! la taquine-t-elle.

– C'est vrai. En tout cas, j'aimerais être comme vous à cet âge inconnu ! »

Élina se relève difficilement car ses jambes sont engourdies, et va s'allonger sur le lit, appréciant à leur juste valeur le relâchement de ses muscles et le confort du matelas. Avant de sombrer dans le sommeil, elle jette un dernier coup d'œil sur Henriette qui s'assoit sur le canapé et soulève délicatement la tête d'Ulrich pour la poser sur ses genoux. En la regardant lui caresser la joue, et le bercer tout doucement en chantonnant, Élina se dit qu'Henriette incarne à la perfection le rôle de la grand-mère bienveillante. La berceuse destinée à Ulrich permet à la jeune femme de plonger rapidement dans un sommeil profond.

Lorsqu'elle émerge, entrouvrant à peine les yeux, Élina est déboussolée et ne sait pas combien de temps exactement elle est restée assoupie. Elle est oppressée par une masse qu'elle sent serrée contre elle, et la main imposante qui lui recouvre la bouche l'empêche de respirer normalement. Elle tente de bouger, mais la masse l'en empêche. Comprenant que le fait de se débattre ne servirait à rien, Élina capitule et cesse de s'agiter. Elle ouvre les yeux en grand et voit qu'Ethan et Anna dorment toujours dans un coin de la pièce. Quand elle tourne les yeux sur le côté pour regarder l'individu qui la maintient, elle découvre qu'il s'agit de Rob, et lui lance un regard interrogateur. Il retire aussitôt la main de sa bouche, et lui fait signe de se taire. Élina ne comprend pas pourquoi, mais elle note que Rob a les yeux fixés vers le coin salon. Intriguée, elle dirige son regard dans la même direction, et voit Ulrich – ou du moins le corps d'Ulrich – à quatre pattes sur le canapé, en train de renifler Henriette de très près, comme le ferait un animal. La vieille dame, au grand étonnement d'Élina, ne bouge pas d'un pouce. *Pourquoi ne s'enfuit-elle pas ?* se demande-t-elle.

Tandis que Rob et elle observent la scène en silence, Jo – qui était monté dans la boutique pour s'isoler un peu – apparaît en haut de l'échelle, sans ne se douter de rien. Attiré par le bruit de la trappe qui se ferme, Ulrich se précipite vers lui, et quand il arrive au bas de l'échelle, le plaque au mur pour essayer de le mordre. Pris par surprise, Jo n'a pas le temps de se défendre. Il esquive de justesse deux attaques, avant de se ressaisir et d'envoyer le zombie au sol en le repoussant du pied. Tenace, Ulrich revient à la charge, en grognant et bavant comme s'il était enragé. La lutte devient de plus en plus agitée et violente, et réveille en sursaut les deux adolescents qui se recroquevillent dans un coin pour éviter d'être emportés dans la tornade. Jo et Ulrich se projettent l'un et l'autre contre les meubles, et font tomber au passage, dans un vacarme d'enfer, pratiquement tous les objets qui se trouvent dans l'abri. Lorsque les deux corps en lutte s'approchent du lit, Rob et Élina ont tout juste le temps de se jeter à terre avant que Jo et Ulrich ne prennent leur place. Grâce à son entraînement militaire, Jo réussit à éviter les nombreux coups de griffes et de dents d'Ulrich, mais il n'arrive pas pour autant à le neutraliser. Derrière eux, il aperçoit Ethan, un fusil à la main, qui s'apprête à tirer.

« Pousse-toi ! » lui crie-t-il avant de tirer et de manquer son coup. Voyant que la balle s'était logée dans le matelas, Élina décide d'intervenir : elle fonce vers Ethan, lui arrache le fusil des mains, et se met en position de tir.

« Dégage ! » hurle-t-elle à Jo qui se décale, en priant pour que la balle cette fois-ci atteigne la cible. Il entend un sifflement aigu tout près de son oreille qui se met à bourdonner, et voit le corps d'Ulrich s'avachir sur le lit. Comprenant qu'Élina avait visé juste, il se redresse et s'approche d'elle. Le fusil toujours braqué sur le corps d'Ulrich, définitivement inerte, Élina ne bouge pas. Jo baisse l'arme, et pose ses mains sur les épaules de la jeune femme pour la remercier. Quand il se rend compte qu'elle est en état de choc, il se met à la secouer vivement pour la faire réagir.

« J'ai tué Ulrich… dit-elle, les yeux dans le vide, après quelques secondes.

– Ce n'était plus lui ! Hey, tu me comprends ? »

Jo note l'air absent d'Élina, et face à son absence de réponse, il la secoue à nouveau.

« Élina ! Tu me comprends ?

– Oui, oui ! réagit-elle enfin. Je sais que ce n'était plus vraiment lui, mais… »

Un bruit de vitre brisée les interrompt brusquement. Rob se rue en haut de l'échelle et ouvre tout doucement la trappe pour voir ce qu'il se passe là-haut.

« Rien à l'horizon ! les informe-t-il.

– OK. Allons voir de quoi il s'agit ! » rebondit Jo, en faisant signe à Élina, Ethan et Anna de les attendre en bas.

En remontant, Jo et Rob s'avancent vers les bris de verre et constatent qu'ils proviennent de la grande vitrine.

« Putain ! Mais qui a pu faire ça ?! Un mort-vivant ?! interroge Rob.

– Non ! répond spontanément Jo.

– Pourquoi tu dis ça ?

– Parce que si c'en était un, il serait encore là à essayer de nous bouffer !

– Oui, c'est sûr ! reconnaît Rob. Mais alors qui ou quoi ? Et pourquoi ?!

– J'ai ma p'tite idée sur la question...

– Bah, vas-y, balance !

– Je pense à une vengeance personnelle...

– Cindy ?? Mais elle nous condamne en faisant ça ! s'exclame Rob.

– Elle le sait...

– Mon Dieu ! Je ne l'aurais jamais cru capable de ça !

– Gardons cela pour nous, d'accord ? précise Jo à Rob.

– Mais pourquoi ? s'étonne ce dernier.

– Pour ne pas stresser les autres davantage ! Les morts-vivants ; les survivants qui agressent les autres survivants ; et l'armée qui part en couille ; ça leur suffit je pense ! On ne va pas ajouter à la liste une meurtrière à nos trousses !

– Oui, tu as raison.

– Bon, descendons avant que des morts-vivants ne nous voient ! » conclut Jo.

Ils rejoignent les autres, en essayant d'avoir l'air décontractés.

« Alors, c'était quoi ? demande Anna.

– Juste la vitrine qui s'est brisée ! répond Jo, avec circonspection.

– Toute seule ? » interroge Élina, avec scepticisme.

Jo hausse les épaules pour indiquer qu'il n'en sait pas plus, et se dirige vers Henriette qui étrangement n'a pas bougé durant tout ce temps. Il touche son épaule et recule brusquement. « Élina ! Viens voir Henriette ! Je pense qu'elle a un problème ! » crie-t-il. Élina se presse vers la vieille femme, et place deux doigts sur le cou de celle-ci, pour prendre son pouls carotidien. Inquiète à l'idée qu'elle aussi se transforme en zombie, elle cherche avec frénésie une blessure sur le corps d'Henriette, mais n'en trouve aucune.

« Elle est bien morte, n'est-ce pas ? demande Jo.

– Oui, en effet ! lui répond Élina, à la fois triste et soulagée.

– C'est Ulrich qui…

– Non ! l'interrompt Élina. A priori, elle est décédée pendant son sommeil.

– Une belle mort au vu de la situation ! » ajoute Ethan.

Tous, à ces mots, le regardent avec un air surpris, mais après un bref temps de réflexion, ils acquiescent d'un hochement de tête. Élina se tourne vers le corps d'Henriette et l'allonge délicatement sur le canapé, puis demeure silencieuse à ses côtés pendant quelques minutes pour se recueillir. Alors que le silence s'insinue dans le sous-sol, des bruits de pas résonnent soudain au-dessus d'eux.

« Ils sont entrés dans la boutique ! s'écrie Ethan. Le bruit de la vitrine a dû les attirer !

– Il ne faut pas que nous restions enterrés ici ! ajoute Anna, un peu paniquée.

– Il faut élaborer un plan pour sortir de cet abri, rejoindre le palace Montéon et y entrer, le tout sans perdre qui que soit en cours de route ! » réplique Jo.

Rob s'empresse de poser un tas de feuilles vierges et deux stylos sur la table basse. Il en prend un, et tend le second à Jo, pour procéder à un brainstorming. Tous se mettent à cogiter et lancent leurs idées en vrac, lcs uns après les autres. Rob les prend en notes, et Jo les examine, en rayant au fur et à mesure celles que le groupe estime peu pertinentes. À la fin, il leur reste trois idées à départager.

« La plus envisageable et réalisable, c'est celle-ci ! dit Ethan, en pointant son doigt vers la troisième solution.

– Je ne suis pas très chaud pour retenir cette solution ! proteste Jo. Ici, l'un d'entre nous sera forcément séparé du groupe et livré à lui-même, sans aucune certitude de s'en sortir... Trop risqué !

– Et de toute façon, je ne pense pas qu'il y aura parmi nous un seul volontaire ! ajoute Rob.

– Je le suis ! déclare Ethan en levant la main, comme pour répondre à une question posée par la maîtresse d'école.

– Non, mais sérieux, Ethan ! lance Jo.

– Je suis on ne peut plus sérieux !

– Eh bien dans ce cas, j'admire ton dévouement, mais c'est moi qui le ferai ! rétorque Jo. Toi, tu es trop jeune pour mourir !

– Mais...

– Il n'y a pas de « mais », Ethan ! Reposons-nous encore quelques instants, le temps que le jour se lève, et nous mettrons le plan en œuvre au petit matin ! »

Tandis qu'au-dessus de leur tête les pas saccadés des zombies continuent à résonner, ils s'allongent tous les uns près des autres, et essayent de trouver le sommeil.

Assez vite, Anna se relève car elle n'arrive pas à dormir, à cause de l'odeur du corps en décomposition d'Ulrich qui l'incommode.

« Qu'y a-t-il ? lui demande à voix basse Élina, elle aussi éveillée.
– C'est cette odeur !
– Je vois, et même je sens, ce que tu veux dire ! C'est carrément infect ! Il se décompose beaucoup trop vite ! C'est bizarre. »

Finalement, ils se lèvent tous les uns après les autres, personne ne parvenant à fermer l'œil. Jo grimpe jusqu'à la trappe qu'il ouvre de quelques centimètres pour voir si le jour s'est levé et repérer combien de morts-vivants sont présents dans la boutique.

« Il fait presque jour ! Si vous êtes d'accord, on peut passer à l'action dès maintenant ! » propose-t-il aux autres. Personne ne s'opposant à la proposition, ils se dépêchent de remballer leurs effets personnels, et se regroupent autour de Jo pour écouter ses instructions.

« Alors : j'ai compté cinq morts-vivants qui rôdent en haut. Rob, Ethan et Élina, vous vous chargerez de les éliminer ! Anna tu monteras la garde à l'entrée, pour les prévenir s'il y en a d'autres qui se pointent, et moi, pendant ce temps, j'irai à la recherche d'un véhicule avec les clefs sur le contact. C'est bon pour tout le monde ?

– Oui ! répondent-ils en chœur.

– Alors, *go* ! »

Rob monte en premier, et dans la bijouterie, il longe le mur le plus proche de la trappe, suivi de près par le reste du groupe qui en fait autant. Rob et Élina savent que des coups de feu alerteraient tous les zombies des environs, et décident donc de ne pas se servir de leurs fusils, qu'ils gardent en bandoulière. Comme Ethan, ils ont opté pour la bonne vieille méthode du club de golf. Rob s'avance à pas feutrés vers le premier mort-vivant qu'il croise sur son passage. Profitant du fait que ce dernier lui tourne le dos, il lui explose le crâne avec un swing digne des plus grands joueurs. Élina s'occupe du deuxième en appliquant la même méthode, mais avec un peu moins de classe, et Jo enchaîne sur le troisième qui se trouve sur son chemin. Anna se positionne derrière la quatrième cible, lève son club bien haut, mais n'a pas le temps de frapper, car le zombie se retourne brusquement pour l'attaquer. Apeurée, elle court aussi vite qu'elle peut à travers la boutique, et s'efforce de ne pas hurler pour ne pas rameuter d'autres morts-vivants. Quand elle passe à proximité de Rob, celui-ci se place aussitôt entre elle et le zombie qui la poursuit, pour la protéger. Il envoie un direct dans le visage du mort-vivant, mais sent son poing passer à travers la chair putréfiée jusqu'à heurter l'os du nez – lequel sous l'impact se brise en plusieurs fragments – et ressortir de l'autre côté de la boîte crânienne du zombie. Rob reste un moment immobile, avant de prendre conscience du fait qu'il venait de traverser la tête du mort-vivant de part en part. À l'arrière du crâne, son poing est toujours fermé et recouvert de sang coagulé, de morceaux de cervelle et d'éclats de boîte crânienne qui glissent lentement sur sa peau pour venir s'écraser au sol. Rob est écœuré au point d'en avoir la nausée. Il retire lentement son bras, accompagnant son geste d'une grimace de dégoût, puis respire profondément pour éviter de vomir. Il n'a pas le temps de se remettre de ses émotions qu'il entend tout à coup Jo hurler à Ethan de revenir. Il se retourne et voit alors Ethan s'enfuir de la bijouterie, avec Jo courant derrière lui pour tenter de le retenir.

Alors qu'il est à deux doigts de rattraper Ethan, Jo se voit barrer la route par le cinquième mort-vivant présent dans la boutique. Il n'a pas le temps de réfléchir, et laissant son instinct lui dicter sa conduite, il enserre la tête du mort-vivant entre ses mains, puis lui brise la nuque en lui tordant le cou d'un coup sec, dans un bruit de craquement de vertèbres. Pressé, Jo laisse choir le mort et reprend aussitôt sa course jusqu'à l'extérieur, en appelant Ethan.

« Ethan ! Reviens ici tout de suite !
– Laisse-moi dix minutes, grand maximum ! lui crie-t-il sans s'arrêter.

– Non ! Tu rentres immédiatement ! C'est à moi de faire ça !
– Trop tard ! À tout de suite !
– Quel petit con ! » soupire Jo en rejoignant les autres à l'intérieur de la bijouterie.

Dans la boutique, il retrouve Rob, Élina et Anna au sous-sol et leur explique qu'il n'a pas pu retenir Ethan. « Laisse-le ! Il veut juste nous prouver qu'il est tout aussi capable que toi moi, ou même qu'Élina. Je pense qu'il a été vexé tout à l'heure que ce soit elle qui t'ait sauvé ! » lui dit Rob, pour le réconforter.

De longues minutes s'écoulent, et ils commencent à s'inquiéter de ne toujours pas voir revenir Ethan. Au bout d'une demi-heure, ils entendent enfin un moteur vrombir au bout de la rue, et remontent à toute vitesse pour aller voir si c'est bien lui qui est de retour. Ils voient un fourgon de transport de fonds foncer dans leur direction, et freiner juste devant la bijouterie. La vitre se baisse, laissant apparaître le visage souriant et triomphant d'Ethan.

« Alors ? Pas mal niveau sécurité, non ? Je l'ai trouvé à plusieurs rues d'ici, avec les clefs sur le contact ! Les convoyeurs devaient être pressés ! plaisante-t-il.
– Putain ! Ne refais jamais ça ! Un plan est un plan, et on doit s'y tenir ! rétorque Jo, visiblement sur les nerfs.
– Euh, sans vouloir te vexer, vieux, je suis plus jeune, plus dynamique et plus sportif que toi ! Il a fallu que je cours longtemps avant de trouver un véhicule avec les clefs dessus. Tu n'y serais jamais arrivé !
– Petit con ! » répond-il en souriant, amusé par le sens de la répartie du jeune homme.

Rob s'avance vers Ethan pour le féliciter et le rassurer quant aux réactions de Jo.

« Tu sais, s'il t'aboie dessus, c'est parce qu'il s'est inquiété pour toi et qu'il t'aime bien !
– Je sais ! » rebondit Ethan, toujours souriant.

Profitant du fait que la rue soit déserte, le groupe, à présent au complet, se rassemble devant le véhicule pour faire un point sur leur plan d'action

« C'est le moment ! Vous êtes tous prêts ? » demande Jo. Tous secouent la tête positivement. « Alors à toi de jouer Ethan ! »

Après avoir fait cette déclaration, Jo s'approche du jeune garçon et le regarde droit dans les yeux, avec tellement d'intensité qu'Ethan s'en sent intimidé. Il faut dire qu'il a énormément d'admiration et de respect pour cet homme, aussi bien pour son parcours professionnel, que son aplomb et son dévouement envers les autres.

« Je te préviens le puceau, tu as intérêt à revenir, et entier ! » lui murmure-t-il.

Ethan, touché par cette marque d'affection, lui répond par un sourire, avant de remettre le moteur en marche. « Et c'est parti ! » hurle-t-il pendant que les autres retournent se cacher. Il allume le poste radio et y insère le CD de Hard Rock qu'il avait volé un peu plus tôt dans la boîte à gants d'une veille Renault, lorsqu'il recherchait un véhicule. Il met le son à fond et commence à se secouer dans tous les sens, imitant les musiciens sur scène, puis démarre en trombe la main enfoncée sur le klaxon. Le vacarme attire des morts-vivants qui surgissent de partout et le coursent en poussant leurs hurlements d'outre-tombe. Excités par les coups de klaxon, ils atteignent des pointes de vitesse à faire pâlir les sportifs de haut niveau. Certains trébuchent, se faisant piétiner par la horde en furie, pour ensuite se relever comme si de rien n'était, et reprendre leur course. *Rien ne les arrête*, se dit Jo en observant la scène depuis la porte de la bijouterie, jusqu'à ce que la fourgonnette disparaisse à l'horizon.

La rue étant désormais débarrassée de toute menace, Jo, Rob, Anna et Élina sortent, et rasent les murs jusqu'à l'intersection avec l'artère où se trouve le palace. Au même moment, Ethan y passe avec la fourgonnette. Il ralentit pour laisser le temps aux morts-vivants de se rapprocher du fourgon et de ne pas le perdre de vue, puis redémarre en trombe dès qu'ils sont tous à ses trousses, le but étant de les tenir éloignés du palace. Jo, toujours caché, observe avec stupeur le raz-de-marée de zombies qui se dirige droit sur le véhicule, et admire la réactivité d'Ethan qui écrase l'accélérateur à fond dès qu'ils arrivent à son niveau. En quelques secondes, la rue est épurée, et le reste du groupe en profite pour s'avancer jusqu'à l'entrée principale du palace, qui est fermée par un rideau de fer. Élina tape bruyamment sur le rideau de fer pour s'annoncer, en espérant un signe de vie de son amie. Pas de réponse.

Elle se baisse alors sur le chemin de terre bordant le trottoir, ramasse quatre cailloux, puis recule jusqu'au milieu de la route. Elle lance une première pierre sur une des fenêtres du cinquième étage, en hurlant le prénom de Jess, mais n'obtient toujours pas de réponse. Elle recommence encore deux fois, avant qu'une fenêtre ne s'ouvre finalement à l'étage du dessous. Un couple se penche en direction d'Élina pour l'informer de l'arrivée imminente de Jess.

« Elle arrive. Elle descend vous ouvrir, indique la femme, en prenant soin de ne pas crier.
– Vous êtes combien là-dedans ? demande Anna.
– Quatre. »

Quelques minutes plus tard, ils entendent le bruit d'un mécanisme qu'on actionne. Après un soupir de soulagement, Élina s'avance vers l'entrée, quand elle est arrêtée par des cris : la horde de zombies est de retour au bout de la rue. Le soulagement et le calme cèdent le pas à une panique collective, tous hurlant en chœur à Jess de se dépêcher. Le rideau de fer s'ouvre jusqu'aux genoux d'Élina, et Jess passe sa tête par l'ouverture. « Vite ! Glissez-vous par-dessous ! » leur indique-t-elle.

Élina fait passer Anna la première, puis Jo se faufile sous le rideau juste après elle. Rob fait alors signe à Élina d'y aller avant lui, et s'apprête à glisser à son tour par l'ouverture quand quelque chose le retient. Alors qu'il a déjà le torse de l'autre côté, sa jambe est alpaguée par un bras qui le tire vers l'arrière avec beaucoup de force.

« Lâche-moi, saloperie ! crie-t-il en donnant des coups sur la main qui l'agrippe avec son pied libre.

– Rob ! » hurle Élina qui a fait machine arrière pour venir l'aider.

Elle lui saisit les bras, et le tire aussi fort qu'elle peut, mais elle a du mal à le tenir fermement du fait qu'il gigote dans tous les sens. Jo accourt à son tour, se glisse sous le rideau pour voir ce qu'il se passe de l'autre côté, et découvre le mort-vivant qui retient la jambe de Rob. Il essaie de la mordre, mais n'y arrive pas, grâce aux coups de pied énergiques qu'il reçoit en pleine figure. Jo sait ce qu'il lui reste à faire pour libérer Rob : il place son fusil devant lui, et tire. Il a visé la tête, mais c'est dans l'épaule du zombie que la balle se loge. S'il n'a pas réussi à le tuer, il a au moins réussi à lui faire lâcher prise sous l'effet de la surprise, permettant à Rob de ramper jusqu'à l'intérieur. Content de lui, Jo récupère son arme placée sous le rideau et pointée vers la rue, puis s'apprête à rentrer en glissant en arrière, quand il est brutalement saisi par les cheveux. Par réflexe, il s'agrippe de toutes ses forces au rideau, craignant d'être entraîné à l'extérieur et donné en pâture aux nombreux morts-vivants qui, attirés par le coup de feu, s'agglutinent devant le palace. Le zombie qui le tient par les cheveux tire si fort que Jo les sent s'arracher à la racine un à un, jusqu'à ce qu'une touffe entière reste dans la main du mort-vivant, le libérant ainsi de son emprise. Jo recule à toute vitesse, et ordonne de refermer le rideau immédiatement. Il se poste à plat ventre sur le sol marbré beige, à côté de Rob, son fusil en position de tir, au cas où l'un des zombies tenterait de rentrer. En observant les jambes décharnées de l'autre côté du rideau, il ne dénombre que deux zombies, mais en une fraction de seconde, il en distingue plus de dix. Par chance, le rideau commence à descendre, mais trop lentement au vu de l'urgence, laissant le temps à l'un des morts de se faufiler à l'intérieur jusqu'aux omoplates. Pris au piège par la descente du rideau, celui-ci se retrouve bloqué à mi-chemin, et se débat comme un diable. Furieux, il claque des dents et crache de la salive mélangée à du sang, en fixant Jo droit dans les yeux. Ce dernier sent la colère monter en lui, quand il remarque que le zombie tient dans sa main une grosse touffe de cheveux qui n'est autre que la sienne.

« Il empêche le rideau de se fermer complètement, et ça risque de faire griller le moteur du mécanisme d'ouverture et de fermeture ! » hurle un grand homme noir, debout près de Jess. Jo vise alors le visage du mort-vivant, et se concentre pour ne pas le rater. « Arrête de bouger, bordel ! » crie-t-il à sa cible. Voyant qu'il serait difficile à Jo de viser juste dans ces conditions, Rob décide d'intervenir : il crie quelque chose à l'attention du zombie, et passe sa main devant lui. « Par ici, bâtard ! » hurle-t-il, en se décalant sur le côté. Le mort-vivant, ayant reporté son attention sur Rob, cesse de gesticuler assez longtemps pour que Jo vise et tire en plein dans le mille. Après l'avoir achevé, Jo et Rob le font rouler jusqu'à l'extérieur, laissant le champ libre au rideau qui reprend sa descente. Soulagé, Jo s'affale de tout son long sur le marbre, et profite de la fraîcheur de celui-ci.

« Ils vont me manquer... marmonne-t-il, en regardant le haut plafond avec un air désespéré.

– Qui ça ? demande Jess, surprise par cette remarque.

– Mes cheveux, pardi ! »

Interloquée, Jess reste sans voix un très court instant, puis éclate de rire, suivie par les autres dans son hilarité. Taquine, Anna embrasse la partie du crâne de Jo où il manque les cheveux, ramasse la touffe laissée à terre par le mort-vivant, et entame la chanson « Amazing Grace », ce qui les fait tous pleurer de rire. Jo, amusé, se lève et l'entoure de son bras, la rejoignant, avec un grand sourire, dans ce chant funéraire dédié à ses cheveux adorés.

*

Pendant ce temps à l'extérieur, Ethan s'éclate de son côté à conduire à toute vitesse dans les rues de Paris, slalomant entre les voitures et chantant à tue-tête sur les airs de hard rock. Sa bonne humeur s'évanouit soudain, quand – en jetant un coup d'œil dans le rétro – il se rend compte que très peu de morts-vivants le suivent encore. Inquiet, il arrête de klaxonner, éteint la musique, tourne dans une petite rue sur sa gauche, puis dans une autre, pour se rendre à nouveau jusqu'à la rue du palace. Il y découvre une meute de zombies en train de taper frénétiquement sur le rideau de fer. Angoissé à l'idée que ses amis puissent avoir été pris au piège, il enclenche la première et passe tout doucement près de la horde pour voir s'il les aperçoit. En constatant qu'ils n'y sont pas, il pousse un long soupir de soulagement, et jette un coup d'œil au palace, en se disant qu'ils avaient dû réussir à s'y introduire. À cet instant, il aperçoit un couple qui – depuis une des fenêtres – lui fait de grands signes. Il baisse sa vitre, et leur demande en criant s'ils ont vu ses amis et s'ils vont bien. Le couple lui confirme que tout va bien, ce qui réjouit Ethan. Cependant, il n'a pas le temps de profiter de cette réjouissance, car il se rend compte qu'en criant, il a attiré l'attention des morts-vivants sur lui. Il fait donc demi-tour, en prenant soin d'en écraser quelques-uns au passage, et s'enfuit en roulant à vitesse moyenne pour que les zombies puissent le suivre, soucieux de dégager l'entrée pour le moment où il devra à son tour pénétrer dans le palace.

Trois pâtés d'immeubles plus loin, il pile en apercevant une femme s'élancer au milieu de la route à seulement deux mètres de son véhicule, et les deux pieds enfoncés sur la pédale de frein, réussit à s'arrêter juste avant l'impact. Les mains posées sur le capot la femme, essoufflée, lui demande de l'aide, et quand elle enlève ses cheveux de devant son visage, il reconnaît Cindy.

« Mon Dieu ! Ethan, aide-moi ! Je t'en supplie ! »

ETHAN

Ethan était un étudiant brillant qui suivait un cursus dans le commerce international. Il avait obtenu haut la main tous ses diplômes, et allait entamer sa dernière année d'études. À 24 ans seulement, la vie lui souriait déjà. Des PDG de grandes entreprises cherchaient à le convaincre de venir travailler avec eux, ce qui flattait grandement son égo. Cette reconnaissance professionnelle était aussi pour lui une sorte de revanche sur ses camarades de classe qui ne cessaient de le prendre pour tête de turc. Ethan n'avait cependant pas attendu ce moment pour montrer à ces derniers qu'il valait mieux qu'eux. Sa plus belle vengeance, il l'avait eue quand Marie, la plus sexy et intelligente des filles de la fac, l'avait embrassé devant tout le monde au réfectoire. Il connaissait Marie depuis le collège, et ayant suivi le même cursus scolaire jusqu'à la fac, ils avaient eu le temps de devenir de très bons amis. Ethan, trop intimidé par elle et sûr de se prendre une veste, n'avait jamais osé aller plus loin, jusqu'au jour où ils avaient eu un devoir commun à faire ensemble. Ils s'étaient retrouvés pour étudier dans le studio d'Ethan. C'était un studio de seulement 12 m^2, situé dans le 14^e

arrondissement de Paris, et meublé avec minimalisme : un canapé-lit bleu marine, un bureau composé de deux tréteaux et d'une planche en bouleau, une kitchenette, et un coin toilette et douche très exigu. Au bout de quelques heures à potasser, et après quelques verres de vin, Marie s'était approchée de lui, un petit sourire en coin, et lui avait demandé droit dans les yeux pourquoi il ne l'avait jamais invitée à sortir. Intimidé, il avait eu un léger mouvement de recul, et avait bégayé quelques mots qui n'avaient aucun sens. Avant qu'il ne se ridiculise davantage, elle le stoppa dans ses propos, en l'embrassant délicatement sur la bouche. Il eut le sentiment de vivre cet instant comme le plus beau moment de sa vie, et qu'elle était celle qui lui correspondait vraiment, ce qui se confirmera dans le temps.

Ethan appréciait le fait que Marie ne soit pas envahissante, et le laisse vaquer à ses occupations, sans l'oppresser. Il aimait aussi quand parfois, elle essayait de s'intéresser à ses recherches, même si elle n'y comprenait rien. Cela dit, il avait du mal à se concentrer en sa présence, car dès qu'elle était à ses côtés, il ne pouvait s'empêcher de la contempler. Il la trouvait magnifique avec ses petites fesses fermes et bien rondes, son corps menu, ses longs cheveux noirs et ses grands yeux bleus en amande. Il lui reconnaissait également de nombreuses qualités de caractère, parmi lesquelles, sa franchise. Souvent, elle lui conseillait avec tendresse de sortir un peu de sa bulle, de s'ouvrir un peu plus aux autres, de s'amuser. Elle lui disait tout ça avec bienveillance, en passant la main dans ses cheveux ébouriffés. Elle insistait surtout sur un point : il fallait qu'il arrête de s'enfermer dans sa vision simpliste du monde, où les difficultés n'existaient pas. Ethan appréciait son franc-parler, mais il ne voulait surtout pas faire ce qu'elle lui conseillait. Pourquoi l'aurait-il fait puisque sa vie était parfaite comme ça ? Il avait une perspective professionnelle encourageante, une étagère pleine de bouquins sur sa passion, à savoir l'anatomie humaine, ainsi qu'une future femme intelligente et digne des plus beaux mannequins. En définitive, la vie lui souriait à pleines dents, et il ne voyait donc pas l'intérêt d'y changer quoi que ce soit.

17 septembre – 09h05

Comme tous les matins depuis trois ans, Ethan s'était réveillé aux côtés de sa belle. En regardant sa montre, il s'aperçut qu'il allait être en retard pour son rendez-vous avec le PDG d'une entreprise d'énergie. Il se dépêcha donc de se lever, réveilla sa douce d'un baiser sur la joue, tout en enfilant son pantalon, et posa les habits de Marie sur le lit.

« Nous sommes en retard ! lui dit-il.
– Pour faire quoi ? répond-elle en s'étirant.

– Tu as oublié ?!

– Mais non, idiot ! Je plaisante ! Le réveil n'a pas fonctionné ?

– On dirait bien que non ! »

Marie se tourna vers l'appareil qui affichait « 00 : 00 » en rouge clignotant.

« Merde, y a sûrement eu une coupure d'électricité cette nuit. Tu dois y être à quelle heure ?

– 10h30. Si tu es trop fatiguée, tu peux rester ici.

– Non, non, non ! dit-elle en se levant et en commençant à enfiler ses vêtements. Je te soutiendrai jusque là-bas !

– Merci, ma *bella*. »

L'entreprise dans laquelle il avait rendez-vous n'étant pas très loin de son logement, ils décidèrent d'y aller à pied. Sur le trajet, ils flânaient, regardaient les boutiques, et parlaient de ce que serait leur avenir s'il avait un accord de principe pour pouvoir occuper ce poste à la fin de son année d'étude. En arrivant devant la tour qui abritait les locaux de la fameuse entreprise, ils se prirent tendrement dans les bras.

« Courage mon cœur ! Ils vont t'adorer !

– Je sais qu'ils vont m'adorer, mais moi, vais-je les apprécier ? Là est la question ! » dit-il en lui faisant un clin d'œil.

Il l'embrassa et gravit les escaliers menant jusqu'au hall, mais au moment où il allait entrer dans le bâtiment, Marie l'interpella.

« Ethan !

– Oui, ma *bella* ? répond-il en se retournant sur la dernière marche.

– Tu ne trouves pas qu'il y a quelque chose de bizarre aujourd'hui ? »

Il releva le nez et inspecta les environs.

« Si. L'ambiance est pesante, et peu de gens sont présents dans les rues.

– Oui, c'est ça.

– Si tu préfères, viens attendre à l'intérieur !

– Oui, je te suis ! » s'exclama-t-elle en grimpant les marches jusqu'à lui.

Ils entrèrent tous deux dans le hall magistral, entièrement fait de marbre gris, et Marie s'assit sur un des canapés d'attente, regardant par la fenêtre avec un soupçon d'inquiétude. Ethan quant à lui se dirigea vers l'hôtesse d'accueil qui n'avait pas l'air très fraîche, avec ses vêtements débraillés, et son chignon qui n'était ni fait ni à faire. Il nota aussi qu'elle transpirait comme un catcheur après un combat, qu'elle respirait difficilement, et que ses yeux étaient injectés de sang.

« Excusez-moi, Madame. Je dois m'entretenir avec Monsieur SANY à 10h30. »

Après un long et dégoûtant reniflement, l'hôtesse se décida à lui répondre.

« Très bien, Monsieur. Je l'avertis de votre arrivée. »

Ethan alla rejoindre Marie en attendant, et en s'asseyant près d'elle, lui fit un clin d'œil. Il lui demanda de se retourner discrètement vers l'hôtesse, et lorsqu'elle découvrit la femme au guichet, elle ne put s'empêcher de rire, en esquissant une grimace et en lançant à Ethan un regard complice.

Monsieur SANY arriva assez rapidement, et demanda à Ethan de bien vouloir le suivre. Marie, elle, resta à sa place, jonglant du regard entre l'hôtesse et l'extérieur. Elle trouvait que quelque chose ne tournait pas rond, et sentait qu'un terrible événement se préparait.

« Excusez-moi. Pourriez-vous m'indiquer à quel étage se trouve le bureau de Monsieur SANY ? demanda-t-elle à l'hôtesse.
– Oui, bien sûr. Il est au neuvième étage.
– Merci beaucoup. »

À peine avait-elle fini de prononcer ces mots qu'elle vit une troupe de militaires passer devant l'immeuble. L'un d'eux pénétra dans le hall pour leur ordonner de tout verrouiller et de ne sortir sous aucun prétexte. L'agent de sécurité de la tour obéit sans poser de questions, et verrouilla toutes les portes. Marie, voyant son mauvais pressentiment confirmé, commençait à paniquer ; elle avait besoin de voir Ethan au plus vite.

« Madame, pourriez-vous appeler Monsieur SANY et me passer l'homme qui est en entretien avec lui. Ethan, il s'appelle Ethan !

– Mais, Mademoiselle, je ne…

– Faites-le, je vous en prie, c'est de la plus haute importance ! »

Devant l'insistance de Marie, l'hôtesse composa le numéro et lui passa le combiné. Personne ne répondit.

« Allez ! Réponds ! » murmura Marie qui sentait les larmes lui monter aux yeux, sans qu'elle ne sache vraiment pourquoi elle se trouvait dans cet état.

Tandis qu'elle écoutait avec angoisse la sonnerie se répéter dans le vide, elle vit Ethan sortir en trombe d'un des ascenseurs.

« Il faut qu'on se tire d'ici, et vite ! hurla-t-il, en pressant le pas en direction de la sortie.

– Des militaires sont passés et nous ont dit de nous enfermer et de ne surtout pas sortir ! le retint Marie.

– Mais si on reste ici, nous sommes tout aussi morts !

– Quoi ? Mais pourquoi ?! De quoi parles-tu ? »

Ethan n'eut pas le temps de dire quoi que ce soit qu'un homme en tenue de jogging s'éclata contre la porte vitrée du hall qu'il essaya d'ouvrir, en appelant à l'aide. L'agent de sécurité s'avança pour le laisser rentrer, mais Ethan lui ordonna de ne pas le faire, en lui montrant du doigt quelque chose, juste derrière l'homme dehors. L'agent et Marie regardèrent dans la direction pointée par Ethan, et virent au moins cinq personnes – qui étaient de toute évidence malades – se jeter sur le jogger et le démembrer en moins de deux, avant de se mettre à manger goulûment les membres arrachés. Marie, choquée, fit quelques pas vers une plante verte et vomit dans le pot.

« Tu vois, il faut qu'on reste à l'intérieur ! dit-elle à Ethan en s'essuyant la bouche avec sa manche.

– Mais c'est pareil ici !

– Quoi ?!.

– Oui ! Quand je suis monté, tout semblait normal, même si on entendait par moment des bruits un peu bizarres, comme des coups. Mais à un moment, j'ai vu un des employés passer devant le bureau de monsieur SANY, en courant. Il était poursuivi par un autre employé ! Monsieur SANY s'est levé pour aller dans le couloir et leur demander de se calmer, mais il n'a pas eu le temps de dire un mot qu'un de ses salariés s'est jeté sur lui, lui a ouvert grand la bouche, et lui a arraché la langue avec ses dents pour ensuite la manger ! Plein d'autres employés couraient dans tous les sens, en hurlant et grognant, comme s'ils étaient tous devenus fous ! Alors j'ai couru en direction d'un ascenseur vide qui était sur le point de se refermer, et dans lequel j'ai pu me glisser in extremis pour redescendre.

– Mais qu'allons-nous faire ? gémit Marie, complètement sidérée par le récit d'Ethan.

– Je ne sais pas encore... »

Derrière eux, l'agent de sécurité se mit à hurler. Quand ils se retournèrent, ils virent l'hôtesse au milieu du hall, à califourchon sur lui. Elle était en train de mordre à pleines dents dans ses pectoraux, tirant jusqu'à ce que des pans entiers de peau s'arrachent.

Affolés, ils se réfugièrent aussitôt derrière l'accueil, et attendirent, en espérant qu'elle ne revienne pas à la place qui en temps normal était la sienne. Ethan releva légèrement la tête, et vit l'hôtesse relever la tête en reniflant l'air. *Mais que peut-elle bien flairer ?* se demanda-t-il. Quand elle se dirigea vers eux, il eut le réflexe de mettre sa main sur la bouche de Marie afin qu'elle ne fasse pas le moindre bruit. Les mains ensanglantées de l'hôtesse se posèrent sur le comptoir de l'accueil, et prenant appui sur celui-ci, elle commença à se pencher pour regarder derrière, quand une porte claqua et détourna son attention. Une femme en tailleur déboula dans le hall en criant, et se dirigea directement vers la sortie – toujours condamnée – sans voir l'hôtesse. Elle se mit à secouer les portes de toutes ses forces en les suppliant de s'ouvrir, et ne remarqua pas immédiatement que l'hôtesse arrivait droit sur elle. C'est quand celle-ci poussa un hurlement primitif, qu'elle prit conscience du danger, et réagit. Elle esquiva de justesse l'hôtesse qui lui avait bondi dessus, et repartit à toutes jambes en direction de la porte par laquelle elle était arrivée, avec l'hôtesse à ses trousses. Les cris et grognements s'éloignaient des oreilles d'Ethan et de Marie.

« Il faut qu'on sorte, murmura Ethan.

– OK.

– Reste ici. Je reviens. »

Il s'approcha du corps de l'agent de sécurité, et chercha dans ses poches les clefs qui ouvrent les portes du hall. Dès qu'il les trouva, il s'empressa d'aller les déverrouiller. Constatant qu'il n'y avait plus de personnes dangereuses devant l'entrée ni dans les environs, il appela Marie qui le rejoignit à toute vitesse. Dès qu'ils furent dehors, ils se retournèrent à cause d'un bruit sourd qui retentit derrière eux. L'agent de sécurité s'était relevé et était venu se plaquer contre la vitre pour tenter de sortir, griffant la surface transparente comme s'il les griffait eux.

Sans savoir vers où aller, ils se mirent à courir le plus vite possible, et s'arrêtèrent à bout de souffle non loin d'un hôpital. « Regarde ! Des militaires ! On va les rejoindre ! » s'écria Ethan. Ils n'avaient pas fait deux pas, que ces derniers se mirent à tirer sur la foule, pour abattre des personnes qui couraient droit sur eux. En plus des coups de feu, ils entendirent des explosions retentir, et comprirent que c'était la guerre là-bas.

« Où allons-nous aller maintenant ? » demanda Marie, avant de se mettre à crier de douleur.

Quand Ethan se retourna, il vit au sol un homme – dont les deux jambes n'étaient plus que des lambeaux de chair et de muscles – en train de mordre la cheville de Marie. Il lui mit immédiatement de grands coups de talons sur le crâne, jusqu'à lui faire lâcher prise. Sans demander son reste, il entraîna Marie dans une ruelle, et l'aida à s'asseoir sur le trottoir pour regarder sa blessure.

« Je vais devenir comme l'agent de sécurité ? demanda Marie, les larmes aux yeux.
– Non !
– Ethan, écoute-moi. Si je deviens comme lui, tue-moi !
– Mais non ! C'est impossible ! Tu ne peux pas…
– Tu le feras ?! Promets-le-moi !
– Mais…
– Promets-le-moi !
– Promis. Mais rien ne prouve que cela soit contagieux.
– Si tu le dis... On verra bien, mais pour le moment, il faut que tu trouves un endroit où on pourra se mettre à l'abri ! Moi, je t'attends ici. »

Ethan aurait voulu rester auprès d'elle, mais il savait que Marie avait raison : ils devaient se trouver un refuge, et puisqu'elle aurait du mal à marcher avec sa cheville blessée, c'était à lui qu'incombait cette mission.

En quittant la ruelle, il entendit quelqu'un le siffler, et fit volte-face. Un policier lui fit un signe pour lui indiquer de le rejoindre, et Ethan avança jusqu'à lui, curieux de savoir ce qu'il lui voulait. « Rentre ! Tu seras en sécurité ici ! » lui dit-il, tout en désignant le portail devant lequel il était posté. Ethan ne fit aucune référence à Marie – car il se doutait que le policier n'aurait jamais accepté de les laisser rentrer en la sachant blessée – et suivit l'homme en silence. Après avoir traversé un long couloir, ils arrivèrent dans une salle où se reposaient d'autres officiers auxquels Ethan fut brièvement présenté. L'accueil fut plutôt froid, mais le jeune homme s'en fichait pas mal : sa seule préoccupation, c'était Marie…

Le policier qui l'avait accueilli l'invita à prendre place dans un fauteuil, et lui conseilla de s'y reposer un peu. Ethan s'installa et eut un sursaut quand la télévision s'alluma toute seule. Toutefois, il se détendit en s'apercevant que c'était lui qui s'était assis par inadvertance sur la télécommande et avait appuyé sur le bouton « on ». À l'écran, des intervenants des quatre coins du monde donnaient des informations sur la situation dans leur pays. *La contamination est mondiale !* pensa-t-il, horrifié. Il éteignit la télévision, car il ne voulait pas en savoir plus pour le moment et surtout parce qu'il n'avait pas le temps pour ça. Sa priorité était de trouver un abri pour Marie, et il avait hâte d'aller la retrouver. Il dut cependant attendre que tous les policiers vaquent à leurs occupations pour sortir dans la cour et chercher un passage par lequel il pourrait faire passer Marie sans qu'elle ne soit vue. Il passa l'endroit au peigne fin, mais ne découvrit aucune ouverture, et retourna donc dans le commissariat, en quête d'un outil qui pourrait l'aider à en créer une. En fouillant discrètement, il tomba sur une grosse pince coupante ainsi que du fil de fer dans une armoire. *Parfait !* se réjouit-il intérieurement en s'en emparant. Il se rendit à nouveau dans la cour, et sectionna un bout de clôture avec la pince. Il prit soin de vérifier que personne ne pouvait le voir, et se faufila rapidement par l'ouverture, pour aller rejoindre Marie.

Lorsqu'il revint dans la ruelle où il l'avait laissée, elle était toujours assise au même endroit, adossée au mur, la tête entre ses mains. Elle pleurait, isolée dans son désarroi et comme déconnectée de ce qui se passait autour d'elle. Quand il lui toucha le bras, elle sursauta et leva la tête vers lui.

« Mon Dieu, c'est enfin toi ! sanglota-t-elle en se redressant et en le serrant dans ses bras.
– Viens avec moi ! J'ai trouvé un endroit ! Par contre, il faudra que tu sois super discrète. Tu comprends pourquoi ?
– Oui, je comprends. »

Il mit son bras autour de son cou, la saisit par la taille, et l'aida à marcher jusqu'au commissariat. Une fois qu'ils furent dans la cour, Ethan prit soin de réparer la clôture avec le fil de fer qu'il avait trouvé dans l'armoire, pour que personne ne s'aperçoive du trou.

« Attends-moi là ! » lui dit-il, une fois ce rafistolage terminé.

Il entra dans le commissariat comme si de rien n'était, et demanda aux agents s'il y avait une pièce de libre qu'il pourrait utiliser pour étudier. L'un des policiers – Ulrich de son prénom – lui fit remarquer avec ironie qu'il ne voyait pas bien ce que le garçon pouvait vouloir étudier par les temps qui courent.

« Ces choses dehors ! répondit Ethan sans sourciller.

– Tu ne comptes pas en ramener ici, hein ? Sinon, tu dégages illico ! le prévint-il.

– Non, pas du tout ! Rassurez-vous. Je compte les autopsier dehors, et simplement en ramener des échantillons pour les examiner ici.

– Les autopsier ?! Mais pour quoi faire ?

– Simple curiosité ! Et qui sait : je pourrais peut-être découvrir quelque chose d'utile…

– OK. Fais comme tu veux, tant que tu ne nous mets pas en danger ! précisa Ulrich. Il y a une pièce tout au fond, à côté de la porte de la salle de douche. Il n'y a plus rien d'utile à l'intérieur, donc tu peux te l'approprier.

– Génial ! Merci beaucoup, c'est très sympa !

– Ouais, ouais, répondit-il, en levant mollement une main, en signe de lassitude.

– Une partie de cartes ?! » proposa un autre policier, prénommé Stéphane.

Tous se réunirent autour de Stéphane qui commença à distribuer les cartes, ce qui laissait le champ libre à Ethan pour aller chercher Marie et l'emmener, très silencieusement, dans la pièce du fond que lui avait indiquée Ulrich.

Lorsqu'il pénétra dans la pièce en question, accompagné de Marie, il eut le plaisir de découvrir qu'il s'agissait de l'infirmerie. « Ça ne pouvait pas tomber mieux ! » dit-il en recensant rapidement le matériel à disposition. Il y avait des ustensiles médicaux, une table d'examen munie de sangles, et une armoire à pharmacie dans laquelle il restait quelques médicaments.

Ethan installa délicatement Marie sur la table, lui donna quelques médicaments, en ayant bien pris soin de lire la notice avant, puis nettoya sa plaie. Il resta enfermé plusieurs heures avec elle, et voyant son état se dégrader, il ne put retenir ses larmes. Il savait bien que pleurer devant elle n'était pas le comportement à avoir pour la soutenir, mais il ne pouvait s'empêcher de penser qu'elle allait mourir. En repensant à tous les bouquins de médecine qu'il avait lus, il décida de réagir, et prit la décision de sortir pour autopsier ces choses et essayer de trouver un remède qui sauverait sa *bella*. Ce qui fut au début un mensonge était désormais le seul plan qu'il lui restait pour tenter d'aider celle qu'il aimait.

Dès le lendemain, il passa à l'action, effectuant de nombreux allers-retours entre les rues de Paris et le commissariat, pratiquant à l'extérieur des autopsies et, à l'intérieur, toute une batterie de tests sur les échantillons prélevés, sans trouver toutefois la moindre solution. Refusant de s'avouer vaincu, il eut l'idée de se rendre à la bibliothèque, non loin du commissariat, pour perfectionner ses connaissances en médecine, et surtout, en virologie.

L'état de Marie empirait, et elle commençait à avoir des poussées de fièvre si fortes qu'elle délirait au point de s'automutiler. Ethan avait été obligé de l'attacher pour ne pas qu'elle se blesse. Les symptômes laissaient peu de place au doute quant au sort de Marie : elle allait devenir une de ces choses. Son corps dégageait déjà une odeur de putréfaction et ses yeux étaient injectés de sang.

Dans l'après-midi, elle fit une hémorragie, suite à laquelle son cœur s'arrêta. Ethan fut complètement anéanti, et encore plus, lorsqu'il la vit se redresser brusquement sur la table d'examen et tenter de le mordre. Il évita l'attaque de justesse, remerciant le ciel qu'elle ait été attachée, et partit s'asseoir un peu plus loin, parce que malgré ce qu'elle était devenue, il avait besoin de rester avec elle. Il ne pouvait se résoudre à l'achever, comme elle le lui avait fait promettre.

« Je suis désolé, Marie. Je ne peux pas. Je suis sûr que je peux te guérir ! Mais si je n'y arrive pas, alors c'est promis, j'honorerai ma promesse ! » lui dit-il, en sachant très bien qu'elle n'était plus en mesure de l'écouter à présent.

La nuit tombée, il sortit à nouveau, en quête d'un corps de mort-vivant à autopsier. Trois nuits durant, il enchaîna les autopsies sans relâche et sans problème grave. Toutefois, lorsqu'il trouva un nouveau corps de mort-vivant à autopsier – dont l'état de décomposition n'était pas trop avancé - dans une ruelle déserte, juste à côté d'un garde-meuble, et qu'il s'attelait à la tâche, un bruit près des poubelles le fit sursauter.

Il tourna rapidement la tête et crut apercevoir quelqu'un, sans pouvoir toutefois en être certain du fait de l'obscurité ambiante. Par mesure de sécurité, il préféra partir à la recherche d'un autre corps, et eut la chance d'en découvrir un non loin du commissariat. Il se remit au travail, et ne vit pas le temps passer. Lorsqu'il finit, le jour était déjà en train de se lever. Il était temps pour lui de rentrer. En franchissant la porte du commissariat, il ne s'aperçut pas tout de suite qu'il y avait sur place de nouveaux arrivants. Perdu dans ses pensées, il faisait des va-et-vient dans le couloir, en essayant de se remémorer tous les tests qu'il lui restait à faire sur ses derniers prélèvements. Tout à coup, il s'interrompit, en découvrant la présence de visages inconnus dans la salle principale. Curieux, il resta immobile sur le seuil, à les scruter en silence, puis prit congés, en précisant laconiquement qu'il allait revenir.

Il devait au préalable ranger ses trouvailles, et contrôler l'état de Marie. Quand il entra dans l'infirmerie, il constata hélas que son état se dégradait à vitesse grand V. Il n'avait pour l'instant trouvé aucun remède et s'en voulait énormément. Il demeura un instant immobile devant elle, l'air grave, puis décida de revenir plus tard, après être allé vérifier s'il y avait de nouvelles informations à la télévision au sujet de ce maudit virus.

LUDIVINE VERNIEUX

VII

23 septembre – 09h23

Ethan, face à Cindy, se sent perdu ; il ne sait pas quoi faire, car d'habitude ce sont Jo, Rob et Élina qui prennent les décisions. Là il doit se débrouiller sans eux face à son dilemme. D'un côté, il se dit qu'il ne peut pas la laisser seule avec tous ces morts-vivants, mais d'un autre, il n'oublie pas que c'est une meurtrière et qu'en plus, c'est elle qui est partie.

« Ethan ! » hurle-t-elle en tapant sur le capot du fourgon.

Il a pris sa décision : il ne peut pas la laisser seule ; c'est au-dessus de ses forces. « Vas-y, monte ! » lui crie-t-il en déverrouillant la portière du côté passager. Elle se précipite à l'intérieur du véhicule, et en refermant la portière, pousse un long soupir de soulagement. Elle ne dit pas un mot à Ethan qui – après lui avoir demandé de boucler sa ceinture – se remet à rouler, avec à ses trousses les morts-vivants qu'il mène le plus loin possible du palace. Ainsi, quand la rue du palace sera vidée de tout zombie, ils pourront s'y introduire tranquillement.

En jetant un coup d'œil en direction de Cindy, immobile sur le siège passager, Ethan constate qu'elle n'a pas l'air bien du tout. Elle a le teint pâle et est recroquevillée sur elle-même.

« Cindy, ça va ?
– Oui. Merci ! » répond-elle laconiquement.

Il porte alternativement son attention sur elle et sur la route, mais ne voit pas le ralentisseur devant eux, et passe dessus un peu rapidement. Cindy gémit alors de douleur, et s'appuie sur le tableau de bord pour amortir les secousses. C'est à ce moment qu'Ethan aperçoit du sang sur la main de Cindy qui, lisant la peur sur son visage, s'empresse de se justifier.

« Ce n'est pas l'une de ces choses qui m'a blessée !
– Tu en es bien sûre ?
– Oui. Je me suis coupée l'avant-bras toute seule avec du verre.
– Du verre ? Mais comment ?
– On s'en fiche ! Ce n'est pas une morsure, c'est tout ce qu'il y a à savoir ! »

Ethan reste perplexe, mais n'insiste pas car il doit se concentrer sur sa mission. Un peu plus loin, il arrête le véhicule, à bonne distance des morts-vivants, et ouvre sa portière.

« Que fais-tu ? demande Cindy, inquiète.

– C'est ici qu'on s'arrête ! Je dois rejoindre les autres à pied.

– Comment ça ?

– Je devais attirer le plus de morts-vivants possible loin du palace, pour en dégager l'accès. Maintenant, je dois m'y rendre rapidement et sans me faire remarquer ! Tu viens avec moi ou pas ?

– Mais les autres ne voudront jamais que je revienne !

– C'est une possibilité, et je ne peux pas leur en vouloir. À toi de voir si tu préfères tenter ta chance avec moi ou continuer seule. Si tu le souhaites, tu peux utiliser ce fourgon, il y a encore assez de carburant.

– Non. Je vais te suivre. »

Cindy descend du fourgon et marche sur les pas d'Ethan qui se faufile dans les rues voisines, en évitant soigneusement de faire le moindre bruit. Ils arrivent assez vite au niveau de la horde de morts-vivants qui se dirige à toute vitesse vers le véhicule abandonné. Ethan, en les observant, est intrigué par le sentiment qu'ils laissent paraître sur leur visage. Ils donnent l'impression d'être furieux. *Mais pourquoi cette colère ?* se demande-t-il. N'espérant pas qu'une réponse lui tombe du ciel, il reprend son chemin dès que la horde est passée, toujours suivi par Cindy.

Arrivés à proximité du palace, ils constatent que la rue est dégagée. Ethan se retourne vers Cindy pour lui expliquer comment ils vont procéder pour rentrer, mais s'interrompt quand son regard se pose sur la blessure à la main de Cindy. Ayant un mauvais pressentiment, il décide de la questionner, suivant en cela les conseils de Marie qui lui avait toujours dit de faire confiance en son intuition.

« Raconte-moi comment ça t'est arrivé.
– Tout de suite ?
– Oui.
– Quand on sera à l'intérieur et en sécurité, d'accord ?
– OK » répond-il sans grande conviction.

À nouveau en proie au doute, il ne sait pas quoi faire. Le sentiment que Cindy lui cache quelque chose de peu reluisant est toujours présent en lui, mais il doit se dépêcher de prendre une décision, car les morts-vivants – qui ont déjà dû comprendre qu'ils se sont fait berner – ne vont pas tarder à revenir.

« Écoute, on va faire ça simplement ! annonce-t-il finalement.
– C'est-à-dire ?
– Bah, on court jusqu'à l'entrée ; on les appelle ; et on attend qu'ils nous ouvrent pour entrer.
– Aussi simple que ça ? s'étonne Cindy.
– Oui.
– Ça me convient ! »

Ethan se penche pour examiner à nouveau la rue, et se met à compter.

« Un, deux… et trois ! »

Tous deux s'élancent dans la rue dans un même élan, et arrivent sans encombre devant le rideau de fer fermé.

*

Dans le hall du palace Montéon, Anna et Élina contemplent les lieux, admirant la classe et le luxe de l'endroit : les murs et le sol en marbre beige qui illuminent l'espace ; les chambranles décorés de formes harmonieuses dessinées à partir de feuilles d'or ; les lustres en cristal blanc qui ornent le plafond ; et la majesté de ce plafond digne de la Chapelle Sixtine, avec des anges sur un fond de ciel bleu.

« C'est magnifique ! s'extasie Anna.
– En effet ! la rejoint Élina.
– Je t'avais promis un super endroit où te réfugier. Eh bien, voilà pour toi, Anna ! » intervient Jo.

Elle lui sourit, lui prend la main, et continue à contempler les lieux.

« Cet endroit est certes magnifique, mais est-il sûr ? demande Rob, plus pragmatiquement.
– Cela dépend où vous vous promenez, mais de façon générale, oui, il l'est ! répond Jess.

– C'est-à-dire ?!

– Il faut éviter le parking en sous-sol, le bar, la salle de sport et les premier, deuxième et troisième étage.

– Pourquoi ? » interroge Anna.

Le grand homme noir, toujours à côté de Jess, prend la parole pour répondre.

« Et bien… Il a fallu agir au mieux dans un laps de temps restreint ! Une personne contaminée s'est introduite dans le palace, et tout a dégénéré en moins d'une heure. Les gens se sont mis à s'attaquer les uns les autres et à s'entretuer, puis revenaient à la vie pour en tuer d'autres. Tout le personnel a fait son possible pour évacuer les clients en lieu sûr, mais une partie de la clientèle a paniqué et s'est ruée dehors, pour au final se faire attaquer par d'autres de ces choses. Nous avons donc décidé de condamner les portes d'accès au palace. Le problème, c'est qu'à l'intérieur, il y en avait partout, puisque pratiquement tous les employés et clients morts s'étaient relevés. Deux de mes collègues et moi-même avons alors pris l'initiative d'enfermer ces morts-vivants dans les pièces où ils se trouvaient, pour pouvoir circuler en sécurité dans le reste du palace.

– Mais qu'avez-vous fait pour ceux qui erraient ailleurs que dans ces pièces ? Il devait bien y en avoir, non ? questionne Rob.

– Oui, nous avons été obligés de les tuer un par un ! Quant à ceux qui étaient aux étages, nous avons constaté qu'ils étaient trop nombreux pour que l'on puisse tous les éliminer, et que le mieux serait donc de condamner ces étages. Nous avons mis hors-service l'ascenseur, qui était bondé de morts-vivants, nettoyé les escaliers, et condamné les portes d'accès aux trois premiers étages et au parking.

– Mais dans ce cas, pourquoi les deux derniers étages sont accessibles ?

– Il y avait peu de clients à ces étages-là, donc il a été facile de vider la zone et de trouver des survivants. N'est-ce pas Jess ? dit-il avec une pointe de taquinerie dans la voix.

– Arrête de te moquer ! répond-elle en riant.

– Qu'est-ce que t'as encore fait, Jess ? demande Élina, avec une curiosité amusée.

– Eh bien… En fait, sur le coup, je ne me suis rendu compte de rien, car je dormais. J'ai vraiment pris conscience de la situation quand Luc, ma connaissance de la veille, s'est fait attaquer devant l'ascenseur et est resté prisonnier à l'intérieur de celui-ci. J'étais effrayée, mais ne savais pas de quoi il retournait exactement, et c'est Don, ici présent, qui m'a mise au parfum en arrivant à mon étage ! raconte-t-elle en pointant du doigt le grand homme noir.

– Je ne sais pas pourquoi, mais ça ne m'étonne pas de toi ! s'exclame Élina en prenant Jess dans ses bras. En tout cas, je suis contente que tu ailles bien ! ajoute-t-elle.

– Euh, je ne veux pas jouer le rabat-joie, mais comment avez-vous condamné les portes ? interroge Jo. Et où sont tes collègues, Don ?

– Ils ont été blessés, et n'ont pas survécu. Pour les

portes, elles sont verrouillées électroniquement. Venez avec moi. »

Jo et lui se dirigent derrière le comptoir de l'accueil, vers un petit bureau plein d'écrans de surveillance et disposant d'un ordinateur principal. Don s'installe sur une chaise face à l'ordinateur, et montre à Jo comment fonctionne le système de sécurité. Il lui explique que d'ici, il peut condamner chaque porte une par une, et surveiller les attitudes des morts-vivants grâce aux caméras.

– Et s'il y a une coupure de courant ? demande Jo.
– Mieux vaut ne pas y penser... »

Les autres viennent les rejoindre dans le bureau, et Jess demande à Don s'il peut débloquer quatre chambres au cinquième étage.

« Non, cinq, si possible ! intervient Élina.
– Mais vous êtes quatre, non ? D'ailleurs, tu ne m'avais pas dit que vous étiez sept ? s'étonne Jess.
– C'est une longue histoire que je te raconterai plus tard, mais là, nous en attendons un de plus qui, je l'espère, ne va plus tarder.
– OK ! Alors cinq, s'il te plaît, Don.
– Comment sais-tu qu'il n'y a pas de morts-vivants à l'intérieur des chambres ? » s'enquit Anna.

Jess ouvre un dossier dans l'ordinateur de l'accueil, et le tourne vers Anna.

« Grâce à ça ! C'est le registre des réservations, des entrées et des sorties pour chaque chambre.

– Pourquoi celles-ci sont-elles moins demandées que les autres ?

– Excellente question ! Ce sont les suites de ce palace et donc les plus onéreuses. Vous allez avoir la grande vie ici, mes poulets ! Don, cinq suites, s'il te plaît.

– OK, ça roule ! »

Don lui communique les numéros des suites libres, et Jess s'empresse de sortir d'un tiroir les cinq cartes magnétiques correspondantes qu'elle passe dans une machine, pour les activer avant de les leur donner.

« Suivez-moi, mes p'tits scouts ! On va à la découverte de vos nouveaux appartements ! » dit-elle avec enthousiasme.

Ils s'apprêtent à la suivre quand soudain des coups retentissent sur le rideau de fer. Surpris, tous s'immobilisent et se retournent en direction de celui-ci, sans savoir comment réagir.

« Qui cela peut bien être ? Des morts-vivants ? » s'interroge Jess à voix haute.

La réponse ne se fait pas attendre, et en entendant la voix d'Ethan derrière le rideau, le petit groupe se sent immédiatement soulagé.

Don se dirige vers le poste de sécurité pour actionner le mécanisme d'ouverture du rideau de fer, pendant que les autres crient à Ethan de se tenir prêt.

De l'autre côté, Ethan est heureux d'entendre ses compagnons, et se prépare à débouler dans le palace, tel un coureur attendant le signal de départ d'une course. Quand il jette un rapide coup d'œil à Cindy, postée à ses côtés et prête à bondir elle aussi, il est soudain traversé par un éclair de lucidité : il sait comment elle s'est blessée à la main.

« La vitre brisée de la bijouterie ! crie-t-il en se redressant.
– Qu'as-tu dit ? demande Cindy qui fait semblant de ne pas comprendre de quoi il parle.
– C'est toi qui as brisé la vitre de la bijouterie !
– Pourquoi dis-tu ça ? répond-elle sans sourciller.
– Il y avait du sang sur le sol de la bijouterie et sur certains morceaux de verre, donc c'est que celui qui a fait ça s'est blessé !
– Sûrement un de ces morts-vivants !
– Impossible, car leur sang est coagulé, et par conséquent il est de couleur noir et épais ! Or celui de la bijouterie était tout l'inverse ! Pourquoi as-tu fait ça, Cindy ?! Tu sais pourtant que tu nous condamnais en faisant ça ! » l'apostrophe Ethan, en colère.

Cindy, silencieuse, lui lance un regard froid rempli de haine, puis lui assène un violent coup sur la tête à l'aide d'un bâton qu'elle avait préalablement ramassé par terre et caché dans son dos. Ethan n'a pas vu venir l'attaque, et sent une vive douleur envahir son crâne. Sa vue se trouble, avant d'être totalement obscurcie par un voile noir ; ses oreilles bourdonnent ; son corps se ramollit ; et il tombe sur le côté. Bien que sonné, il n'est pas inconscient, et lutte pour ne pas s'évanouir. *Elle ne doit pas rentrer*, se dit-il. Il sent une main se poser sur son épaule et le pousser, afin qu'il se retrouve sur le dos. Des sons lui parviennent, mais il n'arrive pas à distinguer les mots prononcés. Il se concentre, ouvre les yeux, et discerne la silhouette de Cindy au-dessus de lui. Il la voit remuer les lèvres, mais ne comprend toujours pas ce qu'elle dit. Elle commence à s'énerver, et parle soudain plus fort. Ethan identifie enfin des bribes de phrase.

« Bien sûr… moi… voulais… tuer… trahi… »

Son audition étant progressivement revenue, il peut désormais entendre quelques phrases complètes, mais son ouïe reste capricieuse, et des mots continuent de lui échapper.

« Comment vous en êtes-vous sortis ? Je voulais que vous mouriez ! Tu… intelligent… vas mourir ici ! »

Tandis qu'Ethan, peinant à lutter, replonge dans une sorte de semi-conscience, il entend le rideau s'ouvrir, mais il est trop affaibli pour prévenir ses amis. Personne à l'intérieur ne se doute de ce qui se trame, et tous s'attendent à voir Ethan. La surprise est donc totale quand ils découvrent à la place le visage de Cindy qui se penche sous le rideau, et ne voient pas Ethan, gisant sur le sol un peu plus loin. Quand celui-ci réussit à rouvrir les yeux, il aperçoit Cindy en train de ramper sous le rideau, et la colère l'envahit à tel point qu'il retrouve assez d'énergie pour essayer d'alerter les autres.

« Non ! Ne la laissez pas entrer ! » réussit-il à prononcer. Toutefois, personne à l'intérieur ne l'entend. Jo, sur un ton agressif et avant même qu'elle n'ait le temps de passer complètement dessous, demande à Cindy où est Ethan. Comme elle ne répond pas, il lui plaque violemment la joue sur le marbre froid, et réitère sa question.

« Il est foutu ! Il a été mordu ! » prétend-elle.

Élina et Anna, à ces mots, se prennent dans les bras l'une et l'autre, et se mettent à pleurer. Rob et Jo, eux, n'en croient rien.

« Menteuse ! » lui hurle Jo.

Rob bouscule Cindy, toujours au sol, et se glisse sans attendre sous le rideau pour voir ce qui est arrivé à Ethan. En le découvrant par terre, il le soulève délicatement pour regarder s'il n'a pas de morsure, et sent quelque chose glisser le long de ses doigts. *Du sang !*

« Tu as vraiment été mordu ?! s'inquiète-t-il.
– Non ! murmure Ethan. C'est elle qui m'a frappé. La

vitre brisée de la bijouterie, c'est elle aussi.

– Elle a menti, ne la laisse pas rentrer, Jo ! Utilise la force au besoin ! » hurle Rob.

Jo se fait un plaisir de placer ses mains sur les épaules de Cindy, et de la pousser énergiquement vers l'extérieur, pour qu'elle retourne de l'autre côté du rideau. Cependant, celle-ci résiste, et parvient à s'accrocher à la veste en cuir marron de Jo. Pour ne pas lui laisser de prise, il est donc obligé de l'enlever précipitamment, et comme elle s'obstine, il opte pour la radicalité en lui envoyant de nombreux coups de pied au visage jusqu'à ce qu'elle se résigne à rebrousser chemin. De son côté, Rob traîne Ethan sous le rideau de fer, et le pousse vers l'intérieur pour le mettre à l'abri. Don, Jess et Élina se précipitent pour le traîner au milieu du hall, puis Rob roule au sol pour les rejoindre.

« Va fermer le rideau, Don ! » hurle Jo, en maintenant Cindy bien à l'écart, prêt à lui décocher de nouveaux coups de pied dans la figure si elle tente à nouveau d'entrer.

Don réagit immédiatement, et court mettre en marche le mécanisme de fermeture. Cindy se débat à nouveau et essaye de ramper vers l'intérieur, mais elle n'arrive pas à lutter contre les coups incessants de Jo, qui la repousse jusqu'à la fermeture complète du rideau.

Toujours à plat ventre, seule face au rideau fermé, elle ne bouge pas. Elle est en colère. *Que vais-je faire maintenant ?* se demande-t-elle. Elle reste léthargique quelques minutes, puis se relève lentement, s'époussette, et part à la recherche d'un autre abri.

Dans le palace, Ethan perd connaissance, et Élina demande alors à Rob de le porter jusqu'à un des divans du hall et de l'y allonger, le temps qu'il récupère.

« Comment va-t-il ? se renseigne Jo, encore essoufflé de son combat contre Cindy.

– Il a une vilaine blessure à la tête, répond Élina.

– Il va s'en sortir ?! C'est une morsure ?! s'affole Anna.

– Non, pas une morsure. C'est plutôt un coup porté avec un objet contendant, à première vue.

– Oui, il m'a vaguement fait comprendre que Cindy l'avait frappé avec quelque chose ! précise Rob.

– Qui est cette Cindy ? demande Jess.

– Une salope ! déclare Anna.

– OK. Sinon ? » rebondit-elle en espérant plus de précisions.

Jo et Anna racontent alors toutes leurs péripéties à Jess et Don qui les écoutent attentivement ; tandis qu'Élina s'occupe de panser la blessure d'Ethan, avec l'assistance de Rob.

Une demi-heure plus tard, Jess se rapproche du divan sur lequel ce dernier est allongé, afin de prendre de ses nouvelles.

« Alors, comment va-t-il ? demande Jess à Élina.

– Je pense que ça devrait aller, mais il doit se reposer ! répond Élina.

– On va le monter dans sa suite, et vous pourrez ensuite vous mettre à l'aise dans les vôtres ! » propose Don.

Enthousiastes à l'idée de pouvoir se reposer dans de vraies chambres, ils s'emparent de leurs sacs, et emboîtent le pas à Don. Jo prend deux sacs, pour délester Rob qui doit déjà porter Ethan, toujours inconscient, jusque dans sa chambre. Dans les escaliers, il constate que le poids du jeune homme accentue la douleur qu'il ressent toujours au niveau des côtes, mais il ne laisse rien transparaître pour ne pas inquiéter Élina. Quand ils arrivent enfin au cinquième et dernier étage, Jess passe devant pour ouvrir une porte à Rob, en lui indiquant qu'il pouvait déposer Ethan sur le lit, ce qu'il s'empresse de faire, en poussant un soupir de soulagement.

Jess fait ensuite découvrir aux autres les suites qui leur ont été attribuées, fière et heureuse de pouvoir leur apporter du confort.

« Je vous laisse vous installer et vous mettre à l'aise ! On se retrouve pour le dîner. 19h00, ça vous convient ? Cela vous laisse six heures pour faire ce que vous voulez. Et en fait : il y a de l'eau chaude pour ceux que ça intéresse ! » dit Jess, amusée.

Après avoir pris soin de remercier, ils entrent dans leurs suites respectives, tandis que Jess et Don redescendent pour nettoyer le sang dans le hall, puis préparer le repas. Chacun de leur côté, Rob et Jo commencent à défaire tranquillement leurs affaires, quand ils entendent des cris qui retentissent à leur étage, et se précipitent en dehors de leur chambre pour voir ce qu'il se passe. Ils se retrouvent tous les deux face à face dans le couloir, leur arme au poing, mais ne voient personne d'autre. Ils décident d'aller vérifier dans les suites des filles qu'il n'y ait aucun souci, mais n'ont pas le temps de faire deux pas que celles-ci sortent dans le couloir en courant. Elles se rejoignent et se mettent à sautiller sur place, l'une face à l'autre, en remuant les bras dans tous les sens.

« Tu as vu cette chambre ! s'exclame Anna en partant dans les ultra-sons.

– Oui ! C'est juste magnifique ! répond Élina, elle aussi dans les ultra-sons.

– Et la salle de bain !

– Oui ! Et le lit si immense, si confortable !

– Oh oui ! »

Elles poussent encore quelques hurlements de joie stridents, et se prennent dans les bras l'une et l'autre, en continuant à sautiller sur place, avant de repartir chacune de leur côté, pour profiter de ces somptueuses suites, immenses, luxueuses et élégantes, avec leurs murs d'un blanc immaculé et leur beau parquet ciré en chêne clair.

Après ces débordements de joie féminine, Jo et Rob restent dubitatifs dans le couloir, affichant un air à la fois navré et amusé.

« Ah, les nanas ! dit Jo en faisant un clin d'œil à Rob.
– Ne m'en parle pas ! » répond ce dernier, avant de regagner sa propre chambre en riant.

Le couloir est désormais désert, chacun ayant regagné sa suite pour vaquer paisiblement à ses occupations, heureux de pouvoir enfin bénéficier d'un peu d'intimité, et oubliant presque que dehors règne le chaos.

*

En pénétrant dans sa suite, Élina s'arrête un instant pour observer en détail le petit salon par lequel il faut passer pour gagner la chambre : deux canapés en cuir blanc sont disposés l'un face à l'autre, séparés par une belle table basse en aluminium et en verre, sous laquelle s'étale un immense tapis blanc décoré de formes géométriques rouges et marron. Elle s'avance jusqu'à la console adossée au mur de droite, frôle du bout des doigts la sculpture de Diane, déesse de la chasse, qui est posée dessus, puis dirige son regard vers l'espace dédié à la chambre, dont la pièce maîtresse est indéniablement le lit d'une largeur surprenante, reposant sur un large tapis, et recouvert de draps blancs ainsi que d'une couverture dorée, repliée au pied. La tête de lit, encore plus imposante, est en capiton rose. Élina s'approche et caresse les draps, avant de s'asseoir sur le lit puis de s'y laisser tomber sur le dos. Elle aime l'odeur du propre et la fraîcheur qui s'en dégage.

*

Pendant ce temps, de l'autre côté du couloir, Anna admire elle aussi le côté chambre de sa suite, mais au lieu de s'allonger sur le lit, elle se dirige vers la salle de bain dont la magie l'éblouit instantanément. Les murs sont entièrement recouverts de miroirs qui réfléchissent la lumière du jour comme si elle était dans un cube de lumière. Au centre de la pièce, une somptueuse baignoire rectangulaire, aux formes modernes et au blanc étincelant, invite à la relaxation. Sur sa droite, un meuble transparent accueille en son centre un lavabo en céramique blanche, surplombé par un grand miroir encadré de néons. Sur sa gauche, une immense douche italienne, avec jets massants, vient compléter l'invitation à la détente déjà offerte par la baignoire. Puis dans un coin, entre le mur et la douche, se trouvent des toilettes modernes, discrètes et épurées.

*

Rob, lui, dépose ses affaires près d'un des canapés de sa suite, et se demande par quoi il va bien pouvoir commencer. Habitué à courir pour sauver sa peau et à être sur le pied de guerre en permanence, il ne sait plus ce qu'est la détente. Pour commencer, il décide d'ouvrir la fenêtre et de profiter des rayons du soleil, assis dans un fauteuil. Les rayons viennent caresser son visage, et il se laisse finalement aller, fermant les yeux, et jouissant du calme de l'instant, au point de s'endormir pour une longue sieste.

Sur les coups de 17h00, il se réveille en sursaut, sorti de son sommeil par des gémissements provenant de l'extérieur. Rob est déçu car, l'espace d'un instant, il avait eu le sentiment agréable que tout était redevenu normal. Il s'étire, ferme la fenêtre insonorisée pour ne plus entendre les cris des morts-vivants, et se rend à la salle de bain pour prendre une bonne et longue douche.

L'eau qui coule de son corps est d'abord noire de crasse. Il s'en étonne, ne pensant pas être sale à ce point, et se lave à deux reprises, profitant de la sensation relaxante de l'eau qui ruisselle sur sa peau. Au sortir de la douche, il s'enveloppe dans un peignoir douillet, et se regarde dans le miroir suspendu au-dessus du lavabo. Il est surpris de ne pas se reconnaître. Il a une barbe naissante assez dense qui lui plaît bien, des coupures un peu partout sur le torse et le visage, et surtout, il est nettement plus fin qu'avant. Cependant, il est heureux de constater, après une minutieuse inspection de son reflet, que ses muscles sont plus visibles qu'avant, et qu'il n'a plus de gras du tout. Se trouvant beau, il adresse un petit sourire de satisfaction au miroir, puis cherche de quoi parfaire encore son apparence. Il note à cet égard que tout le nécessaire de toilette est mis à disposition de la clientèle. Il y a une brosse à dents, du dentifrice, des ciseaux, une pince à épiler, un rasoir, et une brosse à cheveux. Il se sert de tout, sauf de la pince à épiler.

Mais que vais-je mettre comme habits ? se demande-t-il après s'être coiffé. Il n'a pour se vêtir que ce qu'il avait sur le dos en arrivant. Par curiosité, il ouvre la penderie de la chambre, et y découvre une sélection de vêtements pour toutes les saisons et en toutes les tailles. *Ils pensent* vraiment *à tout pour satisfaire le client, dans ces palaces !* se dit-il amusé et ravi de ne pas avoir à renfiler ses vêtements sales. Voyant que l'horloge indique déjà 18h42, et qu'il est donc temps d'aller chercher les autres pour le dîner, il se dépêche d'enfiler un T-shirt gris, un jean et des baskets noirs.

*

Dans sa suite, Jo jette ses deux sacs au beau milieu du petit salon, se dévêt, et saute aussitôt sur le lit. *Un pur moment de bonheur !* se réjouit-il intérieurement.

Soudain quelque chose le gêne et vient gâcher son sentiment de bien-être. Une odeur nauséabonde. *Mais d'où ça vient ?* se demande-t-il, en reniflant les draps, puis le fauteuil et les rideaux, avant de s'arrêter pour sentir le dessous de ses aisselles. « Oh ! La vache ! C'est moi qui pue comme ça ! » s'exclame-il à voix haute et en riant, tout en prenant la direction de la salle de bain.

Jamais il n'avait été aussi content de se laver, prolongeant un peu ce qui, à la base, ne devait être qu'une douche rapide En sortant, il s'essuie énergiquement, enroule la serviette autour de ses hanches, et s'avance vers le lavabo. Il jette un bref coup d'œil aux ustensiles de toilette mis à disposition, puis en se découvrant dans le miroir, il a un petit mouvement de recul. *Ce n'est pas possible ! Je ressemble à un naufragé !* pense-t-il. Il s'empare aussitôt des ciseaux et s'applique à couper sa barbe – trop longue pour être rasée directement – et ses cheveux, avant de se raser de près. Cela fait, il admire le résultat. *Tu es beau gosse ! Trop maigre maintenant, mais toujours beau gosse !* se dit-il en lançant un baiser à son reflet.

Propre et bien rasé, il sort de la salle de bain, et se met à ouvrir tous les placards de la suite, en partie par curiosité, mais surtout dans le but de trouver le mini bar. Au cours de sa recherche, il a la bonne surprise de mettre la main sur des vêtements propres. N'ayant que l'embarras du choix, il opte pour une tenue qui lui correspond bien : un débardeur et un jean noirs, ainsi que des boots en cuir de la même couleur. Il enfile le tout, puis reprend sa quête jusqu'à la découverte du graal : le mini bar ! En l'ouvrant, il repère aussitôt la bouteille de bourbon « Van Winkle » – un douze ans d'âge – posée sur un plateau d'étain avec deux verres. Il s'empare de la bouteille et d'un verre, les pose sur la table basse, se sert un doigt de bourbon, puis s'affale sur le fauteuil pour le déguster. Tout juste assis, il remarque qu'il lui manque quelque chose. Il fouille alors dans son vieux pantalon, en sort un paquet de cigarettes, et s'en allume une. La cigarette dans une main, et son verre de bourbon dans l'autre, il peut enfin se détendre. Du moins jusqu'à ce qu'il entende toquer à la porte de sa suite.

« Qui que vous soyez, foutez le camp ! ordonne-t-il, déterminé à profiter un peu de cet instant.
– C'est Rob ! Il est l'heure d'aller manger ! »

Jo regarde l'horloge fixée au mur, et se rend compte qu'il est déjà 18h44. *Que le temps passe vite quand on est bien !* songe-t-il, un peu frustré de devoir quitter son nid, mais aussi pressé de manger.

*

Élina, toujours étendue sur l'immense lit, se relève pour aller ranger le contenu de son sac dans les placards de l'entrée. Ce faisant, elle remarque avec amusement qu'elle n'a pas perdu ses bonnes vieilles habitudes. En effet, dans son ancienne vie, quand elle allait à l'hôtel ou chez des amis, il fallait systématiquement qu'elle range ses affaires dans les placards pour se sentir à l'aise.

Le rangement terminé, elle se déshabille, n'en pouvant plus de porter des affaires sales, et se rend directement à la salle de bain. Elle fait couler de l'eau chaude dans la magnifique baignoire, et ouvre le bocal posé sur le rebord pour y jeter une poignée de sels de bain. Humant l'odeur de rose qui se dégage de la vapeur, elle se laisse envahir par cette agréable sensation qui lui donne presque l'impression de planer. Cela fait longtemps qu'elle n'a plus senti de bonnes odeurs, et elle en avait oublié le côté extasiant. En attendant que la baignoire se remplisse, elle observe sa nudité dans les miroirs muraux. Elle trouve que son corps amaigri ressemble à celui d'une enfant. Les os de ses hanches, ses côtes et ses clavicules sont beaucoup plus saillants qu'auparavant, et ses rondeurs ont fondu. Même si elle n'aime pas trop ce nouveau corps trop maigre, elle constate qu'à force de courir, elle a aussi pris en muscles, ce qui ne lui déplaît pas.

Détournant le regard des miroirs, elle pénètre dans la baignoire et s'immerge dans son bain. *C'en est presque orgasmique !* songe-t-elle en se laissant glisser dans l'eau odorante. Elle se prélasse ainsi pendant une heure, puis en voyant toute la crasse qui était sur son corps flotter à la surface de l'eau stagnante, elle décide d'aller se laver dans la douche. Elle en profite aussi pour se raser les jambes, le maillot et les aisselles. Elle sait qu'au vu du contexte, cela ne lui sert à rien, mais elle a besoin de se sentir à nouveau femme. Une fois propre et rasée, elle s'enroule dans une serviette, puis se brosse les dents ainsi que les cheveux. Elle se sent divinement bien, et retourne se poser sur le lit en position fœtale. *Juste cinq minutes*, se dit-elle, avant de sombrer dans un profond sommeil qui transforma ces cinq minutes en une longue sieste.

La petite aiguille de l'horloge s'approche du chiffre « 7 », quand elle est réveillée par quelqu'un qui frappe à sa porte. À moitié endormie, elle va ouvrir, et toujours enroulée dans sa mini serviette, se retrouve nez à nez avec Rob, qui reste sans voix et pique un fard.

« Pas mal du tout ! » s'exclame Jo, à côté de Rob, après avoir sifflé Élina.
Cette dernière, par pudeur, referme la porte d'un coup sec, au nez de Rob.
« C'est super gênant ! dit-elle.
– Je ne trouve pas ! répond Jo en riant.
– Et au fait, comment je vais faire : je n'ai pas d'autres vêtements, et mes affaires sont tellement sales qu'elles en sont immettables ! Où avez-vous trouvé les vôtres ? les interroge-t-elle.
– On a pris les dernières fringues disponibles. Il va falloir que tu restes comme ça, ou que tu dévêtes un

zombie pour lui piquer les siennes ! plaisante Jo.

– Ah ! Ah ! Ah ! Très amusant ! » rétorque Élina avec ironie.

Rob, agacé par son humour lourd, donne un petit coup de coude dans le ventre de Jo, tout en lui lançant un regard noir. « Quoi ? C'est bon : je déconne ! Tu es jaloux ou quoi ? » lui demande-t-il, surpris par sa réaction. Sans lui répondre, mais tout en continuant à le fixer du coin de l'œil, Rob s'adresse à Élina à travers la porte.

« Dans la penderie, il y a des vêtements ! »

Élina sourit car elle a entendu la remarque qu'a faite Jo à Rob. Elle entrebâille finalement la porte puis se précipite dans la chambre où se trouve la penderie, avant de leur indiquer qu'ils peuvent entrer le temps qu'elle s'habille.

Pendant qu'Élina se prépare, les deux hommes s'assoient sur le canapé, dos à la chambre. Au bout de quelques minutes, Jo se lève et sort du mini bar la même bouteille de bourbon que celle qu'il avait trouvée dans sa suite, en remplit deux verres, puis en tend un à Rob qui le boit cul sec.

« Hey ! Doucement ! Déguste-le ! » lui dit-il avant de commencer à parler du temps où il était à l'armée. Rob ne l'écoute pas : la tête de profil, il a le regard fixé vers la chambre, en direction de la porte mal fermée qui offre, par l'entrebâillement, une vue imprenable sur Élina en train de se changer. En s'en apercevant, Jo le taquine à nouveau.

« Vilain garnement ! murmure-t-il.

– Elle est superbe ! répond Rob, totalement subjugué.

– De toute évidence, vous allez vous rapprocher à un moment ou un autre !

– Ne dis pas de bêtises !

– On verra ça ! » déclare Jo.

Au même instant, Élina déboule dans le salon, habillée d'un jeans moulant bleu foncé, d'un petit débardeur féminin noir au décolleté plongeant et d'une petite paire de tennis blanche à la mode.

« Je suis prête ! annonce-t-elle. On file chercher Anna et on descend, car on est déjà en retard ! »

*

Dans sa suite, Anna ne se lasse pas d'admirer la splendeur de la chambre. En passant devant le bureau, à gauche du lit, elle remarque aussitôt l'ordinateur posé dessus, et s'installe sur une chaise, pour l'allumer et tenter d'accéder à Internet, mais la connexion ne fonctionne pas. Elle décide alors de vérifier s'il y a de nouvelles informations à la télévision. Elle se saisit de la télécommande, la pointe vers le large écran plasma accroché au mur face au lit, et appuie sur « On ». Là aussi, c'est la déception : rien ne s'affiche, mis à part le message « signal inexistant » sur un fond noir. Elle persiste, et zappe sur toutes les chaînes, mais toujours rien. *Ils ne sont pas tous morts quand même !* se dit-elle. Résignée, elle éteint la télévision, et se met à pleurer. Elle a beau être à l'abri dans une somptueuse suite, ses nerfs lâchent quand elles repensent à Yohann et se demande ce que sont devenus ses parents. Elle s'allonge quelques minutes pour tenter de se ressaisir, mais n'y arrive pas. Les larmes continuent d'inonder son visage, et elle enfouit sa tête dans l'oreiller, le temps que ça lui passe. Après quelques minutes passées à pleurer, elle décide de tenter de se remettre de ses émotions en prenant une douche puis en se prélassant ensuite dans un bon bain chaud.

Elle commence tout juste à se détendre dans son bain quand quelqu'un frappe à la porte de sa suite. Elle sort rapidement de la baignoire et s'enroule une serviette autour du corps, en demandant qui est là à travers la porte. Quand Élina lui répond qu'il est l'heure d'aller manger, Anna n'en revient pas. *Le temps a filé si vite !* songe-t-elle, avant de se rendre compte qu'elle n'a que ses vieilles affaires à se mettre sur le dos. Comme si elle lisait dans ses pensées, Élina lui demande si elle a trouvé des vêtements propres dans la penderie. Anna, réjouie à l'idée de ne pas avoir à revêtir des vêtements poisseux, entrouvre la porte, et fait signe à Élina de la rejoindre, laissant Jo et Rob sur le pallier, comme deux pauvres malheureux. Élina, en la découvrant encore en serviette, en déduit qu'elle n'a pas trouvé les vêtements de rechange, et la conduit jusqu'à la penderie pour qu'elle fasse son choix. Anna attrape un jogging et un T-shirt noirs - légèrement trop grands pour son petit gabarit - ainsi qu'une paire de basket, idéale pour courir, dans la garde-robe, puis commence à s'habiller. Par pudeur et pour respecter son intimité, Élina se retourne pendant qu'elle enfile les vêtements.

« Ça y est, je suis prête ! dit Anna, sur un ton enjoué, après une minute seulement.

– On se sent mieux propre et dans des vêtements qui sentent bon, n'est-ce pas ?

– Oh que oui ! »

Élina s'approche d'elle, la recoiffe, et lui embrasse le front, comme une mère le ferait avec sa fille.

« Tu es resplendissante ! conclut-elle.

– Merci ! répond Anna, un peu gênée.

– Et je trouve que tu es une fille bien et très courageuse ! Je suis sûre que Yohann aurait été fier de toi ».

Anna, émue par cette dernière remarque, enlace Élina qui ne s'attendait pas à un tel geste de tendresse. Sensible au besoin de réconfort de la jeune fille, elle l'enlace à son tour, jusqu'à ce que les garçons, toujours en train de les attendre dans le couloir, manifestent leur impatience.

« Vous faites quoi là-dedans, les filles ? On a faim, nous ! » s'écrie Jo.

Elles rient, car elles les avaient presque oubliés, et se dépêchent de les rejoindre.

Tous ensemble, ils descendent jusqu'au hall, où Jess ne tarde pas à les rejoindre.

– Je vois que vous avez trouvé les vêtements que je vous avais mis à disposition.
– En effet. Mais où les as-tu trouvés ? l'interroge Élina.
– Dans la blanchisserie de l'hôtel, tout simplement.
– C'est malin. dit Jo.

D'un élégant mouvement du bras, Jess leur indique le chemin du restaurant. En suivant la direction indiquée, ils se retrouvent dans une immense salle de restaurant, aux murs recouverts de bois massif foncé et sculpté. De grandes baies vitrées et des rideaux unis blancs apportent à la pièce une appréciable luminosité. Au milieu, les tables sont habillées de nappes blanches. Autour de chacune, des chaises de style Louis XIV finissent d'apporter du cachet à la salle de restaurant. Leurs dossiers et assises sont recouverts de tissus verts anglais, tandis que leur armature en bois foncé offre un rappel élégant de la décoration murale.

Une fois tout le monde installé, Don apparaît, une bouteille de vin rouge à la main, et commence à les servir.

« Je suppose que tu es mineure ! dit-il à Anna.
– Oui.
– Alors bienvenue dans le monde des adultes ! » s'exclame-t-il en remplissant son verre de vin.

Avant de trinquer, Jo propose qu'ils s'engagent à ne parler que de choses gaies, et non de morts-vivants, sauf dans le cas d'une anecdote amusante au sujet de ces derniers.

Tandis que les convives bavardent de choses et d'autres, Don continue de s'occuper du vin, et Jess amène les plats. L'ambiance est chaleureuse, tous passant un très bon moment. Après un petit quart d'heure, Ethan fait irruption dans la salle, et ils sont si contents de le voir sur pied qu'ils se lèvent tour à tour pour l'embrasser. Tout le monde est aux petits soins pour lui, Don lui tirant une chaise pour qu'il prenne place à la table, et Jess lui rapportant les plats qu'elle comptait lui monter dans sa chambre plus tard. Les conversations reprennent de plus belle, et Ethan, revigoré, ne tarde pas à y participer, avec enthousiasme.

« Digestif ? » interroge Don à la fin du dîner. Jo, Rob et Élina acceptent volontiers, tandis que les deux benjamins du groupe préfèrent regagner leur chambre.

« Les jeunes ne sont plus aussi résistants qu'à notre époque ! » plaisante Jo en les regardant prendre congé.

Don, quelques minutes après, arrive avec les digestifs, et les pose au centre de la table. Jo en profite pour s'allumer une cigarette.

« Monsieur, c'est non-fumeur ici ! proteste Jess en désignant un panneau sur lequel est dessiné une cigarette barrée d'un épais trait rouge.

« – C'est une blague ? demande Jo.

– Non, Monsieur ! Ici on ne fume pas de cigarettes, mais ceci ! intervient Don en sortant une boîte de cigares.

– Dans ce cas, je me sens obligé de respecter la loi !

– Au fait, il y a un couple au quatrième étage ! Pourquoi ne sont-ils pas là ? interroge Rob, après avoir bu son digestif cul sec.

– Ils ne veulent pas sortir de leur chambre. Ce n'est pas faute d'avoir essayé de les convaincre, mais rien à faire ! Ils sont têtus comme des mules ! explique Jess.

– Comment font-ils pour manger dans ce cas ? s'étonne Élina.

– Je leur prépare deux repas par jour, et leur laisse le plateau devant la porte.

– Donc ça fait sept jours qu'ils n'ont pas mis les pieds en dehors de leur chambre ?! s'écrie Jo.

– Exact ! Je pense qu'ils sont terrifiés. Un jour ou l'autre, ils vont bien essayer de sortir. Je préfère ne pas les brusquer pour le moment... précise Jess.

– Tu as raison ! » conclut Élina.

Les heures passent, et aucun d'entre eux n'a envie de mettre un terme à ce bon moment. Toutefois, la fatigue les rattrape, et ils sont bien obligés de se résoudre à rejoindre leur suite. Jess, Don et Jo se couchent directement, sombrant aussitôt dans le sommeil, contrairement à Rob et Élina qui n'arrivent pas à fermer l'œil.

Élina, un peu saoule, est allongée dans son lit, mais elle a l'impression désagréable d'être dans un bateau sur une mer déchaînée. Pour éviter de vomir, elle laisse tomber un pied en dehors du lit jusqu'à qu'il touche le tapis, car on lui avait déjà dit que le fait d'avoir un pied à terre aidait à faire passer les nausées. Dans son cas, la méthode n'est pas efficace, et elle se relève en trombe pour aller vomir dans les toilettes. En tirant la chasse, elle se sent nettement mieux, et prend soin de se brosser les dents avant de retourner dans son lit.

Rob, de son côté, fait les cents pas dans le petit salon de sa suite. Il n'arrête pas de penser à Élina, au moment où il l'a entrevue quand elle se changeait, puis aux taquineries de Jo et Ethan qui lui affirment sans arrêt qu'ils étaient de toute évidence attirés l'un par l'autre. Rob se demande s'ils ont raison, et s'il doit aller la voir dans sa suite, ou rester sagement ici à attendre qu'elle fasse le premier pas... Un coup, il se sent sûr de lui, et trouve le courage de se rendre discrètement jusqu'à la porte d'Élina, mais au moment où il s'apprête à toquer, il change d'avis et fait demi-tour pour retourner dans sa chambre. Après avoir fait deux, trois allers-retours entre les deux chambres, Rob se sent de plus en plus confiant – désinhibé par l'alcool – et profite d'une montée d'énergie pour passer à l'action. Devant la porte de la suite d'Élina, il respire un grand coup, et frappe tout doucement deux fois de suite.

Élina, en entendant qu'on frappe discrètement à sa porte, va immédiatement ouvrir, pensant qu'il s'agissait d'Anna. Quand elle découvre Rob planté devant sa chambre, raide comme un piquet, elle est si surprise qu'elle en sursaute.

« Tu vas bien ? lui demande-t-elle.

– Oui, répond-il la voix tremblante.

– Tu en es certain ? » insiste-t-elle en lui touchant le bras.

Rob à ce contact physique ne peut plus se contrôler. Il saisit le visage d'Élina entre ses mains, et pose délicatement ses lèvres contre les siennes. Sentant qu'elle lui rend son baiser, il presse ses lèvres un peu plus fort, et entrouvre la bouche, laissant leur langue s'entremêler sensuellement. Émoustillée par cette entrée en matière, elle commence à lui caresser le torse, descend jusqu'à son nombril, en dessine le contour du bout de son indexe, puis aventure sa main délicate sur son sexe qu'elle frotte à travers le jeans. Elle procède habilement à des mouvements de haut en bas de plus en plus forts qui ont pour effet immédiat d'augmenter encore l'érection de Rob qui n'en peut plus tant il la désire. Elle se décolle alors de lui et se dirige vers la chambre, en lui faisant signe de la suivre. Il s'exécute sans se faire prier, refermant prestement la porte derrière lui.

Debout à côté du lit, elle lui sourit et enlève son débardeur, dénudant sa poitrine laiteuse. Excité, il s'approche d'elle, et presse son torse nu contre ses seins.

Il l'embrasse à nouveau, mais encore plus fougueusement. Leur respiration devient plus intense, et leur excitation continue à grimper jusqu'à atteindre des sommets. Rob, fou de désir, soulève Élina et l'allonge sur le lit, laissant ses mains et ses lèvres flâner sur ses seins, et parcourir son corps. Excitée au plus haut point, elle soulève le bassin pour l'inviter à lui retirer son pantalon, ce qu'il s'empresse de faire, avant de retirer aussi le sien. À présent, les voilà entièrement nus l'un contre l'autre. Quand Élina écarte les jambes de manière à lui offrir une vue imprenable sur son vagin humide, il y pose ses lèvres et y passe la langue, en s'attardant de temps en temps sur le clitoris gonflé de la belle. Envahie par le plaisir, elle lui saisit les cheveux, cambre son corps, et pousse un long gémissement. Il aurait pu continuer ce cunnilingus toute la nuit, tant il aimait la sentir humide sous sa langue experte, mais elle lui fait signe de s'allonger sur le dos à côté d'elle. Obéissant, il se couche sur le dos, tandis qu'elle vient coller son corps nu et chaud contre lui puis commence à le masturber, tout en l'embrassant dans le cou. Elle fait langoureusement glisser son corps le long du sien, jusqu'à que son visage arrive au niveau de son bas-ventre, puis lui lance un regard malicieux avant de mettre son pénis dans sa bouche. À cet instant, il ressent comme une décharge électrique lui traverser le corps, et pendant qu'elle le suce avec gourmandise, en alternant le rythme, il sent la pression monter dangereusement. C'est tellement bon qu'il ne pense même pas à lui dire d'arrêter ; mais à la dernière seconde, il se redresse et la plaque sur le lit pour se mettre au-dessus d'elle. Elle l'entoure de ses jambes, et lui intime l'ordre de la pénétrer. Réjoui par la demande, il prend plaisir à sentir son gland se faufiler entre ses petites lèvres mouillées jusqu'à l'orifice d'entrée de son vagin. L'excitation de ce moment fait augmenter la chaleur de leur corps et leur désir mutuel de façon significative. Il commence par la pénétrer doucement, puis entre entièrement en elle, dans un soupir d'extase commun. Leurs corps se meuvent dans une symbiose qui ne fait qu'accroître leur désir. Elle l'enlace avec force et le fait pivoter sur le dos, pour se retrouver sur lui, et le chevaucher comme une Amazone, balançant son bassin d'avant en arrière, tout en enfonçant très profondément en elle son pénis raidi à l'extrême. Rob se surprend à gémir tout aussi fort qu'elle. Il sait qu'il ne va pas tarder à éjaculer, et lui demande de ralentir. Elle lui sourit et accélère au contraire la cadence, intensifiant considérablement son propre orgasme. Elle ne gémit plus, mais hurle littéralement de plaisir, et lui plante ses ongles dans les pectoraux sans même s'en rendre compte. Tout ce qu'elle lui fait le rend fou. Les yeux rivés sur sa magnifique poitrine qui ballotte au rythme endiablé du chevauchement auquel elle s'adonne, il sent ses muscles se contracter et son cœur battre à mille à l'heure. La pression monte de plus en plus, et un plaisir intense l'envahit quand enfin il jouit.

Détendue, et manifestement comblée au vu de son large sourire, Élina, toujours à califourchon sur lui, se baisse pour se blottir dans ses bras. Ils restent dans cette position quelques minutes, puis elle le fixe avec un air coquin, démonstratif de l'envie qui déjà la reprend.

Il comprend tout de suite qu'elle veut recommencer, et ne se fait pas prier pour la satisfaire. Ils continuent à faire l'amour pendant des heures et des heures, jusqu'à atteindre l'épuisement.

Enfin fatiguée, Élina se couche à côté de Rob, la tête dans le creux de son épaule, et s'endort paisiblement, sous le regard ébahi de Rob qui lui souhaite une bonne nuit et plonge à son tour dans le sommeil, un grand sourire aux lèvres.

Sur les coups de midi, Rob et Élina, qui ont dormi comme des bébés, se réveillent, et se dévorent des yeux.

« Salut ! dit Rob.
– Salut, toi ! Tu as bien dormi ?
– Très bien. Et toi ?
– Pareil ! Et tu sais ce que j'apprécie le plus ? poursuit-elle.
– Non, dis-moi.
– Le fait de ne pas avoir eu peur ! »

Rob la serre dans ses bras, lui embrasse le front, puis se lève pour prendre une douche. Quand elle l'aperçoit à travers la vitre de la douche, Élina repense à leurs prouesses, et sentant le désir poindre à nouveau, le rejoint pour y laisser libre cours.

Une heure plus tard, ils sont enfin prêts, et descendent pour prendre un petit-déjeuner ou un déjeuner, selon les possibilités offertes par la maison.

Dans le hall, ils croisent Don les bras chargés d'assiettes.

« Alors, bien dormi ? leur demande-t-il amicalement.
– Impeccable ! répond Rob.
– Vous avez faim ?
– Oui ! affirment-ils en chœur.
– On déjeune. Ça vous convient ou préférez-vous prendre un petit-déjeuner ?
– Ça me va ! s'enthousiasme Rob qui a une faim de loup.
– Moi aussi ! déclare Élina.
– Nous sommes installés dans le jardin. Suivez-moi ! »

Quand ils arrivent, ils découvrent une grande et belle terrasse en pierre blanche, avec des tables disposées les unes à côté des autres. Puis au bout de celle-ci, un jardin avec de jeunes arbres, et une piscine au milieu.

En s'asseyant aux côtés de leurs amis, Rob et Élina se sentent observés, et pour cause : tous ont les yeux fixés sur eux.

« Qu'y-a-t-il ? demande Élina.
– Vous avez passé une bonne nuit ? demande Jo, avec un petit sourire en coin.

– Oui. Pourquoi ?

– Parce que tout le monde en a profité ! Sauf Ethan qui dormait comme un loir. »

Anna, Jess et Jo rient de voir Élina et Rob devenir tout rouges.

« Désolée, dit Élina, un peu confuse.

– Il n'y pas de mal ! répond Jo avec bienveillance.

– Bon, on peut peut-être parler d'autre chose ! rétorque Rob, agacé.

– OK, mais juste une dernière remarque pour toi, Rob.

– Laquelle ?

– Je te l'avais bien dit.

– De quoi ?

– Que vous finiriez par…

– C'est bon. D'accord. On a compris ! » le coupe Rob, en souriant à moitié.

Alors que tout le monde s'amuse de la situation, Ethan lui ne prête pas attention à ce qui se dit à table. Il est songeur, et ne peut s'empêcher de se demander – alors même qu'elle a essayé de le tuer – ce que devient Cindy. Jess, en remarquant son air absent, lui adresse un sourire, sans oser lui demander à quoi il pense.

JESS

Jess – diminutif de Jessica – était une jeune femme affirmée et indépendante qui vivait à Orly, dans un spacieux duplex de 150 m², et avait pour particularité de collectionner les conquêtes masculines. Consciente d'avoir un physique très attrayant, elle n'hésitait jamais à user de ses charmes pour arriver à ses fins. Jolie brune aux longs cheveux ondulés, elle aurait pu être mannequin avec sa silhouette élancée et sa taille marquée. Son visage fin et expressif laissait transparaître un caractère bien trempé. Cependant juste ce qu'il fallait pour être désirable aux yeux des hommes. Ses mensurations et son caractère ne constituaient pourtant qu'une partie de son attirail de séduction, car sa véritable arme fatale, c'était ses beaux et grands yeux verts. Avec autant d'atouts, Jess aimait son image et ne s'en cachait pas, estimant ne pas avoir à culpabiliser de son narcissisme.

Sur le plan affectif, elle était assez distante avec les hommes, refusant tout engagement ou toute forme d'attaches. La vie pour elle n'était qu'un vaste jeu, et elle n'avait pas envie d'y mettre de réelles limites.

Côté vie professionnelle, elle menait une belle carrière en tant qu'avocate spécialisée dans les divorces, ce qui lui permettait de bien gagner sa vie, et lui donnait le sentiment de contribuer à la justice, en prenant un malin plaisir à faire payer ceux qui avaient été infidèles ou avaient parié avec l'argent de la famille, par exemple. Cette carrière réussie était pour elle une revanche sur le passé qui ne l'avait pas épargnée des tragédies de la vie. À l'âge de 11 ans, elle avait perdu ses parents dans un accident de voiture causé par un chauffeur de poids-lourd ivre qui avait dévié de sa trajectoire, puis avait été ballotée de famille d'accueil en famille d'accueil. Jusqu'au jour où la chance lui sourit enfin, et où les parents de sa meilleure amie Élina, accompagnés de l'assistante sociale en charge de son dossier, vinrent la voir à l'orphelinat pour lui demander si elle voulait venir vivre chez eux. Jess sauta de joie à cette idée, et accepta immédiatement. Des mois s'écoulèrent avant que la procédure prenne fin et que Jess puisse enfin venir habiter dans sa nouvelle famille. Les premiers jours ne furent pas simples pour elle, car elle n'avait pas de repères et ne se sentait pas encore chez elle ; mais plus le temps passait, plus cette sensation s'atténuait, pour au final disparaître totalement. Sa relation avec Élina s'était trouvée renforcée par cet accident de la vie, et par la suite, en quittant le domicile familial, elles ne se sont jamais perdues de vue ni éloignées, liées l'une à l'autre comme de véritables sœurs.

17 septembre – 11h24

Quand Jess se réveilla, elle découvrit un homme qui dormait à ses côtés et dont elle avait déjà oublié le nom. En contemplant les lieux, elle se rappela où elle avait terminé la nuit. *Ah oui, le palace Montéon !* se dit-elle, en passant les mains sur ses tempes, du fait de l'affreux mal de tête qu'elle éprouvait. Elle se souvint que la veille, elle était sortie dans un pub irlandais, et avait énormément bu ; *même trop bu*, songea-t-elle en regardant le visage de l'homme qui était couché près d'elle.

« Qu'est-ce que j'ai encore fait ?! se sermonna-t-elle à voix basse.

– Que dis-tu ? demanda l'homme, toujours allongé.

– Rien. Je vais me laver et y aller, car j'ai rendez-vous avec ma sœur cet après-midi, et je dois repasser chez moi avant.

– Mais il n'est que 11h30 !

– Oui, et j'ai rendez-vous à 15h00 ! »

L'homme insista pour qu'elle reste, mais Jess refusa catégoriquement. Elle s'apprêtait à se lever quand elle entendit des coups sourds provenant du couloir, suivis de quelques hurlements venant de la rue.

« Mais qu'est-ce que c'est que ce foutoir ? demanda-t-elle dans le vide, sans même s'adresser à l'homme qui partageait sa chambre et qui était à ses yeux transparent.

– Je vais aller voir ! dit ce dernier en soupirant.

– Tu n'es pas obligé… Euh… C'est quoi ton nom déjà ?

– Ça fait plaisir... Je m'appelle Éric !

– Ah oui, c'est ça : Éric !

– J'y vais. Ne bouge pas. »

Éric mit une serviette autour de sa taille, et s'engouffra dans le couloir qui était vide. Jess le suivit mais s'arrêta sur le seuil de la porte, pour tendre l'oreille.

« Il n'y a plus rien ! observa-t-elle.

– C'était peut-être… »

Il fut interrompu par un nouveau bruit.

« Ça vient de l'ascenseur ! » l'informa Jess.

Il s'avança vers l'ascenseur à pas de loup, en faisant signe à Jess de rester près de la suite, plaça son oreille contre les portes, et lui confirma d'un signe de la main que les bruits venaient bien de là. Il appuya ensuite sur le bouton d'appel, et attendit l'ouverture des portes. Jess, curieuse, attendait de voir ce qu'il allait se passer, en penchant légèrement la tête en direction de l'ascenseur.

La petite sonnerie d'arrivée de celui-ci retentit, et quand les portes s'ouvrirent, Jess et Éric furent témoins d'une terrible scène. À l'intérieur, quatre personnes étaient en train d'en dévorer une autre. Il y avait du sang partout.

L'un des hommes – visiblement pas dans son assiette – arrêta son regard sur Éric, qui resta immobile, totalement paralysé par la peur. Sans crier gare, l'homme lui alpagua le bras, l'attira à l'intérieur, et le mordit sauvagement au biceps. Jess, pétrifiée, regarda les autres se ruer sur lui, et le vit disparaître, noyé sous la masse des corps qui s'entremêlaient au-dessus de lui.

Au moment où les portes commencèrent à se refermer, Jess fut incapable de réagir. Elle garda les yeux rivés sur l'ascenseur jusqu'à leur fermeture totale, et ne sortit de sa torpeur que lorsqu'elle aperçut, au bout du couloir, un grand homme noir en tenue de vigile qui déboulait vers elle depuis les escaliers de secours. Prise de panique, elle s'enferma dans sa suite avant qu'il n'arrive jusqu'à elle.

« Madame ! Madame ! insista-t-il en tambourinant à la porte.

– Allez-vous-en !

– Madame ! Êtes-vous blessée ? lui demanda-t-il.

– Non !

– J'aimerais pouvoir m'en assurer, s'il vous plaît.

– Pourquoi ?

– Vous avez bien vu ce qu'il se passe quand même ! Si vous êtes blessée par l'une de ces choses, vous êtes un danger !

– Quoi ?!

– Écoutez, c'est pour votre bien, alors ouvrez ! »

Jess entrouvrit la porte, et détailla l'homme des pieds à la tête. Après quelques secondes, elle céda et le fit entrer. Il se fichait totalement qu'elle fût nue, et l'examina minutieusement pour voir si elle n'avait pas de morsures. Après s'être livré à cet examen minutieux, il se dirigea vers la salle de bain, et lui ramena une robe de chambre qu'elle enfila prestement.

« Qui êtes-vous ? interrogea-t-elle.

– Don. Agent de la sécurité.

– Que se passe-t-il ?

– Vous ne savez pas ce qui se passe ? Sérieusement ?!

– Bien sûr que si, je le sais, et c'est pour ça que je vous pose la question ! J'aime avoir l'air d'une idiote ! ironisa-t-elle.

– Excusez-moi pour la question idiote ! lui dit-il en souriant. Pour faire court, il se passe des choses dignes d'un film d'horreur depuis ce matin. Des gens tombent malades et attaquent les autres. Ils sont pires que des animaux ! Ils mordent, déchiquètent et mangent leurs victimes. De ce que j'ai pu voir, s'ils ne font que vous mordre ou vous amocher, ils vous contaminent et vous vous mettez à votre tour à attaquer tous ceux qui ont le malheur de croiser votre route. En gros, nous sommes dans la merde ! Vous étiez seule ici ?

– Non, mais Éric a voulu voir ce qu'il y avait dans l'ascenseur et…

– OK. Pas besoin de m'expliquer, j'ai compris ! Vous avez de la chance, car vous êtes seule maintenant à cet étage. Donc vous ne craigniez rien.

– Et les escaliers ?!

– L'escalier principal est sécurisé et pour celui de secours il faut un badge pour y accéder, et a priori, ils ne savent pas s'en servir, tout comme ils ne savent pas se servir des poignées de portes. Bon, content que vous n'ayez rien, en tout cas ! Je dois filer pour rejoindre mes collègues, s'ils sont toujours en vie, et essayer de sécuriser le plus de pièces possible !

– Vous me laissez seule ?!

– Je vais revenir ! Enfin, en principe… Dans le cas contraire, il faudra vous débrouiller seule ! »

Il repartit aussitôt, la laissant toute seule à l'étage. Jess, n'en revenait pas. *Il m'a laissée, le con !* s'indigna-t-elle en refermant la porte de sa suite.

Attirée par des bruits à l'extérieur, elle se dirigea vers la fenêtre pour regarder ce qu'il se passait, et resta abasourdie par le spectacle qui s'offrait à elle. Dans la rue, les gens étaient devenus complètement fous. Certains en pourchassaient d'autres en grognant. Sur le bitume, Jess vit des morceaux de corps éparpillés un peu partout, et du sang qui coulait à flot dans le caniveau.

Paniquée, elle prit son portable, et essaya d'appeler sa sœur Élina, mais le réseau était inexistant. *Fait chier !* se dit-elle, avant de se résigner à ne rien pouvoir faire, et à s'asseoir sur le lit, en attendant l'hypothétique retour de l'agent de sécurité. Elle ne cessait de penser à Élina, et se demandait avec angoisse ce qu'elle devenait, si elle allait bien...

Une heure plus tard, elle fut arrachée à ses pensées par le retour de Don qui frappa à la porte.

« Ça y est ? Vous avez pu sécuriser les lieux ? demanda-t-elle, en ouvrant et en l'invitant à entrer d'un geste de la main.

– Oui, pratiquement !

– Comment ça 'pratiquement' ?

– Nous avons réussi…

– … À les tuer ?! l'interrompit-elle.

– Certains, oui ! répondit-il en riant jaune. Mais ils sont trop nombreux ! Nous avons dû stocker la plupart.

– Stocker ??

– Oui, nous les avons attirés dans certaines pièces du palace et les y avons enfermés, grâce à la fermeture électronique des portes. »

Il lui expliqua ensuite tout ce qui s'était passé, l'informant qu'il avait perdu tous ses hommes dans la bataille, puis lui énumérant les pièces et les étages condamnés, ainsi que ceux qui étaient encore accessibles. Il ne parlait plus depuis presque une minute, et constata que Jess le fixait encore machinalement, comme si elle était ailleurs, le regard vide, dénué de toute expression.

« Ça va aller ? lui demanda-t-il.

– Comment ? dit-elle en sortant soudain de ses songes.

– Comment allez-vous ?

– Oh ! Bien, merci. Enfin, je pense...

– C'est bien, ce que vous avez fait. Ça vous a probablement sauvé la vie.

– De quoi parlez-vous ?

– Eh bien, d'être restée cloîtrée dans votre suite !

– Mais je ne suis pas restée cloîtrée !

– Comment ça ? dit-il, avec un air surpris.

– Quand vous m'avez trouvée, je venais de me réveiller.

– Sérieusement ?

– Oui. Et je ne savais même pas ce qui se passait. »

Don éclata de rire, ce qui fit sourire Jess et la détendit un peu.

« Vous êtes trop forte !

– Que faisons-nous maintenant ? s'enquit-elle.

– Eh bien, dans un premier temps, vous allez vous habiller, et dans un second temps, nous allons voir s'il y a d'autres personnes au quatrième étage qui, lui, n'est pas condamné.

– D'accord. Vous restez là pendant que je me prépare ?

– Pas de problèmes. »

Jess se prépara vite fait, et partit avec Don pour inspecter le quatrième étage. Ils frappèrent à toutes les portes, mais n'obtinrent aucune réponse, sauf à l'une des chambres où une femme leur parla à travers celle-ci, refusant de leur ouvrir. Ils essayèrent de la convaincre de venir avec eux, mais en vain. Un homme – sans doute son mari –prit le relais et les informa qu'ils ne bougeraient sous aucun prétexte. Dépitée, Jess insista encore, leur demandant comment ils allaient faire pour se nourrir, mais quand l'homme lui rétorqua qu'ils se débrouilleraient, Don lui fit signe de laisser tomber.

« Bon ! En parlant de nourriture, ça vous dirait de casser la croûte ? lui proposa-t-il.

– Volontiers ! » dit-elle, s'éloignant à contrecœur de la chambre du couple de rescapés.

En évoluant dans les couloirs déserts du palace, Jess prit conscience de l'étendue des dégâts provoqués par la bataille. Elle marchait au milieu des décombres et des membres arrachés, suivant Don qui l'entraînait en silence jusqu'aux cuisines. Arrivés à destination, ils se préparèrent un sandwich qu'ils engloutirent sur place.

« Je prépare des sandwichs pour le couple du quatrième, et après on se met au ménage ? suggéra-t-elle.

– Pardon ?! s'étonna Don.

– Eh bien, oui ! Nous ne pouvons décemment pas vivre dans un bordel pareil !

– Euh... Oui. OK ! répondit Don, sur un ton peu enthousiaste.

– Plus vite ce sera fait et plus vite nous serons tranquilles ! Qui m'aime me suive ! » s'exclama-t-elle, pour essayer de le motiver.

Elle alla déposer un plateau avec les sandwichs et deux bouteilles d'eau devant la porte du couple, et toqua pour les en informer. Puis sans attendre de réponse de leur part, elle rejoignit Don pour commencer le grand ménage. Ils nettoyèrent et astiquèrent pendant quatre heures avant que l'endroit ne redevienne à peu près normal et agréable à vivre. Finalement, au fur et à mesure des jours qui passaient, ils prenaient de nouveaux repères et de nouvelles habitudes, au point de s'accommoder assez bien à ce nouveau quotidien qui s'était imposé à eux.

Le 22 septembre – 10h54

Jess s'était fait couler un bain et s'y prélassait dans un silence religieux, quand son téléphone sonna. Sans réfléchir, comme par réflexe, elle se précipita hors de la baignoire pour s'en emparer et vit qu'elle avait reçu un texto d'un de ses collègues, en date du 17 septembre, à 8h01. Il l'informait qu'il s'était fait agresser la veille, et qu'il ne pourrait donc pas être présent au travail ce jour-là. Jess soupira de déception, car elle espérait recevoir des nouvelles d'Élina. Elle profita du peu de réseau qui restait pour tenter d'appeler cette dernière. Par chance, la connexion fut établie, et le signal d'appel retentit à son oreille. Quelqu'un décrocha : c'était Élina. Jess, submergée par la joie, se mit à pleurer. Elle l'informa de la situation, et lui demanda si elle pouvait la rejoindre, ce qu'Élina – avec l'accord de ceux qui l'accompagnaient – accepta avec enthousiasme. La conversation dura encore quelques minutes avant que des grésillements vinrent la perturber, et que le réseau ne disparaisse à nouveau. Jess, euphorique à l'idée de retrouver sa sœur adorée, s'empressa d'annoncer la bonne nouvelle à Don, qui fut ravi pour elle. Folle de joie, elle lui sauta dans les bras, lui embrassa la joue, puis relâcha l'étreinte pour s'affaler dans un fauteuil du hall d'entrée, en poussant un long soupir de soulagement.

« Elle va bien ! Je vais enfin la revoir ! se réjouit-elle.

– Heureux pour toi ! Et maintenant, il n'y a plus qu'à attendre !

– Oui ! Je vais informer le couple du quatrième, afin qu'ils guettent de leurs fenêtres leur arrivée ! » dit-elle en se précipitant dans les escaliers.

Don, souriant, la regarda gravir les marches en chantonnant et sautillant comme une enfant.

VIII

18 septembre – 16h00

Victor ignore depuis combien de temps il court et la distance qu'il a pu parcourir. Et n'étant pas sportif de nature, il s'étonne de ne pas être essoufflé et de ne pas ressentir de douleurs musculaires. Bizarrement, il se sent bien et pourrait encore courir des kilomètres sans aucune difficulté.

Dans sa course effrénée, son attention est attirée par une jolie jeune femme, vêtue d'une petite robe rouge, qui passe près de lui en courant. Il se lance aussitôt à sa poursuite, en criant à la jeune femme de l'aider. Surprise d'entendre une personne l'interpeller au milieu de ce chaos, elle s'arrête et se tourne vers lui pour l'attendre. Éblouie, elle place sa main au-dessus de ses yeux pour se protéger de la lumière du soleil descendant, et lui fait signe de se dépêcher, geste qu'elle regrette bien vite quand Victor bondit sur elle, la plaque au sol et lui arrache un morceau de la gorge, laissant apparaître sa trachée sectionnée. Pour la première fois, il est conscient de ce qu'il fait et ne se dégoûte pas. Il comprend qu'il ne fait plus qu'un avec le virus et que, contrairement aux autres, il a eu le privilège de garder son intelligence humaine, devenant par là-même occasion un être supérieur. Il se souvient des propos de la femme au chignon à l'hôpital, et comprend finalement ce qu'elle avait voulu dire par « vous nous êtes précieux » : ils avaient dû faire des tests sur d'autres cobayes qui n'avaient pas réussi à atteindre son stade d'évolution, et c'est pour ça qu'elle tenait absolument à le récupérer lui.

Perdu dans ses pensées, il entend soudain des coups de feu retentir, et en levant les yeux, découvre des soldats tirant sur tous les infectés de la rue. Il s'empresse donc de cracher le morceau de chair qu'il était en train de mâcher, essuie son visage dans la robe de la femme, et fait de grands signes dans leur direction, en appelant à l'aide.

Les deux soldats qui arrivent à son niveau s'assurent en premier lieu qu'il n'a pas de morsures, puis ne décelant aucune blessure de ce type, ils lui adressent enfin la parole.

« Ça va, Monsieur ?
– À votre avis ??
– Que faites-vous assis au milieu de ces choses enragées ?
– Ma femme... dit-il les larmes aux yeux, en désignant celle qu'il venait de tuer.

– Je suis désolé, Monsieur. Suivez-moi, je vais vous mettre à l'abri ! »

Le soldat fait monter Victor dans sa Jeep, et le conduit au refuge de fortune de l'armée.

« Quel foutu merdier, n'est-ce-pas ? dit-il, pendant le trajet.
– Oui, on peut dire ça ! répondit laconiquement Victor qui n'avait pas la moindre envie de parler.
– Je vous jure que si je trouve le gars qui est à l'origine de tout ça, je lui colle direct une balle entre les deux yeux ! »

Lorsqu'ils atteignent le refuge, le soldat descend de voiture pour aller parler à un autre. Il montre Victor du doigt, et le second soldat hoche la tête en signe d'acquiescement.

« Vous pouvez y aller ! Le soldat que vous voyez là-bas va s'occuper de vous ! » lui indique-t-il en revenant vers la Jeep. Victor rejoint ce dernier, qui le conduit jusqu'à une grande tente sous laquelle s'entassent des dizaines de rescapés. Ils sont en train de faire la queue pour être répertoriés, attendant de pouvoir donner leur nom à un officier assis devant un bureau et qui, au fur et à mesure, note méticuleusement les patronymes de chacun.

Une fois enregistré, Victor est accompagné dans une salle de consultation où une femme médecin l'attend pour l'ausculter. Pour détendre l'atmosphère, elle lui parle avec douceur de choses et d'autres, puis au moment où elle passe une lampe devant ses yeux, elle s'arrête brusquement de parler. Elle s'attarde un peu pour bien observer les pupilles de Victor, puis se précipite vers le tiroir de son bureau, duquel elle sort une arme qu'elle pointe immédiatement sur lui. Tout en le tenant en joue, elle appelle un garde en hurlant à plusieurs reprises.

« Il est contaminé ! dit-elle sèchement lorsque le garde fait irruption dans la pièce.
– Merde ! Je vais en référer au Sergent ! »

Quand le garde repart, Victor a un déclic : puisqu'il est désormais physiquement mort, comme les autres zombies, il ne risque rien à se faire tirer dessus. Il fonce donc sur la femme, et lui arrache quelques bouts de chair, avant de s'enfuir et disparaître à l'intérieur du camp. Se mêlant à la foule, il prend un malin plaisir à mordre sur son passage le plus de personnes possible, afin de les contaminer et d'occuper comme il se doit ces messieurs de l'armée. En quelques minutes, il a contaminé bon nombre de personnes, et déjà les premiers grognements inhumains se font entendre dans le camp, tandis que les hurlements des rescapés s'intensifient. Victor se sent fier de lui et commence à prendre goût à sa situation. Il escalade un muret pour s'y asseoir, et de là-haut contemple l'ampleur de son œuvre, un sourire de satisfaction aux lèvres.

Le massacre dure ainsi jusque tard dans la soirée, et au final, pratiquement tous les rescapés du camp ont été contaminés, devenant à leur tour des morts-vivants. Bien sûr, un faible pourcentage est mort définitivement, et un autre a réussi à s'enfuir, mais dans l'ensemble, Victor trouve le résultat très satisfaisant. Déambulant entre les corps mutilés et les membres arrachés, il s'arrête au niveau d'un petit coin d'herbe fraîche sur lequel il s'allonge, en croisant les bras derrière sa tête, pour admirer les étoiles.

Le lendemain, pour la première fois il se réveille au même endroit que celui où il s'était couché la veille. Enfin, il se sent en adéquation avec lui-même, son corps et son esprit étant à nouveau en phase, ce qui le met instantanément dans de bonnes dispositions. « C'est bien calme ce matin… Il va falloir y remédier ! » dit-il à voix haute, motivé par la nouvelle journée de carnage qui s'annonce.

En sortant du camp, il décide d'aller flâner dans les rues de Paris. En chemin, les rares survivants qu'il croise l'implorent de les aider ou lui suggèrent de venir avec eux pour se cacher. Dans chaque cas, sa réaction est la même : il répond favorablement aux demandes, s'attire leur confiance, et les dévore à la première occasion sans autre forme de procès, n'éprouvant plus aucune compassion ou sympathie pour personne. Les seules choses qui lui tiennent à cœur désormais sont de permettre à sa race de se soulever, s'imposer, proliférer et régner sur cette terre. Or pour servir sa cause, il a un programme ambitieux : tuer, contaminer, et répandre la terreur dans tout Paris dans un premier temps en encadrant et dirigeant ses frères les morts-vivants. Il s'attela à cette tâche durant quatre jours consécutifs.

Le 23 septembre – 09h48

Au cinquième jour, tandis qu'il marche dans une rue déserte, Victor est interpellé en entendant des voix qui lui semblent familières. Se laissant guider par le son des voix, il arrive au bout d'une ruelle, et aperçoit une femme au sol qui tente de passer sous le rideau de fer de l'entrée d'un palace. De l'autre côté, quelqu'un empêche celle-ci d'aller plus loin, la repoussant à grands coups de pied dans la figure. Le rideau se referme finalement, et la femme reste dehors, allongée face contre terre, avant de se relever. Debout, elle inspecte les environs, et s'en va. Victor en l'observant reste bouche bée : il connait cette femme ! Faisant appel à sa mémoire, il finit par retrouver son nom.

« Cindy ! » s'exclame-t-il plus fort qu'il ne l'aurait voulu, attirant l'attention de la jeune femme sur lui. En entendant son prénom, elle se retourne aussitôt, mais Victor ayant eu le réflexe de se cacher, elle ne voit personne et reprend sa route, l'air un peu perdu, suivie discrètement par Victor qui, profitant d'un moment d'inattention de sa part, la dépasse pour aller se cacher un peu plus loin. À l'abri des regards, dans un renfoncement d'immeuble, il s'adosse à une porte pour guetter sa proie, mais la porte mal fermée s'ouvre tout à coup, manquant de le faire tomber à la renverse. Méfiant, il scrute l'endroit depuis l'extérieur, puis constatant qu'il est désert, il y pénètre, en prenant soin de ne refermer la porte que de trois-quarts pour pouvoir surveiller dans l'ombre l'arrivée imminente de Cindy.

« Madame ! » chuchote-t-il lorsqu'elle passe à son niveau.

Cindy cherche d'où peut venir la voix, mais ne voit pas Victor, caché derrière la porte entrebâillée. Il réitère son appel, en sortant cette fois-ci un bras par l'ouverture, pour lui faire signe de venir. Elle aussi est méfiante, et ne s'approche pas trop près.

« Qui êtes-vous ? lance-t-elle sur la défensive.
– Un survivant, tout comme vous !
– OK ! dit-elle, sans trop savoir quoi répondre.
– Il ne faut pas rester dehors à la vue de tous, comme un bout de viande qu'on agiterait devant une meute de loups ! lui conseille-t-il.
– Ne vous inquiétez pas pour moi ! » rétorque Cindy par fierté.

Victor sent que ça ne va pas être chose facile de l'attirer

à l'intérieur, et ce challenge l'émoustille. Plus la chasse est longue et difficile, meilleure elle est à ses yeux.

« Je vous proposais juste un endroit où vous mettre en sécurité, mais si vous n'en avez pas besoin, je vous laisse vaquer à vos occupations ! dit-il en refermant la porte très lentement.

– OK, OK ! Je viens, mais seulement le temps de me reposer. Après, je repars ! »

– Comme vous voulez. Ce n'est pas une prison ici ! » lui fait-il remarquer.

En lui ouvrant entièrement la porte, il prend soin de rester derrière, puis après l'avoir refermée, il s'accroupit vite dans un des coins les plus sombres de la pièce, de sorte que Cindy ne puisse pas discerner ses traits. De son côté, Cindy ne se sent pas très à l'aise en présence de cet inconnu, mais consciente de devoir se reposer, elle tente de prendre sur elle.

« Vous êtes seul ? demande-t-elle.

– Oui, mais depuis peu ! Mes amis sont dehors, pas très loin, et je vais bientôt les rejoindre ! répond-il en pensant secrètement à ses congénères les morts-vivants.

– Ils font quoi dehors ?

– Ils repèrent les lieux et cherchent de quoi se nourrir.

– Nous en sommes tous là... Pourquoi n'êtes-vous pas allé avec eux ?

– Parce que j'ai de la nourriture ici pour le moment, et que je ne suis pas aussi rapide qu'eux.

– Vous vous entendez bien avec eux ?

– Oui ! Ils n'ont pas une conversation très variée, mais ils sont de bonne compagnie. Et vous ? Vous êtes seule, d'après ce que je vois...

– En effet, mais depuis peu aussi.

– Ah bon ? Et pourquoi vos amis ne sont-ils plus avec vous ?

– Parce que ce sont des cons, tout simplement ! dit Cindy avec une pointe d'amertume dans la voix.

– Ah ! Je vois.

– Ah vraiment, vous voyez ?!

– Oui ! J'imagine que vos amis sont ce genre de personnes qui vous laissent tomber dès qu'ils se rendent compte que vous n'êtes pas comme eux ! Ils vous accusent d'être un danger potentiel, et vous abandonnent sans se retourner !

– C'est exactement ça ! Comment avez-vous fait pour deviner ? s'écrie Cindy, heureuse et épatée de se sentir enfin comprise.

– Oh, je n'ai aucun mérite, vous savez ! Je les connais, c'est tout !

– Ah bon ? » dit-elle la boule au ventre, soudain méfiante.

Plus du tout en confiance, elle commence à reculer dans l'obscurité, jusqu'à un mur qu'elle longe pour se rapprocher de la sortie.

« Cindy ! Enfin ! Tu ne me reconnais pas ?!

– Non. Qui êtes-vous ?

– Toi et tes amis, vous m'avez aussi laissé tomber quand

j'avais besoin d'aide ! Vous m'avez même violemment frappé puis lâchement abandonné ! »

Victor, au même moment, se lève et s'avance lentement vers Cindy. Il sort peu à peu de la pénombre, mais Cindy ne peut pas encore distinguer les traits de son visage, jusqu'à ce qu'un courant d'air frais lui caresse la joue, puis soulève le morceau de tissu accroché devant l'une des fenêtres brisées, laissant la lumière du jour pénétrer dans la pièce et balayer la silhouette du mystérieux interlocuteur. En découvrant le visage de celui-ci, Cindy sent la panique la gagner, et un léger cri sort de sa bouche avant qu'elle n'ait le temps de l'étouffer avec sa main.

« Victor ?!
– En chair et en os ! Enfin, plus en os qu'en chair ! Ah ! Ah ! Ah ! Tu sais, en fait, ce n'est pas si mal d'être un mort-vivant ! Cela dit, c'est vrai qu'il y a bien des petits inconvénients à ce nouvel état, comme l'odeur et les douleurs notamment ! De toi à moi, le pire, c'est sans doute la sensation de décomposition ! Je n'arrive pas à m'y faire ! Ah oui, j'oubliais : il y a aussi la faim perpétuelle qui te tenaille l'estomac ! Ça, c'est très agaçant !
– Tu ressens la douleur ? rebondit Cindy qui n'en croit pas ses oreilles.
– Eh oui ! Contrairement à ceux de mon espèce qui sont moins évolués que moi, mon cerveau fonctionne pratiquement comme avant, et donc il reconnaît la

douleur.

– Et tu ressens une faim perpétuelle ?

– Oui ! Et si tu savais à quel point c'est gênant et désagréable ! Mais il y a tout de même un très gros point positif à tout ça !

– Ah bon ? Lequel ? demande Cindy qui a presque atteint la porte.

– Ma technique et ma rapidité à la chasse sont excellentes ! » réplique Victor, en se lançant sur elle tandis qu'elle essaye de s'enfuir.

« Essaie encore de t'échapper ! C'est plus amusant comme ça ! » la défie-t-il, tout excité, en se mettant en travers de son chemin.

N'ayant plus rien à perdre, Cindy tente le tout pour le tout, et lui fonce dessus tête baissée. Son épaule entrant en contact avec le bas-ventre de Victor, elle réussit à le faire reculer de quelques centimètres, mais pas assez pour pouvoir s'enfuir. Victor, amusé par sa ténacité, lui attrape les cheveux et la projette violemment sur le côté. Plus déterminée que jamais, elle se relève, et telle une boxeuse, elle s'avance vers lui les poings en avant.

« Allez ! Viens ! La nourriture, ça se mérite, bâtard ! le provoque-t-elle.

– J'adore ton caractère ! » confesse-t-il, en jubilant par avance de sa victoire assurée.

Cindy parvient tout de même à lui asséner plusieurs coups, mais à chaque fois, il les lui rend avec plus de force. Face à la violence des crochets et directs qu'elle encaisse, la jeune femme perd la notion du temps, ce combat de dix minutes lui semblant durer une éternité. Victor au bout de ce laps de temps estime avoir assez joué. Il passe très rapidement derrière elle, lui flanque un coup de coude sous la nuque, puis lui fait plier la jambe droite en lui mettant un coup de pied derrière le genou. Exténuée, Cindy se laisse tomber à genoux, prête à subir l'ultime attaque. Victor se replace alors face à elle, et s'agenouille à son niveau, en lui souriant.

« Tu peux être fière de toi, Cindy ! Tu as bien combattu ! Regarde : j'ai encore moins de chair qu'avant sur les bras, le torse et le visage. Tu as assuré ! Et pour récompenser ta bravoure, je vais t'achever dignement et rapidement.

– Va te faire foutre, espèce de malade ! » lui crie-t-elle, en lui envoyant un gros crachat au visage.

Loin de se vexer, Victor accueille l'affront en riant. Il lui attrape les cheveux pour la forcer à pencher la tête sur le côté, et la mord au niveau du cou, en lui arrachant la jugulaire d'un coup sec. Cindy hurle comme une damnée, excitant encore plus Victor qui colle sa bouche grande ouverte contre la plaie béante et se régale de son sang. Il met fin à sa dégustation quand il sent le corps de Cindy se relâcher dans ses bras. Lui caressant les cheveux, il embrasse son front, et lui murmure un petit mot à l'oreille. « Je vais attendre que tu reviennes parmi nous, et nous irons nous occuper de tes anciens amis, ma Cindy ! Tu verras, tu vas adorer ça… »

VICTOR

15 septembre – 03h00

Victor était allongé dans une ruelle à demi-conscient. Quand il reprit connaissance, il ne savait ni comment il était arrivé là, ni où il se trouvait. La seule chose dont il était sûr, c'était qu'il avait mal à peu près partout. *Que m'est-il arrivé ?* se demanda-t-il, angoissé par son amnésie. Il se rappelait vaguement qu'il était en train de ranger ses courses chez lui quand une femme avait sonné à la porte. Puis plus rien : le trou noir.

Il tenta de se lever une première fois, mais ses forces l'abandonnèrent aussitôt, et il retomba lourdement sur le sol. Déterminé à se redresser, il fit une seconde tentative, et réussit à se tenir debout sur ses deux jambes, en appui contre un mur. Sa vue trouble l'empêchait de distinguer l'endroit où il avait atterri. Il apercevait seulement une sorte de lumière, et tenta de se diriger vers elle en se servant du mur pour avancer. Après quelques pas, il entendit quelqu'un parler et comprit qu'on s'adressait à lui, même s'il n'arrivait pas à bien voir.

« Monsieur, vous allez bien ? » lui demanda la forme qui se dessinait avec flou devant lui.

À ces mots, Victor se redressa légèrement pour faire face à son interlocuteur, mais celui-ci en découvrant son visage eut un brusque mouvement de recul.

« Mon Dieu ! Il faut qu'on vous emmène à l'hôpital, Monsieur ! » s'exclama-t-il en prenant son téléphone portable pour appeler les secours. En raccrochant, il dit à Victor de s'asseoir, l'informa que les secours allaient bientôt arriver, puis le mitrailla de questions. Victor n'étant ni en état de réfléchir ni en état de répondre, se mura dans son silence.

Quelques instants plus tard, des sirènes retentirent de plus en plus fort à ses oreilles puis s'arrêtèrent. Il devina devant lui la forme d'une ambulance, mais dut fermer les yeux rapidement, car la lumière des gyrophares lui faisait terriblement mal. Deux hommes s'approchèrent de lui et commencèrent à l'ausculter. Ils fouillèrent dans leurs sacs, en sortirent du matériel médical puis se concentrèrent à nouveau sur lui. Il ne comprenait pas tout ce qui se passait, mais il se laissa faire, jusqu'à ce qu'ils le couchent sur une civière et le montent dans l'ambulance qui redémarra sirène hurlante.

Dans l'ambulance, Victor constata que sa vue s'améliorait un peu et se réjouissait de pouvoir à nouveau percevoir les détails. Il s'apprêtait à dormir un peu, imaginant que le trajet allait durer, mais très vite l'ambulance s'arrêta, et les ambulanciers vinrent descendre la civière. *Déjà ?* songea-t-il. La route n'avait en fait duré que cinq minutes, car la ruelle dans laquelle ils avaient trouvé Victor n'était qu'à quelques mètres d'un hôpital du 13e arrondissement.

À son arrivée, il fut immédiatement pris en charge par des médecins et des infirmières. Au milieu du tohu-bohu, il entendit brièvement quelques mots qui lui glacèrent le sang : blessures par balles et multiples lacérations.

« Monsieur, vous m'entendez ? Si oui et si vous ne pouvez pas parler, clignez une fois des paupières ! » lui indiqua un homme en blouse, penché au-dessus de lui.

Victor retira le masque qu'on lui avait placé sur la bouche et le nez pour répondre.

« Oui.
– Je suis le docteur MORI, et vous ? Quel est votre nom ?
– Victor.
– OK. Victor comment ?
– Je ne sais plus ! répondit-il après une longue réflexion.
– Ce n'est pas grave, Victor. Que vous est-il arrivé ?
– Je ne me rappelle pas... » dit-il en toussant violemment, au point de cracher du sang.

Le docteur MORI donna alors des consignes aux infirmières qui se dispersèrent aussitôt de part et d'autre, tandis qu'il commençait à pousser le brancard sur lequel il était allongé. Des portes-battantes se refermèrent bruyamment sur leur passage, puis le brancard s'arrêta dans une salle d'examen. Victor, un peu perdu, observait tous ces gens qui s'affairaient autour de lui. Les infirmières lui firent des prises de sang, et le docteur MORI lui palpait le ventre, en lui demandant s'il ressentait une gêne ou une douleur. Victor lui répondit qu'il avait mal partout. Le médecin regarda ensuite ses blessures de plus près, et commença à enlever les balles logées dans son corps.

« C'est bizarre… dit-il soudain.
– Qu'y-a-t-il, Docteur ? demanda une des infirmières.
– Regardez son sang !
– Mais c'est impossible ! s'exclama-t-elle, perplexe.
– En effet ! Je n'ai jamais vu ça !
– Il ne saigne pas, comme si à l'intérieur, c'était coagulé ! observa-t-elle, de plus en plus abasourdie.
– Regardez le tour de ses plaies maintenant !
– Elles sont rigides comme sur un… »

Elle fut interrompue par une autre infirmière qui déboula sans crier gare dans la salle d'examen, des documents à la main.

« Docteur ! Lisez ses résultats d'examens ! déclara cette dernière.
– Docteur MORI ! Regardez ! Sa température corporelle ! » s'écria une troisième infirmière, très inquiète.

Le médecin lut attentivement les résultats, prit connaissance de la température du patient sur le thermomètre corporel, et resta interdit.

« Il doit y avoir une erreur ! Recommencez ! ordonna-t-il.

– J'ai déjà changé deux fois de thermomètre, Docteur ! précisa l'infirmière qui avait pris sa température.

– Ils ont refait les analyses trois fois ! ajouta encore l'autre infirmière.

– Mais c'est impossible ! Cela voudrait dire que cet homme est mort ! Or il est bien là, devant nous, et bien vivant ! »

Le médecin réfléchit quelques instants tout en fixant Victor. Il ne voyait vraiment pas ce que cet homme pouvait avoir et qui expliquerait tous ces symptômes hors du commun.

« Faites des recherches de virus, immédiatement ! Dites au laboratoire que c'est prioritaire !

– D'accord, Docteur ! »

L'infirmière chargée des analyses sortit en courant de la salle d'examen, tandis que le médecin finissait de retirer les balles et s'appliquait à recoudre les multiples plaies sur le corps de Victor.

Quelques minutes plus tard, l'infirmière revint avec les nouveaux résultats.

« Ça ne sent pas bon, Docteur !

– Faites-moi voir ça ! »

Il prit la feuille que lui tendait l'infirmière et lut religieusement les résultats. Ses yeux s'écarquillèrent, et un air grave assombrit son visage. D'un ton calme et posé, il ordonna à tout le monde de mettre un masque, puis décrocha le combiné du téléphone de la salle d'examen pour demander qu'on lui prépare une chambre de quarantaine et trouve un expert des maladies virales et infectieuses, indiquant avant de raccrocher que les portes de l'hôpital devraient être condamnées jusqu'à nouvel ordre.

À peine un quart d'heure s'était écoulé avant que le téléphone ne se mette à sonner.

Le docteur MORI prit l'appel, et écouta en silence ce que lui disait son interlocuteur.

« OK ! On l'emmène au troisième ! » indiqua-t-il finalement aux infirmières en raccrochant.

Le médecin, suivi d'un groupe d'infirmières, poussa lui-même le brancard à travers les couloirs bleus du rez-de-chaussée, et s'arrêta devant un ascenseur qu'ils empruntèrent jusqu'au troisième. Arrivé au bon étage, il sortit le brancard et le poussa à toute vitesse le long de couloirs déserts aux murs orangés, jusqu'à une chambre hermétique qui se trouvait en retrait des autres.

Le docteur MORI installa le brancard, et relia plusieurs appareils à Victor, tout en tentant de le rassurer.

« Ne vous inquiétez pas ! Nous allons trouver ce que vous avez ! » lui disait-il en sortant, sur un ton faussement serein.

Victor, seul depuis plusieurs heures, commençait à ne plus sentir la douleur aussi intensément que quand il s'était réveillé dans la rue, et s'en trouvait soulagé. Si la solitude, durant ce long repos, ne l'avait pas dérangé, il aimerait bien à présent un peu de compagnie, et se réjouit donc en apercevant une infirmière entrer dans le sas de décontamination. Il la vit s'affubler d'une combinaison intégrale blanche, et l'accueillit avec un sourire quand elle pénétra dans sa chambre.

« Un peu de compagnie et de nourriture ? dit-elle, en lui renvoyant un sourire chaleureux.
– Volontiers !
– Vous avez l'air d'aller mieux.
– Oui, en effet. J'ai beaucoup moins mal !
– Tant mieux ! »

Au moment où elle s'apprêtait à apporter le plateau repas sur une table roulante, elle entendit les alarmes des appareils auxquels il était branché se déclencher et découvrit que Victor était inerte sur son lit, les bras pendants de chaque côté. Elle courut à l'interphone pour demander de l'aide, puis retourna vers lui pour effectuer les premiers gestes de secours. Elle tenta de le réanimer, mais en vain.

Ne pouvant plus rien faire, elle se dirigea vers le miroir sans tain de la pièce, et s'adressa aux deux personnes qui se trouvaient de l'autre côté.

« Heure de la mort : 07h35.

– En êtes-vous certaine ? demanda une voix grésillant dans l'interphone.

– Bien sûr ! répondit-elle offusquée.

– Derrière vous !

– Quoi ? »

En se retournant, elle demeura stupéfaite, les yeux rivés en direction du lit, où son patient décédé venait de se redresser.

« C'est impossible ! » cria-t-elle en s'approchant de lui pour l'aider à se recoucher et l'ausculter.

Elle prit à nouveau son pouls qui était toujours inexistant, et contrôla de même son cœur, qui ne battait plus. Décontenancée par ces incohérences, elle resta immobile près du patient. *Quelle maladie peut bien avoir cet homme ?* se demanda-t-elle, les yeux perdus dans le vague.

Soudain, elle le vit ouvrir les yeux, et par réflexe, fit un pas en arrière. Quand elle se rapprocha de son visage, elle constata que ses yeux étaient vitreux et injectés de sang. Victor gémit, mais elle ne comprit pas ce qu'il voulait dire, et s'approcha donc un peu plus près de son visage.

« Je n'ai pas compris. Vous disiez quoi ? »

Sans qu'elle n'ait le temps de réagir, il bondit de son lit, lui empoigna le bras, et tenta de la mordre à travers sa combinaison au niveau du cou. En se débattant comme une furie, elle parvint à se dégager de l'étreinte sans une égratignure, puis courut jusqu'au sas pour appuyer sur le bouton d'ouverture. La porte ne s'ouvrit pas. Paniquée, elle frappa dessus de toutes ses forces, en hurlant de terreur lorsqu'elle vit Victor se lever du lit et avancer vers elle en la fixant.

« Au secours ! S'il vous plaît, ouvrez-moi ! » cria-t-elle, en vain. Aucun des deux hommes ne bougea, et pour cause : ils avaient eux-mêmes verrouillé l'accès, par mesure de sécurité. « Pourquoi vous ne m'ouvrez pas ? Pitié ! » les supplia-t-elle, en pleurant.

Au même moment, le docteur MORI – qui s'était chargé de Victor à son arrivée – arriva au troisième étage pour vérifier l'état de son patient. Dès qu'il entendit les supplications de l'infirmière, il courut vers la salle de quarantaine, et découvrit avec stupeur la jeune femme désespérée frappant sur la vitre blindée du sas. Il appuya sur un premier bouton et entra dans le sas de décontamination, puis sur un second, pour que l'infirmière puisse le rejoindre, mais rien ne se passa.

« Ça ne fonctionne pas ! hurla-t-il.
– Faites-moi sortir d'ici ! Je vous en supplie ! » l'implora-t-elle en larmes.

Le docteur MORI aperçut Victor, debout derrière elle, et le vit se ruer sur l'infirmière, lacérant sa combinaison avec ses ongles, et en arrachant des morceaux avec ses dents. Du haut du cou jusque sous l'épaule droite, la combinaison était complètement déchirée. Victor planta alors ses dents dans la gorge nue de la malheureuse, resserra sa mâchoire et tira, jusqu'à lui arracher un gros bout de chair qu'il mâcha très rapidement puis avala, avant de l'attaquer à nouveau.

Dans le sas, le médecin impuissant pleurait de tristesse et de rage, ne pouvant s'empêcher de revoir le regard suppliant de l'infirmière et la terreur qui la submergeait avant l'attaque. Il fut brutalement sorti de ses pensées par Victor qui cognait à présent sur la vitre du sas pour essayer de l'attaquer à son tour. Quand le Docteur MORI baissa les yeux sur le corps de l'infirmière, il fut horrifié par ce qu'il découvrit. Autour du corps, on distinguait une mare de sang et des lambeaux de peau éparpillés un peu partout. Le médecin, glacé d'effroi, ne pouvait plus bouger. Son corps était comme anesthésié, et il resta planté là, le regard dans le vide.

Au bout de quelques minutes, Victor se calma puis retourna se recoucher, comme si de rien n'était, sous le regard ahuri du médecin qui ne comprenait pas les raisons de ce brusque changement de comportement. Au même instant, deux hommes en blouse blanche vinrent se poster derrière le docteur MORI.

« Il faudrait aller l'attacher. Vous ne croyez pas ? dit l'un d'eux au docteur.

– Quoi ? répondit ce dernier, encore sous le choc.

– Il faudrait l'attacher pendant qu'il est calme.

– Mais je ne peux pas rentrer ! Le bouton d'ouverture ne fonctionne pas ! rétorqua le docteur.

– Il fonctionne à nouveau.

– Comment ça ?

– Essayez ! »

Le Docteur MORI appuya sur le bouton d'ouverture du sas, et la porte s'ouvrit.

« Mais comment se fait-il qu'elle ne se soit pas ouverte avant ?! » demanda-t-il effondré, en repensant au visage implorant de la jeune infirmière. À cette question, il n'obtint aucune réponse, et quand il se retourna pour en exiger une, il constata que les deux hommes s'en étaient allés. Pendant quelques secondes, il demeura immobile devant la porte ouverte du sas, le regard fixé sur l'infirmière dont le corps mutilé reposait à dix centimètres de lui. Il l'enjamba avec tristesse, et s'avança vers le lit pour sangler Victor. Tandis qu'il terminait d'attacher le patient, un autre médecin arriva dans la salle et se mit à hurler en découvrant la scène d'horreur.

« Mais... Mais... Que s'est-il passé ?! balbutia-t-il.

– Il faut appeler le service de la morgue pour qu'ils viennent la chercher.

– Hein ? » répondit le médecin, dépassé par la barbarie de ce qui s'offrait à sa vue.

Lorsque le docteur MORI répéta la consigne, le second médecin s'efforça de retrouver son calme et de s'exécuter.

De son côté, le docteur MORI sortit de la pièce, referma les portes du sas, et se rendit au service de nettoyage. Il les informa qu'un corps allait être transféré à la morgue, et qu'il faudrait ensuite nettoyer la chambre de quarantaine. Après avoir donné toutes les consignes de sécurité aux employés, il regagna son bureau dans un état second. Perdu dans ses pensées, il avait du mal à se ressaisir et surtout, à comprendre ce qui avait pu provoquer un tel comportement.

Deux heures plus tard, son téléphone sonna. C'était l'agent de sécurité, placé devant la chambre de Victor après l'attaque de l'infirmière, qui l'avertissait que le patient était réveillé. Le médecin le remercia, prit toutes les analyses de Victor avec lui, et monta le voir.

« Enfin ! s'écria Victor en apercevant le médecin entrer dans sa chambre.

– Enfin quoi, Monsieur ? demanda le docteur MORI avec froideur.

– Enfin, quelqu'un vient me voir ! Beaucoup de membres du personnel passent et s'arrêtent devant ma chambre, mais personne ne rentre jamais, ne serait-ce que pour me donner quelque chose à boire ou manger !

– C'est normal, Monsieur. Ils ont peur.

– Vous pouvez m'appeler Victor, vous savez ! Et pourquoi ont-ils peur ?! Je ne suis pas une menace ! Je ne vais pas les mordre ! » répondit-il énervé.

Le Docteur MORI, horrifié par les paroles de Victor, laissa transparaître une lueur de colère dans ses yeux.

« Je ne trouve pas ça marrant ! dit-il sèchement.
– Mais de quoi parlez-vous ? demanda Victor qui ne comprenait pas le changement de ton du médecin.
– Quelle est la dernière chose dont vous vous rappelez ?
– Je me rappelle d'une infirmière très sympathique qui est entrée pour me donner à manger et… Et c'est tout. »

Victor, à cet instant, aperçut le plateau de nourriture sur la table à roulette, au fond de la chambre, avec une assiette intacte. Étonné, il se demandait pourquoi il n'avait rien mangé alors qu'il ressentait une faim de loup.

« Qu'y a-t-il, Docteur ? s'enquit-il, un peu inquiet.
– Donc vous ne vous souvenez de rien depuis votre réveil ?
– De quoi devrais-je me souvenir, nom de Dieu ?!
– Tôt ce matin, sur les coups de 7h30, vous avez brutalement attaqué cette infirmière.
– Comment ça ? Non ! Ce n'est pas possible !
– Eh bien si ! Vous lui avez arraché sa combinaison et l'avez agressée physiquement.
– Mais… je ne comprends pas. Je ne me souviens de rien.

– C'est ce mystère qu'il va falloir que nous résolvions. Nous savons que vous êtes contaminé par un virus, mais le problème, c'est que nous ne le connaissons pas. A priori, l'excès de violence et les pertes de mémoire sont des symptômes de ce virus.

– Attendez une minute ! Nous sommes le combien de quel mois ?

– Nous sommes le 15 septembre. Pourquoi ?

– Mais il y a deux semaines de cela, j'allais encore bien. Je revenais du supermarché, je rangeais mes courses et…

– Et quoi, Victor ?

– Je ne me rappelle plus... répondit-il avec un air contrarié.

– Dommage. Je vous fais apporter un autre plateau repas, et reviens dès que j'en sais plus ! dit-il en tournant les talons.

– Attendez ! »

Le docteur MORI s'arrêta, le dos toujours tourné à Victor, pour entendre ce qu'il avait à dire.

« L'infirmière, comment va-t-elle ? Pouvez-vous lui faire savoir que je suis réellement navré ?

– Cela ne va pas être possible.

– Pourquoi ?

– Elle est décédée. »

Le docteur serra le poing de colère, et sortit de la pièce sans se retourner, laissant Victor sous le choc de la nouvelle. Il ne pouvait pas avoir tué quelqu'un...

Il en était incapable... *Et pourquoi je ne me rappelle de rien ?* se demanda-t-il.

Plusieurs heures s'écoulèrent avant que Victor ne reçoive une nouvelle visite, trois hommes et une femme entrant dans le sas de décontamination. Victor, en observant leur tenue, devina qu'ils ne faisaient pas partie du corps médical, ce qui le surprenait un peu. Les trois hommes étaient habillés d'un costume noir avec une chemise blanche, et la femme, coiffée d'un impeccable chignon, portait un tailleur blanc, ainsi que des lunettes rectangulaires qui lui donnaient un air sévère.

Ils enfilèrent des combinaisons et pénétrèrent dans la chambre d'un pas déterminé. Au pied du lit, la femme pencha la tête pour lire attentivement le dossier qu'elle tenait dans les mains.

« Bonjour, Victor ! dit-elle sans relever le nez du dossier.
– Madame ! Messieurs ! répondit-il avec politesse.
– Je peux lire ici que vous avez des trous de mémoire et un comportement agressif qui a coûté la vie à une employée de cet hôpital.
– Oui. Il paraît...
– Vous n'avez donc aucune idée de ce qui vous est arrivé ?
– Comme c'est écrit, non !
– Pas de sarcasmes avec moi, Victor ! le remit à sa place la femme au chignon.
– Qui êtes-vous ? lui demanda-t-il en la dévisageant.

– Aucune importance !

– Si ! Cela en a pour moi... Et si vous ne répondez pas à cette simple et légitime question, je ne dirai plus rien !

– Ne jouez pas à ça avec moi, car vous le regretteriez amèrement ! D'ailleurs si vous aviez encore vos souvenirs, vous le sauriez...

– Que voulez-vous dire ? »

Victor ressentit soudain une vive douleur à la tête, douleur qui transparaissait sur son visage et inquiétait manifestement les mystérieux visiteurs.

« Qu'y a-t-il ? Pourquoi me regardez-vous comme ça ? Ce n'est qu'un banal mal de tête ! leur dit Victor en constatant leur ai inquiet.

– Vous vous sentez comment exactement ? Vous avez mal au ventre, les oreilles qui bourdonnent, des vertiges... ? le questionna la femme.

– Doucement, doucement ! Vous savez ce que j'ai ?! l'interrompit-il, avec surprise.

– Répondez ! »

Victor vit les trois hommes retourner en vitesse dans le sas, et revenir près du lit munis d'armes à feu. Paniqué, il appuya sur le bouton d'appel à côté de sa table de nuit.

« Vous allez faire quoi ?! Me tuer ? demanda-t-il à la femme.

– J'aimerais ne pas en arriver là, mais si c'est nécessaire, ils le feront. Vous savez, Victor, vous nous êtes très précieux.

– Mais pourquoi ? De quoi parlez-vous, bon sang ?!
– Vous êtes le premier à survivre !
– Mais à quoi ? Que m'avez-vous fait ?! »

Tandis que son angoisse montait d'un cran, Victor ressentit la douleur de plus en plus violemment, à la limite du soutenable. Il pressa sa tête entre ses mains pour essayer de la faire passer, et à cet instant, il eut une sorte de flash. Il se revit en train de ranger les courses dans sa cuisine, puis s'interrompre pour aller ouvrir la porte à une femme. *Cette femme !* Il se vit, plus loin dans le temps, dans une salle grise et froide, attaché à un lit, avec des gens en tenue de médecin tout autour de lui. L'un d'entre eux lui enfonçait une aiguille dans le bras, et lui injectait un produit.

« C'était vous ! s'écria-t-il.
– Enfin, il se rappelle de moi ! » dit la femme, en ricanant.

Victor ne supportait plus sa douleur à la tête, et ressentait en outre de plus en plus fortement tous les autres symptômes que la femme au chignon lui avait énumérés un peu plus tôt.

Cette dernière s'apprêtait à prendre la parole, quand elle fut interrompue par l'arrivée inattendue du docteur MORI dans la chambre.

« Mais qui êtes-vous ?! Que faites-vous dans sa chambre ?! L'accès y est interdit, sauf pour le corps médical ! s'énerva le médecin en les découvrant.

– Docteur MORI, je suppose ! dit la femme.

– Oui ! Et vous ?

– Vous n'auriez pas dû venir !

– Quoi ? »

L'un des trois hommes pointa aussitôt son arme sur le docteur et lui tira une balle en plein milieu du front.

« Mais vous êtes malades ! hurla Victor qui ne s'attendait pas à ça.

– Non. Prudents ! rectifia froidement la femme au chignon.

– Mais…

– Oubliez ça ! Simple dommage collatéral. Dites-moi plutôt comment vous vous sentez maintenant : mieux ?

– Oui ! mentit Victor, en pensant que cela pourrait arranger ses affaires.

– D'accord. Alors vous allez venir avec nous et rentrer au bercail ! »

Elle fit un signe de tête aux hommes de main pour qu'ils le détachent, et le fassent sortir de la salle de quarantaine. Alors qu'ils étaient sur le point de quitter le sas, ils entendirent des hurlements terrifiants retentir dans les couloirs.

« Que se passe-t-il ? interrogea l'un des trois hommes.

– Où ont-ils emmené l'infirmière que vous avez tuée ? demanda la femme à Victor.

– Comment le saurais-je ! C'est vous l'experte ; pas

moi ! Dans un hôpital, où emmène-t-on les morts en général ?

– Merde ! La morgue ! Elle a dû être infectée...

– Infectée ? s'étonna Victor.

– Oui ! Vous avez sûrement dû la mordre, et par conséquent, l'infecter ! Et si c'est le cas, elle s'est sans doute réveillée à la morgue, et s'est attaquée à d'autres personnes.

– Mais de quoi parlez-vous ?! » questionna Victor, terrifié par ces propos.

Ignorant sa question, elle ordonna immédiatement à ses hommes d'aller voir dehors si le chemin était dégagé. Dans le couloir, ces derniers choisirent de se diviser. L'un partit sur la droite ; un autre sur la gauche ; et le dernier resta sur place pour monter la garde devant la porte. Celui qui était parti à droite revint rapidement devant la salle, et constata l'absence de celui qui devait inspecter le côté gauche de l'aile. *Ça fait déjà plus de cinq minutes, il ne reviendra plus...* conclut l'homme posté devant la porte, avant de faire signe à la femme au chignon de les rejoindre avec Victor. Celui-ci ressentait toujours de fortes douleurs, mais essayait de ne rien laisser paraître pour être sûr de sortir de cette maudite pièce.

Le groupe arpenta les couloirs de l'hôpital puis descendit l'escalier de secours jusqu'au rez-de-chaussée. Arrivés au niveau de l'accueil, ils s'arrêtèrent brusquement, impressionnés par le chaos ambiant.

Il y avait du sang partout, des membres arrachés jonchaient le sol de part et d'autre, et des gens couraient dans tous les sens en hurlant, poursuivis par d'autres individus qui se comportaient en prédateurs.

« Mais qu'est-ce qui se passe ? réussit à articuler Victor, estomaqué.

– C'est votre œuvre, Victor !

– Non !

– Si ! Si vous ne vous étiez pas enfui, tout cela ne serait pas arrivé ! Cela fait déjà cinq jours que vous êtes en cavale, et que nous vous cherchons. Vous pensez que cette infirmière est la première que vous contaminez ? Désolée de vous décevoir, mais c'est loin d'être le cas ! 'Les cadavres', si je puis dire, s'accumulent sur votre passage. Vous avez contaminé bon nombre de personnes !

– Vous mentez ! Et si c'est vrai, eh bien c'est de votre faute ! Pourquoi m'avoir administré un virus que vous ne contrôlez pas et…

– Stop ! Nous n'avons pas le temps de polémiquer, alors fermez-la, et avancez ! »

Les deux hommes armés ouvrirent la marche à travers le hall, se déplaçant dos à dos et tirant à vue sur tout ce qui s'approchait d'eux, avec la femme et Victor sur leurs talons. Tout se déroulait sans accroc, jusqu'au moment où une femme en pyjama violet, avec une sonde d'intubation dans la gorge, se jeta sur l'un des deux gardes du corps sans crier gare, et le griffa comme une lionne, lui infligeant de longues plaies très profondes. Le second intervint aussitôt pour l'aider. Il dégagea la femme d'un geste énergique, et sans faire attention aux menaces alentours, se baissa vers son coéquipier pour s'assurer qu'il allait bien. Profitant de cet instant d'inattention, une autre personne infectée lui sauta sur le dos, lui arracha l'oreille, puis le mordit dans la nuque. Le premier, toujours à terre, prit son arme, et tira sans hésiter dans la tête de l'assaillant qui s'effondra immédiatement. Cependant il n'était pas au bout de ses peines, la femme à la sonde n'ayant pas dit son dernier mot. Elle bondit à son tour sur le dos de son coéquipier, enfonça profondément sa main dans la plaie béante qu'il avait à la nuque, et saisit le bout visible de sa colonne vertébrale pour tirer dessus avec une effrayante frénésie. L'homme hurla à se briser la voix puis tomba sur le sol ensanglanté comme une poupée désarticulée.

Son partenaire, toujours à terre, se mit à tirer dans tous les sens sans réfléchir, et hurla à la femme au chignon de s'enfuir. Tirant Victor par le bras, elle s'exécuta et courut à toute vitesse vers la sortie. Dehors, elle le fit monter, côté passager, dans une voiture noire de type 4x4, garée juste devant, puis s'empressa de prendre place du côté conducteur. Au moment de démarrer, elle constata que plusieurs personnes infectées les ayant poursuivis encerclaient à présent le véhicule. Ils se rapprochèrent puis cognèrent sur la carrosserie de façon répétitive, sans discontinuer, en hurlant. Tout à coup, ils s'arrêtèrent net, et se figèrent tous en même temps autour de la voiture, les yeux rivés sur Victor. La femme au chignon ne comprit pas sur l'instant ce qui se passait, et se retourna vers lui. « Victor ? » l'interpella-t-elle. Sans répondre, il la regarda avec insistance. De la bave commençait à couler aux coins de sa bouche, et du sang apparaissait dans le blanc de ses yeux. La femme prit alors conscience de la situation, mais elle savait qu'il lui était impossible de fuir, coincée entre Victor et les autres infectés qui encerclaient sa voiture. Elle était prise au piège dans son propre véhicule.

Victor ne la quittait pas des yeux. Il resta silencieux, puis poussa soudain un cri strident, avant de se jeter sur elle et de lui mordre l'épaule. Elle réussit à le repousser en lui donnant un coup de poing, mais il revint à la charge, et cette fois la griffa. Il lui déchira ensuite son chemisier, se pencha sur elle, et lui arracha un bout de sein avec les dents. La malheureuse n'arrivait même plus à crier tant la douleur devint insupportable. Victor continua à la mordre un peu partout, avant de l'achever en lui arrachant la carotide primitive du cou. Trois minutes après, la femme était enfin morte.

Quand Victor se réveilla dans la voiture, il constata qu'il faisait nuit. Groggy, il regarda par la vitre, et retrouva peu à peu ses esprits. Il se rappelait des attaques, des gens malades, et du fait qu'il était monté dans ce même véhicule avec la femme qui était à l'origine de sa maladie. Il était étonné de ne voir aucune personne infectée dans les parages, et se demandait par quel miracle il avait été épargné. Son attention fut alors attirée par un souffle lent et rauque à côté de lui. En se retournant vers le côté conducteur, il tomba nez-à-nez avec la femme au chignon, qui était pleine de sang et présentait d'affreuses plaies un peu partout. Un peu hésitante, elle se pencha sur lui, le renifla, le toucha, puis recula dans un mouvement brusque, avant de revenir le renifler. Lui n'osait pas bouger et se laissait faire, tout en cherchant à tâtons, le plus discrètement possible, la poignée de la portière. Tout à coup, la femme le surprit en plantant ses dents dans son biceps. Victor sursauta et par réflexe, rabattit aussitôt son bras vers lui. À son grand étonnement, au lieu de revenir à la charge, la femme recula et se colla au fond de son siège, tremblant comme un animal apeuré. Le regard fixé sur elle, Victor continuait à tâtonner la portière, et réussit finalement à trouver la poignée, s'empressant de sortir de la voiture. À toutes jambes, il s'éloigna du véhicule, et partit à la recherche d'un refuge.

Derrière lui, il entendit des hommes brailler et le bruit de moteurs qui se rapprochaient. En se retournant, il aperçut un impressionnant convoi de camions militaires, et ne sachant plus à qui se fier, décida de se cacher. Il courut se dissimuler derrière quatre poubelles alignées sur le trottoir à côté de lui, et regarda passer les camions et les chars de l'armée. Lorsqu'ils arrivèrent à son niveau, il réussit à entendre les propos des soldats.

« Les gars ! Trois missions ! On trouve les survivants, s'il y en a. On tire à vue sur les autres, et on sécurise cet hôpital ! cria un sergent.

– Sergent, que s'est-il passé ici ? Et les autres, ils ont quoi ? interrogea un soldat.

– Un homme a été admis dans cet hôpital hier matin, à 3h44. Il est porteur d'un virus inconnu qui se transmet, aux dernières nouvelles, par contact physique. Ne me demandez pas quel type de contact précisément, car je n'en sais rien. Tout ce dont je suis sûr, c'est qu'en moins de douze heures, le virus s'est propagé et a décimé pratiquement tous les êtres-vivants de cet hôpital !

– S'ils sont morts, alors on tue qui, sergent ? répondit le militaire qui ne comprend pas bien le sens de leur mission.

– Nous tuons les morts revenus à la vie sous l'effet de ce virus inconnu ! Une fois ressuscités, ils deviennent hyper violents et agressifs, alors restez sur vos gardes !

– Quoi ?! C'est une blague ?!

– Ai-je l'air de plaisanter ?

– Mais comment tue-t-on des morts, Sergent ?

– Nous verrons ça sur le terrain, les gars ! C'est une première pour moi aussi !

– Sergent ! intervint un autre soldat. Comment sait-on s'il n'y en a pas d'autres qui se sont enfuis de l'hôpital ?

– Nous n'en savons rien, mais il est plus que probable que des infectés se soient en effet enfuis, et courent à l'heure actuelle dans la nature ! De plus, le patient 0 a sûrement infecté d'autres personnes avant d'être transporté à l'hôpital, puisque d'autres cas d'infections ont été répertoriés dans plusieurs hôpitaux d'Ile-de-France ! Ce virus, soldats, se propage très rapidement, alors soyez extrêmement prudents ! Allez ! Assez parlé maintenant ! Installez les sacs de sables, les mitrailleuses, et prenez vos armes et munitions. Go ! Go ! Go ! »

Victor n'en croyait pas ses oreilles. Il serait à l'origine de cette pandémie ! Profitant de l'agitation générale, il se faufila le long d'un mur, et disparut dans une ruelle. Hors de vue, il s'arrêta et plaça ses mains sur ses tempes. Son mal de tête le reprenait violemment. « Non ! Pas encore... » murmura-t-il, conscient que quand les douleurs recommençaient, il perdait le contrôle de son corps et de son esprit, et faisait des choses atroces. Refusant de commettre de tels actes, Victor espérait pouvoir contrôler et apaiser ses maux de tête. Il se concentra quelques instants pour ne pas se laisser aller, puis reprit sa route.

Un peu plus loin, il aperçut une maison dont les fenêtres laissaient passer de la lumière, et frappa à la porte pour demander l'hospitalité. Un petit garçon d'environ dix ans lui ouvrit, et surpris, Victor lui demanda si ses parents étaient là. Le père, ayant entendu la question vint prendre la place de son fils.

« Que puis-je faire pour vous ?
– Vous avez entendu parler de ce qui se passe dehors ? l'interrogea Victor.

– Oui, mais ce n'est rien ; ça va s'arranger ! Et cela ne me dit toujours pas ce que vous voulez. »

À ces mots, Victor comprit que les gens ne se rendaient vraiment pas compte de la gravité des événements. Il s'apprêtait à exposer la situation à l'homme, quand il fut soudain pris d'un violent mal de tête. La douleur était telle qu'il se plia en deux en gémissant. Inquiet, le père de famille s'approcha de lui, et lui demanda ce qu'il lui arrivait. Victor voulait lui dire de fermer sa porte et de le fuir de toute urgence, mais il n'en eut pas le temps et s'évanouit sur le seuil.

En reprenant connaissance, allongé sur un canapé, il devina qu'il avait encore été victime d'un de ces épisodes dramatiques et incontrôlables dont il ne gardait pas de souvenirs. Il regarda autour de lui, et comprit qu'il se trouvait dans la maison à la porte de laquelle il avait frappé. Priant pour ne pas avoir fait de mal à cette gentille famille, il se leva et aperçut les corps de l'homme et du petit garçon gisant dans les escaliers. *Ils ont dû essayer de se réfugier à l'étage... Mais qu'ai-je encore fait ?* se lamenta-t-il en observant le triste spectacle, jusqu'à ce que la pendule le sorte de ses pensées, en sonnant 05h30. Victor se sentait épuisé, et n'avait pas le courage de trouver un autre endroit où se reposer un peu. Tant pis pour la présence des corps : il décida de rester ici le temps de récupérer. Entre les périodes où il était dans son état normal et les passages où il devenait un meurtrier sanguinaire, il n'avait jamais le temps de se reposer vraiment, aussi cette halte lui ferait le plus grand bien. Avant de monter à l'étage pour dormir dans un vrai lit, il prit soin de refermer la porte d'entrée de la maison, restée ouverte au moment de l'attaque.

À 13h00, Victor fut réveillé par un étourdissant vacarme. Autour de lui, des personnes infectées se bousculaient, et le piétinaient sur leur passage. Par réflexe de protection, il se mit en boule, et attendit que ça se passe. *Où suis-je à présent ?* se demanda-t-il, totalement désorienté. Il s'était endormi seul dans le lit douillet d'une maison, et se réveillait sur les marches intérieures d'un escalier d'immeuble, avec autant de passage que dans un hall de gare.

Profitant d'un moment d'accalmie, il monta les escaliers, et s'introduisit dans un appartement dont la porte était grande ouverte. L'endroit semblait vide, il s'assit sur le divan et alluma la télévision, sur une chaîne d'informations. Le journal télévisé ne parlait que de l'infection, racontant le carnage intervenu à l'hôpital où avait été admis le patient 0, tout en retransmettant des images de soldats en train de se battre contre des « morts-vivants ». *Ils les appellent comme ça !* pensa Victor, parcouru d'un frisson. Les autres images diffusées montraient des gens contaminés dans toute la France, mais aussi à l'étranger. Le journaliste évoquait deux crashs aériens, à l'origine de la mondialisation de l'infection : un dans l'État du Mississippi, à Hattiesburg, et l'autre au Japon, à Kobe. D'après les enquêteurs, des personnes atteintes d'un virus inconnu étaient à bord des deux appareils, comme le confirmèrent les conversations entre les pilotes et la tour de contrôle. D'après les enquêteurs, dans l'avion en direction du Mississipi des gens contaminés avaient attaqué les passagers et le personnel de navigation. Il y avait eu une dépressurisation de l'appareil suite à l'ouverture – en plein ciel – d'une porte de secours, ce qui avait entraîné le crash. Quant au pilote de l'avion en direction du japon, il avait lui-même été contaminé avant de monter à bord, et avait attaqué son personnel de cabine, laissant l'appareil tomber à pique. Les secours qui étaient arrivés en premiers sur les lieux avaient cru avoir à affaire à des survivants, et s'étaient précipités pour venir en aide aux individus qu'ils voyaient ramper au sol. Les pauvres couraient en réalité vers une mort certaine. En effet, les gens contaminés avaient survécu aux crashs, et attaqué les pompiers, ambulanciers et les policiers qui avaient été dépêchés sur place.

Dans un état de profonde stupeur, Victor n'entendit plus que vaguement la voix du journaliste qui continuait à rapporter avec force et détails les événements dramatiques qui secouaient le monde depuis le premier cas d'infection. *Cela ne peut pas être moi. Je ne peux pas être responsable de tout ça. C'est trop rapide, et trop horrible…*

Pris de nausées, il se dirigea précipitamment jusqu'aux toilettes pour vomir. En se relevant, il ne vit que du sang au fond de la cuvette. Perdu et déprimé, il refusa de comprendre qu'il était à l'origine du pire virus qu'ait connu la planète. Cela lui paraissait trop insupportable à porter.

Quand il ouvrit le robinet du lavabo pour se rafraîchir un peu, il découvrit dans le miroir son visage maculé de sang séché. Horrifié, il se frotta énergiquement avec de l'eau, pour faire disparaître ces traces d'hémoglobine, témoins muets des atrocités qu'il avait commises. Dégoûté de lui-même, il se précipita à nouveau au-dessus de la cuvette pour vomir, puis après avoir tiré la chasse, se rendit dans la pièce principale dans laquelle il avait entendu du bruit.

Un homme en caleçon gris et une jeune femme portant un short rouge et un débardeur blanc tâché de sang étaient en train d'inspecter l'appartement, en reniflant l'air ambiant. En les voyant se diriger vers lui, Victor recula le plus loin possible dans la petite salle de douche. Ils étaient maintenant face à lui et le scrutaient de haut en bas, en montrant les dents, mais sans oser s'avancer. Quand l'homme entendit soudain un hurlement provenant des escaliers, il se détourna de Victor et se précipita vers le couloir, laissant la femme seule face à lui. Immobile, elle resta quelques instants à le contempler, puis lorsqu'elle s'apprêtait enfin à se jeter sur lui, elle fut arrêtée net dans son élan par le grognement effrayant qu'il poussa au même moment. Manifestement apeurée, elle répondit par un faible gémissement, et quitta l'appartement en couinant. Victor lui-même, surpris par ce cri inhumain qui s'était échappé de sa bouche, se rendit compte qu'il avait peur. Il n'avait pas peur des autres, mais de lui-même, dérouté par le fait de ne plus savoir qui il était ou ce qu'il était devenu. *Suis-je l'un des leurs ?* s'interrogea-t-il, en sortant de la salle d'eau, et se penchant par la fenêtre.

Il observa les gens qui, dehors, couraient dans tous les sens, au milieu des cadavres et des cris. Tout ceci lui semblait tellement irréaliste. Égaré, il ne savait toujours pas où il se trouvait exactement, ni ce qu'il allait faire à présent. Constatant que son corps le faisait souffrir et qu'une faim irrépressible le tenaillait, il décida d'aller fouiller dans l'armoire à pharmacie puis dans la cuisine pour trouver de quoi se soigner et se sustenter. Dans l'armoire de la salle d'eau, il prit plusieurs médicaments contre les douleurs d'estomac et les états grippaux, puis se rendit dans la cuisine, où il découvrit dans un placard un paquet de gâteaux entamé, et dans le réfrigérateur, un reste de pâtes à la bolognaise. Sans même prendre le temps de s'asseoir, il engloutit le tout en seulement quelques minutes, comme s'il n'avait rien mangé depuis des jours. À la dernière bouchée, il constata que la sensation de faim était passée, mais son soulagement ne dura pas, car l'envie de vomir le reprit aussitôt. Il n'eut même pas le temps d'aller aux toilettes, et vomit dans l'évier.

Lorsqu'il redressa la tête, son œil fut attiré par un emballage en papier, posé sur une étagère du réfrigérateur que les anciens occupants de l'appartement n'avaient pas pensé à refermer. L'envie de manger monta à nouveau en lui, et tout en salivant, il s'avança vers le frigo pour s'emparer du paquet, à l'intérieur duquel il découvrit un morceau de viande rouge cru. Psychologiquement, la vue de ce morceau de foie l'écœurait, mais son corps, lui, le réclamait. Victor, n'ayant jamais ressenti une envie aussi puissante que celle-ci, ne put lutter et dévora la viande crue à pleines dents. En avalant le dernier morceau sanguinolent, il nota que la sensation de faim était toujours présente, mais déjà plus gérable.

Il quitta alors la cuisine pour se rendre dans la chambre, espérant trouver dans une armoire de quoi s'habiller correctement. Ce n'est pas que sa blouse d'hôpital bleue transparente lui déplaisait, mais il y avait tout de même mieux pour se fondre dans la masse et passer pour quelqu'un de normal... Décemment vêtu, il retourna devant la télévision, pour suivre les informations. Plus optimistes que les précédentes, le journaliste annonçait que l'armée et les forces de l'ordre avaient désormais la situation sous contrôle, mais qu'il était malgré tout préférable de rester chez soi jusqu'à nouvel ordre. Victor restait perplexe, se demandant comment on pouvait passer si rapidement d'un état critique, limite incontrôlable, à celui d'accalmie…

Le soleil commençant à se coucher, il décida de s'enfermer pour la nuit dans l'appartement, et ferma les deux verrous de la porte pour se rassurer. Non pas par peur d'être attaqué, mais plutôt par crainte d'attaquer les autres. Sur les coups de 4h00 du matin, il sombra enfin dans le sommeil, avachi sur le canapé, devant la télévision toujours allumée.

Le 18 septembre – 10h07

En se réveillant, Victor était une fois de plus totalement désorienté : il était en train de courir au milieu d'autres personnes, a priori des morts-vivants. Profondément fatigué par tous ces changements de situations et de lieux, il ne regardait pas où il mettait les pieds, et trébucha sur le corps d'une femme agonisante. L'abdomen grand ouvert, les viscères de cette dernière se déversaient sur le bitume, mettant en appétit cinq zombies qui accoururent et s'empressèrent de plonger leurs mains dans les entrailles de la femme, à demi-consciente. Victor, horrifié, regarda le spectacle sans bouger. Dans la rue, les morts-vivants couraient toujours, semblant de plus en plus nombreux, et passaient à côté de lui sans lui prêter la moindre attention.

Son regard balaya les alentours, et se posa sur la devanture d'un café à la vitrine brisée. Sans pouvoir l'expliquer, il sentit que des humains y avaient trouvé refuge, et décida donc de s'y rendre. À l'intérieur, il se mit à renifler un peu partout puis s'arrêta devant une porte presque entièrement défoncée et fermée de l'intérieur, à laquelle il toqua en demandant s'il y avait quelqu'un. Il entendit aussitôt des chuchotements de l'autre côté, et implora de l'aide, mais la porte restait close. Résigné, il s'apprêtait à faire demi-tour quand quelqu'un ouvrit finalement la porte. C'était une femme qui lui faisait signe de la rejoindre à l'intérieur. Victor entra et constata l'étroitesse de la pièce qui abritait déjà quatre personnes.

« Je m'appelle Victor ! leur dit-il pour entamer la conversation.
– Salut ! Moi, c'est Jo ! Et voici Rob, Élina et Cindy ! »

Les présentations étant faites, ils commencèrent à discuter de la situation, et se demandèrent, avec une pointe de pessimisme, comment ils allaient s'en sortir.

Au bout de quelques heures de discussion, les deux femmes se replièrent dans un coin de la pièce, et tentèrent de se réconforter dans les bras l'une de l'autre, tandis que Jo et Rob restèrent sur le qui-vive pour monter la garde et réfléchir à une solution. De son côté, Victor – toujours épuisé par son manque de repos –

essayait tant bien que mal de ne pas fermer les yeux, craignant de s'endormir et de s'en prendre à eux, mais la fatigue était trop forte et finit par avoir le dessus sur sa volonté.

Quand il rouvrit les yeux, il se rendit compte que le jour était déjà là, un filet de lumière filtrant sous la porte. Il ressentait une vive douleur à l'arrière du crâne, mais une douleur bien différente de celle qu'il éprouvait depuis qu'il était contaminé. Intrigué, il passa sa main à l'arrière de sa tête, et constata en la ramenant devant lui que ses doigts étaient recouverts de sang : un sang épais et foncé. Victor tenta de se relever, mais se retrouva plaqué au sol par un pied qui lui appuyait énergiquement sur le dos.

« S'il vous plaît, ne me faites pas de mal ! supplia-t-il, sans voir son agresseur.

– Tu parles toujours ?! s'exclama Jo, très surpris.

– Oui, bien sûr !

– Mais tu es pourtant l'un des leurs !

– Non ! proteste Victor qui refuse d'être assimilé à ces choses.

– Tu as essayé de nous bouffer, alors ne te fous pas de ma gueule !

– Je ne sais pas ce que j'ai ! Je cherche juste de l'aide...

– Mais tu es quoi exactement ? l'interrogea Rob, un peu perdu.

– Je ne sais pas ! Je viens de vous le dire ! »

Jo, après une seconde d'hésitation, enleva son pied et laissa Victor s'asseoir pour qu'il s'explique. Il leur raconta alors d'une traite tout ce dont il se souvenait. À la fin de son récit, les membres du groupe restèrent songeurs, comme s'ils étaient dans l'expectative.

« Donc, ce serait toi à l'origine de tout ça ? dit Élina.
– Peut-être... » répondit Victor, avec une pointe d'amertume dans la voix.

Sentant son mal de tête habituel revenir, il se massa les tempes, en espérant que cela fasse passer la douleur, mais rien n'y faisait : sa vision s'assombrit et ses pensées se floutèrent peu à peu, jusqu'à l'inconscience totale. Sans le vouloir et sans même en avoir conscience, Victor bondit alors sur Rob pour tenter de le mordre, mais celui-ci se défendit énergiquement et le frappa sans discontinuer, avant de l'envoyer valser contre la porte dont le bois se fissura sous la puissance de l'impact.

« On se tire ! » cria Jo.

Tous quittèrent la pièce derrière Jo, sans marquer la moindre hésitation, laissant Victor seul face à lui-même. Abandonné et démuni, ce dernier se releva, sortit à son tour, et posta devant le café. Il hurla de colère si fort qu'il ameuta d'autres morts-vivants. Entouré par cette horde de zombies, et animé par un profond sentiment de vengeance, il décida de prendre en chasse Rob, Jo, Cindy et Élina. En arrivant sur la rue de Rivoli, il aperçut d'autres survivants en train de faire signe à ses proies de les rejoindre dans un abri, ce qui décupla sa colère. Sur les quatre proies, déjà deux avaient eu le temps de s'y réfugier, alors hors de question pour lui de laisser s'échapper les deux autres. Au moment où il choisit de s'en prendre à Élina, un mort-vivant très vivace se jeta sur elle. Il se tourna alors vers Jo, mais constata que lui aussi était aux prises avec un zombie. Victor resta donc en retrait, admirant de loin les deux scènes de combat simultanées. Soudain une femme débarquant de nulle part abattit le mort-vivant qui était sur Élina pour aider cette dernière à s'enfuir. Fou de rage, Victor s'élança vers cette femme qui venait de libérer sa proie, quand une voiture vint la percuter de plein fouet, la bloquant contre un mur et l'offrant en pâture aux autres morts-vivants. Absorbé par ce nouveau spectacle, il contemplait avec jouissance cette femme en train de se faire démembrer et dépecer, et ne s'aperçut même pas qu'Élina et Jo en avaient profité pour se mettre à l'abri.

Voyant ses congénères s'éloigner, Victor courut derrière eux pour les rattraper, de manière instinctive. Après tout, ils étaient sa meute désormais…

IX

1ᵉʳ octobre – 14h56

Le temps s'est beaucoup dégradé au cours de la semaine, et cela déprime Élina qui contemple la pluie par la baie vitrée du spa. Elle a pris l'habitude de venir faire quelques longueurs dans la piscine chauffée du palace, tous les jours en début d'après-midi, pour se maintenir en forme et surtout, pour se vider la tête. Elle n'est pas malheureuse ici, bien au contraire, mais elle se demande souvent si elle pourra un jour sortir dehors à nouveau, pour se promener ou faire les magasins, comme dans sa vie d'avant. Au moins une fois par jour, elle sent une vague de nostalgie la submerger, et c'est pour lutter contre cela qu'elle essaie de s'occuper l'esprit.

Rob, pour lequel elle éprouve des sentiments de plus en plus affirmés, vient la rejoindre et se place derrière elle pour la serrer fort dans ses bras, tandis qu'elle continue à regarder vers l'extérieur.

« Tu fais quoi, ici, toute seule ? lui demande-t-il avec tendresse.

– Je réfléchis.

– À quoi ?

– À ce qui se passe dehors, et à notre vie passée.

– Arrête d'y penser, et essaie de profiter de l'instant présent. En plus, s'il n'y avait pas eu tout ce bordel, on ne se serait jamais rencontrés ! tente-t-il maladroitement de la réconforter.

– C'est vrai... Mais quel avenir nous prédis-tu ?

– Je nous vois dans une maison, avec un grand jardin et un potager assez fourni pour subvenir à nos besoins toute l'année. Nous y logerons avec tontons Jo et Don, ainsi que tata Jess, et nous élèverons nos enfants, Anna et Ethan du mieux que nous pourrons. Il y aura forcément des engueulades de temps en temps, mais nous serons heureux.

– Que Dieu t'entende, S'il existe...

– Viens avec moi !

– Où ?

– Allons rejoindre les autres à la salle de billard ! Tu sais, ils voient bien que tu n'as pas trop le moral, même si tu essaies de faire bonne figure, et ils s'inquiètent pour toi.

– D'accord, allons-y dans ce cas ! »

À peine a-t-elle franchi le seuil de la salle de billard que Jess se précipite dans ses bras pour l'accueillir. Élina, à qui chacun sourit chaleureusement, est émue devant la bienveillance de cette nouvelle famille qu'elle aime plus que tout, et sent les larmes lui venir aux yeux. Retrouvant un semblant de bonne humeur, elle saisit une queue de billard, et met Jo au défi de la battre, sûre qu'il accepterait étant donné l'ampleur de son égo et son côté macho.

Tandis qu'Élina place minutieusement les boules dans le triangle posé au milieu de la table de billard, Anna vient s'asseoir près de Jess, et la regarde avec insistance, arborant une moue pleine de curiosité.

« Oui, que puis-je faire pour toi, Anna ? lui demande-t-elle en tournant la tête vers elle.

– Eh bien… Je me pose une question.

– Laquelle ?

– Comment as-tu fait pour le téléphone ?

– Quel téléphone ? Tu peux être un peu plus précise ?

– Quand nous étions à la bibliothèque, tu as appelé Élina sur son portable. Comment as-tu fait ? Je n'arrive pas à comprendre, car il n'y avait plus de réseau depuis un bon moment déjà.

– Ah, ça ! dit Jess en riant. Tu vas être déçue, ma pauvre Anna...

– Pourquoi ?

– Je n'ai rien fait de spécial, à vrai dire ! J'avais laissé mon portable sur la table de nuit, et vu qu'il n'y avait plus de réseau et qu'il était impossible d'appeler qui que ce soit, je l'y ai oublié. Et puis pendant que je prenais mon bain, j'ai entendu le téléphone sonner. C'était la sonnerie qui m'indique que j'ai reçu un texto. J'ai donc

sauté hors de la baignoire pour regarder, et en prenant mon portable, j'ai constaté qu'il y avait deux barres de réseau. Du coup, j'ai immédiatement tenté d'appeler Élina, et par chance, ça a marché ! C'est d'ailleurs un miracle que j'aie pu la joindre, parce que juste après la communication, il n'y avait à nouveau plus de réseau !
– Pourquoi Élina ? Pourquoi tu n'as pas plutôt essayé de joindre ta famille ? »

Élina, en entendant Anna poser cette question à Jess, interrompt aussitôt la partie de billard – qu'elle était de toute façon en train de perdre – pour demander à la jeune fille de la suivre dans le hall du palace. Une fois toutes les deux, elle lui explique que Jess a perdu ses parents à l'âge de 11 ans dans un accident de voiture, et qu'après cette tragédie, ses parents à elle avaient décidé de l'accueillir dans leur famille, et l'avaient élevée comme leur propre fille.

« C'est pour ça que toutes les deux, on se considère plus comme des sœurs que comme des amies très proches ! » finit d'expliquer Élina.
– Et tes parents, ils sont où ?
– Décédés, il y a respectivement sept et trois ans. »

Anna baisse la tête, honteuse d'avoir posé cette question.

« Hey ! Ne sois pas gênée ! Tu sais, au fond, je préfère qu'ils soient morts d'une mort naturelle, plutôt que d'être dévorés vivants.

– C'est sûr que vu comme ça... dit-elle l'air songeur.

– Qu'y a-t-il Anna ?

– Je me demande comment vont mes parents. Si... ils sont... morts ou... Enfin tu vois de quoi je parle. répond-elle la voix tremblante.

– Oui. Et je suis désolée. J'aimerais pouvoir te dire qu'ils vont bien mais je ne peux pas. »

Compatissant à sa peine, Élina la prend dans ses bras, puis après une tendre accolade, elles retournent, bras dessus bras dessous, s'asseoir avec les autres dans la salle de billard. L'ambiance est conviviale, et les discussions vont bon train, quand soudain un choc se fait entendre contre le rideau de fer. Silencieux, ils n'osent bouger, et gardent les yeux rivés vers l'entrée, dans l'attente d'un autre bruit qui ne tarde pas à venir.

« C'est quoi, ça ? demande Anna, effrayée.

– Je ne sais pas ! » répond Don.

Jo, pour aller voir de quoi il s'agit, monte les escaliers à toute vitesse et se rue dans sa chambre dont les fenêtres donnent côté rue. En se penchant, il découvre des centaines de morts-vivants qui s'agitent dans l'avenue et devant le palace. Prenant immédiatement conscience de la gravité de la situation, il s'empresse de redescendre prévenir les autres.

« Qu'y a-t-il ? demande Don, en le voyant revenir essoufflé.

– Ils essaient de défoncer les portes des bâtiments et des boutiques de la rue !

– Quoi ?! » s'exclament-ils en chœur.

– Venez voir là-haut ! » leur dit Jo, en repartant en direction des escaliers.

Dans la chambre de celui-ci, ils se penchent un à un par la fenêtre, et sont sidérés par le spectacle.

« C'est vrai ! déclare Jess, inquiète.

– Mais pourquoi font-ils ça ? questionne Anna.

– Ils traquent la nourriture ! répond Jo.

– Mais on ne craint rien puisqu'ils sont trop bêtes pour ouvrir une porte ! remarque Anna, pour tenter de se rassurer.

– Ils ne cherchent pas à ouvrir les portes intelligemment avec la poignée, mais à les défoncer, ce qui nous met en danger ! rétorque Jo.

– Les fenêtres du rez-de-chaussée ! s'écrie Élina. Peut-on les condamner ?

– Inutile ! Il y a des barreaux pour les arrêter ! explique Don.

– On ne sait jamais ! insiste-t-elle.

– Tu as raison ! Dans le doute, il vaut mieux une deuxième sécurité ! » admet-il finalement, avant de foncer aussitôt au poste de sécurité pour activer la fermeture des rideaux de fer qui condamnent les fenêtres.

– Incroyable ! crie Ethan, toujours penché par la fenêtre.

– De quoi ? l'interroge Jess.

– Ils se jettent de toutes leurs forces sur le rideau de fer de la porte d'entrée ! Et ils y vont tellement fort, qu'ils arrivent à le déformer ! »

Jess se fraie un chemin entre le bord de la fenêtre et Ethan, et en se penchant, constate la même chose que lui : les morts-vivants se relaient pour se jeter contre le rideau métallique, sans se soucier du fait que la répétition des chocs les esquinte encore plus qu'ils ne le sont déjà. En effet, à chaque impact, leur peau se déchire et leurs os se fissurent puis se cassent, mais cela ne les arrête absolument pas. Écœurée, Jess détourne la tête quand l'un d'eux fait sauter son œil hors de son orbite en se cognant violemment dans le rideau, puis l'éclate en marchant dessus.

« Mon Dieu ! s'écrie à nouveau Ethan. C'est elle ! Ils l'ont eue !
– Qui ?? demande Rob.
– Cindy ! »

Jo, en entendant ce prénom, se précipite à la fenêtre, et la voit parmi les morts-vivants qui s'éclatent sur le rideau de fer. Certain qu'elle s'en sortirait, que jamais elle ne deviendrait l'une des leurs, il ressent une profonde tristesse en la voyant ainsi. Tandis qu'il observe avec mélancolie cette femme qui de son vivant embrassait comme une déesse, Jo aperçoit Victor qui passe dans son champ de vision, le sourire aux lèvres.

« Impossible ! Victor ! crie-t-il.

– Victor ?? répète Élina.

– Oui ! Il me sourit. Il…

– Alors, vous êtes bien là-haut ? l'interpelle ce dernier en hurlant.

– Pourquoi tu es…

– Pourquoi ?! Tu t'en doutes bien, non ? »

Sans réponse de Jo, Victor continue à hurler en sa direction.

« Je veux ma vengeance ! Vous m'avez abandonné et traité comme un moins que rien ! Rendez-vous maintenant, et je vous tuerai rapidement. Sinon…

– T'es malade ! Jamais de la vie ! vocifère Jo.

– À vous de voir ! Cela n'en sera que plus attrayant pour moi, comme pour eux ! En fait, je vais quand même être sympa avec vous, et vous donner une information : le rideau commence à faiblir, donc que je vais vous rejoindre d'ici peu ! Accueillez-moi comme il se doit ! Je compte sur vous, et sur votre hospitalité légendaire ! » ironise Victor.

Terrorisée, Anna se réfugie en pleurs dans les bras d'Élina, pendant que Jo interroge du regard Rob qui, ne sachant que faire, se contente de hausser les épaules. Jess et Don, eux, ne savent pas qui est ce Victor et demande des explications à Jo qui leur raconte alors les circonstances dans lesquelles ils l'ont connu, ce qu'il est, et ce qu'il a fait. Par la même occasion, il leur montre Cindy en la pointant du doigt.

« Donc, si j'ai bien tout saisi, il est comme eux, mais en plus futé ? résume Jess.

– Ce n'est pas dur en même temps ! précise Don, avec humour.

– Certes. Mais c'est plus flippant et plus dangereux, du coup ! rebondit Jess.

– Malheureusement, c'est bien ça ! confirme Jo.

– Qu'allons-nous faire si le rideau de fer lâche ?! » se désole Jess.

À ces propos, les larmes d'Anna redoublent, et Élina tente tant bien que mal de la réconforter.

« On va s'en sortir, ma belle. Ne pleure pas. Ça va s'arranger.

– Ah oui, et par quel miracle ?! intervient Ethan, excédé.

– Je ne sais pas encore. Mais une chose est sûre : ce n'est pas en s'énervant ou en étant défaitiste qu'on va trouver une solution ! rétorque Élina.

– Elle a raison ! dit Rob sur un ton sec. Alors on se calme tous, et on réfléchit !

– Vous avez raison. Désolé… » s'excuse Ethan, tout penaud, en se recroquevillant dans son fauteuil.

Le bruit du métal martelé de façon répétitive par les zombies commence à taper sur les nerfs de Rob qui cherche activement une solution qui leur permettrait de s'échapper. Rien ne lui venant à l'esprit, il sent l'impatience et l'énervement monter en lui. De son côté, Jo est toujours à la fenêtre, en train d'observer le rituel des morts-vivants se jetant tour à tour contre le rideau. Il se demande combien de temps il leur faudra encore avant de réussir à entrer, et obtient la réponse plus rapidement que prévu, quand Victor, assis tranquillement sur le trottoir opposé au palace, se met à applaudir les zombies. Intrigué, Jo se penche un peu plus, pour tenter de voir ce qui réjouit Victor à ce point, mais sous cet angle, il ne peut rien distinguer.

« Ne t'inquiète pas, Jo ! Je vais te dire ce qu'il se passe ! crie Victor en l'apercevant. Mes chers amis ici présents ont réussi à faire céder le mécanisme de votre rideau de protection, et ils s'emploient maintenant à le soulever ! Je pense que d'ici quelques minutes, ou au plus dans une heure, nous pourrons enfin nous revoir de près ! »

Jo pense qu'il bluffe, jusqu'à ce qu'il entende le frottement du rideau qui se lève. Il regarde à nouveau, et se sent soulagé en constatant que Victor n'a plus l'air aussi réjoui. Il agite les bras, fronce les sourcils, et baragouine son mécontentement. De ce que peut entendre Jo, le rideau serait coincé.

« Juste un petit retard dans le chrono ! Ce n'est pas grand-chose ! » ajoute Victor à l'attention de Jo, quand il découvre le sourire de ce dernier.

Jo lui répond par un doigt d'honneur, et s'éloigne de la fenêtre pour aller expliquer la situation aux autres. Rob, en l'écoutant, est envahi par une colère qu'il ne peut plus contenir. Il sort de la suite d'un pas déterminé, pour se rendre dans la sienne, et réapparaître quelques secondes plus tard, son fusil à la main. Sans dire un mot, il prend appui sur le rebord de la fenêtre, ferme un œil pour viser sa cible, et commence à presser doucement la détente. Jo l'informe que s'il tire, le bruit de la détonation va rameuter tous les morts du coin, mais Rob lui fait un signe de main pour lui signifier qu'il s'en fiche, puis continue à presser la détente. Tous se préparent à la détonation, et placent leurs mains sur leurs oreilles, à l'exception de Jo qui est habitué aux tirs. Dès que Victor est dans sa ligne de mire, Rob fait partir le coup. Le tir est parfait, mais la balle vient se loger dans la tête d'un autre mort- vivant qui est passé devant Victor pile au mauvais moment. Le crâne du zombie explose et du sang éclabousse Victor qui n'avait rien vu venir. Surpris, il se tourne et se baisse pour examiner le mort qui vient de s'écrouler à ses côtés. En relevant la tête, il lance un regard plein de haine à Rob, lequel se rend compte que le corps que Victor tient avec affection dans ses bras n'est autre que celui de Cindy.

« Mon Dieu ! Je l'ai tuée !
– Qui ?? demande Élina.
– Cindy ! »

Jo, le cœur serré, se penche par la fenêtre, et confirme les dires de Rob par un petit hochement de tête. Élina voit Rob se recroqueviller sur lui-même, et s'approche de lui pour l'obliger à la regarder, en prenant tendrement son visage entre ses mains.

« Rob, écoute-moi ! Dis-toi que tu lui as rendu service...

Tu as bien vu ce qu'elle était devenue ! Tu penses vraiment qu'elle voulait être comme ces choses ? Moi, je ne crois pas !

– Oui, mais elle…

– Elle peut enfin reposer en paix ! Crois-moi, si je devais un jour devenir comme ça, je voudrais qu'on me colle une balle entre les deux yeux, pour me libérer de cet état. Tu comprends ?

– Oui. Je comprends » murmure Rob, en laissant une larme couler sur sa joue.

Élina le serre fort contre elle, puis l'embrasse tendrement. Ils restent enlacés un moment, jusqu'à ce que le bruit du rideau de fer en train de s'ouvrir se fasse à nouveau entendre. Il semble cette fois-ci que les zombies aient réussi à soulever le rideau. Don vient les chercher à l'étage, et leur indique de le suivre jusqu'au hall. En bas, après avoir redescendu les escaliers en quatrième vitesse, ils se retrouvent face à face avec les morts-vivants qui, de l'autre côté, tapent de manière incessante sur le double vitrage de la porte d'entrée.

« Elle ne va pas tenir longtemps ! Il faut se barricader ! crie Don en commençant à pousser un des canapés du hall.

– Il a raison ! On ne peut pas rester sans rien faire ! » s'exclame Ethan, en se précipitant vers Don pour l'aider.

Tous suivent leur exemple, et se mettent à pousser les objets lourds qu'ils trouvent dans le hall, comme les canapés, les fauteuils et les meubles. Ils savent bien que ce n'est qu'une solution de fortune et que cela ne tiendra pas très longtemps, mais cela leur laisse quelques minutes de réflexion supplémentaires, et les soulage temporairement, de façon presque illusoire. Tandis qu'ils s'affairent à tout déménager, ils réfléchissent à voix haute, dans un brouhaha qui rendent leurs propos incompréhensibles. Tout à coup Don crie quelque chose si fort que les autres se taisent.

« Oui ! C'est ça !

– Ça, quoi ? l'interroge Jess, suspendue à ses lèvres dans l'attente d'un éclaircissement.

– Le cinéma !

– Quoi le cinéma ? Accouche ! lui intime Ethan, impatient.

– Il y a…

– Oui ? demande Anna, elle aussi impatiente d'entendre la suite.

– Taisez-vous et écoutez ! » les interrompt Jo.

Tous tendent l'oreille, et attendent en silence pendant quelques secondes.

« Je n'entends rien ! murmure Élina.

– Chut ! Faites abstraction des grognements des morts-vivants, et écoutez à nouveau ! » leur explique Jo.

Ils suivent son conseil, et se concentrent.

« Ça y est ! Mais ce sont… commence à dire Anna, sous le choc de sa découverte.

– … Des hurlements ! la reprend Jo. Mais des hurlements de survivants, pas de ces choses ! »

Ces hurlements humains qui s'intensifient les terrifient, car aucun d'eux ne sait ce qui peut engendrer une telle panique collective.

« Mais… que leur arrive-t-il ? demande Jess, la voix tremblante.
– Je crois savoir ! répond Ethan. Regardez dehors, derrière les morts-vivants !
– Oh non, pas ça ! » murmure Anna en reculant, les yeux rivés vers l'extérieur.

Dans la rue comme à l'intérieur des bâtiments, les lumières s'éteignent une à une, plongeant progressivement Paris dans l'obscurité de la nuit fraîchement tombée. Les yeux rivés sur l'extérieur, ils observent la pénombre gagner du terrain, jusqu'à ce que les lumières du palace s'éteignent à leur tour. Muni d'une lampe torche, Don se précipite dans le bureau de sécurité, pendant que les autres restent dans le hall, en proie à la panique la plus totale. Anna hurle et pleure comme une hystérique ; Ethan fait les cent pas, en baragouinant des choses incompréhensibles ; Élina reste prostrée, tétanisée par la peur ; et même Rob et Jo, d'habitude si courageux, semblent affolés.

Après quelques minutes, Don revient vers eux, le visage décomposé.

« On est dans la merde ! hurle-t-il. Il faut absolument trouver un endroit où se mettre à l'abri, et tout de suite !

– Explique-toi ! lui demande Jess.

– Tout est hors-service !

– Ce qui veut dire ?

– Tu te rappelles qu'on les a tous enfermés dans des pièces, grâce aux portes à ouverture et fermeture électroniques ?!

– Oui, et ?

– Eh bien sans courant électrique, ces portes ne sont plus verrouillées ! Donc ils sont libres de circuler partout dans le palace.

– Non ! » s'écrie Jess, devenue toute blême.

Les ennuis n'arrivant jamais seuls, la vitre blindée cède au même moment sous les assauts répétés des morts-vivants qui tel un raz-de-marée ont vite fait de faire voltiger les encombrants placés devant l'entrée. Jess se rue alors dans les escaliers, poursuivie par Don qui la plaque au sol.

« Mais que fais-tu ? Il faut aller au cinéma ! lui crie-t-il.

– Il faut d'abord prévenir le couple du quatrième étage ! Et les armes, il faut les récupérer ! répond-elle.

– OK. Je viens avec toi, mais on fait vite ! »

Ils ont tout juste le temps de se redresser que déjà des portes claquent et des hurlements de bêtes sauvages retentissent dans l'enceinte du palace. Don prend Jess par le bras, pour la forcer à descendre avec lui.

« Il faut monter les prévenir ! hurle-t-elle en pleurant et en tentant d'échapper à son emprise.

– Nous n'avons pas le temps !

– Mais on ne peut pas les laisser ! » rétorque-t-elle en se débattant de toutes ses forces.

Pour la neutraliser, Don est obligé de lui attraper les mains et de les lui maintenir croisées dans le dos. Il la plaque ensuite contre son torse, et la maintient fermement tandis qu'elle s'agite en pleurant, le temps qu'elle se calme et accepte de l'écouter.

« Jess ! Nous n'avons pas le temps ! Si nous y allons, nous allons mourir, et je ne veux pas que tu meurs, OK ? »

Tête baissée, les joues mouillées de larmes, Jess reste silencieuse.

« Putain ! Jess ! Tu m'as entendu ?!

– Oui ! Et tu as raison ! finit-elle par admettre.

– Je préfère ça ! » lui dit-il en relâchant son étreinte.

Les bruits de portes qui claquent au rez-de-chaussée se multiplient, et les fauteuils qui condamnaient l'entrée tombent du haut de la pile les uns après les autres, jusqu'à ce que tous les meubles et canapés soient totalement repoussés par la horde de morts-vivants qui, de fait, est enfin libre de pénétrer dans le palace.

« Où se trouve la salle de cinéma ?! hurle Jo en les voyant se ruer à l'intérieur.

– Suivez-moi ! » répond Don, en tirant Jess par le bras.

Bientôt le palace se retrouve envahi par des morts-vivants venant de l'extérieur ou sortant des quatre coins du bâtiment. Sur leur passage, les tables se renversent, les vases, et la vaisselle se brisent... Rien ne leur résiste.

Dans les couloirs qui se succèdent, Don, Jess, Rob, Jo, Ethan, Élina et Anna continuent de courir, sans jamais s'arrêter, comme s'ils étaient prisonniers d'un dédale sans issue. En bout de file, Ethan se retourne pour voir s'ils sont poursuivis, et constate qu'en effet, ils le sont. Il distingue assez mal dans l'obscurité, mais il peut tout de même se rendre compte que nombreux sont les morts-vivants à leurs trousses. Dans leur course, certains s'écrasent contre les murs, quand d'autres se bousculent et piétinent ceux qui tombent au sol. Ils sont manifestement très excités par la viande fraîche qui se trouve à quelques mètres d'eux. Ils secouent leur tête dans tous les sens, claquent des mâchoires, laissant échapper de l'écume au coin de leur bouche, et tendent les bras vers leurs proies, en griffant l'air comme pour les attraper. Face à ce terrifiant spectacle, Ethan ressent une panique si intense qu'elle lui fait l'effet d'un courant électrique remontant le long de sa colonne vertébrale, ce qui lui donne un regain d'énergie pour entamer un sprint. En un temps record, il double tout le monde, y compris Don, et continue sa course droit devant lui sans connaître le chemin. Plus il s'enfonce dans les entrailles du palace, plus il fait sombre. Arrivé au bout du couloir, il ne sait pas où aller, et attend les autres en trépignant sur place.

« C'est par où ? C'est par où ? C'est par où ? répète-t-il nerveusement.
– À droite ! » lui hurle Don qui arrive en courant avec le reste du groupe derrière lui.

Ethan reprend sa course vers la droite, et réussit à distinguer une porte à double battant. Il se précipite dessus, l'épaule gauche en avant pour l'ouvrir rapidement, mais s'écrase littéralement contre la porte, quand Don arrive et secoue un trousseau de clefs devant lui, en affichant un sourire moqueur. Il déverrouille les deux portes, et entre pour inspecter les lieux, ce qui n'est pas évident avec l'obscurité ambiante. Toutefois, au fur et à mesure, leur vue s'habitue au noir qui les entoure, et ils commencent à voir presque distinctement les morts-vivants qui foncent droit sur eux. « Ils arrivent !!! » hurle Élina à Don. Ce n'est plus seulement un ou deux morts-vivants dont ils doivent se débarrasser ici, mais des centaines qui inondent le couloir menant au cinéma.

Tout à coup, sans que le groupe ne comprenne pourquoi, les zombies s'arrêtent tous en même temps. Puis lentement, ils se séparent en deux masses, de chaque côté du couloir, dégageant un passage au milieu pour laisser place à Victor. Élina est choquée quand elle le voit : il ne ressemble plus du tout à l'homme qui les avait attaqués dans son café. Son corps est rachitique, et il lui manque des morceaux de peau un peu partout. Le long des membres décharnés, on peut voir ses muscles et ses nerfs, à moitié pourris. *Il se décompose*, pense-t-elle en le regardant, et en sentant d'ici l'odeur nauséabonde qu'il dégage. Victor fixe avec hargne ceux qu'il considère comme des ennemis, puis se penche légèrement en avant, pose son pied gauche en arrière, comme un coureur sur la ligne de départ. Dans cette posture peu rassurante, il pousse un cri incroyablement puissant et glaçant pour signaler la reprise de la chasse à ses congénères, lesquels se mettent à nouveau à courir vers le groupe de rescapés.

Jo, paniqué, tente de pousser les portes du cinéma, mais en vain : elles sont bloquées. Avec Élina, Anna, et Rob, ils se mettent tous, la peur au ventre, à tambouriner dessus comme des fous, jusqu'à ce qu'elles se débloquent miraculeusement, et qu'ils basculent en avant, perdant soudain l'équilibre. Don referme le plus vite possible les portes à clef derrière eux.

« Pourquoi tu avais fermé les portes ?! lui demande Jo, énervé.

– Je ne les avais pas fermées ! répond Don, avec étonnement.

– Je les ai poussées et elles ne se sont pas ouvertes !

– As-tu tourné la poignée ?

– La poignée ?

– Bah oui ! La poignée ! répète-t-il en la lui montrant.

– Quel con ! Je ne l'avais pas vue.

– Militaire à la retraite, c'est ça ? » demande Élina en gloussant.

Jo ne relève pas la remarque, et s'avance maladroitement dans l'obscurité, les mains en avant, pour trouver un fauteuil dans lequel s'affaler. Il sursaute et manque de tomber dans une des rangées de sièges, lorsqu'il entend les morts-vivants se jeter sur les portes qui se tordent sous la violence de l'impact.

« Pourquoi nous as-tu amenés ici ? demande Jess, angoissée à l'idée que les portes ne cèdent.
– La sortie de secours mène à une ruelle derrière le palace. On peut s'enfuir par-là !
– Bien joué ! » déclare Rob en lui tapant amicalement dans le dos.

Au même moment, les gonds des portes sautent et les morts-vivants déferlent dans la salle de cinéma, se déployant de part et d'autre, afin de ne laisser à leurs proies aucune chance de s'en sortir. Jo, qui était enfin parvenu à s'installer dans un fauteuil, se lève d'un coup pour rejoindre ses amis. Ces derniers descendent déjà les marches qui séparent les divers blocs de sièges, avançant à l'aveuglette dans l'immense salle. Ils se tiennent par la main pour ne pas se perdre, et franchissent ensemble la porte qui est censée les mener à la sortie de secours. Au bout de quelques mètres, ils discernent une porte vitrée donnant sur l'extérieur, et se sentent soulagés. Don l'ouvre, et la maintient ouverte pour que tous puissent passer avant qu'il ne la verrouille derrière eux. Jess,

Ethan, Jo et Rob passent en premiers, et une fois dehors, scrutent les alentours à la recherche d'éventuels morts-vivants tapis dans un recoin ou derrière un buisson, prêts à leur sauter dessus. Quand Élina s'apprête à son tour à franchir le seuil de la porte, elle entend un cri juste derrière elle, et sent la main d'Anna s'agripper de toutes ses forces à la sienne. « Aide-moi ! » l'implore Anna. Élina, sans réfléchir, fonce tête baissée sur l'un des deux morts-vivants qui agrippent la jeune fille, et le fait trébucher en arrière. Elle envoie ensuite trois énergiques coups de poing dans le visage du second qui, un peu sonné, recule d'un pas. Anna en profite pour tenter de s'enfuir en rampant au sol, mais le mort-vivant − lui aussi à terre − attrape d'un geste vif la manche de son gilet et la tire vers lui. Voyant cela, Élina tente de lui enlever son gilet, afin de la libérer, mais elle n'y arrive pas. Anna, en gesticulant au sol comme un ver de terre, arrive finalement à glisser ses bras hors des manches et à se libérer. Élina lui attrape les mains, la relève, puis se rue avec elle vers la sortie, sans se retourner. Dès qu'elles sont passées, Don s'empresse de sortir à son tour et de refermer la porte, juste à temps pour emprisonner les morts-vivants à l'intérieur du cinéma. Cependant, ils n'ont pas le temps de se réjouir ni de vérifier comment va Anna. Il faut qu'ils s'éloignent le plus vite et le plus loin possible de cet enfer. Ils sont pratiquement arrivés au bout de la ruelle qui rejoint la rue où se trouve l'entrée principale du palace, mais Ethan s'arrête brusquement, et écarte les bras pour empêcher les autres de continuer leur chemin.

« Quoi ? demande Jo en chuchotant.

– Je viens de me rappeler que j'ai encore les clefs du fourgon blindé, et qu'il y avait encore assez d'essence pour s'éloigner suffisamment d'ici et semer les zombies.

– Bonne idée ! acquiesce Jo. Mais pourquoi as-tu encore les clefs sur toi ?

– Parce qu'on ne sait jamais ce qui peut arriver ! La preuve ! Bon, sinon le souci, c'est que le fourgon n'est pas tout près ! précise Ethan.

– Quelqu'un a une autre solution ? » interroge Jo, en se tournant vers les autres.

Personne n'ayant de meilleur plan à proposer, la question est accueillie par un silence général. Toutefois, une question taraude Rob qui prend alors la parole.

« Mais les routes vont être encombrées de véhicules abandonnés. On ne pourra jamais passer, non ?

– Par ici, on peut facilement se faufiler entre les voitures. C'est ce que j'ai fait la dernière fois ! » répond Ethan.

La conversation est interrompue par le bruit d'une porte qui s'ouvre en un fracas. C'est celle de la sortie de secours du cinéma qui vient de céder sous les coups des morts-vivants. « On continuera ce débat plus tard ! On te suit, Ethan ! » déclare Jo. Ethan acquiesce, et se met en route, suivi des autres qui, en file indienne, font de grandes enjambées avec le plus de légèreté possible pour ne pas attirer l'attention sur eux.

Leur effort de discrétion est cependant vain, car les morts-vivants les repèrent instantanément en sortant de la ruelle, et les prennent aussitôt en chasse. Rob ordonne d'accélérer le pas, en hurlant et en poussant Élina devant lui. Tous ont le souffle court et les muscles douloureux, mais ils continuent leur course effrénée, car s'arrêter reviendrait à signer leur arrêt de mort.

Devant eux, se dessine enfin la silhouette du fourgon, toujours au même endroit où l'avait laissé Ethan. Celui-ci accélère sa cadence pour monter dans le fourgon en premier, et ouvrir les portes à l'arrière, afin que tout le monde puisse y monter rapidement.

Anna, toujours en train de courir, regarde par-dessus son épaule, et se rend compte qu'ils ont semé leurs assaillants. Soulagée, elle ralentit, légèrement, la cadence pour reprendre son souffle. Élina, elle, est déjà arrivée jusqu'au véhicule et, pensant Anna juste derrière elle, se retourne pour la faire monter. Étonnée de ne pas la voir, elle regarde en arrière, vers la route, et l'aperçoit. Elle est encore loin ; trop loin au goût d'Élina.

« Anna, dépêche-toi ! lui crie-t-elle.
– C'est bon, j'arrive ! Ça ne craint plus rien ! On les a distancés ! » tente de la rassurer Anna.

À peine a-t-elle fini sa phrase qu'une dizaine de morts-vivants surgissent d'une rue perpendiculaire, non loin d'elle. Affolée, Élina profite du fait qu'ils ne les ont pas encore repérés pour courir vers Anna et la ramener dans le fourgon en quatrième vitesse.

L'un des morts-vivants finit par les voir et pousse un cri à glacer le sang, alertant par la même occasion ses congénères. En voyant les zombies foncer dans leur direction, Ethan s'installe immédiatement au volant, et tourne la clef de contact. Alerté par le bruit du moteur, Jo se précipite à l'avant du fourgon, et s'assoit sur le siège passager. Rob, lui, fait monter Jess à l'arrière, et avec Don, il attend à l'extérieur l'arrivée d'Élina et Anna qui sont encore à quelques mètres.

« Il faut que vous montiez les gars, et qu'on commence à avancer doucement ! » déclare Jo, en criant par le petit carré grillagé qui sépare la cabine du reste du fourgon. Don et Rob ne répondent pas, mais manifestent leur refus en lançant à Jo un regard froid et en restant les bras croisés à côté du véhicule. À l'intérieur du fourgon, Ethan et Jess dévisagent Jo avec un air surpris puis interrogateur.

« Ça ne va pas ! T'as perdu la raison ou quoi ?! s'énerve Jess.
– On ne peut pas faire ça… dit Ethan du bout des lèvres, l'air toujours ahuri.
– On n'a pas le choix ! Je n'dis pas de les abandonner, nom d'un chien ! se justifie Jo.
– Ah oui ? Alors explique toi et vite ! répond Jess.
– Si on roule à vitesse réduite, quand elles arriveront à notre hauteur, Rob et Don pourront les agripper et les aider à monter, et comme ça, dès qu'elles seront dans le fourgon, Ethan pourra appuyer sur le champignon et

prendre plus de vitesse que s'il partait du point mort. Donc, il sèmera les morts-vivants plus facilement ! Tu me suis ?

– Oui, j'ai compris, et en effet, c'n'est pas bête ! »

Jess se retourne alors vers Rob et Don pour tenter de les convaincre de monter. La tâche n'est pas facile, d'autant qu'elle n'a pas le temps d'argumenter en leur expliquant dans les détails pourquoi ils doivent absolument monter dans le fourgon avant l'arrivée des filles.

« Montez ! Jo a un plan ! se contente-t-elle de leur dire.
– Mais les filles ??? interroge Don, surpris que Jess s'y mette à son tour.
– Fais-moi confiance, et monte avec Rob, bon sang ! »

Don qui, après tout ce qu'il avait vécu avec elle, n'avait aucune raison de ne pas la croire, obtempère et monte dans le véhicule. En revanche, Rob ne veut rien entendre, et reste à l'extérieur, planté comme un piquet.

« Rob ! Je t'en supplie, viens ! insiste Jess.
– Non ! Hors de question que je les abandonne !

– Mais moi non plus, je ne compte pas les abandonner ! Réfléchis un peu ! Tu penses vraiment, que moi, j'abandonnerais Élina qui est tout pour moi ! Je te rappelle qu'elle est ma seule famille ! Alors si le plan consistait à les abandonner, crois-moi quand je te dis que je serais la première à faire le pied de grue dehors avec toi pour les attendre ! »

Rob est troublé par les propos de Jess, et se rend compte qu'elle lui dit vrai, que toutes deux s'aiment comme de vraies sœurs. Il décide donc de lui faire confiance, et grimpe à l'arrière du fourgon.

« Vas-y roule ! Je te dirai quand stabiliser ta vitesse ! » lance Jo à Ethan.

Ethan démarre et accélère jusqu'à ce que Jo lui fasse signe de la main de ralentir. Il stabilise alors sa vitesse, et Jo lève son pouce pour le féliciter.

« Ils nous abandonnent ! » hurle Anna, dans un cri de désespoir non contenu, tandis qu'elle continue de courir vers le fourgon qu'elle voit s'éloigner. Élina reste interdite, n'en croyant pas ses yeux. *Mais que font-ils ?* Les larmes commencent à lui venir, quand elle comprend soudain, en constatant la faible vitesse à laquelle ils roulent.

« Ils ne nous abandonnent pas ! répond-elle à bout de souffle, mais soulagée. Ils gagnent du temps !
– Comment ça ? lui demande Anna qui n'avait pas la moindre idée de ce qu'elle voulait dire par-là.
– Ferme-la et accélère ! » répond Élina, déterminée à se sortir de cette mauvaise posture au plus vite.

Lorsqu'elles arrivent à leur niveau, Rob, Don et Jess leur hurlent de se dépêcher, et leur font de grands signes à travers les portières ouvertes du fourgon. Don et Rob se cramponnent d'une main à l'intérieur du véhicule, et tendent l'autre aux filles qui peinent à les rattraper. La tension et la peur de l'échec montent en flèche. À l'avant, Jo prie pour que son plan fonctionne, et pense que ses prières sont exaucées quand il entend derrière lui des cris de joies. Il demande alors à Jess s'ils peuvent accélérer maintenant. Celle-ci lui répond par la négative, l'informant que les filles ne sont pas encore dans le fourgon, mais que Rob et Don les tiennent. Ethan et Jo, convaincu que d'ici quelques secondes, tout serait sous contrôle, sont soulagés.

Sur la route, Élina et Anna courent du plus vite qu'elles peuvent, et s'accrochent de toutes leurs forces à Rob et Don. À présent, elles sont presque à bonne hauteur pour qu'ils les fassent grimper à bord du véhicule. Elles s'apprêtent à sauter, mais Victor – qui avait réussi à les rattraper en empruntant des raccourcis – saute brusquement sur Anna qui, par réflexe, se cramponne à Don, et se débat avec énergie pour qu'il ne puisse pas la mordre. Victor n'arrive pas à lui planter ses dents et reste accroché à elle, comme une tique sur un chien. Don voudrait pouvoir le frapper pour qu'il la laisse tranquille, mais il ne peut pas, car il lui faudrait pour cela lâcher soit Anna soit sa prise à l'intérieur du véhicule qui lui permet de maintenir son équilibre.

Victor, comprenant qu'il fallait faire en sorte que Don lâche la main d'Anna, saisit l'avant-bras de ce dernier et le mord. Surpris, Don desserre légèrement l'étreinte, et laisse la main d'Anna lui échapper. Bouleversé, il regarde Anna chuter lourdement sur le bitume, entraînant avec elle le maître des morts. Élina hurle de colère et de désespoir, relâchant sa main dans celle de Rob, qui comprend très vite qu'elle veut aller chercher Anna. « Élina, non ! Il est trop tard ! Si tu y vas, vous n'aurez jamais la force de revenir ! » tente-t-il de la retenir.

En vain. L'esprit d'Élina reste bloqué sur Anna : il faut qu'elle lui vienne en aide. N'écoutant que son devoir, elle se libère de la main de Rob en tirant son bras d'un coup sec, et chutant au sol, se relève aussitôt pour se précipiter au secours d'Anna, sous les objections paniquées de Rob et de Jess. Pendant ce temps, Don fouille l'arrière du fourgon à la recherche d'une arme qu'il pourrait lancer à Élina, et aperçoit un tonfa, sûrement oublié par un des convoyeurs de fond. Il le saisit et le lance dans sa direction, au plus près d'elle pour qu'elle le récupère le plus facilement possible. Élina, sans cesser de courir, mais en ralentissant, se baisse et le rattrape, puis fait un signe de la main à Don, en guise de remerciement.

Arrivée à hauteur d'Anna, Élina emploie toute sa rage à frapper violemment Victor au visage, jusqu'à le faire tomber à la renverse. Il essaie de se remettre sur ses pieds, mais elle ne lui en laisse pas le temps et le frappe à nouveau. Elle cogne, encore et encore, et ne s'arrête que lorsque sa tête se retrouve réduite en miettes, et son cerveau, en bouillie. Anna se précipite alors dans les bras d'Élina, et l'informe aussitôt qu'elle n'a pas été mordue.

« Il faut que nous les rattrapions ! » déclare Élina, sans grande conviction quant à leurs chances d'y parvenir.

Elles se remettent à courir pour le principe, mais au fond, elles sentent qu'elles n'arriveront jamais à les rattraper. Leurs muscles sont engourdis, et leur souffle n'est même plus court, mais quasi inexistant. Épuisées et à bout de forces, elles mettent le peu d'énergie qu'il leur reste dans cette course qu'elles savent pourtant perdue d'avance. Rob les observe avec inquiétude. Il voit que l'écart entre elles et les morts-vivants diminue considérablement, et même si elles ne sont qu'à quelques mètres du fourgon, il a peur qu'elles n'y arrivent pas. Il leur hurle d'accélérer, mais les filles donnent déjà tout ce qu'elles ont, et ne peuvent faire plus. Quand il croise le regard d'Élina, il se rend compte qu'elle pleure, et comprend que par ce dernier regard, elle cherche une dernière fois à lui dire qu'elle l'aime. Rob sait qu'il n'oubliera jamais ce regard chavirant, rempli de tristesse, de peur, mais aussi d'amour. « Moi aussi ! » lui crie-t-il à s'en briser la voix, et en pleurant à son tour.

Élina, à ces mots, lui sourit une ultime fois, avant d'être submergée avec Anna par la marée de morts-vivants qui les a rattrapées. Jess, à cet instant, se jette vers l'extérieur, entre Don et Rob, et appelle Élina en hurlant, le visage inondé de larmes. Les deux ont le réflexe de la retenir pour l'empêcher de sauter hors du fourgon. Rob la maintient fermement jusqu'à ce qu'elle arrête de s'agiter.

« Foncez ! dit Don à Ethan et Jo, en refermant les portes et en baissant la tête, accablé par le chagrin.

– Les filles sont là ? demande Jo.

– Non » répond-il faiblement, en s'asseyant.

Jo et Ethan pleurent eux aussi, silencieusement, tout en regardant la route.

À l'arrière, Jess demeure prostrée : elle est tétanisée et abasourdie. Blottie contre Rob, qui est dans le même état d'abattement qu'elle, elle sanglote, sans dire un mot. Ils s'étreignent en silence pour partager leur peine commune.

Cela fait une bonne heure qu'Ethan roule, slalomant entre les voitures et les cadavres. Jo est songeur et commence à trouver le temps long. Il se dit qu'en temps normal, il leur aurait fallu à peine trente-cinq minutes pour faire le même trajet, quand il est sorti de ses pensées par des soubresauts. Le fourgon ralentit par saccades successives puis s'arrête net.

« Eh merde ! Le réservoir est vide ! informe Ethan.

– Il va falloir continuer à pied ! dit Jo, en relayant l'information aux trois passagers arrière.

– De toute façon, la route devient impraticable ! Il y a trop de véhicules qui l'obstruent ! » observe Ethan.

Ils descendent du fourgon et s'assoient sur le trottoir. Sans dire un mot, ils lèvent les yeux au ciel, et contemplent le soleil levant. Seul Don s'écarte du groupe pour aller déambuler entre les véhicules abandonnés.

« Pourquoi ? dit Jess la voix tremblante.

– De quoi ? lui répond Jo.

– Anna, Élina… Pourquoi n'ont-elles pas pu être sauvées ? Elles ne méritaient pas ça… Et que vais-je faire sans Élina ? ajoute-t-elle avant d'éclater en sanglots.

– Je ne sais pas ! dit Jo en la serrant dans ses bras. Mais nous, nous sommes là, et nous allons veiller les uns sur les autres. En tout cas, ta sœur est… était un sacré bout de femme. »

Jess, secouée par une nouvelle vague de larmes, réfugie sa tête au creux de l'épaule de Jo.

« Où est Don ? » interroge Ethan.

Jess relève la tête, et avec Jo, ils le cherchent du regard.

« Il faut le trouver ! » s'exclame-t-elle, en essuyant ses larmes avec sa manche.

Tous se mettent à sa recherche, à l'exception de Rob qui reste assis sur le trottoir, muré dans son silence et sa souffrance.

Un peu plus loin, ils retrouvent Don, assis par terre, et adossé à une voiture de police, une arme à la main.

« Don ! Ça va ? Où as-tu trouvé cette arme ? l'interroge Jo.

– Je l'ai trouvé sur le corps du policier, là-bas. Il ne reste qu'une balle dans le chargeur, mais ce n'est pas bien grave, car une me suffira !

– De quoi tu parles ? lui demande Jess en s'accroupissant devant lui.

– Recule, s'il te plaît !

– Mais pourquoi ? »

Don ne lui répond pas, mais il relève la manche de son pull-over et lui montre sa blessure. Jess, en comprenant qu'il s'agissait d'une morsure, manque de tomber à la renverse, mais est arrêtée dans sa chute par une voiture stationnée derrière elle. Elle se laisse glisser mollement le long de la carrosserie, jusqu'à se retrouver assise par terre, face à Don.

« Non. Pas toi aussi...

– Je suis désolé.

– Mais quand est-ce arrivé ?

– Le mort-vivant qui a sauté sur Anna tout à l'heure m'a mordu pour que je lâche prise et qu'elle tombe à terre avec lui.

– Écoute, on va trouver une solution !

– Ah oui ? Tu en es bien sûre ?

– Non, mais je ferai tout mon possible pour qu'on en trouve une ! Tu me crois ? Je ne te laisserai pas devenir une de ces choses !

– Jess ! Tu sais très bien qu'il n'y a rien à faire ! Je sens déjà le virus en moi. Mes pensées changent, et mon corps n'arrive plus à résister. Va-t'en maintenant !

– Non ! C'est hors de question ! réplique-t-elle, la gorge nouée.

– Il n'y a rien d'autre à faire, et tu le sais... »

Jess s'approche de lui, lui caresse le visage, et les larmes aux yeux, dépose sur sa joue un long baiser, avant de se résoudre à rejoindre Jo.

« Prends soin d'elle, d'accord ? demande Don à Jo.

– Compte sur moi ! »

Après leur avoir adressé un dernier sourire en guise d'adieu, il les regarde s'éloigner en direction du fourgon. Il se sent très affaibli. Tout son corps souffre. Sa respiration ralentit et devient aléatoire ; tandis que sa fièvre s'intensifie. Regardant fixement le pistolet qu'il tient, il voit des gouttes de sang qui, perlant de son nez, viennent s'écraser sur le dos de sa main. Il sent également des larmes couler le long de ses joues, alors qu'il n'avait pas conscience d'être en train de pleurer. Étonné, il essuie ce qu'il pense être des larmes avec le dos de sa main, et s'aperçoit que c'est en fait du sang. *Ça y est, je me transforme...*

« Même pas en rêve ! » crie-t-il en levant les yeux au ciel.

Il place l'arme dans sa bouche, resserre ses mains autour de la crosse, ferme les yeux, et tire.

Le coup de feu retentit jusqu'aux oreilles de Jess, Jo, Ethan et Rob qui comprennent tout de suite ce qui s'est passé. Ils restent quelques minutes, silencieux, le visage tourné vers le sol, comme en signe de recueillement.

« Il faut que nous reprenions la route, dit Jess en relevant la tête.

– Pour aller où ? demande Ethan, désabusé.

– Chez Élina ! »

Rob se retourne vers elle, en lui lançant un regard foudroyant.

« Je sais ! Mais nous y serons en sécurité, je pense ! indique-t-elle pour tenter de calmer Rob.

– Et pourquoi ? demande Jo.

– Elle vit… Enfin… Elle vivait dans une maison, dans une petite ville du 78 appelée Achères qui se trouve à proximité d'une grande forêt. Je ne dis pas qu'il n'y aura pas de morts-vivants là-bas, mais je pense qu'il y en aura moins. Et pour être honnête, j'ai aussi besoin d'y aller pour… je ne sais pas… j'ai besoin de la sentir près de moi et de me souvenir d'elle… vous comprenez ? Vous pouvez ne pas me suivre, mais je préfèrerais que nous restions ensemble.

– Moi, je te suis ! rebondit Ethan. Élina a fait de nous une famille, et je ne trahirai pas sa mémoire en te laissant toute seule !

– Il a raison. Je viens aussi ! dit Jo à son tour.

– Rob ? » demande Jess.

Sans prononcer un mot, il lui fait un signe de tête affirmatif, et se remet à contempler l'horizon, les larmes aux yeux, sous le regard attendri et reconnaissant de Jess.

« Par où devons-nous aller ? l'interroge Ethan.

– D'ici, je ne sais pas ! répond Jess, blasée.

– Par ici, je pense ! indique Jo, penché au-dessus d'un garde-corps et regardant vers le bas.

– Le périphérique ? Mais ce n'est pas trop dangereux à ton avis ? s'enquit Ethan.

– Pas plus qu'ailleurs ! »

Tombés d'accord sur la question, ils se mettent en marche, bien décidés à se rendre dans la maison de leur amie, sœur et amante Élina, décédée en voulant sauver la vie de la jeune Anna.

LUDIVINE VERNIEUX

X

29 octobre – 18h32

Daniel, son épouse Maryse, et ses deux garçons – Bertrand, âgé de 18 ans, et Joël, âgé de 15 – écument les villes, à la recherche d'autres survivants et d'un refuge dans lequel ils pourraient se poser quelques jours, voire plus.

Avant le début de l'infection, ils habitaient à Cergy, dans le département du Val-d'Oise, mais ont dû fuir quand les morts-vivants y sont devenus beaucoup plus nombreux que les rescapés. Au cours de leur exil forcé, ils ont traversé à pied de nombreux endroits, sans n'en trouver aucun où se réfugier, alors que le danger augmentait de jour en jour. Durant leur périple, ils ont remarqué des changements assez significatifs dans l'attitude des morts-vivants qu'ils croisaient. Ces derniers, ne trouvant plus assez de nourriture dans les rues, se sont mis à défoncer les portes des bâtiments et

423

des maisons pour y déloger les réfugiés et les manger. Dans ces circonstances, difficile pour cette famille de trouver un lieu sûr où s'abriter…

Après avoir arpenté en vain les communes du Val-d'Oise, ils arrivent à Achères, une petite ville située dans les Yvelines, et sont surpris par la différence d'atmosphère qui y règne, tout ici semblant très calme… Trop calme, peut-être. Ils traversent le centre-ville puis se hasardent dans des rues plus petites, constatant que chacune d'elle est déserte et silencieuse.

Daniel – qui désespérait de trouver un jour un endroit où élire domicile – s'arrête soudain devant une maison qui l'attire comme un aimant, sans qu'il ne puisse vraiment dire pourquoi.

« Pourquoi tu t'arrêtes ? lui demande Maryse.
– Regarde cette maison !
– Oui. Et bien ?
– Nous allons nous y installer !
– D'accord, je n'ai rien contre ; mais pourquoi celle-ci plutôt qu'une autre ?
– Parce qu'elle est isolée des autres, et qu'elle a un grand terrain ! Nous pourrons le sécuriser et y créer un potager. Et puis elle n'est ni trop loin ni trop près du centre-ville, or en passant dans le centre, j'ai repéré un supermarché qui n'a pas été entièrement pillé. Nous pourrons donc nous ravitailler facilement !
– Je ne sais pas, papa ! Je ne le sens pas trop ce coin ! intervient Bertrand. Vraiment, je ne suis pas à l'aise ici !

– Essayons et nous verrons, d'accord ?

– OK. Comme tu veux... »

La famille avance prudemment jusqu'à l'entrée de la maison. Daniel ouvre le portail, et ils montent les escaliers qui mènent jusqu'à la porte d'entrée qui est fermée. « C'est positif que ce soit fermé ! s'exclame Daniel. Ça indique qu'aucun mort-vivant n'est encore venu ici ! » Cependant, en bon père de famille, il préfère inspecter les lieux, pour s'assurer de l'absence de danger. Avant d'entrer dans la maison, il commence par examiner le terrain qui l'entoure. L'herbe est haute et rien n'est entretenu, ce qui n'a rien d'anormal étant donné le contexte. Il longe la haute haie de thuyas qui encadre le terrain, testant au fur et à mesure la solidité du grillage qu'elle dissimule.

De son côté, Maryse est en train d'observer ce qui ressemble à un potager laissé à l'abandon. Elle s'accroupit pour lire les petites pancartes plantées dans la terre et décrivant les fruits et légumes cultivés.

« Super, des légumes ! dit Joël en grimaçant juste au-dessus de l'épaule de sa mère.

– Eh oui mon garçon, tu n'y échapperas pas ! répond-elle amusée.

– Maman ! Papa ! » appelle Bertrand, au loin.

Le ton peu rassurant qu'il emploie pousse Maryse et Daniel à le rejoindre immédiatement. Quand ils arrivent à son niveau, le garçon a le regard fixé sur trois tombes de fortune, toutes surmontées de croix en bois faites maison. « Mon Dieu ! » s'écrie Maryse, en mettant sa main devant sa bouche. Daniel se penche sur chaque tombe, et prend à chaque fois une poignée de terre qu'il laisse s'échapper entre ses doigts.

« Elles ne sont pas très vieilles ! fait-il remarquer.

– Ah bon ? Qu'y a-t-il de marqué ? demande Maryse.

– *Ethan - 06 octobre, Joël - 18 octobre* et *Jessica - 23 octobre* de cette année.

– Et la personne qui les a enterrés, elle est où ? questionne Joël qui commence à être effrayé.

– Je ne sais pas. Peut-être se terre-t-il à l'intérieur de la maison... répond Daniel.

– Eh bien si c'est ça, il n'est pas très prudent ! s'exclame Bertrand en désignant une porte grande ouverte côté jardin et qui mène à l'intérieur de la maison.

– Vous, restez ici ! ordonne le père de famille. Je vais jeter un coup d'œil d'abord !

– Non ! Tu n'iras pas tout seul ! l'informe son épouse, en gravissant derrière lui les marches qui mènent à la porte.

– Maryse ! dit Daniel excédé.

– Daniel ! » répond Maryse en l'imitant et prenant un ton tout aussi excédé.

Ils se sourient avec complicité, et après avoir rappelé à leurs fils les consignes de sécurité, pénètrent dans la maison. À l'intérieur, il fait très sombre, et la nuit tombant n'améliore pas la visibilité.

Daniel inspecte le salon, pendant que Maryse couvre la zone de la cuisine.

« Rien dans la cuisine, à part de la vaisselle sale et les restes d'un plat cuisiné qui date d'environ une semaine !
– Comment sais-tu que cela fait à peu près une semaine ? s'étonne Daniel.
– Tu as épousé la meilleure ; c'est tout ! » lui répond-elle en le rejoignant et en lui déposant un tendre baiser sur les lèvres.

Ils poursuivent ensemble la fouille du salon. Maryse découvre sur la table basse une feuille de papier froissée. Elle la défroisse et lit ce qui est écrit dessus.

« Mon cher et tendre Rob,

Je suis désolée de te faire cela, mais je ne tiens plus. Perdre Élina, Anna puis Don, m'était déjà insupportable. Ajouter à cela la perte d'Ethan emporté par cette maudite pneumonie... Et de Jo, mordu par ce maudit chien errant, et que nous avons dû achever nous-mêmes... C'en est trop pour mon cœur meurtri qui me supplie de le délivrer de ses souffrances.

Quand ma raison me demande pourquoi je m'obstine à survivre, je ne sais que lui répondre, Rob, car la vérité, c'est que plus rien n'a de sens pour moi dans cette vie où j'ai l'impression de dépérir jour après jour. Je me sens si seule. Tu es là physiquement, mais depuis la mort d'Élina, ton esprit est ailleurs en permanence. Tu ne parles plus et restes à l'écart, ce qui me plonge dans une grande solitude.

Et sais-tu à quel point j'ai peur, lorsque je te vois sortir seul pour aller provoquer les morts-vivants ? Cherches-tu à te suicider de cette façon ?! Moi, je crois que oui. Et à force de jouer avec le feu, tu as toi-même été mordu, tu vas forcément devenir l'un des leurs. Or lorsque tu ne seras plus toi, il me faudra d'une part te supprimer, d'autre part, continuer à vivre, vraiment seule cette fois. Je ne veux pas...

Sache que je ne te fais aucun reproche, et je comprends, pour la partager, ta douleur suite au décès de ma sœur...

J'espère que toi, tu ne m'en voudras pas de préférer en finir à présent, plutôt que d'assister à ta longue agonie...

Je ne supporte plus ma vie dans ce monde, et c'est pour cela que j'ai décidé d'y mettre fin.

Je sais que je te fais encore du mal en faisant ça, et que mon acte est égoïste mais ne m'en veux pas, je t'en supplie.

Et, s'il te plaît, fais comme moi, avant de devenir une de ces choses que tu détestes tant.

Toi et les autres, vous étiez devenus ma famille, et j'ai été heureuse de vous avoir à mes côtés.

Je t'aime

Jess. »

Maryse émue aux larmes, imagine ce que ces gens ont dû endurer. Elle se dit que si elle devait elle-même perdre sa famille, elle ferait sans doute comme Jess dont elle comprend le geste.

Daniel, en voyant la tristesse sur le visage de sa femme, vient se poster derrière elle, et lit la lettre par-dessus son épaule. À la lecture de la dernière ligne, il la serre fort dans ses bras.

« Les pauvres. J'ai énormément de peine pour eux… dit-il.
– Je n'ose même pas imaginer ce que je ferais si je vous perdais ! déclare Maryse des sanglots dans la voix.
– N'y pense pas, chérie ! Nous sommes toujours ensemble, et bien en vie ! Donc arrête de penser au pire.
– Oui, tu as raison.
– Viens nous allons inspecter les autres pièces.
– Mais si ce Rob était toujours ici ? interroge Maryse.
– Honnêtement, ça m'étonnerait. Je pense qu'il a dû suivre le conseil de son amie et mettre fin à ses jours avant de se transformer. »

Maryse espère que son mari a vu juste, et essuie ses larmes avec le revers de sa manche, avant de lui emboîter le pas.

Au fur et à mesure qu'ils progressent dans la maison, ils constatent que toutes les portes sont ouvertes, dévoilant des pièces vides, à l'exception d'une qui est close. Daniel fait signe à Maryse de s'arrêter, saisit la poignée, et ouvre très lentement. Constatant qu'aucun mort-vivant ne se rue sur lui, il entre, un peu plus serein, et se met à scruter la pièce plongée dans la pénombre. Son regard soudain s'arrête sur une ombre tapie dans un coin. Le cœur de Daniel bât à cent à l'heure, mais il prend son courage à deux mains et décide d'interpeller l'ombre. « Ohé ! » crie-t-il pour attirer son attention. Pas de réponse.

Dans le couloir, Maryse entend son mari s'adresser à quelqu'un et décide donc d'entrer dans la pièce, qui s'avère être une chambre. À la lumière de la lune, elle distingue deux grandes taches foncées de part et d'autre des draps, et constate que le liquide à l'origine de ces traces a coulé jusque sur la moquette. Elle réfléchit, et fait le rapprochement entre la lettre d'adieu qu'elle a trouvé dans le salon et ces traces sombres qui pourraient correspondre au sang d'une personne s'étant tailladé les veines. Maryse, en pensant au désarroi de Jess, ressent une profonde tristesse et se laisse envahir par une vague de compassion à son égard.

Elle s'apprête à parler de sa macabre découverte à Daniel, mais se ravise en le voyant avancer avec prudence vers l'ombre immobile. Par la corpulence de la silhouette, Daniel devine qu'il s'agit d'un homme, a priori assez grand et plutôt costaud. Il est désormais juste à côté, mais au moment où il s'apprête à lui mettre une main sur l'épaule, Joël entre en trombe dans la chambre, bousculant sa mère sur son passage et interpelant son père.

« Papa, papa ! Viens voir ! J'ai trouvé... » Il n'a pas le temps de finir sa phrase qu'il voit une silhouette attaquer son père. Daniel, ayant détourné son attention une fraction de seconde, n'a pas vu l'homme s'avancer vers lui, et lorsqu'il réagit, il est déjà trop tard : l'ombre le tient fermement par le bras. Il ne discerne rien de son agresseur, mais sent les dents de ce dernier s'enfoncer dans son avant-bras, et hurle de douleur, tout en s'agitant pour essayer de se libérer, en vain.

Tenant toujours Daniel, l'homme s'avance dans le reflet de la lune dévoilant enfin son visage à Maryse qui se fige aussitôt face à la carrure impressionnante et aux yeux remplis de rage de ce mort-vivant. Tétanisée, elle le regarde claquer des dents en sa direction, et souffler fort par les narines, comme un taureau prêt à charger, laissant des filets de bave s'échapper de sa bouche et lui couler le long du menton. Cédant à la terreur, Maryse se met à hurler, imitée en cela par Joël.

Bertrand est alerté par leurs cris, et arrive à la rescousse. « Il faut partir ! » leur crie-t-il en entrant dans la chambre, et en tirant sa mère et son frère par la main. Maryse essaye de reprendre ses esprits, et fait passer Joël devant elle pour qu'il puisse s'enfuir en premier. Dès que son garçon sort de la chambre, elle court derrière lui à toutes jambes, mais elle a à peine le temps de faire deux pas que le mort-vivant – prénommé Rob de son vivant – l'attrape par les cheveux, la projette violemment au sol, et se rue sur elle pour la mordre au cou, lui arrachant le larynx. Maryse, encore consciente, souffre atrocement, mais ne se rend pas vraiment compte de son état. Les yeux à demi ouverts, baignant dans son sang, elle voit le zombie se lancer à la poursuite de ses enfants, et tente de crier, mais aucun son ne sort. Elle assiste impuissante à cette terrible scène.

À quelques mètres de là, Rob rattrape Joël et le soulève avec une force herculéenne jusqu'à ce que son visage soit au même niveau que sa bouche. Comme un ogre, il lui dévore le visage, tandis que ses bras et jambes gigotent dans tous les sens, puis lui brise la nuque d'un coup sec, avant de desserrer son étreinte.

Bertrand désespéré et fou de rage, court à la cuisine pour s'emparer d'un hachoir, puis muni de cette arme, fonce droit sur le zombie, esquivant ses attaques et le lui plantant dans le torse. En faisant ça, le garçon ne fait qu'amplifier la fureur du mort-vivant qui tente de l'attraper en hurlant. Bertrand a pour atout de se déplacer très vite. Il contourne son adversaire à toute allure, et lui saute sur le dos, en le martelant de coups. Rob recule alors à toute vitesse pour cogner le garçon contre un mur, et recommence jusqu'à lui faire lâcher prise. Au quatrième impact, la douleur est si intense que Bertrand est obligé de desserrer son emprise. Sonné, il pose un pied au sol, perd l'équilibre et chute aux pieds du monstre qui a massacré son père, son frère et sa mère. Tenace et n'ayant plus rien à perdre, Bertrand trouve la force de se redresser et de le frapper encore. Il fait pleuvoir sur Rob qui ne bouge pas d'un pouce des coups de poings et coups de pieds. Épuisé, Bertrand se sent sur le point de capituler, et se plie en deux pour reprendre son souffle. Du coin de l'œil, il aperçoit sa famille décimée et sa mère qui est en train de se noyer dans son propre sang. Elle le regarde, avec un air inquiet et suppliant, et Bertrand la contemple jusqu'à ce que la dernière lueur de vie disparaisse de ses yeux. Il sent les larmes chaudes couler sur ses joues brûlantes, mais se ressaisit aussitôt en entendant les pas lourds de Rob derrière lui.

Bertrand se redresse et se précipite à nouveau à la cuisine où il s'empare cette fois-ci d'un couteau de boucher. Serré entre ses deux mains, il prend une longue inspiration, tout en lançant au zombie un regard provocateur, puis s'enfonce la lame d'un coup sec et précis dans l'œil qui éclate et laisse libre accès à la lame qui continue son chemin jusqu'à son cerveau. Le temps que Rob arrive à son niveau, Bertrand a déjà rendu l'âme. Cela n'empêche pas l'insatiable mort-vivant de se pencher sur lui et lui arracher quelques membres qu'il mâche comme s'il s'agissait de friandises.

Son en-cas terminé, Rob sort dans la rue où il est vite rejoint par Daniel et Maryse, qui font ainsi leurs premiers pas dans leur nouvelle vie de morts-vivants. Côté à côte, ils déambulent dans la paisible commune d'Achères, en humant l'air à la recherche de nourriture. Vers où vont-ils ? Nul ne le sait. Mais que Dieu, s'il existe, ait pitié de ceux qui croiseront leur chemin...

FIN